KB179736

001

한국의 꼴찌소녀 케임브리지입성기

손 에 스 더   지 음

징검다리

The purpose of life, after all,
is to live it,
to taste experience to the utmost,
to reach out
eagerly
and without fear
for newer and richer experience.

—Elenor Roosevelt

인생의 목적은
결국, 그 인생을 사는 것,
경험을 최대한 맛보는 것,
더 새롭고 풍성한 경험을 향해
간절하게
그리고 두려움 없이
손을 내뻗는 것이다.

—엘레나 루즈벨트

그대도 한국사람이라면

소설가 이 외 수
(괴물,외뿔,벽오금학도,칼 등 다수)

어느 초등학교 고학년 시험에 이런 문제가 출제되었다.

다음 사자성어는 어떤 계획이나 결심을 사흘도 못 지키고 수정하거나 포기할 때 흔히 쓰는 말입니다. ( ) 안에 알맞은 글자를 써넣어 보세요.
작( )삼( )

물론 정답은 작(심)삼(일)이다. 그러나 어떤 어린이가 이런 답안을 제출했다.

작(은)삼(촌)

오래 전부터 인터넷을 떠돌던 유머라 톡 쏘는 맛이 떨어지기는 하지만 그래도 음미해 볼 만한 요소들은 그대로 간직되어 있다.
나는 그 어린이가 '다른 답'을 제출했지, '틀린 답'을 제출했다고는 생각지 않는다. 오늘날 자신의 계획이나 결심을 사흘도 못 지키고 수정하거나 포기해 버리는 작은삼촌들이 부지기수로 존재하지 않는가.

하지만 대한민국에서는 시험을 볼 때 무조건 출제자가 원하는 답을 써야만 '맞는 답'으로 간주된다. 그리고 맞는 답이 몇 개인가에 따라 우등생과 열등생으로 분류된다. 과연 이러한 분류가 확고한 정당성을 가지고 있는 것일까.

인간은 정(精), 기(氣), 신(神)의 요소들이 합체되어 이루어진 지성체다. 양초에 비유하자면 정(精)은 자루에 해당되고 기(氣)는 심지에 해당되며 신(神)은 불꽃에 해당된다. 그 세 가지 요소 중 어느 것 하나라도 온전치 못하면 어둠을 밝히는 양초로서의 원만한 효율성을 기대하기 힘들다. 하지만 대한민국의 교육제도나 시험방식은 홍익인간이라는 교육이념과는 너무나 거리가 먼 느낌을 준다.

우리는 결코 마룻바닥을 반들거리게 만들 용도로 양초를 생산하지는 않는다. 인간이라는 이름으로 태어나, 그토록 어렵게 공부해서, 그토록 어렵게 대학을 졸업하고, 그토록 어렵게 취직을 해서, 고작 입에 풀칠이나 하는 것으로 만족해야 하는 인생으로 살아간다면, 결국 어둠을 밝힌다는 명분으로 태어나 겨우 마룻바닥이나 반들거리게 만드는 용도로 쓰여지는 양초와 도대체 무엇이 다르겠는가.

전 세계의 수많은 기독교인들은 식사시간이나 예배시간에 아주 경건한 마음으로 주기도문을 외운다. 나는 개인적으로, 주기도문에서 가장 의미심장한 대목이, '우리를 시험에 들지 말게 하옵시며,'라고 생각한다. 그토록 많은 소망들 중에서, 하필이면 우리를 시험에 들지 말게 해 달라는 소망이 주기도문에 채택된 이유는 무엇일까. 주기도문은 예수님이 제자들에게 가르쳐 준 기도의 표본이다. 어쩌면 예수님도 시험이 곧 지옥과 이음동의어(異音同意語)라는 사실을 알고 계셨던 것은 아닐까.

하지만 무슨 영문인지 하나님은 아직도 시험이라는 제도를 그대로 방치해 두고 계신다. 날마다 우리에게 일용할 양식을 주실 뿐만 아니라 날마다 우리에게 일용할 시험도 주신다. 과거를 보아도 공포의 시험이 검은 그림자로 도사리고 있고, 현재를 보아도 공포의 시험이 검은 그림자로 도사리고 있으며, 미래를 보아도 공포의 시험이 검은 그림자로 도사리고 있다.

대한민국은 시험공화국이다. 평생을 앵벌이나 거지로 살아갈 각오를 하지 않는다면 학교를 다녀야 하고 학교를 다녀야 한다면 절대로 시험으로부터 자유로울 수가 없다. 시험은 학생들과 학부모를 동시에 질식시키는 악마의 사슬이다.

하지만 수험생들이여. 그리고 슬하에 수험생 자녀를 둔 학부모들이여. 나는 오늘 시험이라는 악마의 사슬을 멋지게 극복한 아주 유능한 개인교수 하나를 소개해 드리겠다. 그녀의 이름은 손에스더. 방년 열아홉의 당찬 한국 소녀다.

결과만을 따지자면 그녀는 매우 특별한 인물이다. 하지만 환경이나 조건을 따지자면 그녀는 지극히 평범한 인물이다. 다른 청소년들과 조금도 다름없는 과정을 거치면서 성장했다. 때로는 수업시간에 쪽지를 돌리면서 키득거린 적도 있었고 때로는 학과성적이 60점대를 오르내린 적도 있었다. 때로는 불량기가 발동해서 교복을 몰래 줄여 입기도 했으며 때로는 친구들과 어울려 칠공주파를 흉내 내기도 했다. 거의 매일 지각을 해서 오리걸음으로 학교 운동장을 돌았던 적도 있었으며 툭하면 수업을 빼먹고 야외에서 땡땡이를 친 적도 있었다.

그런데 자신도 구제불능이라고 생각했던 그녀가 어떻게 영국에서 그런 놀라운 결과를 얻어낼 수가 있었는가 하는 질문에 그녀는 주저없이 대답했다.

'저는 한국 사람이니까요.'

도대체 그대는 어느 나라 사람인가.

물론 그대도 그녀와 똑같은 한국 사람이다.

그렇다면 그대도 한국사람 특유의 기질과 투지와 신념을 가져 보라.

그것을 바탕으로 여기 수록된 그녀의 실전적 비법들을 실천해 보라. 그릴 수만 있다면 그대에게도 틀림없이 놀라운 성과가 도래할 것이다.

이 두 권의 책에 수록되어 있는 그녀의 변화 과정은 아름다운 삽화와 함께 마치 영화처럼 눈앞에 펼쳐지며 소설을 능가하는 재미와 감동을 선사한다. 어려운 환경 속에서 실수와 실패를 거듭하며 한 계단 씩 올라가는 모습은 읽는 이로 하여금 가슴을 졸이게 하고, 때로는 애간장이 타게 하면서 완전히 몰입되게 만든다. 특히 영국 최고의 명문 케임브리지 대학에서의 까다롭고 혹독한 인터뷰 과정을 상세히 서술한 부분은 마치 독자가 그 방에 들어와 있는 듯한 착각을 불러일으키며 이 책의 절정을 이룬다. 그러나 독자는 결국 그녀가 한국인임을 자랑스럽게 여기며 책장을 덮을 것이다.

뿐만 아니라, 교육 강국인 영국에서 일등을 하기까지의 다양한 체험들은 진정한 교육의 의미를 일깨워줄 것이다. 마치 달아오르는 압력솥과 같은 시험의 공포 속에서도 흔들리지 않고 앞으로 정진하는 법을 가르쳐 줄 것이고, 난관에 부딪히더라도 자신의 '턱없이 높은' 꿈을 향해 다시 날개를 활짝 펼치는 방법을 보여줄 것이다. 또한 그녀가 어떻게 공부했는지를 소개한 부록에서 독자들은 이제까지 다른 곳에서는 찾아 볼 수 없었던 매우 실질적인 도움을 받을 수 있을 것이다.

그래서 나는 시험공포에 시달리고 있는 대한민국의 초, 중, 고등학생들 모두가 이 책을 탐독해 주기를 소망한다. 뿐만 아니라 학생들을 가르치는 선생님들과 수험생을 둔 학부모들, 또한 일반 독자들께도 이 책이 기대에 절대 어긋나지 않는 기쁨의 복음서가 될 것임을 믿어 의심치 않는다.

생화학 공부를 통해, 인류가 고민하고 있는 각종 난치병을 퇴치할 수 있는 백신을 개발하고 싶다는 그녀의 소망과, 대한민국 최초로 과학분야에서 노벨상을 수상하겠다는 높은 꿈을 품은 그녀의 앞날에 눈부신 광명이 함께 하기를 빌면서.

프롤로그

살면서 이렇게 떨렸던 날은 처음이었다. 하루 종일 정말 아무 생각도 나지 않았다. 광복절 전날, 2003년 8월 14일 목요일이었다.

내가 너무 욕심을 부렸었나 하는 생각도 들었다. 그냥 학교에서 하던 과목만 시험 볼 걸, 괜히 물리까지 시험 봤다가 다른 과목을 망쳤으면 어쩌나……. 임페리얼 대학에 가려면 최소한 화학과 생물은 A를 받아야 하는데.

이제 열여덟이면 성적을 한두 번 받아본 것도 아니다. 하지만 이번만큼은 시간이 어찌나 느리게 가던지. 영국 시각으로 오전 10시에 성적을 발표한다고 했는데, 한국 시각으론 저녁 6시다. 학교에서 올 이메일을 고대하며 메신저를 켜 놓고 6시가 되기 훨씬 전부터 기다렸다.

그러나 8시가 다 되도록 아무 소식이 없었다. 힘이 쪽 빠지는 느낌에 한동안 안절부절 못하다가 나는 결심했다. 그냥 마음을 비우기로.

'내일까지 기다리지 뭐…….'

그런데 그 날 저녁 9시가 좀 넘어서였다.

'띠리링~ 띠리링~ 띠리링~'

아빠가 전화를 받았다.

'여보세요!'

그런데 갑자기 아빠의 억양이 영국식으로 변하는 것이었다!

"Hello, uh, yes, this is Esther's house……."

아빠의 얼굴빛은 조금씩 바뀌어갔다. 그 전화는 바로 내가 다니던 영국 고등학교 교장 선생님이 직접 건 전화였다. 나는 떨리는 손으로 전화기를 귀에 갖다댔다.

"Hello, Esther. I have your A-level results right here in my hand. Would you like to know what they are(에스더 양, 안녕하세요. 지금 나는 에스더의 A 레벨 성적을 손에 들고 있습니다. 성적이 궁금한가요)?"

"Yes, please(네)!"

"In chemistry, you got a grade A(화학에서는 A를 받았습니다)."

"Okay(네)……."

"In mathematics, you got a grade A(수학에서는 A를 받았습니다)."

"Ooookay(네에)……."

"In biology, you got a grade A(생물 A를 받았습니다)."

'PHEEEEEW(휴우우우우우우).'

"In history, you got a grade A(역사 A를 받았습니다)."

'Wooooooow(우와아아아……).'

"In general studies, you got a grade A(일반교양 A를 받았습니다)."

"Really(정말이요)?!"

"Yes. And lastly, in PHYSICS(그래요. 그럼 마지막으로, 물리)……."

정적이 흘렀다. 심장이 두근거렸다.

"……you got a grade A(……A를 받았습니다)."

"Pardon(네에)??"

"So, what are you going to do with all these As(그래요, 이 많은 A 로 뭘 할 생각인가요)?"

나는 마구 소리 지르면서 뛰어다니고 싶은 걸 꾹 참은 채 A 레벨 총 담당 선생님과 담임선생님과의 짤막한 대화를 간신히 마쳤다. 수화기를 내려놓는 순간 나는 입이 귀까지 찢어진다는 말이 무슨 뜻인지 직접 체험했다.

하지만 당시 나는 그 '사건'이 내 인생에서 가지는 의미를 모두 파악하지 못했다. 그 후로 일어난 일들은 내 상상을 훨씬 뛰어넘는 것이었다.

나는 부모님 속, 선생님 속을 무지하게 썩여본 청개구리였다. 주변에서 아무리 애를 써보아도 가망이 없어 보이는 우물 안 청개구리, 급강하하는 성적은 안중에도 없던 천방지축 꼴찌 소녀였다.

이 책은 내가 어떻게 우물 밖으로 한 걸음을 내딛었는지, 어떻게 두 번째, 세 번째 걸음을 계속해서 내딛을 수 있었는지, 어떻게 돌에 맞아 피를 흘렸는지, 어떻게 넘어지고 또 넘어졌는지, 그리고 어떻게 다시 용기를 얻어 일어났는지에 관한 이야기이다. 혹시 그 때의 나처럼 넘어져 있는 사람이 있다면 나의 이야기가 조금이나마 힘이 되었으면 좋겠다.

한 가지 분명히 하고 싶은 점은, 그 '우물'이라는 것이 결코 우리나라, 우리 교육 제도, 혹은 우리 학교가 아니었다는 것이다. 나에게 주어진 것들은 충분했고, 나는 그것을 잘 활용하지 못했던 것에 대해 그 어떤 변명도 할 수 없다.

그 우물은 바로 내 자신이 세워놓은 벽이었다. 생각 없이, 꿈 없이 살면서 하나씩, 하나씩 내 둘레에 쌓여간 돌들이 어느 덧 깊은 우물을 이루었고, 그 우물 한 가운데 있는 청개구리는 더 이상 큰 꿈을 볼 수 없었다.

'꿈을 꿀 수 없을 때 우리는 죽는다'고 에마 골드맨은 말했다. 중학교 2학년 겨울, 국사 수업 듣기를 자원해서 포기하고 복도에 나와 앉아 히히덕 거리고 있었을 때, 나는 스스로 깨닫지 못했지만 서서히 질식해가고 있었다. 응급조치가 시급한 상황이었다. 어쩌면 유학은 나에게 있어서 최후의 극약처방이었을는지도 모른다.

사실 유학이라고 하면 잘 사는 나라에 가서 그림 같은 학교에 다니며 외국 친구들과 뛰노는 것을 상상하기 쉽다. 적어도 나에게는 그런 환상이 있었다. 하지만 나의 영국 유학 생활은 그런 근거 없는 순진함을 무참히 깨뜨려버렸다. 영국은 영어 못하는 나를 진땀 흘리게 만들었고, 외국인인 나를 수없이 많이 울렸다. 책에서 일일이 언급할 수 없었던 가슴앓이들은 아직도 내 마음 한 구석에 희미한 자국으로 남아 있다.

그런데 놀랍게도 그 용광로 속에서 4년 반을 보낸 후 나에게 남은 것은 굳은살, 뚝심, 현실감뿐만 아니라 군살이 다 빠져나간, 더 확실한 정체성이었다. 그래서 멍투성이, 땀투성이에 눈물 투성이었던 시간이었지만 돌아보며 웃음 지을 수 있는 여유가 생겼다.

만일 돈으로, 멋진 외모로, 또는 풍족한 생활로 살 수 있는 게 행복이라면, 내 인생은 결코 장밋빛일 수 없었을 것이다. 하지만 내게 있어서 장밋빛 인생이라는 것은 어떤 종류의 외적 부유함과도 관계가 없다. 그것은 힘차게 펌프질을 하여 나로 하여금 앞으로 전진할 수 있도록 내 몸 전체에 희망과 에너지를 밀어 보내는 내 심장의 색깔과 관계가 있다. 그렇게 보면 지금까지의 내 인생은 장밋빛이고, 앞으로도 항상 그럴 것이다.

먼 훗날, 내 삶을 한 폭의 그림으로 담을 기회가 온다면 나는 장밋빛 물감을 왕창 쓰고 싶다. 장밋빛 물감을 뒤집어쓰고 그렇게 한없이 감사하고 싶다. 내게는 꿈이 있고, 그 꿈을 이루기 위해 노력할 수 있는 생명이 주어졌으니까.

2002년 여름부터 우리나라를 하나로 만들었던 말, '꿈은 이루어진다'는 말을 나는 온 마음을 다해 믿는다.

2004년 9월,
1년간의 꿈같은 '작가' 생활을 마치며.

Yours truly, madly, deeply

Esti ***.
손에스더

11

차 례

1권

부록1. 영어 공부는 공부도 아니다

313

340

2권

9

109

부록2. 공부가 가장 재미있어요

199

271

327

Ⅰ. 청개구리, 폴짝 뛰어올라 곁눈질하다

평범하고 행복했던 올챙이가

우물 안 청개구리로 변신했다.

이 청개구리의 앞날은……?

1. 꼬물꼬물 올챙이 예찬

위대한 예술을 품고 있는 어린이여!
어떻게도 이렇게 자유로운 행복만을 갖추어 가졌는가?
—방정환, '어린이 예찬'

유치원도 안 간 아이

내가 서너 살쯤 되었을 때였다. 연필을 쥐고 끄적이는데 이제 막 취미가 붙기 시작한 나는 신이 나서 일기장에 사람 열댓 명을 줄지어 그려 놓았다. 한참 열을 내며 그리다 제풀에 지쳐서 자신도 모르게 곯아떨어진 사이, 엄마는 내 일기장을 살짝 훔쳐보았다.

'사람 눈, 코, 입, 귀, 머리, 옷, 손 모양, 발 모양…… 하나도 같은 것이 없네.'

그냥 지나칠 수도 있었지만 엄마는 골똘히 생각에 잠겼다.

'어릴 때는 이렇게 창의력이 풍부한 게 아이들인데…… 그 창의력을 최대한 살려줘야 될텐데……."

우스갯소리로 들은 말인데, 그 당시 유치원에 간 아이들이 해님을 그리면 빨간 동그라미에 빗살무늬, 나무를 그리면 길쭉한 초록색 덩어리에 갈색 막대기, 사람을 그리면 얼굴, 몸통, 다리, 그렇게 하나같이 똑같은 그림을 그린다고 했다. 물론 다소 과장된 이야기겠지만, 어쨌든 당시 거의 대부분의 부모님들이 조기 교육을 위해 아이들을 유치원에 보낸 것은 사실이었다.

그 상황에서, 주위의 신기한 눈초리에도 불구하고 부모님이 나를 유치원에 안 보낸 데는 이 '그림 사건'도 하나의 계기로 작용했다. 초등학교에 입학하기 전까지는 굳이 정해진 틀 없이, 가정에서 최대한 개인적인 관심을 가지고 키우기로 결심한 것이다. 그저 동심의 세계에 푹 빠져서 천진난만하게 자라는 것이 나에게 주어진 몫이었다고나 할까.

사랑의 학교

1991년 3월, 나는 서울삼육 초등학교에 입학했다. 부모님이 돈이 많아 사립학교에 보낸 것이 아니었다. 늘 입버릇처럼 "공부보다 사람이 되는 게 먼저야." 하던 부모님은 삼육(三育), 다시 말해 지(智), 덕(德), 체(體)

의 전인교육에 마음이 끌렸다.

어느 날, 미술 시간이었다. 처음으로 '수채화'라는 것을 그려보게 되었다. 모두들 잔뜩 기대에 부풀어서 재잘거리며 새로 산 물감, 붓 세트, 물통, 도화지 등을 꺼냈다. 그런데 내 짝의 책상에는 굉장히 특이한 물체가 놓여 있었다.

"어? 이게 뭐야?"

내 짝은 접었다 폈다 하는 반투명 쭈글쭈글이 물통 대신, 꼭 소주병처럼 생긴 유리병을 가져온 것이었다.

"야, 저것 좀 봐!"

"에이, 저건 진짜 물통이 아니잖아."

"저런 건 그냥 유리병이야."

아이들이 구경하려고 몰려들자 내 짝은 얼굴이 점점 붉어지며 부끄러워하는 기색이 역력했다. 급기야는 유리병을 집어 들더니 품 안에 꼭 품고 고개를 숙여버렸다. 금방이라도 울음을 터뜨릴 듯한 얼굴이었다.

그 때, 아이들의 아우성을 뚫고 어디선가 낭랑한 목소리가 들려왔다.

"어디, 선생님도 좀 보자. 여기에 굉장한 물통이 있다는 소문이 들리는데?"

웅크린 채 머리를 숙이고 있던 내 짝이 고개를 슬쩍 들었다. 얼굴이 새빨간 것이, 톡 건드리면 '폭' 하고 터질 것 같았다.

"선생님도 한 번 구경해도 되니?"

내 짝은 길 잃은 강아지처럼, '도와주세요' 하는 애처로운 눈망울로 선생님을 바라보았다. 울먹울먹하며 유리병을 천천히 선생님에게 넘기는 친구의 어깨는 참고 있는 울음 때문에 들썩거렸다. 그런데 문제의 유리병을 받아든 선생님의 눈이 갑자기 휘둥그레졌다.

"우와아, 이거 정말 굉장한데? 다른 물통보다 단단하고 좋네!"

그 말을 들은 우리 반 모두는 화들짝 놀라서 서로를 쳐다보았다.

'저거 분명 가짜 물통인데?'

하지만 선생님은 보란 듯이 유리병을 손으로 두드리며 감탄을 연발했다.

"이것 봐, 신기한 소리도 난다! 이야, 대단한데?"

그 말에 모두들 자기 자리로 돌아가서 '쭈글쭈글이' 물통을 톡톡 쳐보았지만, 내 짝의 소주병만큼 예쁜 소리는 나지 않았다. 갑자기 아이들의 시선이 놀림에서 부러움으로 변했다.

'나도 유리병 물통을 가져올 걸……'

선생님은 따뜻한 미소를 지으며 유리병을 내 짝 책상 위에 올려놓았다. 내 짝의 얼굴에는 행복한 표정이 조심스럽게 떠올랐다.

뒤돌아 볼 때, 초등학교 6년 동안 만난 담임선생님들은 모두 자상한 엄마아빠 같은 분들이었다. 매일 아침 아이들이 아침밥을 잘 먹었나 한 명 한 명 확인하는 선생님이 있는가 하면, 캐스터네츠가 망가져서 우는 아이가 있을 때 사택까지 헐레벌떡 뛰어가서 자기 딸에게 주려고 사놓았던 것을 선뜻 가져다 준 선생님, 또 하루도 빠짐없이 반 전체의 일기장을 검사하고 '사랑의 편지'를 써준 선생님도 있었다.

한 번은 체육을 잘 못하는 내가 뒤구르기를 못해서 쩔쩔 맨 적이 있었다. 앞구르기는 할 수 있겠는데, 이놈의 머리가 걸리는 것인지 뒤로 넘어가질 않았다.

"어, 어……!"

아찔하며 옆으로 콰당 넘어지기만 여러 번 반복했다.

'다른 아이들은 앞으로 뒤로 잘만 구르는데, 나는 왜 이런 거야……'

이젠 창피하고 지쳐서 도저히 더 연습할 의욕이 나지 않았다. 나는 선

생님에게 가서 말했다.

"선생님, 저 뒤구르기 못하겠어요."

하지만 그 말을 털어놓자마자 선생님이 뭐라고 대답할지 걱정되었다.

'안 해도 된다고 허락해 주셨으면 좋겠는데……. 연습하는 척이라도 하고 있으라고 하실까? 아니면 될 때까지 해보라고 하실까? 혹시 그것도 못한다고, 아니면 벌써 포기한다고 꾸중하시면 어쩌지?'

그런데 선생님의 대답은 이 중 아무것도 아니었다. 내가 낑낑대는 모습을 아까부터 지켜 본 선생님은 목소리를 낮추고 속삭였다.

"그럼 있다 학교 끝나고 선생님이랑 둘이서 연습할까?"

그래서 나는 방과 후, 아이들의 보는 눈 없이 선생님과 뒤구르기 연습을 하기 시작했다. 처음에는 부끄러워서 어떻게 시작해야할지 조차 몰랐다. 하지만 선생님은 잘 하고 있다며 계속 격려해 주었다.

"자, 좀 더 힘을 빼고, 너무 긴장하지 마. 걱정할 것 하나도 없어. 그래, 조금만 더 해보면 될 거야."

선생님이 잡아주고 밀어주고 하면서 계속 연습을 했더니, 어느 순간 거짓말처럼 뒤구르기가 쉬워졌다. 나는 기뻐서 어쩔 줄 몰랐다.

"선생님, 이것 보세요! 저도 이제 혼자 할 수 있어요!"

이젠 다음 시간에 있을 뒤구르기 시험이 하나도 걱정되지 않았다. 너무 좋아서 앞으로 굴렀다, 뒤로 굴렀다를 반복했다. 그 때 선생님의 웃음이 그토록 따뜻하게 느껴졌던 것은, 한 명이라도 낙오시키지 않겠다는 사랑이 깃들어있었기 때문이라고 생각한다.

스스로 생각하는 아이 만들기

아마 초등학교 2학년 때 음악 시간이었던 것 같다.

"아빠하고 나하고 만든 꽃밭에……."

선생님의 풍금 소리에 맞춰 다 함께 노래를 하고 있었다. 그런데 갑자기 이런 생각이 머리를 스치고 지나갔다.

'지난번에 교회에서 했던 손놀이처럼, 이 노래에도 손놀이를 만들면 어떨까?'

나는 들고 있던 음악 책을 내려놓고, 노래에 맞춰 손놀이를 하기 시작했다. 주변 친구들이 호기심어린 눈초리로 쳐다보았지만, 나는 아랑곳하지 않고 재미에 취해서 혼자 손놀이를 계속했다. 그런데 풍금을 치다가 그것을 본 선생님이 말했다.

"어, 에스더가 손놀이를 만들었네? 그거 참 좋은 생각이에요. 계속 해봐요!"

그 말에 내 짝꿍도 따라하기 시작했다. 곧 주변에 있는 친구들까지 따라하기 시작했다. 그러자 저쪽 건너편에 앉은 친구가 이렇게 말했다.

"나는 다르게 해볼 거야!"

"나도!"

풍금을 치며 우리를 지켜보던 선생님은 얼마 지나지 않아 이렇게 말했다.

"똑같이 하는 사람이 한 명도 없으니까 참 재미있구나!"

정말 주위를 둘러보니 한 가지 노래에 각기 다른 손놀이를 하고 있었다. 노래가 끝나자 우리는 모두 깔깔거리며 웃었다.

"자, 이번에는 다른 노래에 맞춰서 해볼까요?"

이번에는 그 유명한 '나비야 나비야'였다. 손을 모아 나비 날갯짓을 흉내내기도 하고, 양 팔로 펄럭펄럭하는 날개를 만들기도 하고, 박수를 치기도 하면서, 다른 친구들이 하지 않는 동작을 생각해내려고 애썼다.

"선생님! 저는 발놀이 해요!"

갑자기 한 남자아이가 벌떡 일어나더니 깽깽이를 하기도 하고, 제자리걸음도 하면서 '발놀이'라는 것을 시작했다. 그 모습이 너무 웃겨서 다들 깔깔 웃어버렸다. 선생님도 웃음을 터뜨리며 말했다.

"정말 기발한 생각인데? 재밌어 보이는 걸?"

우리는 누가 먼저랄 것도 없이 의자를 박차고 일어나서 함께 발놀이를 시작했다. 처음에는 조금 소극적으로 자기 자리에서만 움직였는데, 나중에는 펄쩍펄쩍 뛰기도 하고, 교실을 가로질러 이리 저리 뛰어다니고, 무슨 소동이 난 것 같았다. 노래를 부르면서 손놀이, 발놀이를 하려니 여간 힘든 것이 아니었지만 우리는 최대한 웃기고 재미있게 하기 위해 온 힘을 다했다.

"여러분, 재미있었어요?"

"네에!"

정말 그렇게 재미있는 음악 수업은 처음이었다. 헥헥거리며 자리에 앉은 우리는 또다시 웃음을 터뜨렸다.

나의 초등학교 시절 수업은 참 자유로웠다는 생각이 든다. 수업 시간에 선생님이 시키지도 않았는데 손놀이를 시작하고, 급기야는 자리에서 일어나서 아수라장을 만들고도 칭찬을 받았다는 것은 지금 생각해도 매우 참신하다.

그리고, 한 선생님은 특이한 형식의 숙제를 자주 내주었다. 자연 공부 예습으로 조사를 해오는 숙제였다. 전과에서 찾은 것, 백과사전에서 뽑은 것, 부모님에게 물어본 것 등, 아이들이 써온 것은 모두 달랐다.

"어머, 정말 열심히 해왔구나? 참 잘했어요!"

선생님의 후한 칭찬에 힘이 난 우리는 더더욱 조사 숙제에 열심이었다. 나는 너무 열심을 부린 나머지 전과에 나온 올챙이 그림을 가위로 싹둑 오려내서 붙여오기도 했다. 선생님이 혹시 꾸중할까봐 가슴이 두근거렸지만, 나의 열성을 기특하게 본 선생님은 역시 칭찬을 해주었다.

훗날 영국에 와서 조사 숙제를 하며, 나는 이 선생님을 떠올리며 미소를 짓기도 했다.

'그 때 겨우 초등학생이었던 나도 혼자 찾아서 공부해야 했지…….'

스스로 찾아내서 공부하고, 개개인의 의견과 아이디어가 존중받고, 나만의 새로운 방식을 찾았을 때 몇 배 더 큰 칭찬을 받는 환경이야말로 소위 말하는 창의력 중심의 교육이 아닐까? 모두가 같아야 한다는 획일적인 사고방식보다는, 손놀이 발놀이를 한 음악 시간처럼 즉흥적인 수업 방식이 창의력을 더욱 자극시키는 것은 당연하다고 생각한다.

미술 시간에 소주병 물통을 들고 왔던 짝꿍은 준비물을 잘못 가져왔다고 꾸중을 들었을 수도 있었다. 하지만 선생님은 그 특수한 조건에서 좋은 점을 찾아 활용할 수 있게 해주었다. 정말이지 소주병 물통에서 나는 소리 때문에 반 전체가 내 짝을 부러워하게 될 줄 누가 알았을까?

나는 ABC가 좋아요

내가 다닌 초등학교에서는 일인일기를 목표로 하여 피아노, 바이올린을 비롯한 각종 악기 레슨은 물론, 합창단, 오케스트라, 운동부, 무용반, 연극반, 구연 동화반 등 다양한 특별 활동이 가능했다. 나도 덕분에 바이올린과 가야금을 배운 적이 있다.

그리고 당시 영어 붐이 일고 있던 때도 아니었지만, 이러한 특별 활동의 하나로 1학년 때부터 전교생이 영어 교육을 받았다. 매주 두어 시간씩은 한국인 선생님과 원어민 선생님이 교실에 들어왔다. 알록달록한 영어 교과서를 펼치고 곱슬곱슬한 금발의 외국인 선생님 발음을 따라할 때면 왠지 모르게 가슴이 두근두근 부풀어 올랐다.

수업 시작할 때마다 소리 내어 교과서를 읽었더니, 맨 첫 페이지는 아예 우리 반 전체가 외워버렸다.

"Mom, I'm home(엄마, 저 왔어요)."

"How was your day(오늘 하루 어땠니)?"

"Okay. Boy, I'm tired(괜찮았어요. 아, 피곤해요)."

"Wash your hands(손 씻으렴)."

글씨보다는 그림이 더 많은 예쁜 책을 보며, 선생님이 "Wash your hands!" 하는 것을 귀 기울여 듣고 "우어아시 요오얼 해아안즈!" 하고 똑같이 따라하는 것이 너무 재미있었다.

가끔씩 선생님이 '행맨(hang man)' 게임을 하자고 할 때면 우리는 모두 신이 나서 환호성을 질렀다. 맞혀야 하는 단어의 글자 수대로 칠판에 밑줄을 그어 놓고, 두 팀으로 갈라서 그 단어를 한 글자씩 맞혀가는 게임이었다.

잘못 맞혀서 우리 팀 교수대에 사람 머리, 몸통, 다리, 팔 등이 하나하나 그려져 나가면 우린 큰일인 양 안절부절 못했고, 단어 전체를 맞히는 날에는 소리를 지르고 팔짝팔짝 뛰며 흥분의 도가니에 빠졌다. 나중에는 두꺼운 영어 사전을 학교에까지 들고 와서 찾아보는 친구가 생길 정도로, 행맨 게임을 하는 영어 시간은 인기 만점이었다.

초등학교 영어 시간은 그렇게 마냥 재미있고 좋기만 했다. 그래서인지 학교에서 간혹 보는 영어 시험은 항상 괜찮은 성적이었다.

"엄마, 영어가 참 재미있어요. 이젠 ABCD도 다 할 줄 알아요."

"그러니?"

내가 생글생글 웃으며 하는 말을 들은 엄마는 이내 생각에 잠겼다.

'지금이 바로 뭔가 해줘야 할 땐데…….'

캔 유 스피크 잉글리쉬?

어느 날 엄마는 나에게 물었다.

"영어 학원에 한 번 다녀볼래?"

나는 좋아라하고 고개를 끄덕였다. 외국인 선생님 만나기와 행맨 게임을 하는 것이 영어라면, 난 얼마든지 영어를 더 배우고 싶었다. 물론 유행에 좀처럼 휩싸이지 않고 남다른 결정을 하곤 했던 엄마는 영어 학원을 고를 때도 신중했다.

"처음 놓는 돌이 중요한 거야."

30여년의 전통이 있다는 말도, 명문이라는 소문도 엄마를 움직이기에는 충분하지 않았다. 엄마는 직접 수업에 들어가 본 후에야 결정을 내렸다.

"이 정도면 됐다."

부모님은 당시 5학년이던 나를 SDA 영어 학원에 등록시켜 주었다. 그곳에서는 매 수업을 한국인과 외국인 선생님이 동시에 진행했다. 학교 밖에서 외국인 선생님을 만나는 것은 처음이어서 안 그래도 떨리는데, 첫 수업 때 덩치가 커다란 흑인 선생님이 나에게 뭐라고 질문을 했다.

'무슨 말씀을 하시는 거지?!'

분명히 선생님 말에 집중해서 귀를 기울인 것 같았는데, 알 것 같기도 하면서 알 수 없었다.

'첫날부터 이러니, 난 영어는 틀렸나 보다…….'

말문이 막힌 나는 그만 얼굴이 빨개져서 주변 친구들만 애타게 쳐다보았다. 모두들 나 대신 대답하고 싶어 안달하는 표정이었다.

'여기, 혹시 영어 잘하는 친구들만 오는 곳이면 어쩌지?'

영어 학원에 다녀 보겠다고 한 것이 실수였나 하는 생각이 들었다. 그런데 그 때 낙담하는 나를 위기에서 구출해 준 사람이 있었으니, 바로 한국인 선생님이었다.

"오늘 하루 잘 보냈냐는 뜻이에요."

나의 당황하는 모습을 본 한국인 선생님이 슬쩍 귀띔해 주었다. 얼굴에 한가득 미소를 머금은 채 나를 바라보는 두 선생님을 본 나는 방금 전의 창피함을 잊은 채 큰 소리로 대답했다.

"Yes!"

그러자 외국인 선생님은 엄지손가락을 세우며 말했다.

"That's great!"

'겨우 'Yes' 한 마디 했는데……. 그래도 내가 잘 하긴 잘했나 보다!'

한 번 용기를 얻고 난 후에는 수업이 더 재미있게 느껴졌다. 그 후로도 계속 실수하고, 외국인 선생님 말을 못 알아듣기를 반복했지만 그것이 부끄럽지는 않았다. 그럴 때마다 나를 북돋아주는 선생님 덕택에, 영어 잘하는 친구들과 한 반에서 공부할 자격이 된다는 자신감이 생겼다.

친구같이 편안한 선생님들과 함께하는 수업 시간이 너무 재미있어서, 나는 지루한 줄도 모르고 영어에 빠져들었다. 학원에 다니면서 영어 수업에는 행맨 게임이 전부가 아니라는 것을 깨달았지만, 내가 그곳에서 배운 영어라는 것은 여전히 재미있었다. 선생님들은 우리를 그저 학원생으로 대하지 않았다. 그 곳에서 만난 선생님들과 나는 정이 들어버렸다.

선생님들은 가르치는 데 매우 적극적이었다. 수업 시간에만 공부가 이루어지는 것이 아니었다.

"여러분, 일상생활에서 궁금한 영어가 있으면 적어놓았다가, 주저하지 말고 물어보세요."

이 말에 나는 당장 수첩을 사서, 내가 영어로 말할 수 없는 것들이 생각날 때마다 적었다. 족히 세 페이지는 되었다. 다음 날 나는 수업이 시작하자마자 손을 들고 질문을 하기 시작했다.

"선생님! 신호등이 영어로 뭐예요? 그리고 '싫증이 나다'가 영어로 뭐예요?"

그런데 선생님은 몇 번 대답을 해주더니 우선 수업 진도부터 나가자고 했다. 조금 실망이었다.

'내 질문에 답해 주시기에는 너무 바쁘신가보다.'

그 날 수업이 끝나고 교실을 빠져나가려는데, 뜻밖에도 선생님은 나를 불렀다.

"에스더, 아까 질문하던 것 마저 하고 가야지?"

친구들이 다 나가고 텅 빈 교실에서 선생님은 내 수첩에 빼곡히 적혀 있는 질문들을 하나하나 다 대답해 주었다. 신이 났지만 다소 죄송한 마음도 들어서 물어보았다.

"선생님, 바쁘지 않으세요?"

"아니야. 학생이 배우겠다는데 선생님은 가르쳐야지."

자신의 시간을 빼앗는 나를 전혀 귀찮아하지 않는 선생님이 고마웠다.

외국인 선생님들도 바쁜 일정 속에서 개인 시간을 할애해가며 학생들과 시간을 나누기는 마찬가지였다.

"선생님, 다음 주에 저 생일 파티 해요! 꼭 오셔야 해요!"

학생들이 이런 저런 이유로 초청을 하면 마다 않고 오는 선생님들이 참 좋았다. 내가 특별히 고맙게 생각하는 선생님은 '지상이 아저씨' 라고 불렀던 재미교포 선생님이었다. 한 번은 나도 학원 친구들과 지상이 아저씨를 집으로 초대했다. 그런데 우리 부모님 앞에 선 지상이 아저씨는 나를 놀라게 했다.

"안뇨옹하쎄이요."

'미국 사람이 한국말을 해!'

우리 부모님과 말할 때 서툴러도 꼭 한국말을 하려고 애썼던 나의 은사 지상이 아저씨, 지금은 어디서 무엇을 하고 있을까 궁금하다. 지상이 아저씨는 순수한 열정과 성실함으로 나를 감동시킨 선생님이었다.

학원에서 선생님들과 함께 열심히 영어책을 소리 내어 읽기도 하고, 발음 교정도 받고 회화 연습도 했지만, 무엇보다도 게임을 하며 즐거운 시간을 많이 가졌다. 시간이 지나자 외국인 선생님과 있는 것에 익숙해져서, 짧은 영어였지만 어떻게든 써먹어보고 싶었다.

"Hello, teacher! Do you like ice cream(선생님, 안녕하세요! 아이스크림 좋아하세요)?"

"Yes, I really like ice cream(네, 정말 좋아합니다)."

"Me, too. I like ice cream(저두요. 저도 아이스크림을 좋아해요)."

길거리에서도 내가 아는 외국인 선생님과 어쩌다 마주치면 나는 겁도 없이 다짜고짜 수업 시간에 배운 것을 활용해보았다. 나도 영어를 한다는 것에 어깨가 으쓱했다. 만나는 선생님마다 친절하게 꼬박꼬박 대답을 해주었지만, 속으로 얼마나 황당해 했을까 생각하면 웃음이 난다.

내가 학교에서 다른 친구들보다 영어에 조금 더 익숙할 수 있었던 것은 학원 선생님으로부터 받은 꾸준한 관심 덕택에 생긴 자신감 때문이었다고 생각한다. 영어는 자신감이 반이라고 누군가 말하지 않았던가.

네 뜻대로 하렴

하지만 아빠가 나를 괜히 '빼질이'라고 불렀을까. 난 하기 싫은 숙제는 요리조리 피하기를 일삼았다. 학원 숙제는 물론이고 학교 숙제도 하고 싶을 땐 밤늦게까지 했지만, 하기 싫을 땐 그냥 게으름과 배짱으로 버텼다.

초등학교 1학년 때도 반에서 나 혼자 숙제를 하지 않아서 '사랑의 매'를 맞고 찔끔찔끔 운 적도 있었다. 그러고도 다음 날, 마음이 내키지 않으면 또 숙제를 해가지 않아서 꾸중을 들었던 나는 정말이지 이해할 수 없는 아이였다.

싫은 숙제를 안 하기는 동생 미리암도 마찬가지였다. 밖에 나가 뛰놀기를 남자애들보다 더 좋아했던 미리암이 매일 가만히 책상에 앉아서 숙제하는 건 기적이었을 것이다.

그런데 언젠가부터 동생이 숙제를 꼬박꼬박 하기 시작해서 이상하게 생각한 적이 있다. 다 하지 못하면 자다가도 "몇 시야? 아침이야?" 하며 벌떡 일어나서 숙제를 끝내는 것이었다. 정말 기적이 일어난 줄 알았는데, 알고 보니 호랑이 담임선생님을 만났다는 이야기를 듣고 우리는 모두 배꼽을 잡았다.

"미리암이 드디어 임자를 만났구나!"

하지만 부모님은 재미없고 하기 싫은 것을 우리에게 억지로 시키지 않았다. 또한 혼자 해야 할 일도 도와주지 않았다. 간혹 친구들 중에 부모님이 숙제를 거의 다 해주는 아이들이 있었는데, 우리 집에서 그런 것은 아예 상상할 수 없었다. 내가 맡은 일을 책임지고 하지 않는다면 그 책임은 스스로 져야 했다.

"애들을 그렇게 내버려 둬도 되나?"

한 '극성 아주머니'가 우리 엄마를 보고 했던 말이다. 정말이지 생각해보면, '요즘 세상에 이래도 되나?' 할 정도로 부모님은 우리에게 공부든 무엇이든 강요하지 않았다. 내가 열심히 숙제를 해 갔을 때는 내가 하고 싶어서였고, 영어 학원에 다닌 것도 내가 다니겠다고 해서였다. 그러다가 그만두려면 언제든 그만둬도 된다는 것이었다.

무엇이든지 내가 싫다고 하면 부모님은 여러 가지 이유를 들어가며 설득하다가, "네 뜻대로 하렴." 하며 여유롭게 웃었다. 그럴 때마다 나는 '그럼 내가 실수하는 건가? 마음을 바꿀까?' 하고 한참을 고민하곤 했다.

부모님이 스스로 선택하도록 자유를 준 것은 이제 막 꼬물거리는 올챙이를 위험한 한강에 무턱대고 풀어놓는 것과는 달랐다. "네 뜻대로 하렴."이라고 말하는 것이 나를 그냥 내버려두는 것 같아 보이기도 했지만, 그것은 매우 통찰력 있는 배려이자 사려 깊은 교육 정신이었다고 생각한다.

부모님에게서 "공부해라." 라는 잔소리를 들어본 기억이 없기 때문에 나는 공부나 학교에 대한 거부감을 그다지 느끼지 못했다. 에스더라는 올챙이는 마음껏 꼬물꼬물대면서 학교를 즐기고, 이런저런 장난도 치고, 말썽도 피우면서 그저 어린이로서의 어린 시절을 보낼 수 있었다.

2. 청개구리의 방황

십대 자녀를 길러보지 않은 사람과는 인생을 논하지 말라.
−스페인 격언

나에게도 찾아온 사춘기

'내가 잘못 본 건가?'

순간 나는 눈을 의심했다.

'과학 68.'

내 손에는 한국삼육 중학교 1학년 첫 중간고사 성적표가 들려 있었다.

'초등학교 때는 이렇게 못한 적이 없었는데, 68점을 맞으려면 도대체 몇 개를 틀려야 하는 거지?'

다른 과목들도 그다지 나은 편은 아니었다. 충격과 실망에 몇 번이고 성적표를 훑어보고 나니, 이젠 다시 쳐다보고 싶지도 않았다. 하지만 곧 괜찮다는 생각이 들었다. 중학교는 어렵다고 하던데, 첫 시험에서 실망할 건 없었다. 그리고 공부는 나에게 그다지 중요한 것도 아니었다.

'이까짓 거 다음에 좀 더 열심히 하면 되지, 뭐.'

그런데 주변에서 친구들은 난리였다.

"어떡해, 난 몰라. 나 완전 바본가 봐. 이제 집에 가면 큰일 났다."

"야, 그건 아무것도 아냐. 지금 나를 보고도 그런 얘기를 하게 생겼니?"

"아냐, 내가 더 심해. 맞은 개수보다 틀린 개수가 더 많은 거 같아."

이내 눈물까지 뚝뚝 흘리는 친구들을 지켜보니 문득 이런 생각이 들었다.

'이런 게 바로 중학생의 삶이로구나. 야, 멋진데!'

나는 곧 친구들을 따라 같이 죽상을 쓰고 속상한 척 했다. 우리는 저마다 자기 점수가 제일 안 좋다며 약간 자랑하는 듯한 말투로 한탄을 하며 함께 '슬픔'을 나누었다. 왠지 내가 어른이라도 된 기분이었다. 내게 사춘기는 그렇게 찾아왔다.

마음만 앞선 공부 계획

어쨌든 공부는 해야겠다는 생각에, 며칠 후 나는 부모님과 함께 시내의 큰 책방에 갔다. 주위를 둘러보니 참고서를 사러 나온 학생들이 많았다. 나는 그 분위기에 금방 동화되어 버렸다.

"이 참고서는 꼭 사야 해요. 그리고 이것도 가만 보니 도움이 될 것 같고. 아, 잠깐, 그리고 선생님이 이 참고서도 좋다고 했던 것 같은데……."

나는 들떠서 과목당 참고서와 문제집을 네다섯 권 씩 사달라고 졸랐다. 부모님은 내가 공부를 하겠다는 것을 기특하게 여긴 나머지, "꼭 다 풀어야 한다." 하며 기꺼이 사주었다.

"걱정 마세요, 이거 다 공부할 거예요!"

나는 호언장담했다. 집에 와서 가지런히 책장에 꽂아놓으니 서점 참고서 코너처럼 보기 좋은 것이 참 흐뭇했다. 그 많은 책들을 보기만 해도 배가 불렀다.

'이제 공부는 문제없어!'

이윽고 몇 달 후 학기말이 되었을 때다. 내 책장에 꽂힌 책들을 하나하나 꺼내 본 엄마는 기가 막혀 했다. 처음 몇 페이지라도 공부한 흔적이 있는 책은 드물었고, 대부분은 헌 책방에 팔아도 원가를 받을 수 있을 만큼 깨끗했다.

"엄마 아빠가 공부하라고 강요한 적은 없잖아. 그런데 네가 공부하겠다고 사달라고 한 책들을 이렇게 낭비해도 되겠어?"

엄마는 매우 속상해 했다. 나는 괜한 자존심에 꽁해서 아무 대답도 하지 않았지만, 엄마 말이 옳았다.

사실 첫 중간고사 성적은 약과였다. 시험 볼 때마다 성적은 얄밉게도 한 계단, 한 계단 내려갔다. 난 뭐가 잘못되었는지 정확히 알고 있었다. 시험 기간에는 그나마 일말의 양심 때문에 꾸벅꾸벅 졸며 '벼락치기'를 했지만, 시험 기간 외에는 공부에 대한 걱정을 전혀 하지 않은 것이 문제였다.

그 대신 나는 새로운 것에 눈을 떠가고 있었다. 바로 '친구들'이었다.

나도 한때는 칠공주파(?)

얼마 전 옛날 중학교 친구들을 만난 적이 있다. 중학교 시절을 회상하며 신나게 떠들고 있는데, 이야기가 어떻게 흘렀는지 갑자기 한 친구가 놀란 눈을 하고 나에게 물었다.

"에스더, 너도 칠공주파였어?"

"푸훗."

웃음부터 터져 나왔다. 무슨 깡패들도 아니고, '파' 자를 붙여서 말하니까 아주 이상한 느낌이 들었다.

"그니까, 혜민이, 지혜, 지선이, 아영이, 혜진이, 현정이, 나, 그렇게 말하는 거야?"

"응. 아아, 너도 칠공주파였구나."

물론 우리가 그런 이름을 붙일 리는 없었다. 1학년 각 반에는 우르르 몰려다니기 좋아하는 아이들이 한 그룹씩은 있었는데, 우리를 다른 친구들이 그렇게 부른 모양이었다.

중학교에 들어와서 난생 처음으로 또래 친구들과 몰려다니는 것은 생각했던 것보다 훨씬 더 재미있었다. 나는 '칠공주파(?)' 친구들과 함께 초등학교 때는 하지 않았던, 선생님의 눈 밖에 날 만한 일들을 점점 서슴지 않고 했다.

조용한 수업 시간. 다른 학생들은 필기를 하고 있었지만, 나는 공책 한 장을 소리나지 않게 뜯어내서 친구에게 쪽지를 쓰고 있었다.

'아아, 졸려어…… 우리 오늘 끝나고 뭐할까?'

종이를 접는 방법도 가지가지였다.

'오늘은 하트 모양으로 접어볼까나…….'

나는 받을 친구 이름을 곁에 쓴 다음, 손을 뻗어서 앞에 앉은 친구의 등을 쿡쿡 찔렀다. 이 과정을 이미 많이 겪어본 그 친구는 아무 말 없이 손을 뒤로 내밀었다. 그 쪽지는 다른 많은 손들을 거쳐 받을 친구에게 무사히 전달되었다.

별 내용도 없는 쪽지였는데도 우린 뭐가 그렇게 재밌는지 수업 시간 내내 쪽지를 주고받으며 킥킥거렸다. 우리가 쪽지 돌리는 것을 선생님들이 안 좋아한다는 건 당연히 알았지만, 벌써 마음은 공부에서 멀어질 대로 멀어진 후였다.

갈수록 나빠지는 수업 태도와 더불어, 우리가 숙제를 집에서 하는 법이 없다는 것은 잘 알려진 사실이었다. 대부분의 선생님들은 좋은 말로 타이르고 참아주었지만, 무서운 선생님이 내준 숙제는 한 사람 것을 돌

아가면서 베껴야 했다. 숙제 해온 친구를 찾기 위해 우리는 또 쪽지를
돌렸다.

너 혹시 수학숙제 해왔어?

응, 나 대단하지 않냐?

얼~웬일이야? 음... 있잖아~친구..

나 있다가 쉬는 시간에 베껴도 돼용?

으이그, 이 나쁜학생, 알았어~

땡큐~친구 사랑해 ♥

　　우리가 선생님과 부모님 속을 썩이긴 했어도 그 나이에는 '불량 학
생'이랄 것도 없고, 나쁜 아이들은 더욱이 아니었다. 그냥 함께 있는 게
즐거웠고, 같이 장난치는 게 재밌었고, 우정이라는 걸 서로 깨닫게 해
준 친구들이었다.
　　짝사랑 없는 사춘기는 사춘기도 아니라고 하는데, 1학년 때 나는 같
은 반 남자아이를 참 오랫동안 좋아했다. 나 혼자만 좋아했으면 금방

시들해졌을지 모르겠는데, 알고 보니 우리 '칠공주파' 의 지혜도 그 애한테 흑심을 품고 있는 것이 아닌가!

우린 즉시 그 남학생에게 'J'라는 가명을 붙이고 속닥속닥 비밀 얘기를 하기 시작했다. 그러다가 누가 엿듣기라도 하면 하늘이 무너지기라도 한 듯 "어떡해, 어떡해." 하면서 발을 동동 굴렀지만, 은근히 누군가가 주워 듣기를 바라는 마음도 있었다. 암호로 가득 찬 대화를 누가 엿들어봤자 알아듣지도 못했겠지만.

주말에는 친구 한 명의 집에 몰려가서 지혜와 내가 좋아했던 J, 혜민이가 좋아했던 K, 지선이가 좋아했던 C 등에게 차례로 전화를 걸곤 했다. 우선 당사자가 아닌 다른 사람이 전화를 걸어서 "널 좋아하는 어떤 애가 있는데……." 하며 궁금증을 부추기다가, "얘 어떻게 생각해?" 하고 찔러보았다. 그 아이에게는 "아무한테도 말 안할게." 하고 재차 다짐을 한 건 물론이다.

그런데 장난이긴 했지만 왜 그렇게 심장이 두근거리던지. "지금 옆에 누구 있어?" 하고 물어오면, "아니, 아무도 없어." 하면서 송화기를 손으로 막고 큭큭 웃었다. 전화기를 스피커폰으로 해놓고 말이다.

수화기를 내려놓으면 모두 전화 통화 내용을 앞다투어 리플레이하며 한참동안 흥분에 찬 토론을 벌였다.

"아까 '%&**#$&' 라고 하는 거 들었지? 아예 마음이 없는 건 아니라니까!"

"그치만 또 '$#&%*@*#$%#$#%@' 라고도 했잖아."

"아냐, '@*$&%&@#*#$@#%#&*' 라고 한걸 보면 분명 뭔가 있어."

공부할 때는 말을 듣지 않는 기억력이 이럴 때는 어쩜 토씨 하나 틀림이 없이 완벽할 수 있는지, 우리들의 머리란 정말 신기한 것이었다.

텅 빈 머리, 텅 빈 가슴

방과 후 우리는 저녁 늦게까지 돌아다니며 떡볶이를 사먹고 팬시점과 옷 가게를 들락거리며 수다 떨기를 좋아했다. 그래서 해가 떨어지기 전에 집에 돌아오는 경우는 드물었다. 집으로 돌아오는 길에는 혼날까봐 항상 조마조마했지만 일단 집에 들어서면 무표정한 얼굴로 인사를 했다.

"다녀왔습니다."

"그래, 왜 이렇게 늦었니?"

"아, 그냥, 친구들이랑……."

나는 건성으로 대답을 하는 둥 마는 둥 하고 방에 들어와 문을 쾅 닫았다. 가방을 내팽개치듯 던져놓고 교복을 입은 채로 그대로 침대에 드러누웠다.

눈을 감으니 엄마의 걱정스런 눈빛이 더 또렷이 그려졌다. 가슴이 답답해 왔다. 초등학교 때와는 너무 달라진 모습이라는 건 나도 알았다. 공부에 관심이 없는 건 둘째 치고, 부모님을 대하는 태도는 무례하기 짝이 없었다. 차라리 귀 따가운 잔소리라도 실컷 들으면 속이 편할 텐데, 항상 걱정이 묻어나는 얼굴로 말하니까 내가 더 한심하게 느껴졌다. 왠지 모를 한숨이 나왔다.

'이대로 잠들어버렸으면 좋겠다…….'

"언니, 뭐해?"

언제 들어왔는지 동생이 침대 위로 빼꼼 고개를 내밀었다. 나는 갑자기 동생에게 이유 없는 화풀이를 했다.

"아, 나좀 가만히 냅둬."

동생은 입을 삐죽 하더니 아무 말 없이 나가버렸다.

'내가 왜 그랬지…….'

가슴이 싸아하게 아파왔다. 요즘 들어 나는 가족들 사이에서 뾰족한

가시 같았다. 친구들이랑 있을 때는 헤헤거리면서 잘 놀았지만, 언제부터인가 집에선 다른 사람으로 돌변하여 가족들에게 상처만 주고 있었다. 다들 나 때문에 힘들어하는 것이 눈에 보였다.

하지만 내가 제멋대로 굴어도 주위 사람들은 한결같았다. 변함없이 나를 사랑하고 따뜻하게 대해주는 부모님, 내가 아무리 짜증을 내도 이내 다 잊어버리고 다시 생글생글 웃으며 다가오는 동생 미리암, 그리고 나를 계속 격려해 주는 학교 선생님들.

소중한 사람들에게 미안한 마음에 나도 이러고 싶지 않다고 생각할 때도 있었다. 하지만 나는 마치 꿀단지 속에 빠진 꿀벌처럼 헤어 나올 수가 없었다. 좀 노력해볼까 하다가도 다시 생각 없이 행동하길 반복했고, 그럴수록 오히려 더욱 꽁꽁 그물에 묶여버려서 숨이 막힐 것 같았다.

'나 지금 사춘기인가?'

그 땐 부모님의 말이 정말이지 너무 듣기 싫었다. 하루는 부모님이 날 앉혀놓고 물어보았다.

"에스더는 커서 뭐가 될 생각이니?"

흔한 질문이지만 나는 말문이 막히고 말았다. 아무런 생각도 나지 않았다.

"그냥…… 그냥……."

눈을 이리저리 굴리며 할 말을 찾았지만, '그냥' 이렇게 중, 고등학교를 마치고 성적 되는 대로 대학에 들어가겠다는 막연한 계획 외에는 아무런 구체적인 꿈이 없다는 것을 깨달았다.

'초등학교 때는 되고 싶은 것도 많고, 하고 싶은 것도 많았는데…….'

내가 언제 이렇게 변했는지 알 수 없었다.

3. 우물 밖을 본 청개구리

*"이 우물보다 더 큰게 있다는 소릴랑은 내 생전 들어 보질 못했소.
그래, 당신네 그 강은 얼마나 크오?"*

(www.naver.com)

부모님의 해결책

만약 내가 우리 부모님 입장이었으면 어떻게 했을까? 매일 잔소리하고, 학원 서너 군데에 등록해서 친구들과 쏘다닐 틈을 주지 않고, 성적 떨어질 때마다 벌을 주고, 통금 시간을 정하고 했다면 그 때의 에스더가 더 나은 학생이 되었을까? 모르는 일이다.

어쨌든 부모님은 그렇게 하지 않았다. 부모님이 선택한 해결 방법은, 나에게 새로운 세계를 보여주는 것이었다. 바뀔 마음도 없는 아이를 억지로 바꿔 놓을 수는 없으니, 이 세상이 얼마나 넓으며 자기가 얼마나 우물 안 개구리인지 스스로 깨닫게 하자는 것이었다.

'미국에 데려가 보자.'

이 아이가 조금이라도 생각이 있는 아이라면 그 경험에서 자극을 받고 자신을 고쳐나갈 것이라는 기대 하에 내린 파격적인 결정이었다.

부모님은 내가 중학교 1학년을 마친 바로 그 때가 절호의 기회라고 생각했다. 1997년 겨울이었다. 가는 날이 장날이라고, 마침 국가적 경제

위기가 닥치고 IMF 사태로까지 번졌다. 환율이 천정부지로 뛰어오르면서 한국이 건국 이래 최악의 경제 상황을 맞았다느니, 아시아의 기적이 침몰했다느니, 신문에서는 온통 무시무시한 이야기뿐이었다. 특히 유학생들이 큰 타격을 입었고, 환율을 감당하지 못해 공부를 포기하고 귀국하는 학생들이 속출했다.

그러나 '뜻이 있는 곳에는 길이 있다'고 굳게 믿은 부모님은 지금까지 열심히 부어놓은 적금을 해약하면서까지 미국행을 감행했다. 이 여행은 그렇게 사전에 세심하게 계획된 부모님의 배려였다.

물론 엄마가 "이번 방학에 미국에 가볼까?" 하고 물어보았을 때 나는 그런 뒷배경을 전혀 알지 못했다.

"엄마, 갑자기 웬 미국?"

"에스더랑, 미리암이랑, 엄마랑, 셋이서 그냥 잠깐. 어때?"

"그, 글쎄요……."

너무도 뜻밖의 제안에 나는 어깨를 으쓱했다.

'미국? 유-에스-에이? 나 같은 아이도 그런 곳에 한 번 가보게 되는 건가?'

나처럼 말 안 듣는 딸이 뭐가 예쁘다고 외국 여행을 시켜주는지 이해가 가지 않았지만, 비행기 표를 예약하고, 가방을 싸고 하면서 난생 처음으로 미국을 여행한다는 사실에 마냥 들뜨고 신나기만 했다.

물론 IMF로 다들 어려운 시기에 웬 미국 여행인지, 철없는 내가 보기에도 좀 상식에 어긋나는 결정 같았다. 아무리 봐도 돈이 남아서 놀러 가는 것은 아닌 듯했다. 아빠 월급으로는 우리 셋 비행기 삯도 감당이 안 될 것 같은데, 도대체 어떤 속셈인지 나로서는 도통 알 길이 없었다.

물론 단순한 관광이었다면 돈 낭비였을지도 모른다. 하지만 부모님은 내가 모르는 세부 계획까지 이미 다 세워놓은 후였다.

크리스마스가 지나고 새해를 며칠 앞둔 어느 날, 나는 들뜬 마음으로 미국행 비행기에 올랐다. 이제 잠시 후 엄청난 경험이 나를 기다리고 있을 줄은 꿈에도 상상하지 못한 채.

뜻밖의 제안

"네에? 한 달 동안 미국 중학교에 다니라구요?"

말도 안 되는 얘기였다. 지금까지 영어를 배우긴 했지만, 바로 며칠 전 공항에서 입국 심사하던 것만 생각해 보아도 난 절대 미국 중학교에 못 다닐 것 같았다. 갑자기 온통 미국 사람들에 둘러싸여 버린 공항에서 덜컥 겁이 난 나는 영사의 초스피드 영어에 정신을 차릴 수가 없었다.

'그런 내가 토종 미국 아이들 틈에서 한 달을 생활한다고?'

우리는 미시간 주의 베리언 스프링스라는 동네에 사는 아빠 친구 집에 한 달 가량 머물 예정이었다. 그런데 그 동안 돈 한 푼 내지 않고 집 근처의 공립 중학교에 다니며 공부를 할 수 있도록 이미 교장 선생님의 허락을 받았다는 것이다. 물론 나와 미리암에게 미국 중학교를 맛보여 주는 것은 부모님이 사전에 치밀하게 세워놓은 계획의 핵심 부분이었다. 우리나라 중학교는 겨울 방학이지만 미국은 이제 곧 새 학기가 시작된다고 했다.

"영어를 잘 못 알아들어도 상관없어. 다른 데서 해 볼 수 없는 정말 색다른 경험이 될 텐데."

엄마의 집요한 설득에 마음이 흔들리기 시작했다.

'그래, 어디 한 번 해볼까? 맘에 안 들면 그만두지 뭐.'

그렇게 일단 학교에 다녀보겠다고 결정은 했지만, 내 영어가 계속 마음에 걸렸다. 나처럼 버벅거리는 아이는 수업을 쫓아가기는커녕 다른 아이들과 의사소통도 제대로 못 할텐데.

하지만 한 편으로는 떨리면서도 기대가 됐다. 미국 학교는 어떻게 생겼을까? 미국 친구들은 어떻게 공부할까? 나처럼 친구들과 몰려다니기 좋아하는 아이들이 많을까? 한국에서 왔다고 하면 그 아이들도 나에 관해 궁금해 할까…….

한 달간의 모험이 시작되다

눈이 하얗게 내린 푸르스름한 새벽이었다. 이른 시각이었지만 주택가 앞에는 벌써 아이들이 줄을 서서 스쿨버스를 기다리며 재잘대고 있었다. 동생 미리암과 나는 불안한 마음으로 그 줄에 합류했다.

얼마 후 영화에서나 보던 노란 스쿨 버스가 나타났다. 버스에 올라탄 아이들은 자리를 차지하기 위해 아우성이었고, 버스 기사 아저씨는 뭐라고 고래고래 소리를 질렀다. 한참의 소동 끝에 다들 자리에 앉고 나서야 버스는 출발했다.

"정신이 하나도 없다, 그치?"

둘이 앉을 자리에 셋이 억지로 찡겨서 앉은 채로 미리암이 나에게 소곤댔다. 나는 긴장 섞인 미소로 대답을 대신했다.

'우와, 이런 게 바로 미국 중학교로구나.'

전에 들었던 '인종 전시장'이라는 말이 이제야 실감이 났다. 베리언 스프링스 공립 중학교는 백인, 흑인, 동양인이 모두 함께 어울려 지내는 것이 아주 자유로워 보였다.

선생님의 안내에 따라 교실에 들어가니 처음 보는 아이들이 아무렇지도 않게 다가와서 마치 오랫동안 알고 지낸 친구처럼 자연스럽게 말을 걸어왔다.

"Hi! Are you new here(안녕! 여기 새로 왔어)?"

"What's your name(이름이 뭐니)?"

"Where are you from(어디서 왔어)?"

처음에는 무척 당황스러웠지만, 말을 걸어주는 것이 고맙고 반가웠다.

"I'm Esther and I'm from Korea(나는 에스더이고, 한국에서 왔어)."

하지만 내 영어가 부족하다는 것을 나는 계속 느꼈다. 간단한 인사 이외의 말은 잘 알아듣지 못해서 아이들의 표정이나 분위기로 대충 짐작하고, 손짓 발짓으로 대답하는 정도였다.

'조금만 더 영어를 잘 했더라면 좋았을 텐데……'

안타까움에, 진작 영어 공부를 좀 더 열심히 해 둘 걸, 하는 뒤늦은 반성을 했다. 앞으로 한 달 동안 어떻게 이 학교에 다닐 지 걱정이었다. 하지만 내 걱정과 상관없이 이미 모험은 시작된 후였다.

7 곱하기 7은?

내가 배정 받은 학급은 허바드 선생님이 담임하는 7학년 반이었다. 허바드 선생님은 금발 머리에 나긋나긋한 목소리를 가진 젊고 상냥한 여자 선생님이었다. 우리 반은 열다섯 명이 채 안 되었는데, 아직 학년이 낮아서 그런지 거의 모든 과목을 다함께 한 교실에서 담임선생님으로부터 배웠다. 수업 시간 내내 아이들의 질문과 참견이 끊이지 않았지만, 그렇다고 해서 한꺼번에 무질서하게 떠드는 것은 아닌 듯했다.

과목은 수학, 영어, 과학, 사회 네 가지뿐이었다. 대부분 걱정했던 것에 비해 별로 어렵지 않았다. 특히 수학 시간에는 거의 영재 취급을 받을 정도였다. 그도 그럴 것이, 내가 초등학교 때 공부했던 것들을 이제 막 배우기 시작했던 것이다.

한 번은 수학 시간에 팀을 갈라 게임을 한다고 했다. 수업 시간에 웬 게임인가 궁금해 하고 있는데, 각 팀에서 한 명씩 칠판 앞으로 나가서 분필을 잡았다. 선생님이 뜸을 들이다가 외쳤다.

"3 곱하기 8!"

앞에 나간 아이 두 명은 심각한 표정으로 계산을 하기 시작했다. 나는 선생님이 낸 문제를 잘못 알아 들었는 줄 알았는데, 5초가량 지나자 한 아이가 잔뜩 흥분한 표정으로 소리를 질렀다.

"I know(알았다)!"

그러더니 서둘러서 칠판에다 '24' 하고 쓰는 것이었다.

'뭐야, 진짜 곱하기 문제잖아!'

어이가 없었다. 그런데 선생님은 그 아이에게 잘 했다고 칭찬을 해주었고, 다른 팀 아이는 한술 더 떠서 속상하다는 듯 말했다.

"나도 거의 생각났어."

이제 드디어 내 차례가 되었다.

"7 곱하기 7!"

나는 선생님이 문제를 내자마자 정답을 칠판에 썼다.

"우와아아아~"

아이들의 탄성에 난 창피한 얘기지만 좀 우쭐한 마음까지 들었다. 더 웃긴 것은 상대 팀 아이가 라이벌 의식을 느낀 나머지 급히 서둘러 계산하다가 잘못된 답을 쓴 것이었다.

'59'

구구단을 외우지 못해 7을 일곱 번 더하다가 생긴 실수였다. 한국 같았으면 상상할 수도 없는 일이었다.

여기서 조금 용기를 얻은 나는 다른 과목에 신경을 쏟기 시작했다. 모든 과목에서 수시로 쪽지 시험과 테스트가 있었다. 그리 중요한 시험들

3곱하기 8?

은 아니었지만, 선생님이 미리 얘기해 주면 나는 그 날짜와 시험 내용을 공책에 표시해 두었다.

"엄마, 내일은 사회 테스트 본대요. 공부해야겠어요."

학교에서 돌아오면 나는 평소의 나답지 않게 열심히 사전을 찾아가면서 밤 늦도록 시험 준비를 했다. 엄마는 별다른 말은 하지 않았지만 매우 흐뭇한 표정이었다.

철저한 준비 덕에 시험은 대체로 어렵지 않은 것 같았다. 학생들의 실수를 유도하는 '비비 꼬인' 문제는 없었고, 단어의 뜻을 묻거나 개념을 설명하라는 등의 단순한 문제들이 대부분이었다. 교과서만 제대로 읽어본 사람은 누구나 풀 수 있을 듯했다.

내가 연이어 좋은 성적을 거두자 아이들은 내가 특별한 공부 방법이라도 알고 있는지 궁금해 했다. 나도 솔직히 이렇게 열심히 공부해서 시험을 잘 보기는 처음이라 조금 얼떨떨했다. 하지만 기분이 좋은 건 사실이었다.

'두-앤-페네리!'

반면 영어 수업은 그렇지 못했다. 영어를 잘 못하는 학생들은 정규 영어 수업 대신 따로 ESL(English as a Second Language) 수업을 듣는 것이 보통이었다. 그런데 나는 어찌된 일인지 다른 친구들과 함께 영어 수업도 듣도록 허락이 되었다.

처음엔 차라리 ESL 수업을 듣는 것이 더 도움이 될 것만 같았다. 다른 아이들이 책을 소리내어 줄줄 읽는 동안, 나는 전자 사전만 열심히 두드리면서 한두 문장 해석하기에 바빴다. 그나마도 간신히 짐작으로 내용을 이해하는 수준이었다.

이런 일도 있었다. 닉(Nick)이라는, 정학을 연속으로 받아서 학교에 안 오는 날이 더 많은 말썽꾸러기 남자 아이가 있었다. 그러나 반항적인 기질과는 달리 매우 친절하고 신사적인 아이였다.

한 번은 그 아이가 내게 다가오더니 내 책상에 있는 펜을 가리키며 공손하게 무엇이라고 질문을 했다. 나는 "……use this pen?"이라는 부분만 알아듣고 고개를 힘차게 끄덕였다. 물론 써도 된다는 뜻을 전하고 싶었던 것이다. 그런데 이상했다.

"어…… 그럼 미안해."

닉은 당황해 하더니, 어색한 표정을 지으며 가버렸다.

'내가 뭘 잘못했나?'

나중에 가만히 생각해보니 그가 던진 질문은 "Mind if I use this pen?", 그러니까 이 펜을 쓰면 '안 되겠느냐'였다. 그러니 내가 단호하게 고개를 끄덕인 것은 바로 "절대로 쓰면 안 된다"라는 의미였던 것이다. 너무 미안해서 당장 해명을 하고 싶었지만, 내 영어 실력으론 어림도 없었다.

이런 열등감 때문에 적어도 초반에는 알게 모르게 많이 위축되어 있었던 것 같다. 하지만 한국 사람으로서 뭔가 보여줘야겠다는 자존심 때문에 비록 짧은 기간이지만 최선을 다했다.

'아직 너희 나라에선 내가 말도 제대로 못하지만, 그래도 바보는 아니라고.'

그런데 베리언 스프링스 중학교를 다닌 지 두어 주가 되자, 신기한 일이 일어났다. 영어가 조금씩 들리기 시작했다. 처음 왔을 때는 누가 빠른 속도로 말하면 알아들을 수 있는 단어가 별로 없었는데, 이제는 긴 문장 속의 단어가 하나하나 끊겨서 들리기 시작했다. 단어들의 뜻은 다 알지 못했지만, 들리기만 하는 것도 나에겐 큰 발전이었다. 이제는 전에 한국에서 배웠던 것들이 떠오르면서 활용할 여유가 조금씩 생겼다.

학교에서 영어를 쓴 것 외에도 집에서 보는 텔레비전이 영어 공부에 많은 도움이 되었던 것 같다. 학교 친구들은 〈도슨의 청춘일기〉와 같은 청소년 드라마를 주로 보았지만, 나는 동생 미리암과 함께 앉아서 어렸을 때도 잘 보지 않던 〈파워 레인저〉 같은 어린이 프로그램을 즐겨 보았다. 그것이 내 수준에 더 맞는 영어였다.

또 그 무렵 한창 유행하던 〈토이 스토리〉 비디오가 그 집에 있었는데, 열 번 이상 보아도 질리지가 않았다. 나중에는 아예 재미있는 대사들을 외워버릴 정도였다. 특히 버즈가 날아오를 때마다 외치는 말은 그 장면이 나올 때마다 비슷하게 따라서 외치곤 했다.

"두-앤-페네리! 앤 비연!"

버즈의 힘찬 말투에 맞춰 한 손을 하늘로 쭉 뻗고 흥분하는 나를 지켜보던 동생이 하루는 참고 있던 질문을 했다.

"언니, 근데 그게 무슨 뜻이야?"

"응? 아, 그건……"

재미있고 멋져 보이긴 했지만 사실 나에겐 수수께끼 같은 말이었다.

"그건 말이지, 두 앤드(do and)…… 뭘 하고 나서……"

동생은 미심쩍다는 표정이었다.

"별로 그렇게 안 들리는데?"

"나도 솔직히 '페네리' 라는 말은 잘 모르겠다. 근데 'Do and' 는 아마 맞을 거야."

창피해진 나는 대충 얼버무린 뒤 텔레비전에 시선을 고정하고 다시 '토이 스토리' 에 정신을 집중하는 척했다.

'그게 무슨 뜻일까……?'

나중에 한국에 온 후에야 나는 그 대사가 "투 인피니티, 앤드 비연드! (To infinity, and beyond: 영원, 그리고 그 너머를 향해!)" 라는 멋진 말이라는 것을 알게 되었다.

굿바이, 베리언 스프링스

베리언 스프링스 중학교에 간 마지막 날 새벽에도 눈은 소복이 쌓여 있었다. 우리를 데리러 온 스쿨 버스가 저만치 시야에 들어왔다. 오늘이 지나면 두 번 다시 이 버스를 탈 수 없다고 생각하니 마음이 아려왔다.

조작하는 게 어려워서 처음 며칠동안 나를 당황시켰던 사물함도, 아침을 거르고 온 학생을 위해 주는 간단한 아침 식사도, 손목이 빨개지도록 배구를 연습했던 체육관도, 금요일 점심 메뉴였던 피자도 이젠 모두 안녕이었다.

마지막 수업이 끝나고, 그 동안 친해졌던 친구들과 작별 인사를 했다. 서툰 영어로는 내 마음이 잘 표현되지 않았지만 얼마나 아쉬웠는지 모른다.

"보고 싶을 거야."

"나도. 우리 계속 연락하자."

이메일도 없던 때라 우리는 편지 주소를 교환하는 것으로 만족해야 했다. 마지막으로 허바드 선생님과 작별의 포옹을 할 때는 눈물마저 났다. 처음 다니기 시작할 때의 걱정들은 시간이 지나면서 눈 녹듯 사라진 지 오래였고, 그간 이 학교에서 맺은 인연들을 잃고 싶지 않았다.

하지만 내가 그 곳을 떠나기 전 엄마에게 제발 미국에서 계속 공부하게 해달라고 간청했던 가장 큰 이유는 따로 있었다. 비록 아직 영어가 서툴긴 했지만 난 그 짧은 시간 동안 미국식 공부에 재미를 붙여버렸다. 내가 지금까지 알고 있던 것과는 전혀 다른 공부 방식이 매력이 있었다. 그래서 누가 시키지도 않았고 또 기대하지도 않았지만 혼자 집에서 숙제도 꼬박꼬박 했고, 시험을 본다고 하면 공부도 열심히 하였다. 한국에서의 학교생활에서는 절대 상상할 수 없는 모습이었고, 스스로 봐도 대견했다.

사실 그 다음 월요일이면 성적표가 나올 예정이었다. 비록 짧은 기간
이었지만 최선을 다해 이룬 결과를 담고 있을 것이기에 그 성적표는 나
에게 큰 의미가 있었다.

하지만 나와 동생이 아무리 졸라도 사정상 그 곳에 계속 남아서 공부
한다는 건 무리였다. 우린 결국 그 주말에 베리언 스프링스를 떠났다. 그
때 받아보지 못한 성적표는 아직도 내 기억 속에만 남아 있다.

4. 더 깊이 잠수해버리다

If you mess up, it's not your parents' fault.
—Charles Sykes,
네 인생을 네가 망치고 있으면서 부모 탓을 하지 말라.
—찰스 사익스

다시 현실 세계로

그런데 미국 베리언 스프링스 중학교에서 한 달 동안 보여준 다부진 모습이 그 후 얼마나 오래 갔을까?

1998년 3월 초, 미국 여행 일정을 모두 마치고 한국으로 돌아왔을 때 한국 학교는 이미 개학을 한 후였다. 한여름 밤의 꿈, 아니 한겨울 밤의 꿈에서 깬 것처럼 이상한 기분으로 나는 2학년을 시작했다.

미국에서의 내 모습, 그리고 예전의 한국에서의 내 모습. 그 둘은 너무나도 딴판이었다. 미국에서 공부에 조금 재미를 붙이면서 생긴 따끈따끈한 열정이 나의 '제멋대로 하기' 홈구장에서 얼마나 유지될 수 있을지 궁금했다.

그 해답을 찾는 데는 그리 오랜 시간이 걸리지 않았다. 사실 처음에는 선생님 말에 집중 하려고도 해보고, 쪽지 돌리는 것도 좀 자제하고, 방과 후에는 집으로 곧장 가려고도 해보았다. 그러나 나의 결심은 그다지 오래 가지 못했다. 방학 내내 못 봤던 친구들과 다시 만나게 된 것만으로도 유혹은 너무 컸다.

1학년 때 다 같은 반이었던 '칠공주' 들은 2학년이 되어서 여러 반으로 흩어졌지만, 점심시간에는 다시 하나로 뭉쳐서 반찬 싸움을 계속했고, 학교가 끝난 후에 같이 거리를 쏘다니는 것은 이제 거의 불문율로 자리잡았다. 수업 시간은 더더욱 지루하게 느껴졌고, 졸지 않는 척하면서 한쪽 팔을 베고 책으로 얼굴을 가린 채 자거나, 만화책을 읽거나 혹은 친구들에게 편지를 쓰는 경우가 비일비재했다.

채 한 달도 지나기 전, 나는 다시 작년과 같은 기분으로 돌아가 있었다. '내가 정말 구제불능인가?' 하는 죄책감도 있었지만, 일단 마음이 틀어지고 난 후에는 오히려 1학년 때보다 더 열심히 노는 데 주력했다.

'그래, 이런 생활도 재미있는걸.'

현실 세계로 돌아오자, 베리언 스프링스에서의 내 모습은 신기루처럼 온데간데없이 사라져 버렸다.

'뜯기면 또 박는다!'

하루는 친구들과 모여 불평을 주절주절 늘어놓고 있었다.

"우리 교복 너무 펑퍼짐하지 않냐?"

"너무 안 예뻐. 입기 싫다."

"우리 그러지 말고, 이렇게 해보는 거 어때?"

의견을 모은 우리는 그날 즉시 교복 수선 작업을 개시했다. 아니, 수선이 아니라 개조라고 하는 편이 더 적합했다. 바늘과 회색실을 학교에 가져와서 우리 손으로 직접 치마를 바꿔놓기 시작했다.

선생님한테 들키지 않으면서도 바늘에 찔리지 않고 정확히 꿰매는 것이 중요했다. 그러려면 눈은 선생님을 향하고, 왼손은 무릎 위에 올려

놓은 치마 주름을 팽팽하게 잡고, 오른손은 그 주름을 더듬으면서 바느질을 해야 했다. 한땀한땀을 촘촘하게 뜨는 것이 고난도 교복 수선의 핵심 기술이었다. 그래야 세탁소에 맡긴 것처럼 깔끔하게 고쳐졌다.

몇 번 따끔한 맛을 보고 피를 몇 방울 흘린 끝에 우리는 교복 수선의 달인이 되었다. 치마 앞 주름 박기에서 시작한 교복 수선은 이제 아예 치마폭 자체를 줄이는 것으로 발전했고, 곧 조끼 폭도 줄이게 되었다.

"이야, 역시 교복도 타이트하니까 꽤 예쁘다."

"그치그치?"

우리의 개조된 교복을 본 반 아이들은 감탄사를 연발했고, 곧 나는 친구 몇 명과 함께 우리 반 여학생 교복 수선을 전담했다.

문제는 학교에서 교복을 줄여 입는 것을 금지했고, 아침에 학교 현관에서 복장 검사가 있었다는 점이다. 체격 좋고 얼굴이 험악한 주번 언니에게 걸리면 그 전날 공들여 바느질해 놓은 것은 영락없이 모두 도루묵이 되었다.

매일 아침, 치마 앞주름이 다 뜯기고 실밥이 튀어나온 흉한 모습으로 교실에 들어서는 불행한 친구가 생길 때마다 우리는 교칙을 어긴 생각은 뒤로 하고 앞다투어 불만을 표했다.

"어머, 어쩜 그럴 수가 있어?"

"너무하는 거 아냐? 어떻게 교복 치마를 이렇게 만들어 놓냐고?"

하지만 우리의 직업 정신은 대단했다. 우리는 흔들리지 않았다.

'뜯기면 또 박는다!'

이것이 우리의 신조와 같았다. 투덜거리며 우리는 또다시 주섬주섬 실과 바늘을 꺼내왔고, 수업 시간에 책상 밑에서 교복 수선을 재개했다. 아침엔 너덜너덜했던 치마도 하교 시간쯤에는 적어도 우리 눈엔 예쁘고 멋있어 보이는 치마로 다시 변신해 있는 것을 보면 보람까지 느껴졌다.

치마수선의 요령

1. 눈은 선생님을 향한다.

2. 왼손은 치마 주름을 팽팽하게 잡는다.

3. 오른손은 그 주름을 더듬으면서 바느질한다.

능력 상 기술

세탁소에 맡긴 것처럼 깔끔하게 고치려면

" 한 땀 한 땀 "

촘촘하게 떠야한다.

이제 공부는 내 우선순위 100위권 바깥으로 밀려났다. 앞으로를 위해 공부가 중요하다는 식의 이야기는 이제 자극이 되지 못하였다. 학교에서는 친구들과 노는 것이 낙이었고, 그저 학교가 끝날 시간만을 고대하였다.

겨울, 복도에서 보낸 국사 시간

공부에는 별로 관심이 없던 나에게도 지금까지 뇌리에 남아있는 한 선생님이 있다. 중학교 2학년 때 국사 선생님은 한마디로 말하자면 참별난 분이었다. 수업은 항상 한 가지 방법으로만 진행되었다. 계속 이야기만 했고, 노트 필기조차 없었다.

그런데 이야기가 어찌나 재미있었던지, 또 선생님이 얼마나 무섭던지, 우리는 그 선생님 수업 시간에는 절대 딴 짓을 하거나 졸 수가 없었다. 국사 교과서에 부연 설명이 별로 없이 농축되어 있는 그 많은 내용을 하나하나 풀어서 설명했고, 우리는 이해가 될 때마다 고개를 끄덕이며 감탄하곤 하였다.

종종 그분은 교과서 밖으로 나와 한국의 교육 제도를 비판하거나 더넓은 세상을 보라고 안타까움이 어린 충고를 했다.

"한국 국사 교과서에는 필요 이상으로 내용이 너무 많아요. 어떻게 학생들이 이 모든 것을 제대로 배울 수 있겠어요?"

"서태지 알죠? 여러분 중 서태지를 하늘처럼 생각하는 사람도 있을 겁니다. 하지만 외국에 나가서 물어봐요. 서태지 아는 사람 있나."

솔직히 이런 이야기를 들으면 매우 자존심이 상할 때가 많았다. 하지만 틀에서 벗어난 이야기들이 항상 듣기 좋은 소리는 아니었어도 흥미롭게 느껴진 건 사실이었다.

그런데 그 해가 끝날 즈음이었다. 국사 선생님은 우리 반 아이들이 너무 말을 듣지 않아서 더 이상 참을 수 없다고 하더니 갑자기 폭탄선언을 했다.

"내 수업에 참여하고 싶지 않은 학생은 이제부터 국사 시간마다 복도로 나가 있도록 허락할 테니, 지금 나가세요."

순간 '웬 떡이냐' 하는 생각에 귀가 솔깃했지만 이내 걱정이 몰려왔다. 정말 나가도 되는 분위기인지, 이렇게 하면 국사는 아예 포기하게 될 텐데 그래도 되는 건지, 무엇보다도 추운 겨울인데 복도에서 잘 버텨 낼 수 있을지…….

바로 그 때, 평소 선생님을 별로 좋아하지 않던 남학생 한 명이 벌떡 일어나더니 저벅저벅 복도를 향해 걸어갔다. 그러자 그 옆의 남학생 한 명도 기다렸다는 듯 일어나서 나갔다.

쥐 죽은 듯이 조용한 교실 안에는 충격을 받는 얼굴들이 선생님의 눈치를 살피고 있었다. 나는 친한 친구 두 명과 긴급히 눈빛을 교환했다. 다들 마음이 통했다.

우리는 누가 먼저랄 것도 없이 의자를 드르륵 밀어내고 일어섰다. 이제는 돌이킬 수 없다는 비장함에 조금 떨렸다. 수업 시간에 복도에 나가 있겠다고 자원을 하다니. 그 순간 우린 공부와 결별을 선언한 것이나 마찬가지였다. 자포자기한 심정, 그러나 후련한 심정으로 우리는 교실 뒷문을 통과해 복도로 나왔다.

"야, 너네도 공부 포기했냐?"

먼저 밖에 나가서 떨고 있던 남학생 중 한 명이 피식 웃으며 말했다. 우리가 나온 게 반가운 모양이었다. 얼마 지나지 않아 교실 뒷문이 또 열리더니, 두 명의 학생이 또 나왔다. 왠지 웃음이 터져 나올 것 같았다.

운명의 장난인지, 잠시 후 담임선생님이 지나가다가 자기 반 학생들이 떼거지로 복도에 '쫓겨나와' 있는 것을 목격하고 말았다. 평소 서

울말 뒤로 감춰져 있던 선생님의 사투리가 바로 튀어나왔다.

"워메, 당췌 이게 어찌 된 일이여?"

멋지게 폼 잡으며 교실 문을 나선 우리였지만 우리 잘못은 스스로 알고 있었다. 얼마 전까지의 당당하던 모습은 순식간에 사라지고, 드디어 올 것이 왔구나 싶은 생각에 눈치를 보며 제각각 우물쭈물 한 마디씩 했다.

"그러니까 그게……."

"국사 선생님이……."

"공부하기 싫으면…… 나가라고……."

"……그러셔서 그냥……."

대충 상황파악을 한 선생님의 얼굴은 심상치 않았다. 설마 이 많은 학생들이 자진해서 복도로 나왔으리라는 생각은 꿈에도 하지 못했던 것이다.

"그니까…… 지 발로 걸어 나왔단 말이지?"

적막이 흐르는 복도의 분위기는 살벌했다. 우리는 숨소리도 죽인 채 선생님의 호통이 떨어지기를 기다렸다. 눈물 쏙 빠지도록 혼나도 억울하지 않을 일이었다. 괜히 나왔다는 생각을 하며 나는 단단히 각오를 하고 땅바닥을 바라보았다.

그런데 몇 초가 흐르도록 아무 소리도 나지 않았다. 조여 오는 가슴을 참을 수가 없어서 슬쩍 선생님의 얼굴을 곁눈질해 본 순간 가슴이 철렁했다.

'우리가 또 선생님 속을 썩이는구나.'

선생님의 얼굴은 수심으로 가득 차 있었다. 주름살도 유난히 깊어 보였다. 내가 수업 시간에 떠들고, 딴 짓 하고, 쪽지 돌리다가 걸리면 누구보다도 가장 많이 속상해 하는 우리 선생님.

매일 꾸중 들을 일이 끊이지 않던 나였지만, 선생님의 호통 뒤에는 항상 안타까운 눈빛, 그리고 "다음부터는 잘 할 거지?" 하는 따스한 격려가 따라왔다. 지겹도록 말썽만 피워도 끝까지 우리를 미워하지 않고 아껴주는 선생님에게 말은 하지 않았지만 내심 감사하고 있었다. 그런 우리 선생님의 깡마른 모습이 갑자기 눈물날 듯이 애처롭게 느껴졌다.

선생님은 들릴 듯 말 듯한 한숨을 내쉬었다. 그리고는 목이 멘 듯한 목소리로 입을 뗐다.

"너그들 이럴 때마다 이 선생님은 참 가슴이 아프다."

순간 코끝이 찡했다. 선생님의 마음이 묻어나는 이 한 마디가 그대로 날아와 내 가슴까지 쓰리게 만들었다.

'선생님…….'

마음 깊숙이 쌓인 선생님의 안타까움과 걱정이 이 세상의 그 어떤 매보다도 아프게 나를 꾸짖었다.

'내가 정말 이러는 게 아닌데. 나 때문에 염려하시는 선생님을 생각해서라도 이러면 안 되는데.'

옆에 서 있는 친구들도 숙연한 표정이었다. 그런데 우리가 갑자기 심각해 하는 것을 본 선생님이 피식 웃었다. 그리고는 이내 고개를 설레설레 흔들며 사투리를 팍팍 섞은 잔소리를 했다.

"으이그, 자랑스런 우리 반 장난꾸레기들이 큰 일을 한 번 제대루 해 냈구먼 그랴. 아니, 나가라고 진짜루 나가면 너그들 앞으로 우쩔려고 그런디야? 잉?"

그 말과 함께 꿀밤이 날아왔다. 일렬로 복도에 서서 아픈 머리를 만지면서 우리는 킥킥거리며 웃었다.

"웬만하면 다시 들어가겠다고 선생님께 용서를 구혀! 알았지?"

"네에……."

하지만 선생님의 뒷모습이 모퉁이 너머로 사라짐과 동시에 우리는 언제 그랬냐는 듯 마음을 백팔십도 바꿨다.

"괜히 다시 들어간다고 했다가 더 혼날 것 같아."

"그냥 될 때까지 버텨보자."

이렇게 똘똘 뭉친 2학년 1반 청개구리들은 이왕 이렇게 된 것, 속 편하게 놀자고 마음을 모았다.

"복도에서 추운 겨울을 나려면 준비를 완벽하게 갖춰야 해."

우리는 엉덩이가 차가워지거나 배기지 않도록 미리 두툼한 방석을 준비했다. 휴대용 손난로에 먹을 것까지 싸 가면 걱정 끝이었다. 먹을 게 떨어지면 몰래 바로 뒤의 학교 매점까지 슬쩍 갔다 오는 대담한 친구들도 있었다.

'복도 수업'을 몇 번 해보고 나니 이제는 국사 시간이 은근히 기다려지기까지 했다. 국사 수업 전 쉬는 시간만 되면 미리 준비한 방석과 먹을 것을 싸 들고 복도에 나란히 앉아서 또 한 시간을 재미있게 보낼 궁리를 했다.

지금 생각해 보면 그 시절을 모두 후회하지는 않지만, 아쉬운 점은 많다. 그 때 내 마음 속에 꿈과 열정이 있었더라면, 나에게 주어졌던 좋은 학교, 좋은 선생님들, 좋은 기회들을 그렇게 아무 생각 없이 놓치지는 않았을 것이다. 지금 와서 다시 중학교를 다니라고 해도 나는 그 때 그 학교를 택하고 싶다. 그리고 전보다 좀 더 열심히, 멋지게 중학교 생활을 하고 싶다.

　하지만 그렇게 수다를 떨고, 떡볶이를 먹고, 편지를 쓰고, 교복 수선을 하고, 또 국사 시간마다 추운 복도에 쪼그리고 앉아 히히덕대는 사이, 나의 소중한 학창 시절은 나도 모르는 사이에 지나가 버리고 있었다. 아주 가끔씩은 미국 중학교에서의 열심이던 내 모습이 떠오르며, '그게 정말 그저 한겨울 밤의 꿈에 불과했던 걸까' 하며 허전함이 몰려오기도 했지만.

II. 내 세상 밖으로 한 걸음

사람은 본능적으로
자기 상자, 자기 세상 안에 있고 싶어 한다
그 편안함에는 중독성이 있나 보다

그래서 힘들 줄은 알았지만

내 세상 밖으로 나섰을 때의 낯설음과 아픔은
내 상상을 훨씬 이상이었다

5. 해가 지지 않는 나라로

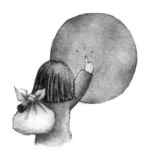

Things can change in a day.
—Arundhati Roy
하루 안에 모든 것이 바뀔 수 있다.
—아룬다티 로이

놓치고 싶지 않은 기회

추운 복도에 앉아서 국사 시간을 보내는 것이 편안하게 느껴지기 시작하던 어느 겨울 날, 여느 때처럼 "다녀왔습니다." 하고 방으로 들어가려는데 부모님이 할 말이 있다고 했다. 난 시큰둥하게 물었다.

"뭔데요?"

그런데 나를 기다리고 있는 것은 정말 뜻밖의 소식이었다. 아빠가 회사의 지원으로 미국으로 유학을 가게 되었다고 했다. 온 가족이 함께 갈 것이라고 했다.

그 말을 듣는 순간 내 마음은 복잡해졌다. 미국에 다녀온 지 어언 1년이 다 되어갔다. 그 때 잠시 다녔던 베리언 스프링스 중학교를 떠올리면 가슴이 설레기도 하고 기대가 되기도 하였다. 하지만 그 이후 한국에서 보낸 1년 동안 나는 한국 생활에 너무 익숙해져 있었다.

'이미 친구들이랑 정이 흠뻑 들어버렸는데, 또다시 새로운 환경에 적응하라고?'

솔직히 친구들과 헤어져서 지낼 자신이 없었다. 그리고 유학을 간다면 공부를 열심히 해야 할 텐데, 지금 난 친구들과 놀러 다니는 것 이외에는 관심이 없었다. 시험보기 전날을 제외하고는 공부를 해 본 적이 없고, 성적이 점점 바닥을 기어가는 내가 외국에 나갔다간 공부 잘하는 다른 유학생들 틈에 끼어 괜히 고생만 할 것 같았다.

그런데 갑자기 내 마음 깊은 곳에서 어떤 도전 의식이 꿈틀거리기 시작했다.

'이 기회를 꼭 잡아야 한다. 아무런 목표 없이, 내 가능성을 다 시험해 보지도 못한 채 무작정 시간을 흘려보내선 안 돼.'

이제껏 한국에서 길들여진 생활 습관들은 나의 자력으로 돌이키기엔 너무 힘든 상황에 와 있었다. 이대로 있다가는 아무 것도 바뀌지 않을 것 같았다. 그저 물이 흐르는 대로, 나의 꿈이나 의지와는 상관없이 흘러가고 있는 내 삶을 객관적으로 살펴보았을 때, 유학이야말로 내 일생일대의 기회라는 것을 깨달았다.

얄미운 비자

1998년 12월에 우리 가족은 미국 유학 비자 신청을 하고, 짐까지 미리 부쳐버렸다. 아빠는 회사 장학금을 받고 가는 터라 학비를 못 낼 이유도 없었고, 모든 서류도 완벽했다.

하지만 일은 뜻대로 풀리지 않았다. 신청한 미국 유학 비자가 거절된 것이다. 인터뷰에서 몇 마디 물어보지도 않고 바로 'reject(퇴짜)' 도장을 찍어버렸다. 우리만 그런 것이 아니었다. IMF 위기가 한 몫을 했음은 부인할 수 없는 사실이었다.

한 마디로 어이가 없었다. 벌써 친구들에게서 잘 가라는 편지와 선물까지 받았는데, 결국 떠나지 못하고 내년에 다시 학교에 돌아가야 한다면…….

'그럼 몰래 전학을 가든지 해야지, 창피하게 어떻게 우리 학교로 돌아가?'

뭐 내 체면 따위야 그리 중요하지 않다 하더라도, 유학이야말로 내 인생의 전환점이라고 믿고 모처럼 마음을 모질게 먹은 터라 허탈하기가 그지없었다. 우리는 절박한 심정으로 서류를 보강한 후 다시 비자를 신청했다.

얼마 후 소포로 우리 가족의 여권이 돌아왔다. 먼젓번 것까지 합쳐서 '퇴짜' 도장이 두 개씩이나 찍힌 채로 말이다.

나는 엄청나게 실망했다. 마음이 급해져 동생 미리암과 함께 부모님에게 떼를 쓰기 시작했다.

"무슨 일이 있어도 비자를 받아서 미국으로 가야 돼요!"

물론 난감하기는 아빠도 마찬가지였다. 이미 아빠의 회사에서는 인사발령까지 다 끝나서 돌아갈 자리도 없었다.

고심 끝에 부모님은 미국 대신 필리핀으로 가자고 했다. 날씨도 좋고, 물가도 싸고, 한국 친구들도 많고, 풍요로운 생활을 하며 여행도 많이 하면서 편하게 공부하고 맘껏 놀 수 있는 곳으로.

'필리핀이라…….'

사실 초등학교 때 필리핀에 한 번 가본 적이 있었지만, 유명한 관광지보다는 주로 못 사는 사람들이 사는 동네를 둘러봤었다. 그 탓인지 내 기억에 그리 좋은 인상으로만 남아 있지는 않았다. 필리핀을 둘러보며 보고 배운 것이 많았지만, 단순한 여행이 아니라 2년 동안 그 곳에 터를 잡고 공부를 해야 한다고 생각하니 왠지 마음이 내키지 않았다.

"엄마, 아빠, 우리 그냥 딱 한 번만 더 미국 비자 신청 해봐요, 네?"

"이번엔 될지도 모르잖아요."

미리암과 내가 한참 동안 애교를 부리며 부모님을 설득해 보았지만 부모님은 아무 말 없이 곤혹스러운 표정만 지었다. 꼭 베리언 스프링스와 같은 곳으로 가고 싶다는 희망은 이제 가망성 없는 꿈으로 남을 것 같았다. 그까짓 비자가 뭐길래.

희망이 보인다

다음날 아침 눈을 뜨자마자 나는 생각에 잠겼다. 미국으로 꼭 가야겠다고 고집을 피웠던 어제의 태도가 조금씩 후회되기 시작했다.

'안 그래도 엄마 아빠 힘드실 텐데, 내가 욕심을 부려선 안 되지······.'

그렇게 마음을 열고 곰곰이 따져보니 필리핀도 유학하기에 참 좋은 곳 같았다. 한국에서도 가깝고, 풍요롭게 지낼 수도 있고, 영어도 미국에서보다 덜 배우는 건 아닐 테고, 교육 제도도 좋다고 하고.

'그래, 필리핀으로 가겠다고 말씀을 드리자.'

나는 더 기다릴 것 없이 벌떡 일어나 곧장 부모님에게로 갔다.

"저 필리핀 갈게요."

"요 녀석, 그새 마음이 바뀐 거야?"

나는 고개를 끄덕였다.

"네. 생각해보니까 괜찮을 것 같아요."

엄마 아빠는 마주 보며 의미심장한 웃음을 지었다.

"사실 어젯밤에 아빠 친구랑 통화를 했다. 영국에서 유학하고 얼마 전에 돌아오신 분 있잖아."

'영국'이라는 단어에 귀가 쫑긋 섰다.

"그런데요?"

"우리 영국으로 갈까?"

순간 정신이 번쩍 들었다. 영국은 이전에는 상상도 해보지 않았던 미지의 나라였다.

'해가 지지 않는 나라, 신사의 나라라고 하는 곳 아닌가? 무슨 뜻인지는 몰라도 그럴 듯한데, 그래, 영국이라면 뭔가 해볼 만하겠다!'

철없는 나는 그렇게 3초 만에 영국이 마음에 든다는 결론을 내렸다. 그때만 해도 '잉글랜드'와 '그레이트 브리튼'과 '유나이티드 킹덤'의 차이도 모르던 나였다.

화물 운송 회사에 부리나케 전화를 해보니, 태평양 한 가운데 쯤에 있어야 할 우리 짐이 기적과도 같이 아직 부산항에 있다고 했다. 일이 기가 막히게 맞물려 진행되는 것으로 보아 꼭 이뤄질 것 같았다. 그렇게 하룻밤 사이 영국은 우리 가족에게 새로운 대안으로 떠올랐다. 좌절될 뻔했던 나의 꿈에 희망이 보였다.

해가 지지 않는 나라로

그로부터 꼭 일주일 후인 1999년 1월 10일, 우리는 친지들의 배웅을 받으며 짐을 바리바리 싸 들고 김포공항에 도착했다. 미국을 향해 동쪽으로 떠나는 대신, 서쪽의 영국을 향해 출발하기 위해서였다.

이상하게 눈물도 나지 않았고 슬픈 생각도 별로 들지 않았다. 2년이라면 별로 긴 시간으로 생각되지 않아서 그런 것인지.

'친구들과 연락이 끊어지면 어쩌지? 미국에는 예쁜 옷이 없던데, 영국도 그럴까?'

맘에 걸리는 것들이 하나 둘 생각났지만 애써 툴툴 털어버리려고 노력했다. 가서 새 사람이 되어 영어를 많이 배우고 돌아오겠다고 다짐하고, 조금은 설레는 마음으로, 드디어 올 것이 왔다는 기분으로 홀가분하게 떠나기로 했다.

그런데 짐이 왜 그렇게 많은지. 우리에게 영국 유학을 권유한 아빠 친구분에 따르면 영국 물가는 거의 살인적이기 때문에 들고 갈 수 있는 것은 다 가져가야 한다고 했다. 챙겨갈 수 있는 짐을 모조리 챙기니, 아예 집을 송두리째 뽑아 들고 떠나는 것 같았다.

여행사 직원의 말에 따르면 미국에 간다면 수하물을 80킬로그램 씩 부칠 수 있지만 영국으로는 일인당 40킬로그램 씩 밖에 못 부친다고 했다. 그것도 불공평하다고 생각했는데, 공항에 도착해서야 그 직원이 정말로 큰 실수를 했다는 것을 알게 되었다.

"죄송합니다. 일인당 20킬로그램인데 잘못 말씀드렸네요."

하는 수 없이 뺄 짐은 빼고, 그래도 최대한 많이 가져가기 위해 다들 등에 짐을 하나씩 짊어지고 양손에 들고, 끌어안고 어기적거리며 공항을 누볐다.

'이게 그 꿈에 그리던 새 출발이란 말이지……?'

북경에서 비행기를 갈아탈 때도 또 어려움이 닥쳤다. 이렇게 많은 짐을 기내로 반입할 수 없다는 것이었다. 들고 있던 짐의 거의 반을 짐칸으로 보낸 후 엄마는 혹시 벌금이 나올까봐 걱정하느라 얼굴이 말이 아니었지만, 나와 동생은 안도의 한숨을 쉴 뿐이었다.

'들고 갈 짐이 줄었다!'

기름에 절은 음식과 시도 때도 없이 귀가 멍멍해지는 현상에 시달린 후, 밤새 기내 영화를 보다 피곤해 벌개진 눈으로 영국 히드로 (Heathrow) 공항에 도착했다.

당시 영국 입국 절차는 미국과 상당히 달랐다. 미국에 가려면 우선 비자를 신청해야 하고 그 비자를 받을 경우에만 미국 행 비행기에 몸을 실을 수 있다. 반면에 그 때 영국은 일단 공항에 도착하여 입국 수속과

이코노미 클래스로 영국 가는 법

초보

최대한 조금 싼 뒤에
20kg을 넘나 안넘나 저울로 확인한다

중급

딱 20kg을 만든 뒤 1kg 정도 더 채움
그 정도 오바해도 된다는 여유가 있슴

고단수

배짱. 5~10 kg은
잘하면 봐준다는 것을 최대한 이용

신의 경지

조촐한 손 모씨 가족 등장

짐을 쌀 때는 열심히 짐만 싼다

빈틈없이 꽉꽉!! (저울 필요없슴)

벌금 한번도
낸적 없다

동시에 비자를 발급 받게 되어 있었다. (참고로 2003년 말부터는 영국도 미리 비자를 받도록 제도가 바뀌었다.)

가족 넷이 모두 영국 공항 입국 심사대에 섰는데 웬걸.

"왜 미국 비자를 두 번이나 거절당했죠?"

영사는 유학 비자를 순순히 내줄 태세가 아니었다. 그리고 비자를 받으려면 필요한 서류들을 가지고 있어야 했는데 설상가상으로 입학 허가서 이외의 다른 서류들은 모두 북경에서 비행기를 갈아탈 때 짐칸으로 보낸 가방 안에 있었다. 비자를 주지 않기로 결정한다면 다음 김포 공항 행 비행기로 우리를 대한민국으로 돌려보낼 것이었다. 이런 걸 마른 하늘에 날벼락이라고 하는 걸까.

아빠가 서류가 든 가방을 찾으러 간 동안 나는 엄마와 동생과 함께 구석에 앉아 초조한 마음으로 조용히 기도하면서 기다릴 수밖에 없었다. 하지만 내 마음속은 절대 조용하지 않았다. 비행기에서의 찌뿌드드한 기분이 아직 풀리지 않았고, 피곤했지만 눈은 말똥말똥 감겨질 생각을 않고 아예 이젠 아파오기 시작했다.

'잘못하면 다시 비행기를 타고 또 이런 수난을 겪어야 할지도 모른다…….'

생각만 해도 괴로웠다. 유학이 이런 고생을 자초하리라고는 상상도 하지 못했기 때문에, 아니 유학을 할 수 있을지조차 의문스러웠던 게 이번이 처음이 아니었기 때문에 내 짜증 지수는 최고조에 달하였다. 한참 후에 아빠가 서류를 들고 나타났기에 망정이지, 정말 큰일 날 뻔하였다.

천신만고 끝에 히드로 공항 대합실로 나왔는데, 우리를 마중나오기로 되어 있던 사람과의 약속마저 엇갈리고 말았다. 두 시간 동안이나 낯선 공항을 헤매며 갖은 우여곡절을 겪은 끝에, 우리는 밤 10시가 넘어서야 아빠의 학교를 향해 출발할 수 있었다.

돌이킬 수 없는 모험의 시작

아빠는 런던에서 자동차로 한 시간 가량 떨어진 브라크넬(Bracknell)이라는 지방에 있는 뉴볼드 칼리지(Newbold College)에서 공부를 하기로 되어 있었기 때문에 그 학교의 기혼자 숙소가 우리의 새로운 보금자리였다.

차를 타고 오는 동안 나는 창 밖을 바라보며 눈에 들어오는 모든 것을 흡수했다. 교통 표지판이 모두 영어로 되어 있었고, 차들은 모두 좌측 통행을 하고 있었다. 한국에서 머릿속으로만 상상했던 일들이 실제로 일어나고 있는 것이다. 자동차들도 당연히 모두 '외제'였고, 그 안에도 당연히 '외국인'들이 타고 있었다. 돌이킬 수 없는 모험이 시작되었다는 것이 서서히 피부로 느껴지기 시작했다. 두려운 생각이 들기 전에 눈을 감고 맘껏 상상의 나래를 펼쳤다.

'우리가 살 집은 푸른 초원을 옆에 둔 환하고 아늑한 공간일 거야. 매일 아침 짙은 영국 안개를 헤치고 예쁜 교복을 입은 채 즐거운 발걸음으로 학교에 가겠지. 햇빛이 찬란하게 비치는 교실에서 시간 가는 줄 모르고 재미있게 공부할 거야……'

정신을 차리고 눈을 떠보니 벌써 뉴볼드 대학에 도착해 있었다. 우리가 살게 될 건물은 캄캄한 밤에 노란 램프 불빛을 받아 무척이나 아름다워 보였다. 잠이 확 달아났다.

"우와, 미리암, 저것 좀 봐! 무슨 성 같아!"

"집 짱 좋다! 우리 이제 이런 데서 사는 거야?"

뾰족뾰족 솟아오른 지붕의 윤곽이 어렴풋이 보이는 것이 마치 고풍스러운 중세의 성을 연상케 했다. 그것이 얼마나 큰 착각이었는지를 깨닫기까지는 그리 오랜 시간이 걸리지 않았지만.

우리는 아직 만나보지 못한 이웃들의 단잠을 깨우지 않도록 조심조심

짐을 옮기기 시작했고, 요리조리 난 복도와 계단을 지나 드디어 2층에 있는 우리 집 문 앞에 도착하였다. 설레는 맘으로 문을 열자 우리 눈 앞에 펼쳐진 광경은 내 기대와 그리 멀지 않아 보였다.

길다란 복도를 따라 널찍한 거실에 들어서자 오른쪽으로는 장작으로 불을 지피는 커다란 벽난로가 있었다. 벽난로를 이리저리 살펴보던 미리암이 탄성을 내질렀다.

"언니, 이거 진짜 불 때는 벽난로야!"

우린 신기하고 좋아서 어쩔 줄을 몰랐다. 거실 다른 한 쪽으로는 커다란 창문이 두 개나 있었다. 거실과 연결되어 있는 상당한 크기의 부엌도 마음에 쏙 들었다. 거실 맞은편에는 부모님 방이 있었다. 복도 끝의 우리 방 두 개를 본 후에는 입이 찢어지려고 했다.

"우리가 한국에서 쓰던 방보다 훨씬 넓다."

하지만 들뜬 기분도 잠시, 목이 말라서 아무 생각 없이 수돗물을 한 컵 받아 마셨는데, 마시다 보니 물맛이 너무 이상했다. 석회질 때문인지 너무 떨떠름했다. 첫날부터 물 때문에 배탈이라도 나면 어떡하나 걱정하면서 이불을 한 보따리 안고 내 방으로 돌아왔다.

텅 빈 방에 서 있는데 갑자기 너무 허전했다. 서울의 물맛이 혀끝에서 맴도는 순간 내 가슴 속에 휑하니 바람이 불었다.

'기분이 왜 이렇지?'

나는 방 한가운데 덩그러니 놓인 침대에 큰 대자를 그리며 이불을 안은 채 털푸덕 쓰러졌다. 나의 영국 체험은 이렇게 갑작스럽게, 그리고 그다지 낭만적이지 않게 막이 올랐다.

낯선 우리 집

어렸을 때 수련회나 여름 캠프에 참가하면, 첫날은 항상 들뜬 마음으로 보냈다. 배정받은 숙소를 찾아가 짐도 정리해야 하고, 새로 만난 아이들과 사귀어야 하고, 여러 가지 준비된 활동들에도 참여해야 하고, 하루가 정신없이 지나가 버렸다. 잠자리에 들 즈음이면 생전 처음 와보는 곳이라도 벌써 정이 들어버린 듯하였다.

그런데 다음날 아침 눈을 떴을 때 여지없이 찾아오는 생소한 느낌, '여기가 어디지?' 하며 두리번거리게 되는 반사적인 충동이 있었다.

영국에서의 첫 아침은 내게 그런 모습으로 찾아왔다. 하지만 이번에는 곧 있으면 돌아갈 수 있는 '나의 집'이 없었다. 아니, 그 '집'이 바로 나에게 생소함을 주는 장소가 되어버렸다.

영국의 겨울은 또 유난히 지독했다. 추워서가 아니라, 흐리고 비가 오는데다 거센 바람까지 불어서였다.

"무슨 비가 이렇게 부슬부슬 애처롭게 오는 거야? 한국처럼 시원하게 퍼부으면 마음이라도 후련할 텐데."

시차 적응이 안 되어 어찌나 일찍 눈이 떠지던지, 이른 새벽에 밥을 먹고 앉아서 한참을 빈둥빈둥 보낸 후에야 어슴푸레 날이 밝아왔다. 하지만 한국에서처럼 환한 태양을 볼 수 없었다. 을씨년스러운 회색빛 하늘에 창문을 조금만 열어도 쌩하고 불어오는 바람. 우울증 걸리기에 딱 좋은 날씨는 영영 개일 줄을 몰랐다.

오전 내내 특별히 하는 일도 없이 집에만 갇혀있었더니 인내심의 한계를 느낄 정도로 답답했다. 우리는 아직 꽁꽁 싸여 있는 짐을 풀어 헤쳐서 우산 두 개를 찾아냈다.

"더 이상 못 참겠어! 우리 한 번 나가보자."

계단을 내려와 바깥으로 나오니 비에 젖은 푸른 나무들이 휘청거리고 있었다. 우리는 달에 첫 발을 내딛는 우주인 같은 마음으로 조심스럽게 탐험을 시작했다. 축축하고 싸늘한 공기가 등골을 시리게 했다. 거기까지는 그래도 좋았는데, 뒤를 돌아다보는 순간 우리는 할 말을 잃었다.

'이건 좀 너무하다.'

우리가 방금 나온 빈필드 홀(우리가 사는 건물 이름)은 지난 밤의 첫 인상처럼 고풍스러워 보이지 않았다. 한 때 멋있는 건물이었겠지만, 지금은 여기저기 허물어지고 이끼가 끼고 말이 아니었다. 겉은 보수하느라 촌스런 살색 페인트를 칠한데다가 그나마도 군데군데 벗겨지는 중이었다. 녹슨 배관 파이프가 그대로 보였고, 거기에도 이끼가 껴서 군데군

한국의 꼴찌 소녀 케임브리지 입성기

데 시커먼 자국도 있었다.

계속 살면서 알게 된 것이지만 건물 내부 사정도 그리 양호하지 못했다. 복도와 계단은 아무리 조심해도 한 번 발을 디딜 때마다 삐걱거리며 애처로운 신음 소리를 냈고, 아랫집에서 하는 말까지도 본의 아니게 엿들을 수 있었다.

'이게 이제부터 우리 집이라니……'

기다림의 시간

며칠 후 우리는 입학 절차를 밟기 위해 우리 집에서 제일 가까운 '세인트 크리스핀(St. Crispin's)'이라는 학교를 찾아갔다. 학생수가 1,000명 정도 되는 남녀공학이었다. 교무실에서 서류를 작성하면서 학교에 관해 간단한 설명을 들었다.

영국에서는 새 학년이 9월에 시작된다. 크리스마스를 즈음하여 겨울 방학이 있고, 1월부터는 봄 학기가 시작되며, 짧은 부활절 방학이 지나면 5월부터 여름 학기가 시작된다. 여름 방학은 길어야 한 달 반, 봄 방학과 겨울 방학은 합쳐도 한 달이 채 되지 않는다. 나는 9학년에 배정되었고, 동생은 7학년으로 들어가게 되었다. 그때가 1월이었으니 우리는 한 학년의 절반을 놓친 상태로 수업을 받게 된 것이다.

'과연 잘 따라갈 수 있을까?'

우리의 걱정은 거기에서 끝나지 않았다. 서류 작성이 끝나자 우린 학교 구경도 할 겸 교복을 사기 위해 한 선생님을 따라 교내 매점을 찾아갔다. 그런데 그 때 내 눈앞에 펼쳐진 광경은 내가 예상했던 것과는 많이 달랐다.

외국 학교에 다닌 경험이 한 번 뿐인 나는 베리언 스프링스 중학교를 바탕으로 모든 상상을 했었다. 그런데 세인트 크리스핀 학교에는 유색 인종이 거의 없었고, 특히 동양인 학생은 눈을 씻고 둘러봐도 찾아볼 수 없었다. 그래서 그런지, 마주치는 모든 사람들의 시선이 우리 쪽으로 집중되는 것이 느껴졌다. 동물원의 원숭이처럼.

'이런 게 영국이구나……'

그 날 집으로 돌아온 후부터 지루한 기다림의 시간이 시작되었다. 학교에서 절차가 다 끝나면 연락하여 등교 날짜를 알려 주겠다고 했는데, 하루, 이틀이 지나도 아무런 소식이 없었다. 학교 준비를 위해 중학교 영어 단어장을 꺼내어 외운다든지, 영어 일기를 써보는 것도 곧 시들해졌다.

아침마다 창 밖으로 이웃집 아이들의 학교 가는 모습이 보였다. 동생과 나는 매일 창에 턱을 괴고 내려다보았다. 아이들이 입은 교복은 보면 볼수록 더 예뻐 보였다. 단정한 남방에 회색 스웨터, 앙증맞은 초록 줄무늬 넥타이, 새하얀 양말에 까만 구두, 거기에다 귀여운 치마를 나폴거리며 우산을 받고 등교하는 아이들을 보면 우리도 곧 저런 모습으로 학교에 가겠지 하는 생각에 가슴이 설레었다.

그러나 열흘이 지날 때까지도 학교에서 연락이 없었다. 나는 물론 나만큼이나 놀기를 좋아하는 동생도 되도록 빨리 학교에 가고 싶어 좀이 쑤실 지경이었다. 심심할 때마다 교복을 꺼내 입고 거울을 보며 두근거리는 마음을 달래었고, 학교 소개 팸플릿을 자꾸 들여다보았다.

팸플릿에는 그 학교에서 배울 수 있는 과목들이 열거되어 있었다. 영어, 영문학, 역사, 지리, 수학, 화학, 생물, 물리……. 그런데 뭔가 이상했다.

한국에서는 그런 과목들 이름만 들어도 벌써 골치가 지끈거렸다. 그런데 전자 사전을 두들겨가며 팸플릿에 나온 교과 과목들을 확인할 때는 그렇지 않았다.

'에에스으더어~'

모든 과목이 마치 종이에서 튀어나올 듯이 반갑게 내 이름을 부르고 있었다.

'도대체 내가 어떻게 되기라도 한건가?'

아직 친구도 없고 특별히 할 일도 없어서 그랬다고 할 수도 있겠지만, 내 마음은 학교를 빨리 다니고 싶은 간절한 열망과 기대로 불타오르고 있었다.

열흘이 지나도록 학교에서 아무런 소식이 없자 부모님은 더 이상 기다릴 수 없어 학교에 연락을 해보았다. 그런데 자초지종을 알고 보니 정말 어처구니가 없었다.

"지난번에 오셨을 때 연락처를 안 남기고 가셨습니다."

학교에 입학 신청을 하러 갔을 때는 아직 우리 집에 전화가 개설되지 않았을 때여서 학교 측에서는 우리 연락처를 가지고 있지 않았던 것이다.

그것도 모르고 그렇게 안달한 걸 생각하면 다행스럽기도 하고 한편으로는 황당하기도 했다. 그렇지만 무엇보다도 학교에 갈 수 있다는 생각에 동생과 나는 펄쩍펄쩍 뛰며 기뻐했다. 붕괴 직전의 마루바닥도 삐걱거리며 화답했다.

6. 에스따 쏘온의 뽀뽀뽀

*아빠가 출근할 때 뽀뽀뽀, 엄마가 안아줘도 뽀뽀뽀
만나면 반갑다고 뽀뽀뽀, 헤어질 때 또 만나요, 뽀뽀뽀!*

첫 등교

이윽고 그렇게도 기다리고 기다리던 등교 첫날이 되었다. 새벽 5시에 저절로 눈이 떠졌다.

'드디어 이 교복을 정식으로 입는구나!'

학교 가는 상상만 하며 입어보았던 교복을 입을 때는 감격할 지경이었다. 아침을 먹는 둥 마는 둥하고 아빠와 동생과 함께 집을 나섰다.

우리 집에는 아직 차가 없었고, 걸어가기에는 너무 먼 거리였기 때문에 버스를 타야 했다. 그런데 그 버스가 그렇게 골칫거리일 줄은 꿈에도 몰랐다.

우리 마을에는 버스가 한 시간에 한 대 왔다. 학교에 8시 반까지 가야했기 때문에 무슨 일이 있어도 아침 8시 15분에 오는 버스를 타야 했다. 그래서 우리는 8시 정각에 집을 나와 버스 정류장으로 걸어갔다. 우리랑 같은 교복을 입은 아이들이 버스를 기다리고 있다가 호기심 어린 눈초리로 우리를 곁눈질했다.

그런데 8시 15분에 온다던 버스는 25분이 되어도 오지 않았다.

"어떡해, 첫날부터 늦게 생겼잖아……."

이상한 것은 발을 동동 구르는 우리와 달리, 다른 아이들이 매우 태연하다는 점이었다.

'여긴 지각하면 오리걸음으로 운동장을 돌거나 쓰레기를 줍거나 하는 벌칙도 없나보지?'

버스는 야속하게도 8시 반이 되기 3분 전에야 도착했다. 황급히 버스에 올라타려는데 다들 그저 느긋하기만 했다. 자기의 행선지를 말하고 거기에 맞는 번호가 기계에 입력되면 기사 아저씨는 그제야 요금이 얼마라고 얘기했고, 그러면 아이들은 주머니를 뒤적뒤적하여 돈을 내고, 아저씨는 거스름 돈을 주고, 기계에서는 드르륵거리며 티켓이 나왔다.

동전이나 회수권만 쏙 집어넣고 최대한 빨리 버스에 오르지 않으면 큰일이라도 나는 줄 알았던 나에게는 그 시간이 마치 천년만년처럼 느껴졌다. 하지만 아이들은 그것으로는 부족한지 "Thank you", "Ta", 혹은 "Cheers"라고 감사의 인사를 하고서야 어슬렁 어슬렁 버스 안쪽으로 걸어 들어가는 것이었다.

줄서 있던 모든 아이들이 하나도 빠짐없이 이런 순서를 반복하는데, 등교 첫 날 지각을 하게 될 지도 모른다는 생각에 마음이 급한 우리는 발을 동동 굴렀다.

게다가 그 당시 1,000원도 안 되는 돈으로 종점에서 종점까지 갈 수 있는 한국과 달리, 10분 정도 걸리는 거리인데도 한국 돈으로 2,500원이나 내야 했다. 동생과 나의 하루 왕복 차비가 만 원인 셈이었다.

느림보 버스로 10분을 갔으니 그 버스에 탄 우리 학교 학생은 모두 다 지각이었다. 이런 상황에선 한국에서였다면 마치 100미터 달리기에 출전한 선수들처럼 버스에서 내리자마자 일제히 뜀박질을 시작했을 것이다.

하지만 여기선 뛰는 아이들이 하나도 없었다. 앞쪽에는 빨리 걷는 아

한국의꼴찌소녀 케임브리지입성기

이들이 몇 있었지만, 대부분 너무나 여유로운 표정으로 산책이라도 하듯 느긋하게 걸음을 옮기고 있었다. 이런 아이들 틈에서 뛰고 싶은 마음을 꾹 눌러 참고, 종종 걸음으로 서무실에 도착하였다.

직원 한 분이 환한 웃음으로 우리를 맞았다. 9시까지는 담임선생님 반에서 출석을 확인하고 전달 사항을 알리는 조회 시간이라고 했다. 학교 알림장을 받고 몇 가지 안내 사항을 들은 후 이젠 드디어 교실로 갈 시간이었다.

"걱정할 것 없어요. 괴롭히는 학생이 있으면 바로 나에게 말하고요."

안내하는 분이 친절하게 말했다. 동생과 나는 아빠를 향해 짐짓 씩씩한 표정을 지어 보였다.

"우리 학교에 동양 학생이 둘 있긴 있는데…… 일본에서 왔지요. 9학년에 한 명, 7학년에 한 명이니까 곧 만날 수 있겠네요."

우리만 동양인이 아니라는 소리에 마음이 조금 놓였다. 나와 동생은 각자 담임선생님 반을 향해 헤어졌다. 그런 우리를 아빠는 안쓰러운 눈으로 지켜보았다.

"그래, 잘 하고 와라. 끝날 때 데리러 올게."

우린 걱정을 한껏 먹은 얼굴로 애써 웃으면서 고개를 끄덕이며 떠났다. 우리 뒤로 서무실 문이 찰칵 하고 닫혔다.

어 유 프롬 어마뤼카

우리 교실에는 스무 명 남짓한 학생들이 앉아서 수다를 떨고 있었다. 내가 들어서자 모든 시선이 일제히 나에게 날아와 꽂혔다. 나는 웃음도 울음도 아닌 어색한 표정을 지었다.

담임인 샘웨이즈 선생님은 덩치가 크지만 표정은 날카로운 종교 담당 선생님이었다. 선생님은 나를 반가이 맞으며 아이들에게 내 소개를 했다.

"오늘부터 우리 반에서 함께 공부하게 된…… 에스더, 맞죠? 에스더는 한국에서 왔습니다. 영어를 잘 못한다고 하니까 많이 도와주도록 해요."

선생님은 케이티라는 아이를 지목하며 나를 도와주라고 했다. 짧은 금발 머리의 케이티는 얼굴이 발그레해지며 나에게 인사를 건넸다. 나는 옆 테이블에 있는 의자를 가지고 와서 케이티와 그 친구들이 모여 있는 테이블 가에 앉았다. 아이들이 친절한 미소를 지으며 나를 맞았다.

초면인 친구에게도 아무 스스럼 없이 다가가서 자연스럽게 말을 거는 미국 아이들과는 달리, 영국 아이들은 조금 쑥스러워 하는 눈치였다. 괜히 키득거리며 웃음을 터뜨리고 저희들끼리 뭐라고 쑥덕거렸다. 이윽고 케이티가 나를 돌아보며 말했다.

"오카아이, 오카아이…… 싸아이. 우어어엇. 이이이즈. 요오오오. 나아아임. 어갸아인?"

내가 영어를 하나도 못하는 줄 알고 단어 하나하나를 끊어 말하는 모양이었다. 많이 들어본, 'What is your name again?' 이름을 다시 말해보라는 말 같았지만, 억양이 너무 이상해서 마치 처음 들어보는 말 같았다.

"마이 네임 이즈 에스떨ㄹㄹㄹ(Esther)."

나의 혀 꼬인 'r' 발음을 들은 아이들은 호기심에 가득찬 표정으로 눈빛을 주고받았다.

"에스따?"

엥? 에스 '따' 라니?

"어 유 프롬 어마뤼카?"

'어마뤼카' 라면, America, 미국? 내 억양이 그렇게 미국식인가? 나는 고개를 흔들었다.

"노우, 아이 엠 프롬 싸우쓰 코뤼아."

"오오~~"

아이들은 서로 마주보며 고개를 끄덕이더니, 돌아가면서 자기 소개를 하기 시작했다.

그런데 나를 도와주기로 한 짙은 금발의 여자 아이도 케이티였고, 그 옆에 앉은 갈색 머리 여자 아이도 케이티였다. 정신 산란하게도 아이들은 "얘도 케이티고, 쟤도 케이티고, 다 케이티야." 하면서 웃었다. 그 다음에는 뒤에 앉은 하나, 탈리 그리고 헬렌이 인사했다.

"영국에는 언제 왔어?"

"한 2주 전에."

"영국이 맘에 드니?"

"좋은 나라 같아."

아이들이 워낙 말을 천천히 하고 어려운 질문도 아니어서 그럭저럭 대답할 수 있었다. 하지만 중간중간에 저희들끼리 주고받는 말은 도무지 영어처럼 들리지 않았다. 나에게 말할 때만 특별히 유치원생 대하듯 느릿느릿 이야기하고, 심지어는 표정까지 '뽀뽀뽀'에 나오는 '뽀미 언니'처럼 변하는 것을 보니, 왠지 내가 바보가 된 느낌이었다. 자존심이 조금 상했다. 언제쯤 제대로 된 의사 소통을 할 수 있을까 생각하니 슬그머니 낙담이 되었다.

웰컴 투 세인트 크리스핀

"때르르르르르르르르르르르릉. 때르르르르르르르르르르르릉."

나는 화들짝 놀라고 말았다. 그렇게 시끄러운 종소리는 처음이었다. 9시 5분 전을 알리는 종소리에 아이들은 일제히 자리를 박차고 일어났다. 한 교실에서 대부분의 수업이 진행되는 우리나라 중학교와 달리,

여기서는 학생들마다 각자의 시간표에 따라 서로 다른 교실에서 다른 수업을 받는다고 했다.

교실 밖 복도는 사방에서 쏟아져 나오는 아이들 때문에 완전히 북새통이었다. 모두들 가려는 방향이 달랐기 때문에 떠밀고 잡아당기고 하는 틈을 겨우 비집고 나는 필사적으로 케이티를 따라갔다.

"유 오카아이, 에스따?"

나는 엉킨 실타래 같은 마음을 숨기고 싱긋 웃었다. 괜찮냐고?

"예스, 아임 오케이."

계단을 내려오니 식당을 통해 바깥으로 나가도록 되어 있었다. 그제야 학교가 얼마나 큰지 가늠이 되었다.

내가 조회 시간을 보낸 건물은 우리 학교에서 제일 높은 4층 건물로, '타워(tower)'라고 불렸다. 타워의 1층은 교무실, 식당, 도서실, 그 밖에 미술과 체육 교실 등과 연결되어 있었다.

바깥에서 보면 이 건물밖에 보이지 않지만 그것은 빙산의 일각이었다. 일단 학교 안으로 들어서서 이 건물을 통과하면 널따란 마당이 나오고, 그 마당을 중심으로 외국어 부서, 수학 부서, 과학 부서 등등 각 부서에 딸린 건물들이 여기저기 퍼져 있었다.

저 너머로 보이는 운동장은 크기가 어마어마했다. 한국에서 다닌 중학교 운동장의 네다섯 배는 족히 될 것 같았는데, 모두 파란 잔디가 깔려 있었다.

나는 케이티를 따라 걸음을 옮기면서 곁눈질로 지나가는 아이들을 찬찬히 살펴보았다. 초록색 재킷에 회색 스웨터, 그 안에는 하얀 셔츠, 흰색과 초록색의 넥타이, 여학생은 회색 치마, 남학생은 검정색 바지 그리고 검정 구두. 아무리 봐도 참 앙증맞고 예쁜 교복이었다.

그런데 여자 아이들 치마는 다 제각각이었다. 길이는 초미니에서부터 무릎을 가리는 정도까지 천차만별이었고, 너풀너풀한 치마, 주름치마,

딱 달라붙는 치마 등 온갖 종류가 다 있었다. 혹시 이 학교에도 예전의 나처럼 '치마 수선 담당'이 따로 있는 건 아닌지 궁금했다.

또 내 눈길을 끈 것은 신발 굽이었다. 나는 지금 신고 있는 신발도 너무 높아서 겨우 종종걸음을 치고 있는데, 어떤 아이들은 굽이 10센티미터가 넘어 보이는 신발을 신고도 잘만 뛰어다녔다.

나를 더욱 놀라게 한 것은 아이들의 가방이었다. 한국 친구들은 가방에 무지하게 신경을 썼다. 가방은 일종의 액세서리였다. 가장 예쁘고 유행하는 가방을 가지고 다녀야 했고, 가방을 빵빵하게 채우지 않는 건 불문율에 가까웠다. 그런데 영국 아이들 가방은 하나같이 촌스러웠다. 나도 그렇게까지 유행에 신경을 쓰는 편은 아니었지만 탄식이 절로 나왔다.

'어쩜 저런 구석기 시대 디자인을 내놓을 수 있을까!'

게다가 가방 끈을 축 늘이고 가방 앞이 배불뚝이처럼 툭 튀어나오도록 잔뜩 쑤셔 넣는 것에는 정말 적응이 되지 않았다. 영국 학교에는 미국처럼 커다란 사물함이 없어서 그날 하루 필요한 책, 공책, 필통, 체육복, 도시락 등을 모두 가방에 넣고 다니는 것이었다. 아이들 모두 지게를 하나씩 짊어지고 다니는 것 같았다.

그런데 내가 아이들을 관찰하고 있는 동안, 다른 아이들 또한 나를 주시하고 있었다. 사실 나는 그날의 특종감이나 다름없었다. 학교 전체에 나와 동생을 제외한 유색 인종이라곤 다섯 손가락 안에 꼽힐 정도였다. 내가 발걸음을 옮기는 곳이면 어디든 학생들의 눈길이 쏠리는 게 느껴졌다. 나는 당황스러워서 몸둘 바를 몰랐지만 겉으로는 아무렇지도 않은 척, 못 본 척하며 무작정 케이티를 따라갔다.

케이티는 마주치는 친구들에게 들뜬 목소리로 나를 소개했다. 사투리가 너무 심해서 "새로", "에스더", "한국" 같은 단어밖에 들리지 않았다. 그러면 아이들은 나에게 한결같이 '뽀뽀뽀' 미소를 지었다. 너무 긴장한 탓인지 억지웃음을 매달고 있는 볼 근육이 아파올 지경이었다. 생전 신어본 적 없는 굽 5센티미터짜리 신발이 또각또각거리는 소리가 내겐 유난히 크게 들려왔다.

나는야 민간 외교관

첫 수업은 수학이었다. 케이티는 나를 펜 선생님에게 맡겨두고 자기 반으로 들어갔다. 펜 선생님은 푸른 눈이 반짝이는 멋진 미남이었다. 옥의 티를 굳이 찾자면 대머리라는 점이었다. 호기심 많은 나는 실례인 줄 알면서도 어쩔 수 없이 이마 너머로 자꾸만 시선이 갔다.

실력 별로 반이 배정되기 때문에 선생님은 우선 간단한 시험을 보자고 했다. 주섬주섬 필통을 꺼내고 시험지를 펼치자 영어를 해석할 수만 있다면 한국 초등학생도 풀 수 있는 수준의 문제들이 수두룩했다. 어렵지 않게 다 풀었는데, 펜 선생님은 언어 문제를 고려하여 우선은 선생님이 가르치는 두 번째 반에 배정되었다.

체육, 종교 등을 제외한 거의 모든 과목은 실력 별로 반이 나누어져 있었는데, 역사, 지리, 프랑스어 등은 반이 세 개로, 또한 수학, 영어, 과학 등 중요 과목은 여섯 개로 나누어져 있었다. 그러니까 수학에서 두 번째 반이면 꽤 높은 반이었다.

반에는 약 30명 가량이 앉아 있었는데, 수업 시간인데도 시끌시끌했다. 각자 선생님이 내준 과제를 풀고 있는 모양이었다.

조회 시간에 만났던 키 작은 금발머리 소녀 하나의 옆자리가 비어 있었다. 하나는 짝이 결석을 했다며 자기 옆에 앉으라고 손짓했다. 한국에서라면 절대 앉지 않았을 맨 앞자리였다.

"수학 수업에 온 것을 환영해. 아~ 수학 정말 싫다!"

하나가 커다란 눈을 장난스럽게 굴리며 말했다. 하나는 수줍고 조용해 보였지만 말을 아주 재미있게 했다. 하나의 공책에는 수학 문제 푼 것 사이사이로 익살맞은 낙서가 눈에 띄었다.

나는 아침에 받은 학교 알림장을 꺼내서 앞장에 한글로 내 이름을 썼다. 하나의 동그란 눈이 더 동그래졌다.

"그게 네 이름을 한국말로 쓴 거니?"

"응. 손. 에. 스. 더."

"와우…… 너무 예쁘다. 혹시 내 이름도 한글로 써 줄 수 있어?"

하나는 자기 알림장을 내밀었다. 나는 정성 들여 '하나'라고 큼지막하게 써주었다. 그러자 하나는 돌아앉아서 뒤에 있는 아이들에게 알림장을 자랑했다.

"봐봐! 이게 한글로 쓴 내 이름이야! 예쁘지?"

그러자 뒷자리 아이들은 탄성을 내지르며 자기들 이름도 한글로 써달라고 부탁했다. 나는 신이 나서 이름을 묻고 한글로 또박또박 써주었다.

이제는 내 주변에 앉아 있던 아이들이 무슨 일인가 하고 몰려와서는 각기 알림장을 들이밀었다. 문득 나의 한 획 한 획이 한국을 상징한다는 생각을 하니 마치 무슨 외교관이라도 된 듯한 비장한 기분이 들었다.

교실이 점점 더 아수라장이 되어가는가 싶더니, 어느 새 요란한 종소리와 함께 수학 수업은 막을 내렸다. 교실 밖에서는 케이티가 여러 친구들과 함께 기다리고 있었다.

"유 오카아이, 에스따?"

"Yup."

간간이 내리는 비보다도 바람이 무지막지하게 부는 날이었지만, 쉬는 시간에는 무조건 밖에 나가 있어야 한다고 했다. 우리는 덜덜 떨면서 동그랗게 원을 만들어 섰다. 내 짧은 중학생 단발이 어쩔 줄 모르고 바람에 이리저리 날렸다. 케이티는 나를 다시 정식으로 소개했다.

"얘 이름은 에스따이고, 한국에서 왔대. 오늘 우리 반에 왔는데, 영어 아직 잘 못한대."

나는 목을 가다듬고 "하이," 하고 인사를 건넸다. 아이들이 모두 "하이, 에스따," 하고 화답했다.

"이쪽은 또 다른 케이티."

이번엔 키가 크고 퍼실퍼실한 금발에 볼이 발그스름한 케이티가 인사했다. 벌써 세 번째 케이티였다.

"얘는 케리."

케리가 눈을 반짝이며 수줍게 생긋 웃었다. 케리의 눈 색깔이 신기했다. 언뜻 봐서 갈색인 줄 알았는데 자세히 보니 옅은 황토색 같았다.

"얘는 프란세스."

치아 교정용 보철이 인상적인 꺽다리 프란세스는 "프란이라고 불러줘." 라며 상냥한 뽀뽀뽀 스마일을 날렸다.

"이쪽은 크리스티나."

자그마한 크리스티나는 정말 만화 주인공을 데려다 놓은 것 같았다. 눈처럼 하얀 얼굴에 하늘색 눈, 게다가 머리는 금발이라기보다 은발에 가까울 정도로 눈부셨다.

"그리고 이쪽은 레이첼."

짙은 금발에 왕방울만한 파란 눈을 가진 레이첼이 쑥스러워하며 인사했다. 왠지 모르게 '토끼'라는 단어가 저절로 떠올랐다. 레이첼이 주저하다가 물었다.

"한국에 있는 친구들 보고 싶지 않니?"

"응."

그러자 아이들이 일제히 안타까운 표정을 지으며 이상한 소리를 냈다.

"어어어어어(Awwwwww)······."

이게 무슨 해괴한 소리지? 처음엔 듣기에도 민망했다. 알고 보니 아이들은 동정이나 안타까움을 표시할 때 그런 소리를 내는 모양이었다. 심지어는 길가에 죽어 있는 조그만 거미를 보고도 "어어어어어······" 할 정도였다. 그리고 시간이 흐르면 결국은 나마저도 하찮은 일에까지 "어어어어어······" 하게 될 것이었다.

이번엔 장난기 많은 케이티가 들뜬 목소리로 물었다.

"너, 한국말 할 줄 알겠다?"

"당근이지."

"한국말로 'My name is Esther and I'm from South Korea. England is a really nice country.' 라고 해볼 수 있어?"

아이들이 귀를 쫑긋 세우고 나를 바라보았다. 어려운 말은 아니었지만 뚫어져라 쳐다보고 있는 그 시선들을 앞에 두고 갑자기 한국말을 하려니 어색함이 목구멍을 턱 막고 있는 느낌이었다.

하지만 나는 마음을 굳게 먹었다. 한국어의 우수성을 만방에 알리는 데 조금이나마 보탬이 되고자 눈 딱 감고 속사포같이 말했다.

"내이름은에스더이고한국에서왔습니다영국은참좋은나라입니다."

"우와아아아아아아아우~"

"That's sooooo cool(정말 멋지다)!!"

순간 아이들의 표정이 뽀뽀뽀 스마일에서 진정한 감탄으로 바뀌었다.

'그래, 나도 지구 반대편에선 유치원생 취급을 받는 사람이 아니라고.'

휴우, 이제야 좀 살 것 같았다.

노트북? 엑서사이즈 북?

다음 시간은 화학이었다. 케이티는 선생님에게 나를 소개한 후 자기 테이블로 데려갔다. 케리, 레이첼 그리고 크리스티나도 같은 테이블에 앉아 있었다. 곧이어 선생님이 출석을 부르기 시작했다. 그런데 그것이 나에게 또 하나의 고비로 다가올 줄이야.

선생님이 제일 먼저 레이첼의 이름을 불렀다. 레이첼이 한쪽 팔로 턱을 괸 채 대답했다.

"예스미스크랩추리."

이게 무슨 말일까? 선생님이 출석을 부르면 그냥 미국처럼 "Here!" 하면 될 텐데 무슨 대답을 저렇게 복잡하게 하는 거지? 슬슬 긴장이 되기 시작했다.

"로리."

"예스미스크랩추리."

여전히 수수께끼였다. 더욱 바짝 귀를 기울였다.

"케이티."

"예스, 미스크랩추리."

이젠 조금 들리는 것 같기도 했다. 한 덩어리의 중얼거림에서 맨 앞의 '예스'가 간신히 분리되어 들렸다. 하지만 그 나머지는 도대체 뭐지?

"린지."

"예스, 미스 크랩추리."

아하! 이제야 알 것 같았다. 옆에 앉은 레이첼의 공책 겉표지를 보니 선생님의 이름이 적혀 있었다. Miss Crabtree. 나는 실수하지 않기 위해 속으로 열심히 중얼거렸다. 예스, 미스 크랩추리. 예스, 미스 크랩추리. 선생님은 맨 마지막으로 내 이름을 불렀다.

"……and Esther?"

드디어 올 것이 왔다. 첫날부터 버벅거려서 망신을 당할 것인가? 단한 마디만 하면 되는데도 무슨 엄청난 연설을 앞둔 것처럼 가슴이 뛰었다. 나는 최대한 태연한 목소리로 대답했다.

"Yes, Miss Crabtree."

아무도 킥킥거리거나 새삼스럽게 돌아보는 아이가 없는 걸로 봐서, 대충 비슷하게 말한 것 같았다. 한 고비 넘겼다는 생각에 뿌듯했다.

한국에서는 실험을 직접 해본 적이 많지 않았는데, 영국 화학 수업은 아예 실험실에서 진행되었다. 크랩추리 선생님의 지시를 들은 후 학생들은 실험 준비에 들어갔다.

우선 연구소에서 일하는 사람들이나 입는 줄 알았던 하얀 실험 가운 (lab coat)을 입었다. 나는 가방에서 때 하나 묻지 않은 새 랩 코트를 꺼냈다. 반면 영국 친구들의 랩코트들은 한결같이 "레이첼은 누구를 좋아해", "어쩌구 선생님 정말 싫다", "빨리 수업이 끝났으면" 등의 낙서로 가득 차 있었다. 7학년 때부터 입어온지라 랩코트에 관한 신비로움 따위는 이제 없는 게 분명했다.

그 다음엔 실험용 보호 안경(eye goggles)을 써야 했다. 친구들이 보호 안경을 쓴 것을 보니 눈이 튀어나온 외계인 같아서 웃기게 보였다. 더군다나 나는 안경을 쓰기 때문에 그 위에 보호 안경을 덧쓰고 나니 굉장히 민망했다.

'도날드 덕 같잖아!!'

다른 아이들에겐 일상생활과 같았지만 나는 두리번거리며 괜히 보호 안경을 수시로 벗었다 썼다 했다.

두세 명이 한 조로 실험을 했는데, 우리 테이블에는 나까지 다섯 명이었다. 나는 케이티와 케리의 조에 합세했다. 불을 사용해야 하는 실험이었다. 번센 버너(Bunsen burner)와 삼각대 등을 함께 설치한 후, 케이티가 나무 막대기에 불을 붙여 와서 번센 버너를 켰다.

이 시점에서 뭐라고 한 마디쯤 해야 될 것 같아서 머리 속으로 문장을 만든 다음 케이티에게 또박또박 물었다.

"Aren't you scared(무섭지 않니)?"

"맨날 하는 건데 뭘."

케이티가 내 말을 알아들은 것은 다행이었지만, 마치 친절한 비행기 승무원 같은 케이티의 뽀뽀뽀 스마일이 사실 그리 달갑지만은 않았다.

다시 유치원생이 된 기분으로 나는 잠자코 아이들이 실험하는 것을 관찰했다. 모두들 실험 도구를 다루는 일에 꽤 능숙해 보였다. 선생님이 굳이 일러주지 않아도 다들 알아서 분주하게 움직이면서 실험도 하고 실험 결과를 공책에다 적고 하는 것이었다.

그런데 아침부터 눈여겨보았던 것 중 하나가 바로 모든 학생의 공책이 똑같았다는 점이었다. 그 공책은 보통 꾀죄죄한 게 아니었다. 촌스럽고 밋밋한 색지로 만들어진 겉 표지에는 이름, 학년, 반, 과목, 선생님 이름 등을 쓸 수 있도록 줄이 몇 줄 쳐져 있을 뿐이었다. 수학 시간에 받은 공책은 주황색이었고, 속은 모눈 종이였다. 이번 시간에는 불그스름한 표지에 그냥 줄이 쳐져 있는 공책을 받았다.

겉표지에 무엇을 써야 하나 해서 케이티에게 공책을 보여달라고 했다. 공책이 영어로 '노트북'이었지?

"메이 아이 씨 유얼 노트북?"

"퍼든?"

못 알아듣겠다는 것이었다. 가슴이 덜컹했다. 나는 다시 한 번 더 정성들여 발음을 시도해 보았다.

"메이 아이 씨이 유얼 노우트북(May I see your notebook)?"

케이티는 더더욱 의아해 하더니 친구들을 쳐다보며 영문을 모르겠다는 표정을 지었다. 내 자신감은 바닥에 떨어졌다. 나는 쭈뼛쭈뼛 하며 앞에 놓인 빨간 공책을 가리켰다.

"아아, 엑서사이즈 북(exercise book) 말이구나? 여기 있어."

이번에는 케이티의 뽀뽀뽀 웃음이 오히려 반갑게 느껴졌다. 영국에서는 공책을 그렇게 부르는 모양이었다. 나는 케이티 공책을 보고 내 공책 앞에 이렇게 써 내려갔다.

레이첼이 필통을 뒤적이다 말고 내 공책을 보더니 토끼 같은 눈을 더 동그랗게 떴다.

"Oh, wow! 이게 네 이름을 한국말로 쓴 거니? 케리, 크리스티나, 이것 좀 봐!"

"우와~ 너무 예쁘다!"

나의 '한국어로 이름 써주기' 행진은 그렇게 계속되었다. 케이티, 레이첼, 케리, 크리스티나를 비롯한 아이들이 알림장에다, 공책에다 한글로 자기 이름을 써달라고 부탁하는 것이었다.

레이첼과 크리스티나는 거기서 그치지 않고 '안녕', '잘 있었니', '좋은 하루' 등을 한글로 써달라고 하고는 또 어떻게 발음하냐고 물었다. 영어로 발음을 써 주었더니 자기들끼리 "아아니옹?" "촤알 이쏘니?" "쵸원 하뤼" 하면서 한국어 회화를 연습하기 시작했다. 나는 터져나오는 웃음을 참으며 이번엔 내가 유치원 교사가 된 기분으로 발음을 교정해 주었다.

"자, 실험 다 끝냈나요? 실험 도구를 정리하고 함께 실험 결과를 의논해 봅시다."

크랩추리 선생님은 각 조의 실험 결과를 칠판에 적고 계속해서 질문을 던졌다. 이해할 수는 없었지만 칠판에 적힌 내용을 모조리 공책에 베껴 썼다. 모르는 단어를 전자 사전으로 찾아볼 여유도 없었다.

쉬는 시간에 또다시 밖에서 오들오들 떨면서도 레이첼과 크리스티나는 한국어 연습에 여념이 없었다.

"Hannah! 아아니옹? 좌알 이쏘니?"

어리둥절해 하는 하나에게 크리스티나가 자랑스러운 말투로 설명했다.

"이게 한국말로 'Hello, how are you?' 라고 하는 거야."

"우리가 제대로 발음하고 있니?"

신난다는 표정으로 레이첼이 물었다. 차마 그 가슴에 못을 박을 수 없었다. 나는 놀라움을 눈빛에 가득 실어 대답했다.

"응. 너네 정말 한국말 잘한다!"

로미오, 줄리엣 그리고 에스따 쏘온

다음 수업을 듣기 위해 우리는 아침 조회를 했던 4층 건물로 올라갔다. 물밀듯이 밀려오는 학생들로 2층까지 가는 좁은 계단은 인해(人海)를 이루었다.

'영국인들도 어릴 때는 신사 숙녀가 아닐 수도 있구나!'

계단 양쪽 난간을 붙잡고 길을 막는 아이가 있는가 하면, 위에서 쓰레기를 떨어뜨리는 아이, 앞 사람 가방을 열어놓는 아이까지, 이건 그야말로 난장판이었다. 케이티의 뒤만 기를 쓰고 따라가서 겨우 영어 교실에 당도하니 안도의 한숨이 절로 나왔다.

나는 두 명의 케이티 그리고 나탈리와 함께 맨 뒷줄에 앉았다. 잠시 후 레이첼과 크리스티나가 들어왔다. 레이첼이 통통 튀는 목소리로 말했다.

"Oh, 에스따! 우리 반에 일본 친구가 있는데, 드디어 만날 수 있겠구나!"

일본 친구? 우리 학년에 한 명 있다는 바로 그 일본 친구?

"아! 저기 온다. 안녕, 마키! 얘는 오늘 처음 온 한국 친구야."

인형같이 생긴 친구가 교실에 들어섰다. 일본인이라고 하기엔 좀 서구적으로 생긴 것 같았다. 내가 웃으면서 인사를 건네자 마키도 수줍게 미소 지으며 "하이!" 하고 인사했다.

마키도 영국에 온 지가 얼마 되지 않아서 영어를 잘 못한다고 했다. 마키는 건너편 테이블에 레이첼과 크리스티나와 함께 앉았다. 친해지고 싶었는데 괜히 거기까지 가서 말을 걸 용기가 나지 않았다.

지금까지 만난 영국 선생님들은 하나같이 매우 친절했다. 반면 영어 선생님인 존스 선생님은 좀 특이했다. '구식' 이라는 표현이 가장 어울릴 것 같다.

선생님이 교실에 들어서자 아이들은 일제히 자리에서 일어났다. 선생님은 안경 너머로 눈을 번득이며 학생들을 훑어보고는 인사했다.

"Good morning, class."

"Good morning, Mr. Jones."

"이제 앉아도 좋아요."

그제서야 아이들은 부시럭거리며 자리에 앉았다. 바로 그때.

"Young man, 자네 넥타이가 어디 갔나?"

선생님의 불호령이 떨어졌다. 쩌렁쩌렁한 목소리가 교실을 채웠다. 지목을 받은 아이는 얼굴이 빨개지며 어쩔 줄 몰라 했다.

"어…… 저기……음……"

"넥타이도 없이 내 수업에 오다니! 알림장 꺼내세요. 벌점(warning)

을 줘야겠어.”

온 반이 쥐죽은 듯이 고요했다. 이렇게 무서운 선생님 아래에서 내가 어떻게 살아남을 수 있을까. 옆에 앉은 케이티를 슬쩍 쳐다보았다. 케이티는 안심하라는 듯한 표정을 지었지만 역시 숨소리마저 조심하고 있었다. 폭풍이 조금 가라앉았을 때 케이티가 손을 들고 말했다.

“선생님, 오늘 새로 온 친구가 있는데요.”

“그래?”

“그런데 영어를 잘 못해요.”

선생님은 나에게 일어나라고 손짓했다. 나는 겁에 질린 것을 내색하지 않으려고 벌떡 의자에서 일어났다.

“이름이 뭐지요?”

“에스따라고 합니다.”

“Pardon? Speak up!”

선생님은 얼굴을 살짝 찡그리며 귀에 손을 갖다댔다. 나는 움찔했다. 마음속으로 기도를 하며 이번엔 배에 힘을 주고 좀 더 크게 말했다.

“제 이름은 에스따입니다!”

선생님의 굳은 표정이 조금 풀렸다.

“성은?”

“손 입니다. 에스-오우-엔.”

“썬?”

“손.”

“흠. 쏘온. 에스따 쏘온.”

아이들이 수군거리는 것이 들렸다. 에스따 쏘온. 나도 처음 들어보는 내 이름이었다.

“에스따 쏘온, 우리 영어반에 온 것을 환영해요.”

“감사합니다.”

휴우. 나는 그물에 걸렸다 풀려난 물고기 같은 심정으로 자리에 앉았다.

"몇 막 몇 장 할 차례지요?"

아이들이 책을 뒤적였다.

"에스따 책이 필요한데요."

케이티가 손을 들고 말했다. 선생님은 교실에 있던 여분의 교과서 한 권을 나에게 건네주었다.

『Romeo and Juliet』

'아니, 말로만 듣던 『로미오와 줄리엣』 아냐?'

그랬다. 까만 표지에는 연극의 한 장면이 사진으로 나와 있었다. 감격한 나는 책장을 포르르 넘겨보았다. 그런데 웬걸,

'아는 단어도 별로 나오지 않고, 이해할 수 있는 문장도 거의 없잖아…….'

셰익스피어가 쓴 오래된 영어 그대로인 듯했다. 각 페이지마다 어려운 단어나 표현, 요점 정리 등이 현대 영어로 적혀 있었지만 나에겐 별 도움이 될 것 같지 않았다. 첫날부터 이런 크나큰 난관에 부딪히다니.

존스 선생님은 아이들 몇에게 배역을 정해서 책을 읽게 했다. 읽는 중간중간 난해한 대목이 나오면 선생님은 아이들에게 그 뜻을 묻고 함께 토론을 벌이는 모양이었다.

본격적인 설명과 토론이 시작되자, 알아들을 수 있는 단어가 몇 개 되지 않았다. 나중에는 아예 듣는 걸 포기하고 책을 읽어 보려고 했다. 수업 시간 내내 정신없이 전자 사전을 두드렸다.

대충 수업이 마무리되어 가는 분위기가 느껴질 무렵, 선생님이 'homework(숙제)' 라고 말하는 것에 정신이 번뜩 들었다. 나는 얼른 케이티가 알림장에 쓰는 것을 훔쳐 보았다.

'Read next 3 scenes.'

아아, 다음 세 장(scene)을 읽어오는 게 숙제인 모양이로군.

"에스따, 영어 수업이 괜찮았나요?"

선생님의 질문에 나는 고개를 끄덕였다. 솔직히 말하자면 괜찮다기보다는 먼 훗날 언젠가 괜찮아지기를 바라는 마음뿐이었다.

"때르르르르르르르르르르릉. 때르르르르르르르르르르릉."

악명 높은 종소리에 다들 눈살을 찌푸렸다. 다른 교실에서는 벌써 아이들이 뛰쳐나오고 있었지만 존스 선생님은 우리가 모두 조용해질 때까지 기다린 후에야 말했다.

"Alright. Off you go(좋아요. 가도 돼요)."

영국 사투리의 압박

"이제 점심시간이야. 식당으로 가면 돼."

교실 밖으로 나와 또다시 아이들의 홍수에 휩쓸리면서 케이티가 말했다. 1층에 당도하자 학교 식당에서 점심을 사먹는 학생들이 길게 줄 서 있는 것이 보였다. 우리는 도시락을 싸왔기 때문에 바로 식당으로 들어갈 수 있었다.

그날 아침, 사실 도시락 때문에 온 가족이 고민을 많이 했다.

"한국에서처럼 밥이랑 김치를 싸가는 건 안 되겠지?"

"절대 안 돼요! 김치 냄새 폴폴 풍기면 영국 애들 기절할 걸요?"

"그렇다고 양식이라고 하는 스프나 스테이크를 싸 갈 수도 없잖아."

우리는 고민 끝에 빵에 딸기잼과 피넛 버터를 발라가는 것으로 낙착을 봤다. 빵 두 쪽이면 점심 식사치고는 좀 허술했지만 다른 음식은 딱히 생각나는 게 없었다.

그런데 점심 시간에 식당을 쭉 둘러본 결과, 우리의 결정이 현명했음을 알 수 있었다. 도시락을 싸온 아이들은 대개 샌드위치를 먹고 있었다. 그런데 그게 다가 아니었다. 샌드위치를 다 먹은 아이들은 감자칩, 초콜릿, 요거트 등 한국에서는 군것질거리로밖에는 여겨지지 않을 것들을 마구 먹어대는 거였다.

우리는 식당 한가운데에 있는 원형 테이블에 둘러앉아서 점심을 먹으며 이야기했다. 그런데 영국 발음은 들으면 들을수록 신기했다.

레이첼처럼 또박또박 예쁘게 발음하는 친구가 있는가 하면, "Sorry"를 '써뤠이'라고 하고, "What"을 '우오트', 심지어는 "Thanks"를 '팡크스[fanks]'라고 하는 아이들도 있었다. 특히 나를 안내해준 케이티는 자꾸만 "싸아이~", "이자!~알레이", "다나아이~" 등 정체불명의 단어들을 자꾸만 내뱉었다.

내 호기심이 고조되어 가는 찰나, 우렁찬 목소리와 함께 두 친구가 등장했다.

"Hello, girlies!"

풍만한 오페라 가수를 연상시키는 친구는 엘리, 아담한 체구의 친구는 또 한 명의 하나라고 했다. 엘리는 곧 이야기 보따리를 풀어놓기 시작했다. 아이들끼리 말을 너무 빠르게 해서 제대로 알아들을 수는 없었지만 친구들이 웃음을 터뜨릴 때는 나도 웃는 척, 슬픈 표정을 지을 때는 괜히 안타까운 척 하면서 분위기를 타려고 노력했다.

그러다가 갑자기 엘리가 느끼한 윙크를 하며 나에게 질문을 던졌다.

"So~ '보이프렌드' 있어?"

나는 고개를 도리도리 흔들었다. 아이들은 호기심어린 눈초리로 나를 주시했다. 엘리가 또다시 장난기 어린 목소리로 물었다.

"영국 남자애들 어떠니? 누가 제일 멋있는 거 같아?"

남자애들이라……. 지금까지 하도 정신이 없어서 남학생들 얼굴이 제대로 보이지도 않았다.

"그냥…… 다 nice해."

아이들은 까르르 웃더니 다시 자기들끼리 이야기하기 시작했다. 나는 다시 영국 사투리에 휩싸여 아무리 귀를 기울여도 반은 대충 알아듣고 반은 때려 맞추는 상황으로 돌아갔다.

'미국 중학교에 있을 때도 지금보다는 더 많이 알아들은 것 같다.'

답답한 심정에 나는 자꾸 흘끔흘끔 시계를 곁눈질했다.

할머니 선생님의 역사 수업

점심시간이 끝나자 다시 샘웨이즈 선생님 반에 가서 출석을 부른 후, 오늘의 마지막 수업에 들어갔다. 'History(역사)' 라고 했다.

우리를 기다리는 선생님은 희끗희끗한 머리에 볼이 축 처지고 돋보기 안경을 쓴 할머니였다. 케이티는 짝이 있었기 때문에 나는 케이티 뒤에 혼자 앉은 친구에게 옆에 앉아도 되냐고 물었다.

"Sure! 내 이름은 리아나 라고 해. 넌?"

두께가 1센티미터는 되어 보이는 안경을 쓴 친구가 방방 튀는 목소리로 말했다. 리아나는 교복이 아니라 체육복을 입고 있었다.

이 친구는 한 시도 가만히 앉아 있질 못했다. 수업 내내 시도 때도 없이 'Once in a lifetime' 어쩌고 하는 노래를 흥얼거리면서 온몸을 들썩거리는 통에 나까지 그 노래를 외워 버릴 지경이었다. 수업에 관해 모르는 내용을 물어보면 엉뚱한 대답을 해서 나를 더 헷갈리게 했지만, 생글생글 웃는 얼굴은 귀엽기만 했다.

그런데 교실 분위기가 그야말로 압권이었다. 간단히 말하자면 교실 한 쪽은 수업에 어느 정도 집중하는 분위기였지만, 다른 한 쪽은 완전히 놀자판이었다.

할머니 선생님도 언제까지나 가만히 있지는 않았다. 수업 시작한 지 한

30분이 지났을까. 할머니는 장난꾸러기 아이들 둘을 앞으로 불러냈다.

"너희들을 내가 어떻게 해야 할지 모르겠다."

"그럼 교실 밖으로 내보내시죠."

한 아이가 실실 웃음을 흘리며 건방지게 말했다. 나는 굉장한 흥미를 가지고 이 '사건'을 지켜보았다. 한국에서 이렇게 했다간…….

"Okay! 이 교실에서 나가 주세요. 복도에 책상 두 개가 있으니까 앉아서 여기 이 문제들을 풀고 있으세요. 수업 끝나고 다시 나를 찾아오도록. Understood?"

그 아이들은 나가면서도 얼굴을 일그러뜨리고 등을 꼽추처럼 구부린 채로 선생님의 'Understood?' 하는 모습을 흉내내며 킬킬거렸다. 여기저기서 킥킥대는 소리가 들렸다. 할머니는 포기했다는 표정으로 눈을 굴리며 한숨을 푹 내쉬었다. 미안한 마음이 들었지만 나도 웃음이 터져나오는 것은 어쩔 수 없었다.

말썽꾼 둘이 사라지고 나니 수업 분위기가 훨씬 나아졌다. 옆에서 혼자 북치고 장구치는 리아나를 제외하면 이젠 내 집중력을 방해하는 것은 거의 없었다. 이젠 선생님 말을 좀 더 제대로 알아들을 수 있었지만, 어려운 단어들이 너무 많았다.

교과서를 보면서 손가락에 땀이 나도록 전자 사전을 두드린 결과 내 머리 속에 정리된 수업 내용은 다음과 같았다. 'World War II'가 끝날 때 'armistice'를 하고, 'representatives'가 모여 'treaty'를 했다…….

"숙제를 내주겠어요. 다음 시간까지 해오세요."

선생님은 칠판에다 질문을 여러 개 썼다. 알파벳 하나하나를 그대로 알림장에 베껴 쓰는데, 알아볼 수 없는 단어가 하나 있었다.

'signatonies'

전자 사전에 'signatony'를 입력해 보니 '검색 실패'라고 나왔다. 'signatonies'를 찾아보아도 여전히 그런 단어는 없다고 했다.

리아나에게 물어봤지만 리아나는 특유의 낙천적인 'whatever(뭐가 됐든 상관없다는)' 웃음을 지으며 어깨를 으쓱했다. 신경도 쓰지 않는 것 같았다. 케이티에게도 도움을 청해 보았지만 역시 모른다고 했다. 집에 가서 아빠에게 알아보는 방도밖에 없었다. 한 시간 수업으로 완전히 지쳐 버린 듯, 무표정한 얼굴로 한숨을 내쉬는 할머니 선생님에게는 차마 말을 꺼내기가 미안했다.

나를 두 번 죽인 뽀뽀뽀 스마일

집으로 돌아오는 버스 안에서의 기분은 떨떠름했다. 새로 만난 친구들과 헤어지는 인사를 하는데 케이티가 "쓰우 레이!~아." 라고 말한 것이 계속 귀에서 맴돌았다. 듣도 보도 못한 수수께끼 같은 말이었다.

'혹시 그게 "씨 유 레이터." 다음에 보자는 뜻인가? 에이, 설마……영국 발음이 아무리 이상해도 그 정도까지일 리는 없겠지?'

영국 사투리에 대한 궁금증은 나를 계속 따라왔다. 여기에 낯선 얼굴들, 이름들, 건물 모양, 수업 시간 등이 얽혀서 머릿속은 뒤죽박죽이 되었다. 하나같이 새로운 것들에 둘러싸여 정신없이 지나간 하루였다.

하지만 나는 모든 순간순간을 스폰지처럼 흡수하려고 안간힘을 다했다. 나의 첫 수업 시간, 첫 친구들, 첫 공책, 첫 점심 시간 그리고 첫 하교. 난 아직도 그 첫날 학교 수업을 마치고 버스 안에서 동생과 서로 마주보던 눈빛을 생생하게 기억한다. 기대와 흥분, 도전의 정신을 전혀 찾을 수 없었던 건 아니었다. 하지만 그것은 그리움과 두려움의 눈빛, 이곳에서 하루 빨리 벗어나고 싶어하는 눈빛이라고 해야 더 정확했다.

나는 또 버스 안에서 아이들이 우리를 쳐다보던 눈빛을 기억한다. 그것은 경멸이나 비웃음이 담긴, 날카롭게 찌르는 눈빛은 아니었다. 그저 호기심이 잔뜩 실린 눈빛일 뿐이었다. 하지만 그것은 그날 우리의 어린 마음을 아프게 하기엔 충분했다.

집에 도착한 나는 엄마 아빠의 질문 공세에도 아랑곳하지 않고 내 방으로 들어와서 침대에 엎드렸다. 솔직히 학교도 마음에 들었고, 수업도 그럭저럭 따라갈 수 있을 것 같았다. 새로 온 아이라고 놀리거나 동양인이라고 괴롭히는 아이들도 없었다. 객관적으로 보기에는 첫 날치고 걱정했던 것보다 훨씬 양호한 하루였다.

하지만 다른 한편으로는 가슴이 터질 듯한 기분이었다. 학교에서는 잔뜩 긴장하고 있어서 미처 의식하지 못했지만, 하루 종일 속이 아리도록 한국이 그리웠고 친구들이 보고 싶었다는 걸 깨닫기 시작했다. 학교 끝나고 친구들과 몰려다니며 걱정 없이 시간을 보내던 것뿐만 아니라, 마음을 대문짝만하게 열고 모든 것을 나눌 수 있는 친구들 그리고 꿀밤을 때리더라도 정을 담아서 때려주던 다정한 선생님들이 너무 그리워 눈물이 날 것 같았다.

교내 합창 대회 때 모두들 늦게까지 남아서 목청껏 노래 연습을 하던 일, 체육 대회를 앞두고 반이 하나로 똘똘 뭉쳐 준비하던 일, 극기 훈련에 가서 온몸에 알이 배기고 힘이 다 빠진 채로 돌아오는 길에 장기 자랑을 했던 일……. 다시 안 갈 것이라고 생각했던 중학교였지만 지금 가라고 하면 당장 짐을 싸 들고 혼자 출발할 자신이 있었다.

영국 친구들이 나를 웃음으로 대하고 반갑게 맞아 주었지만, 가슴이 아팠다. 오늘 받은 모든 '뽀뽀뽀 스마일' 이 심장에 와서 꽂혀서일까.

'이곳에서 계속 버텨낼 자신이 없어.'

마음 같아서는 당장 한국으로 돌아가자고 부모님을 조르고 싶었지만, 차마 입이 떨어지지 않았다. 그리고 이렇게 나약한 모습을 보이는 나 자신이 정말 미웠다.

하지만 이런 서글픈 감정들이 갑작스럽게 밀려올 때, 나 자신에게까지 거짓말을 할 수는 없었다. 앞으로 2년이라는 세월을 이 '신사 숙녀의 나라'에 갇혀 생활할 것을 생각하니 눈앞이 캄캄해지는 기분이었다. 눈물을 머금고 간절히 기도했다.

'하나님, 빨리 시간이 지나가서 다시 한국으로 돌아가게 해주세요.'

그 때 내 나이 열 넷이었다. 그날 내 눈에 방울방울 맺혔던 눈물이 지금도 기억에 생생하다. 무엇이 그렇게 힘들고 무엇이 그렇게도 아팠는지, 지금도 조금은 느낄 수 있다. 하지만 그로부터 그리 짧지도 길지도 않은 세월이 흐른 지금, 나는 그때 그 모습에서 참 많이 바뀐 것 같다.

7. 여긴 내 집이 아니야

Well, I'm a stranger here in this place….
—Five Man Electrical Band
그래, 난 이곳에서 이방인이야….
—파이브 맨 일렉트리칼 밴드

Second Floor는 몇 층?

첫날부터 나를 골탕 먹였던 버스는 둘째 날에도 또 늦게 왔다. 내가 학교에 도착했을 때는 다들 벌써 교실에 들어가 있을 시각이었다. 어제 케이티가 "우리 교실은 second floor에 있어." 라고 했던 것을 떠올리며 정신없이 2층으로 뛰어 올라갔다. 그 와중에도 선생님이 왜 늦었냐고 물으면 어떻게 대답해야 할지 머리가 복잡했다.

제일 먼저 '버스 워즈 레이트' 라는 문장이 떠올랐다. 아니지, 이렇게 되면 '버스가 늦었다' 는 말인데, '버스가 늦게 왔다' 라고 해야 더 옳은 표현이 아닐까? 그렇다면 '버스 케임 레이트'? 아니야, 내가 탄 특정한 버스가 늦게 온 거니까 'the' 를 붙여야겠지…….. 그렇게 나는 '더 버스 케임 레이트' 로 결정을 내렸다.

'더 버스 케임 레이트. 더 버스 케임 레이트…….'

나는 머리 속으로 중얼거리며 2층의 교실 문을 벌컥 열었다.

"Sorry, I'm late(늦어서 죄송합니다)……."

순간 나는 뭔가 이상하다는 느낌에 말을 하다 말고 그 자리에 얼어붙고 말았다. 놀란 것은 나뿐이 아니었다. 교실에 앉아 있던 낯선 아이들과 삐쩍 마른 여 선생님도 나를 이상하다는 눈빛으로 바라보았다.

'앗…… 뚱보 선생님이 하루 아침에 변신할 리는 없으니까 여기는 아니로군.'

나는 아랫입술을 살짝 깨물며 미안하다는 표정을 지었다. 얼굴이 화끈 달아오르면서 심장이 두방망이질 쳤다. "쏘리"를 내뱉은 후 급히 뒷걸음질 쳤다.

문을 찰칵 닫은 후 유리창으로 슬쩍 교실 안을 곁눈질해 보았다. 아이들의 시선은 여전히 나를 따라오고 있었다. 비웃음 소리가 들리는 듯했다.

'아니, 케이티가 지금 날 놀리자고 한 건가?'

그렇지 않아도 정신적인 스트레스가 많은데 아침부터 이런 일을 겪고 나니 너무 당황스러웠다. 하지만 곧 그 당황함은 서글픔으로 바뀌었다. 계단 길목에서 나는 3층으로 올라가야 할지, 아니면 내려가서 서무실에 도움을 청해야 할지 한참을 고민한 끝에 3층으로 올라가 보기로 마음먹었다.

이번에는 교실에 들어가기 전에 미리 유리창으로 안을 잘 살펴보았다. 어제 하루 동안 낯익은 얼굴들이 하나씩 눈에 들어왔다. 금발의 하나, 갈색 머리 케이티, 안경 쓴 나탈리…… 그리고 얄미운 케이티. 이 교실이 확실한 지 재차 확인한 후 문을 열었다.

"쏘리, 아임 레이트."

모든 눈들이 또 다시 나에게 집중되었다. 아무래도 빨리 그런 시선에 익숙해져야 할 것 같았다.

"왜 늦었지요?"

'이 질문만을 기다려왔다!'

나는 미안한 척 표정까지 연출하며 말했다.

"더 버스 케임 레이트."

샘웨이즈 선생님은 알았다며 고개를 끄덕였다. 나는 어제처럼 케이티가 앉아 있는 테이블로 의자를 가져왔다. 아이들은 또 하나같이 환한 미소를 지으며 나에게 인사했다.

"하아이, 에스따!"

"하아이!"

나는 아이들의 이름을 찬찬히 곱씹어 보았다. 그런데 어제 보지 못한 친구 한 명이 두 번째 줄 테이블에 앉아 있었다. 얼굴이 발그레하고 통통한 친구였다. 케이티가 인사를 시켜 주었다.

"얘는 스텔라라고 해."

스텔라는 수줍어하며 인사를 건넸다. 윤기가 흐르는 단발 머리는 밝은 갈색이었다. 나는 맨 앞줄의 케이티 옆에 앉아 있었기 때문에 스텔라와 긴 대화를 나누지 못했다. 하지만 스텔라는 조회 시간 내내 하나랑 얘기하면서도 나를 흘끔흘끔 쳐다보고, 그러다 눈이 마주치면 씨익 웃었다. 나와 얘기해보고 싶어하는 눈치였다. 그래서 나는 조회가 끝나고 밖으로 나가면서 스텔라에게 말했다.

"벌써 피곤해…… 계단 때문인가?"

스텔라는 내가 말을 걸자 순간 뜻밖이라는 표정을 지었다. 하지만 잠시 후 그 표정은 밝은 웃음으로 바뀌었다.

"응, second floor까지 올라오는 게 쉽지만은 않지."

잠깐, 지금 second floor라고 했나? 2층? 내 귀를 믿을 수가 없었다. 나는 아까의 창피한 경험을 통해 우리 교실이 2층이 아니라 3층에 있다는 사실을 몸으로 체험하지 않았던가. 케이티가 second floor라고 말한 것도 이상한데, 스텔라까지 그렇게 나오니 갈피를 잡을 수가 없었다.

"여기가 second floor라고?"

나의 질문에 스텔라는 도리어 내가 이상하다는 듯이 쳐다보았다. 나는 스텔라와 함께 계단을 내려갔다. 2층에 다다랐다.

"그럼 여기는 몇 층이지?"

"First floor."

여기가 1층이라고? 분명히 2층인데? 나는 계단을 더 내려가서 1층에 이를 때까지 다음 질문을 벼르고 있었다.

"그럼 여기는 뭔데??"

스텔라의 대답이 궁금했다. 설마 여기를 '지하'라고 하지는 않겠지?

"Ground floor."

허걱! '바닥 층'이라는 거였다. 영국에서는 1층이 '바닥 층', 2층이 '첫 번째 층', 3층이 '두 번째 층'으로 불리는 것이다. 머리가 무식하면 손발이 고생한다더니, 그런 줄도 모르고 애꿎은 케이티를 원망했잖아……. 그제서야 나는 속으로 외쳤다.

'케이티, 미안해!'

공포의 프랑스어 꼴찌반

세인트 크리스핀 학교에서는 외국어로 프랑스어와 독일어를 가르치고 있었는데, 둘 다 나로서는 처음 접해 보는 언어였다. 프랑스어 상위반 학생들에게만 독일어를 배울 자격이 주어진다고 해서 나는 독일어는 배우지 못하게 되었다. 그리고 프랑스어에서는 당연히 꼴찌반에 배정되었다.

처음으로 프랑스어 꼴찌반에 수업을 들으러 갔을 때였다. 전체 학생 수가 열 명도 안 되었다. 척 보기에 다루기 힘든 친구들은 다 모아 놓은 것 같았다.

샘웨이즈 선생님 반에서 같이 조회를 하는 게리는 지금까지 하는 것으로만 보아서도 굉장한 말썽쟁이였다. 불만과 장난기가 가득한 표정으로 허공을 노려보고 있었다. 앞 줄에는 화장으로 얼굴을 떡칠한 헬렌이 지루해 죽겠다는 표정으로 나에게 살짝 눈웃음을 지었다.

축구 선수 베컴을 닮은 꽃미남 케빈은 구석에 앉아서 책상에 낙서를 하고 있었다. 그 옆에선 또 다른 케이티가 팔짱을 낀 채 주근깨가 가득한 무표정한 얼굴로 눈만 깜빡였다.

하마를 연상시키는 에이미와 타조를 연상시키는 지닌은 둘 다 며칠 감지 않은 머리를 책상에 처박고 나란히 자고 있었다. 몸이 볼록렌즈 같은 사팔뜨기 로라는 손톱을 물어뜯으며 안절부절 못 했다. 맨 뒷줄 구석에는 눈에 멍이 든 것처럼 진하게 화장한 제나가 무서운 두 눈을 번뜩였다.

아무리 봐도 심상치 않은 반이었다. 내 간은 콩알만해졌다. 머뤼 선생님은 반을 한참 살핀 후에 나를 헬렌 옆에 앉게 했다.

"어려운 거 있으면 언제든 말하세요."

머뤼 선생님이 친절한 미소를 지으며 말했다. 빼빼 마르고 창백한 얼굴에 까만 커트 머리를 한 분이었다. 소심하고 자상한 성품인 듯했다.

'저렇게 마음씨 고우신 분이 어떻게 이런 힘든 반을 다루실지……'

선생님이 건네준 교과서를 펴보았다. 그림이 많았지만 글자는 하나도 이해할 수 없었다. 가슴이 설레기 시작했다. 이것이 바로 그 유명한 프랑스어!

그러나 이 수업은 장난이 아니었다. 소란스럽다고 생각했던 역사 수업은 이 반에 비하면 한참 양반이었다. 한국에서도 선생님들이 수업 분위기 때문에 수업이 진행되지 않는다는 말을 가끔 했지만, 이 프랑스어 꼴찌 반은 그야말로 가관이었다.

열 명 출석을 부르는 데만도 5분이 걸렸다. 수업은 아직 제대로 시작도 하지 않았건만, 선생님 표정은 벌써 지쳐 있었다.

"자, 교과서 32페이지를 펴고 따라 읽으세요. Où est la poste?"

"우 에 라 뽀스뜨……"

"우 에……"

"우 엘라……"

늘어진 테이프 같은 목소리들이 교실 곳곳에서 제각기 웅얼거렸다.

"Good. 한 번 더 따라합시다. 우 에 라 뽀스뜨?"

"우에라부아우아~"

가만히 있던 게리가 갑자기 발작을 하듯 목청을 높여 선생님 흉내를

냈다. 헤롱거리던 에이미와 지닌이 벌떡 잠에서 깨더니, 뒤집어지게 웃기 시작했다. 한없이 순해 보이던 선생님이 순간 눈을 부릅뜨고는 단어 하나하나에 힘을 실어서 말했다.

"게리, 다~씨는 그러지 마라······."

아이들이 쿡쿡거리는 소리가 들려왔다. 선생님은 한숨을 푹 내쉬고는 애써 마음을 가다듬었다.

"다시 합시다."

머뤼 선생님은 억지로 얼굴에 미소까지 띄고 다시 책을 읽기 시작했다.

"우 에 라 뽀스뜨?"

"우에라부아우아우아~"

게리는 기다렸다는 듯이 아까보다 더욱 난리를 쳤다. 아이들이 또다시 킥킥대는가 싶더니, 갑자기 조용해졌다. 선생님의 표정을 본 것이었다. 머뤼 선생님의 얼굴이 새하얗게 되는가 싶더니 이내 불덩이처럼 이글이글 타올랐다. 이마에 파란 핏줄이 도드라지는 것이 내 눈에까지 보였다.

"게에에에에뤼이이이이이이이!!!"

천지가 진동하는 듯했다. 온몸에 소름이 돋는 기분이었지만, 악동 게리는 태연한 척하며 "what?" 하고 되물었다. 등골이 오싹하도록 살벌한 정적이 흘렀다.

"You······ outside······ right now(너······ 밖으로······ 당장)!!!!"

게리는 뭐라고 투덜거리며 교실 밖으로 나가더니 문을 쾅 닫았다. 남은 아이들은 서로 눈치만 보고 숨소리마저 조심하고 있었다.

"다들 32쪽과 33쪽을 읽어보고 있도록."

문에 달린 유리창에다 대고 게리가 우스꽝스러운 얼굴을 하는 것이 보였다. 지닌이 쿡 하고 참고 있던 웃음을 터뜨렸다.

"지니이이인!"

"넵, 선생님."

겁에 질린 지닌이 재빠르게 대답했다.

"잘…… 하고…… 있으세요."

"넵, 선생님."

"진짜다."

"넵, 선생님."

지닌이 바닥을 쳐다보며 말했다. 땅이 꺼지는 듯한 한숨 소리와 함께 선생님은 문을 조용히 닫고 밖으로 나갔다.

그토록 고요했던 분위기는 선생님이 자리를 뜬 후 5초를 채 넘기지 못했다. 마법에서 풀린 동화 속 인물들 같이 아이들은 생기를 되찾았다. 학생은 몇 되지 않는데 다들 목소리가 얼마나 큰지 교실은 시장바닥처럼 되어 버렸다. 말이 너무 빨라서 한 마디도 알아 들을 수 없었다. 나는 길 잃은 아이처럼 사방을 두리번거렸다.

"하아이, 에스따."

헬렌이 생글생글 웃으며 인사를 건넸다.

"어디에서 왔니?"

"싸우쓰 코리아."

"음…… 그게 어느 쪽에 있는 나라지?"

"일본이랑 중국 사이에."

"오오우~ Cool!"

엄지 손가락을 추켜 세우는 헬렌의 얼굴에는 이제 내게 낯익은 표정이 떠올랐다. 뽀뽀뽀 스마일.

"한국말 할 줄 알지?"

"그럼."

"한국말 좀 해봐."

이런 부탁을 받은 게 벌써 몇 번째였지만 매번 어색하기는 마찬가지였다. 대체 어떤 말을 해야 하지…….

"어떤 말 해줄까?"

"음…… 어떤 말을 해보냐 하면…….."

"You give me a headache(너 땜에 머리가 아플 지경이야)!!!"

절묘한 타이밍이었다. 복도에서 게리를 야단치던 머뤼 선생님의 괴성이 벽을 뚫고 들려온 것이었다. 모두들 초롱초롱한 눈망울로 교실 밖을 주시했다. 헬렌과 나는 피식 웃었다.

"'You give me a headache'를 한국말로 해봐."

"너 땜 에 머 리 가 아 플 지 경 이 야."

"으후~ 길다!"

바로 그 때 문이 벌컥 열리더니 머뤼 선생님이 씩씩대며 게리를 데리고 들어왔다.

"페터슨 선생님한테 보낼 거니까 잘 해봐."

선생님은 공책을 부욱 찢어서 엄청 빠른 속도로 무언가를 적더니, 게리에게 건네주었다. 게리는 아까보다 더욱 여유만만해진 것 같았다. 선생님 얼굴을 흉내내면서 어슬렁어슬렁 나가더니 또다시 문을 꽝 닫았다. 정말 인상적인 첫 수업이었다.

첫날만 그런 것이 아니었다. 아이들은 공부에 전혀 관심이 없었다. 선생님이 입을 열었다 하면 각자 열 마디씩 해댔고, 적어도 한 시간에 한 명은 소란을 피우거나 선생님에게 대들어 교무실로 보내졌다. 그렇게 수업이 끝나고 나면 교과서 한 쪽도 제대로 배우지 못했는데도 진이 빠지는 느낌이었다.

프랑스어 수업에 있을 동안은 마치 어딘가에 갇혀 있는 느낌이었다. 프랑스어 수업을 앞둔 쉬는 시간에는 마치 버스를 놓쳤을 때와 같은 낙담과 자괴감이 고개를 들었다.

'맘먹고 공부 좀 해보겠다고 하면서, 도대체 지금 뭘 하고 있는 거지?

이럴 바엔 차라리 혼자 공부하는 게 훨씬 낫겠다.'

하지만 다르게 보면, 나는 프랑스어 수업을 통해 또 다른 세상을 체험했다. 그 시간이 아니었으면 그런 친구들과 마주칠 기회도 없었을 것이다. 어떻게 보면 그런 아이들과 어울려 함께 보낸 시간도 내가 영국이라는 나라의 교육 제도에 익숙해가는 과정의 일부일 터였다.

프랑스어 꼴찌반 친구들이 못된 아이들은 아니었다. 선생님이 분통을 참지 못해 교실을 뛰쳐나갈 때면 그 틈을 타서 나에게 한국에 관한 이런저런 질문을 하기도 하고, 한글로 자기들 이름을 써달라 하기도 하는, 아직 어리고 순진한 친구들이었다. 그런데 왜 선생님이 앞에 있으면 악동들로 돌변하는 것인지.

케이티와 스텔라를 비롯한 우리 반 친구들은 나보다 훨씬 상급반에서 프랑스어를 배우고 있었지만, 꼴찌반 사정을 조금 아는 것 같았다. 프랑스어 시간이 되어 서로 다른 교실을 향해 헤어질 때마다 마치 사형수를 떠나보내는 표정으로 내게 이렇게 말하는 것이었다.

"Good luck(행운을 빌어)."

체육치의 변신

꼴찌반 친구들과 만나는 것은 프랑스어 수업 때만이 아니었다. 독일어를 배우지 않는 아이들은 대신 그 시간에 체육 수업을 했다. 나는 독일어를 배우도록 허락이 되지 않았기 때문에, 체육 부서와 외국어 부서의 갈림길에서 친구들과 헤어질 때면 저능아에다 외톨이가 된 기분이었다.

체육부서는 학교 뒤쪽에 있었다. 종이 울리자 루카 선생님이 와서 탈의실 문을 열어주었고, 우리는 하얀 폴로 티셔츠에 체육복 바지로 갈아

입은 뒤 선생님의 지시를 기다렸다.

"오늘은 농구를 하겠어요."

농구. 생각해보니 태어나서 그 흔한 농구를 한 번도 해본 적이 없었다.

선생님은 체육을 잘하는 아이 두 명을 지목해서 번갈아가며 편을 뽑도록 했다. 어쩐지 아까부터 노랫소리가 들린다 했는데, 선생님이 지목한 아이 중 하나는 역사 시간에 내 옆에 앉는 리아나였다. 다른 아이는 뚱보 아만다였다.

내가 체육을 못하는 건 또 어떻게 알았는지, 나는 거의 마지막이 되도록 뽑히지 않았다. 이제 네 명밖에 남지 않았다. 괜히 초조해졌다. 나는 숨을 죽이고 리아나가 다음 사람을 뽑기를 기다렸다.

"에스따."

리아나가 내 쪽을 보며 싱긋 웃었다. 내 이름을 불러주는 것이 그렇게 고마울 수가 없었다. 나는 눈을 반짝이며 리아나 편에 합류했다. 우리 팀은 빨간 등번호를, 상대 팀은 초록색 등번호를 달고 체육관에 들어갔다.

리아나는 항상 체육복을 입고 있어서 역사 시간에 지적을 받곤 했는데, 체육 시간에 그 이유를 확인할 수 있었다. 리아나는 그야말로 운동의 천재였다. 현란한 기술을 자랑하며 상대 팀에게서 볼을 뺏고, 드리블도 멋지게 했다.

그런데 운이 안 좋은 것인지, 그날 따라 리아나가 쏘는 슛은 계속 튕겨나오기만 했다. 안타까웠다. 나도 뭔가 해야겠다는 사명감이 생기기 시작했다.

나는 정신을 집중하여 내가 수비하기로 되어 있는 아만다를 막았다. 한국에서 남자 아이들이 농구하는 것을 구경할 때 봤던 것을 어설프게 흉내내어 손을 올리고 점프를 하면서 30분을 뛰어다녔더니 온몸에 땀이 흘렀다.

아만다가 짜증나 하는 기색이 역력했다. 내가 제대로 하고 있다는 표시인 것 같았다. 수비만 한 게 아니라 공도 여러 번 뺏고 숫도 몇 번 쏘아 보았다. 구경하는 아이들이 "에스따에게 패스해 봐!" 하고 소리치기까지 했다. 스스로 체육치(癡)라고 생각했던 나로서는 굉장히 큰 발전이었다.

그런데 사고뭉치들이 한 반을 이룬 체육 수업이 끝까지 순탄하지는 못했다. 끝나기 10분 전, 루카 선생님은 우리를 탈의실로 들여보냈다. 비오듯 흐르는 땀을 훔치며 걸음을 옮기는데, 갑자기 뒤쪽에서 날카로운 비명 소리가 들려왔다.

"까아악! 니가 뭔데!"

가슴이 덜컹했다. 리아나 목소리 같았다. 모두들 황급히 고개를 돌려 뒤를 바라보았다. 거기에서는 내가 영국에서 처음 보는 장면이 펼쳐지고 있었다. 프랑스어 수업을 함께 듣는 제나와 안경잡이 리아나가 서로 머리채를 붙잡고 고래고래 소리를 지르고 있었다. 제나가 리아나의 하는 짓이 맘에 안 든다며 주먹으로 얼굴을 때린 모양이었다. 리아나의 안경은 똑 부러진 채로 바닥에 나뒹굴고 있었고, 코에서는 피가 흘렀다.

제나는 짙은 눈화장에 허리까지 오는 긴 사자 생머리, 그리고 딱 벌어진 어깨만 봐서는 중학생이라는 게 믿어지지 않을 정도인 반면, 리아나는 몸집은 작은 편이었지만 근육질이었다.

몇몇 아이들이 달려가 둘을 뜯어말렸다. 제나는 큰 소리로 입에 담지 못할 욕을 해대며 옷을 갈아입으러 갔다. 리아나는 깨진 안경을 주워들고는 급기야 울음을 터뜨렸다. 아이들이 리아나 곁에 모여 위로하기 시작했다. 나는 너무도 놀란 마음에 어떻게 해야 할지 몰랐다.

나 칭찬받은 거 맞아?

　다음 날 역사 시간에 리아나는 보이지 않았다. 귀에 못이 박히도록 들어 온 "Once in a lifetime" 노랫소리가 들리지 않으니 뜻밖에도 조금 허전했다. 하지만 이날 역사 수업은 나에게 하나의 조그만 전기를 마련해준 시간이었다.

　나는 은근히 이 수업을 기다리고 있었다. 역시 예상했던 대로, 출석을 부른 후 할머니 선생님이 무언가를 나누어 주기 시작했다. 바로 내가 이 학교에 등교한 첫날에 했던 숙제였다. 끙끙대며 숙제를 한 것이 바로 어제 같은데…….

　첫날 학교를 마치고 돌아와 침대에 누운 나는 낭패감에 눈물까지 찔끔거리며 잠이 들었다. 눈을 떠보니 사방이 캄캄했고 나는 아직도 교복 차림이었다. 몸살이라도 걸린 것처럼 온몸이 쑤셔왔지만, 이를 악물고 몸을 일으켰다.

　옷을 갈아입고 시계를 보니 저녁 8시가 넘어 있었다. 나는 뉴볼드 대학 도서관으로 향했다. 가방에는 알림장과 역사 공책이 들어 있었다.

　'오늘 받은 역사 숙제, 혼자 해결하고 말겠어!'

　이 숙제는 조사 숙제였다. 그래서 우선은 백과사전에서 베르사유 조약을 찾아 복사해 보았다. 전자 사전을 들고 처음부터 끝까지 읽는데만 거의 한 시간이 넘게 걸렸다. 단어들을 통해 대강의 의미는 이해되었지만 문장이 너무 어려웠다. 한 번 시작되면 도대체 끝날 줄을 몰랐다.

　선생님이 내준 질문에 대한 답을 찾아야 하는데 10시가 되자 도서관 문을 닫는다고 했다. 하는 수 없이 집에 돌아온 나는 다시 잘까 하다가, 복사한 내용을 여러 번 더 읽어 보았다. 그랬더니 이제는 조금 뭔가 보이는 것 같았다. 'Signatonies'라고 받아썼던 정체불명의 단어가 'signatories'일 거라는 직감도 들었다.

'Signature가 '서명'이니까, signatories는 서명한 사람들이라는 뜻이 되지 않을까?'

사전을 찾아보니 기적과 같이 정말 그런 말이 있었다. 용기를 얻은 나는 열정적으로 숙제를 하기 시작했다. 할머니 선생님이 내준 숙제는 다음과 같았다.

Treaty of Versailles (베르사유 조약)

1. Who were the signatories(누가 조약에 서명했는가)?
2. What did each one want(각각 무엇을 원했는가)?

처음 문제는 쉽게 해결됐다고 생각했다. 연합군(The Allies)과 독일(Germany)이 계속해서 언급되는 것으로 보아 그 둘이 협정을 맺은 것 같았다. 그런데 두 번째 문제에 대답을 하려고 보니 내용이 굉장히 길었다. 그걸 간단하게 요약하기엔 내 영어 실력이 부족했다.

나는 백과사전에 빽빽하게 나온 내용을 요령껏 잘라보기 시작했다. 비록 다른 표현으로 바꾸어 쓰지는 못하지만 조목조목 내용 별로 정리하여 쓸 수는 있도록 말이다.

오밤중에 숙제 하는 버릇도 없었거니와, 잘 알지도 못하는 내용을 정리해서 쓰는 것은 생각보다 쉽지가 않았다. 정신이 가물가물한지라 내가 어딜 쓰고 있는지조차 자꾸 까먹곤 했다.

역사 숙제를 겨우 마쳤을 때는 A4 용지로 두 페이지 분량을 써 놓은 후였다. 문득 시간을 보니 벌써 새벽녘이 되어 있었다.

'내가 웬일이지? 시간 가는 줄도 모르고 숙제를 하다니.'

미국 베리언 스프링스 중학교 때 시절로 돌아가는 것 같았다. 강요하는 사람도 없는데 혼자서 숙제를 하다니, 그것도 이렇게 열심히! 내가 생각해도 놀랄 일이었다. 정말 환경 탓인가?

'2년 동안 이런 식으로 열심히 해 나간다면…… 글쎄 뭔가 될 것 같기도 하다……'

그 다음 역사 시간에 나는 피곤하지만 뿌듯한 마음으로 숙제를 제출했다. 그런데 벌써 시간이 지나서 이젠 그 숙제를 돌려받을 때가 다가 온 것이다.

선생님이 내 곁을 스쳐 지나갈 때마다 가슴이 콩닥거리기를 여러 번, 드디어 선생님의 발걸음이 내 옆에서 멈췄다. 선생님의 입가엔 희미한 미소가 띄워져 있었다.

"Very well done, 에스따."

지금 혹시 '참 잘 했어요.' 라고 한 건가? 선생님이 건네 준 내 공책을 펼쳤다. 심장이 더 크게 뛰기 시작했다. 두 번째 장을 넘기니 맨 끝에 빨간 색으로 선생님이 써놓은 게 보였다.

'Very detailed work.'

매우 자세하게 했다는 뜻이었다. 너무 기뻐서 얼굴이 달아오르는 게 느껴졌다. 철부지 초등학생도 아니고, 숙제 한 번 잘한 것으로 이렇게 좋아하는 나 자신이 신기했다. 하지만 낯선 이국땅에서 첫 숙제로 칭찬을 받은 그 느낌은 그저 숙제를 잘 했다는 것 이상이었다.

그 날 수업을 들으면서 사실 베르사유 조약에서 독일은 발언권이 없었다는 것을 알게 되었다. 내 숙제가 잘못 되었던 것이다. 그러나 내 숙제의 결점을 어느 정도 이해해 준 선생님이 너무 감사했다. 잘못된 점을 지적하기에 앞서 좋은 점을 이야기해 준 할머니 선생님의 코멘트는 나에게 굉장한 힘이었다. 어딜 가도 유치원생 취급을 면치 못하는 내가 무엇인가 해냈다는 커다란 성취감을 느낄 수 있었다.

하지만 나는 이 기쁨을 가슴 속에 꾹 눌러 담을 수밖에 없었다. 케이티가 웃으면서 뒤돌아보았지만, 진정으로 내 기쁜 마음을 함께 나눌 친구는 없었다. 조그만 일에도 서로 좋아하고 축하해주던 한국 친구들이 그리워 우울한 생각이 들기 시작할 때, 나는 칭찬을 받았다는 것 자체로 생각을 돌리며 미소를 짓기로 했다.

'나 칭찬받은 거 맞아?'

화학 시간은 미술 시간

내게 뿌듯함을 안겨준 것은 역사 숙제뿐만이 아니었다. 첫 수업에서도 그랬듯이 화학 실험을 끝내면 짤막한 실험 보고서를 공책에 쓰는 숙제가 있었다. 실험 보고서를 쓸 때 내가 가장 정성을 기울인 부분은 바로 그림을 그리는 부분이었다. 그 외의 부분들은 다른 친구들과 크게 다를 바 없었지만 그림은 내가 가장 멋있게 그릴 수 있을 것 같았다.

레이첼과 크리스티나는 필통이 볼록하도록 많은 색연필을 채워 다녔는데, 그걸 가지고 수업 시간에 그림을 그리곤 했다. 나는 옳다구나 하고 한국에서 가져온 미니 색연필들을 화학 수업에 들고 갔다.

"와우~ 한국에서 가져온 거야?"

"So cute!"

아기자기한 것을 좋아하는 레이첼과 크리스티나가 또 탄성을 내질렀다.

그 날 실험은 연소에 관한 실험이었는데, 나의 보고서는 굉장히 화려했다. 다른 아이들은 색연필을 사용한다 해도 불꽃을 그냥 빨간색으로 그렸는데, 나는 빨간색, 주황색, 노랑색으로 삼단 입체 효과를 낸 것이다.

이렇게 색칠공부에 엄청난 공을 들이고 났을 때의 뿌듯한 기분은 초등학교 1학년 시절 그림 그리기 대회에 참가했을 때와 같은 기분이었다. 지금은 비록 초라해 보여도 언젠가는 알차고 예쁜, 맘에 드는 공책을 만들겠다는 나만의 작은 목표가 생겼다.

그런데 몇 번 화학 수업을 들으면서, 배우는 내용이 영어인 것만 빼면 사실 꽤 단순하다는 것을 깨달았다. 하루는 나일론(nylon)을 만드는 실험을 하게 되었다.

"이 액체 위에 저 액체를 살살 조심해서 부으세요. 조금 기다리면 두 액체가 만나는 곳에서 얇은 막이 생깁니다. 아주 천천히 부어야 해요."

우리는 눈을 동그랗게 뜨고 크리스티나가 액체를 붓는 것을 지켜보았다.

"이제는 막이 형성된 곳을 핀셋으로 잡아서 살짝 잡아당겨 보세요."

레이첼이 핀셋을 들고 두 액체가 만나는 곳을 조심조심 건드려 보았다.

"그것이 바로 나일론이랍니다. 실처럼 잡아 빼면 계속 나오니까 우선 유리 막대에 감고 돌려서 빼세요."

레이첼이 나일론 막의 한 가운데를 잡고 쑤욱 뽑아올렸다. 투명한 국수 면발같이 끌려 올라오는 것을 유리 막대에 단단히 감은 후에는 막대를 돌리기만 하면 되었다.

"나도 해볼래!"

이번엔 크리스티나가 나섰다.

"우와~ This is so much fun(이거 정말 재미있다)!"

친구들은 마치 어린 아이들처럼 좋아했다. 나도 그 분위기에 동화되어 흥분이 되는 것은 어쩔 수 없었다. 나일론을 충분히 뽑은 다음에는 물에 씻은 후 함께 관찰해 보았다. 다들 손가락을 하나씩 내밀고 나일론을 툭툭 건드려 보았다. 물컹물컹한 느낌이 신기했다.

"Ooooh! Squashy!"

"It's soggy!"

"Soggy? No, it's chewy!"

아이들은 킥킥거리며 제각기 느낌을 얘기했다. 이젠 관찰한 내용을 공책에 써야 했는데, 친구들이 쓴 것을 보니 참 재미있었다. 나는 그래도 과학적인 냄새가 풍기는 용어를 사용해서 설명해야 한다고 생각했는데 그게 아니었다. 순간적으로 내뱉었던 'squashy(물컹물컹)', 'soggy(눅눅하다)', 'chewy(질기다)' 같은 비과학적이고 지극히 일상적인, 어떻게 보면 유치원생들이 쓸 만한 표현들을 그대로 공책에 적는 것이었다.

우리가 그 수업 시간에 배워야 할 것은 그게 전부였다. 선생님은 '중합 반응(polymerization)' 이라는 단어만 써주고 잠깐 설명해 주었을 뿐, 복잡한 원리를 알아야 한다거나 화학식을 외워야 한다거나 하는 과제는 없었다.

"오늘 숙제는 언제나처럼 실험 보고서 써오는 거예요."

실험 보고서라는 거창한 이름이 붙었지만 아주 간단하게 말하면, 이 액체에 저 액체를 살살 부은 후 핀셋으로 나일론 막을 잡아 뽑는다, 나일론은 물컹물컹했다, 중합 반응 때문이다, 라고 공책에 끄적거리는 것이었다. 그리고 실험 과정을 예쁘게 그리는 것까지.

솔직히 말하자면 영국 친구들이라고 해서 수업 내용을 완벽하게 이해하는 것 같지는 않았다. 나는 언어의 장벽 때문에 불편을 겪는 것이었지만 친구들은 교과 내용 자체를 잘 이해하지 못하는 것 같았다.

또 첫 수업 때는 친구들이 실험 도구를 익숙하게 다루는 걸 보고 감탄했었지만 이제는 친구들이 저지르는 서투른 실수들이 눈에 보이기 시작했다. 나도 그보다는 잘할 수 있겠다는 생각이 조금씩 들었다.

그런데도 다른 아이들은 내가 아직도 무슨 유치원생이라도 되는 줄 아는 모양이었다. 실험을 하면서 조금이라도 힘들거나 복잡하다고 생각되는 부분, 심지어는 가스불을 켜는 것까지도 나는 당연히 못할 것으로 기대하는 것인지, 아예 해보겠냐고 물어보지도 않았다. 친구들은 단지 뽀뽀뽀 웃음을 지으며 "괜찮아, 걱정 안 해도 돼." 라고 할 뿐이었다.

'나는 만년 유치원생으로 남는 걸까.'

아무리 수업에 적응을 해나가도, 친구들이 나를 유치원생처럼 대하는 것은 변함이 없을 것 같았다.

'수학 잘하는 한국 여자애'

내가 자신감을 갖는데 결정적인 기여(?)를 한 과목은 단연 수학이었다. 적어도 수학에서는 우리 반에서 나를 따라올 사람이 없었다.

영국 7학년부터 9학년까지의 전과정을 Key Stage 3라고 부르는데, 9학년 말에는 영어, 수학, 과학에 걸쳐 SATs(Standard Assessment Tasks; 미국의 수능인 SAT와는 다름)라고 하는 중요한 시험을 보게 된다. 그래서 내가 학교에 다니기 시작한 9학년 2학기 수학 시간에는 수시로 실제 SATs 시험지들을 풀어보았다.

"어휴~ 또 시험지야……."

내 짝 하나는 새 시험지를 풀 때마다 한숨부터 먼저 지었다. 나도 맞장구를 쳐 주었다.

"벌써부터 졸려."

그런데 사실 내 맘속은 그렇지 않았다. 처음으로 풀어 본 SATs 수학 시험지는 그다지 어렵지 않았다. 선생님이 채점해서 돌려줄 때 나는 과연 몇 점이나 받았을까 궁금했다. 하나가 먼저 시험지를 돌려받았다.

'56%.'

아마도 시험이 생각보다 어려운 모양이었다. 기대하지 말아야겠다고 생각하면서 나는 내 시험지를 돌려받기를 기다렸다. 드디어 펜 선생님이 내게로 왔다.

"굉장히 잘했던데?"

귀가 번쩍 뜨였다. 시험지에는 '84%'라고 써 있었다.

'솔직히 못한 건 아니지만, 그리 잘한 것도 아니잖아…….'

그런데 내 주위를 둘러보니 다들 70점을 넘기지 못했다. 나는 돌려받은 시험지를 조용히 책갈피에 끼워 넣었다. 하지만 하나가 벌써 내 점수를 본 모양이었다.

"와아우~ 84점? 에스따, 대단하다!"

머쓱했다. 한국 중학교에서 배운 수학 덕택에, 9학년 SATs 수학 시험은 대충 풀어도 매번 80%는 넘을 정도로 별로 어렵지 않았다.

채점이 된 시험지를 돌려받을 때마다 아이들이 나를 부러운 눈으로 쳐다보는 것이 처음엔 좀 불편하게 느껴졌다. 하지만 시간이 흐르자 모두들 그러려니 했고, 나는 수학반 친구들 사이에서 '수학을 잘하는 한국 여자애'로 알려지게 되었다. 선생님이 설명하는 것을 굳이 들을 필요조차 없었다. 거의 다 한국에서 배운 내용들이었기 때문이었다.

수학 시간에 계산기를 사용할 수 있다는 건 생소하면서도 아주 마음에 들었다. 아이들은 고급스러워 보이는 계산기를 하나씩 들고 수학 수업에 들어왔다. 한국 학교에서는 절대 볼 수 없는 풍경이었다.

처음에는 솔직히 암산으로도 충분히 풀 수 있는 문제들에 계산기가 무슨 필요가 있냐는 생각이 들었다. 심지어는 선생님도 '36+29'와 같은 간단한 덧셈에까지 계산기를 사용하는 것이 좀 이상해 보였다. 하지만 나도 계산기를 사용하다 보니 거기에 점점 익숙해졌다.

그런데 펜 선생님이 하루는 계산기 사용을 금지했다. 'long division'을 연습해야겠다고 하는 것이었다. 말하자면 긴 나눗셈이었다. 선생님이 나누어주는 연습 문제지를 살펴보았는데 조금 황당했다. 베리언 스프링스 중학교에서의 곱셈 콘테스트가 눈 앞에 어른거렸다.

$$347859 \div 5712$$
$$9876345 \div 45587$$
$$148649 \div 9347$$
...

펜 선생님은 서른 개 남짓한 문제들을 한 시간 동안 풀도록 지시했다. 아이들은 모두 한숨을 푹푹 내쉬었다. 내 짝 하나는 문제지를 보기도 싫다는 말투로 이야기했다.

"어휴~ 골치 아퍼. 이 많은 걸 언제 다 한담?"

너무 쉬워서 어이없어 하는 나와는 달리, 다른 아이들은 계산기를 쓰는 것이 아예 버릇이 되어 버렸기 때문에 가감승제에 익숙하지 않았다.

처음 몇 분 동안은 비교적 조용하던 교실 분위기가 곧 돗대기 시장같이 되었다. 아이들은 한두 문제를 낑낑대고 푼 후에 앞, 옆, 뒤에 앉은 친구들과 잡담을 나누느라 정신이 없었다. 그러는 동안에 나는 서른 문제를 벌써 다 풀어 버렸다. 한 10분 정도 걸린 것 같았다. 펜을 놓자 하나가 나를 쳐다보며 빙긋 웃었다.

"너도 포기했니?"

"음…… 그런 건 아니고, 사실은 다 풀었어."

"벌써 다 풀었다고?? Noooooo waaaaay. 말도 안돼."

하나는 내 공책을 훑어보더니 목소리를 쫙 깔고는 길게 내뱉었다.

"우와아아아아아아아아아아아아우."

믿지 못하겠다는 표정이었다.

"난 이제 겨우 두 문제 풀었는데……."

나를 바라보는 하나의 눈빛에는 경외심마저 깃들어 있었다. 그런데 내가 벌써 연습 문제지를 다 풀었다는 말에 주위에 있던 아이들이 수군거리기 시작했다.

"그 한국 여자애가 벌써 다 풀었대."

"그래? 신기한 아이다."

아이들은 마치 희귀종이라도 보듯 눈이 휘둥그레져서 나를 쳐다보았다. 그 눈초리에서 부러움보다는 내가 아직 이방인이라는 것을 느낄 수 있었다. 수학을 그들보다 잘하는 것이 나를 구경거리로 만든 것 같았다.

'나를 그저 수학 잘하는 아이로 보는 거지, 그 이상 그 이하도 아닌가 봐…….'

다들 "어, 그래 잘한다." 하고 말했지만 나를 진정 친구로 생각하는 것 같지는 알았다. 그것이 느껴졌다.

머피의 법칙

영국 생활에 적응하는 길은 정말이지 멀고 험난해 보였다. 조그마한 성공에 들뜨는 것 이상으로, 내 마음은 조그마한 실패에도 또 좌절하고 한없이 가라앉곤 했다.

처음부터 시원치 않았던 버스는 두고두고 우리를 골탕 먹었다. 8시 반까지 학교에 가야 하는데, 버스 때문에 늦는 것이 한두 번이 아니었다. 매번 담임선생님께 "더 버스 케임 레이트." 하고 설명하는 것도 지겨웠다. 아침에 눈을 뜨면 오늘도 지각을 해야 하나 하는 스트레스 때문에 일어나기가 싫을 정도였다.

하지만 최악의 경우는 매일같이 늦게 오던 버스가 어쩌다가 한 번씩 너무 일찍 올 때였다.

비가 주룩주룩 내리는 아침, 나와 동생은 우산을 들고 물이 고인 곳을 피해가며 버스 정류장으로 처벅처벅 걸어간다. 자칫 잘못하면 하얀 양말이 흙탕물에 젖고 만다. 무심코 뒤를 흘끔 돌아보니, 버스가 저 멀리 모퉁이를 돌아오는 것이 보인다. 당황한 우리는 그제서야 정류장을 향해 달려가기 시작한다.

몇 발자국에 한 번씩 뒤를 돌아다보면 버스는 한 발치 더, 또 한 발치 더 가까워 있다. 숨이 턱에 닿고, 양말에 흙탕물이 튀는 따위는 이제 안중에도 없다. 그러다가 마침내 어느 순간 버스가 바로 옆으로 '쌩' 하고 지나간다. 버스 안의 아이들이 구경거리가 생겼다는 듯이 고개를 우리 쪽으로 고정시킨다. 뒷창문으로 장난꾸러기들 몇이 아예 차창에 얼굴을 갖다대고 우리를 바라본다.

버스가 정류장에 도착하자, 줄 지어 서 있던 아이들이 차례로 오른다. 이런 경우를 두고 '머피의 법칙'이라고 하나? 아니면 '상대성 이론'인가? 다른 날 같았으면 한껏 늑장을 부리면서 천천히 움직였을 아이들이

꼭 이럴 때는 버스 안으로 쏙쏙 잘만 들어간다. 한 명이 버스 안으로 사라질 때마다 가슴이 철렁 내려앉는다.

마지막 학생이 버스에 올라 차비를 내는 모습에는 오금이 저려온다. 숨을 헐떡거리며 우리는 버스 뒤쪽에 다다른다. 버스에 탄 아이들이 안됐다는 표정으로, 혹은 재미있다는 표정으로 우리를 쳐다본다. 우리는 못 본 척하지만 너무 창피해서 우리도 모르는 사이 속도를 줄인다.

"부릉~"

누구라도 버스를 좀 잡아주면 좋으련만, 기사 아저씨는 너무도 매정하게 문을 닫고 출발해 버린다. 아저씨도, 버스 안에 탄 사람들도 모두 야속하게 느껴진다.

우린 그렇게 코앞에서 버스를 놓치고 만다. 우산을 이리저리 휘날리며 뛰느라 안경과 머리카락 사이사이에도 송글송글 빗방울들이 맺혀 있다. 구두와 양말은 벌써 엉망이 되어 버렸다. 나와 미리암은 잠시 숨을 고르며 절망적인 눈빛으로 서로를 쳐다본다.

"에이~ 아깝다!"

미리암이 씨익 웃으며 아무렇지도 않은 듯 말한다. 하지만 우리는 더 말하지 않아도 서로 같은 생각을 하고 있다는 걸 안다. 한국에서라면 별 신경 쓰지 않고 다음 버스를 기다렸겠지만, 이곳에선 다음 버스가 두 시간 후에나 있다. 감정이 예민한 지금은 이런 '실패' 하나하나가 마음을 아프게 한다.

'왜 좀 더 일찍 집을 나서지 않았지?'

'왜 처음부터 달리지 않았지?'

'왜 우리는 아직 자동차도 없지?'

이쯤이 되면 울컥 서러움까지 밀려온다. 생각하면 생각할수록 코끝이 찡하다. 어깨를 축 늘어뜨린 채 터벅터벅 집으로 돌아가는 발걸음이 무겁기만 하다. 속상한 마음에 질문은 꼬리에 꼬리를 물고, 결국 가장 중

대한 질문에까지 이른다.

'왜 영국에 있어야 하는 거지……?'

철새의 텃새

우리가 몇 번 이런 애처로운 모습으로 돌아오자 부모님은 해결책을 강구했다. 어느 날 아침 집을 나서려고 하는데 아빠가 싱글벙글 웃는 얼굴로 말했다.

"오늘부턴 편하게 학교에 가야지!"

그게 무슨 말이지? 우린 무슨 좋은 수라도 있나 하고 아빠를 따라 집을 나섰다.

빈필드 홀 앞에는 곧 시동이 꺼질 듯한 낡은 자동차 한 대가 서 있었다. 우리 아랫집에 산다는 마케도니아 아저씨와 그 아들 티모테이가 앞에 타고 있었다. 그 집도 같은 유학 생활을 하는 철새와 같은 처지였다.

아저씨는 차 밖으로 나와서 아빠와 인사를 하고 우리를 맞았다. 아빠가 들뜬 목소리로 우리에게 귀띔했다.

"이 아저씨가 학교까지 태워다 주실 거야. 좋지?"

우린 고개를 끄덕였다. 아빠는 아저씨에게 돈이 든 하얀 봉투를 하나 건네며 "땡큐"라고 했다. 아빠의 모습이 왠지 안쓰러워서 눈물이 핑 돌 것만 같았다.

티모테이는 차 안에서 팔짱을 끼고 우리 쪽은 쳐다보지도 않았다. 얼굴에는 불만과 짜증이 역력했다. 영어도 못하는 동양 여자아이들과 함께 학교에 가려니 창피한 모양이었다. 자존심이 상했지만 우리는 내색하지 않고 조용히 차에 올라탔다.

"그래, 조심해서 잘 갔다 와! Thank you, my friend!"

아빠는 조금 염려가 되는 표정으로 손을 흔들었다. 찻길로 들어설 때
까지 우린 몸을 틀어 자동차 뒷창문으로 아빠를 쳐다보았다. 그 털털대
는 고물차가 시야에서 사라질 때까지 아빠는 계속 그 자리에 서 있었다.

학교까지 가는 10여분 동안 우린 바늘방석에 앉은 기분이었다. 차 안
이 너무 조용해서 숨쉬기조차 불편했다. 내내 동생과 풀이 죽은 눈빛을
주고받기만 했다.

티모테이는 계속해서 뿔난 표정을 풀지 않았고, 학교에 도착해서는
차에서 황급히 내려 뒤도 한 번 돌아보지 않고 안으로 냉큼 들어가 버

렸다.

'자기도 때 되면 떠날 철새면서…….'

기분이 씁쓰름했다. 적어도 아침에 버스를 타고 학교에 가는 고생은 면할 수 있다는 것에도 감지덕지해야만 하는 우리 처지가 애처롭게 느껴졌다.

너희가 뭔데

학교가 끝나고 집에 올 때면 우린 다시 버스를 타야 했다. 내 친구들은 대부분 학교 근처에 살았기 때문에 거의 버스를 타지 않았다. 설상가상으로 버스를 타는 아이들 중에는 짓궂은 친구들이 많았다.

한 시간에 한 대 있는 버스였기 때문에 학교가 끝날 쯤 오는 버스는 항상 미어터질 만큼 만원이었다. 버스가 가는 대로 이리 쏠리고 저리 쏠리면서, 입을 꾹 다문 채 창밖을 쳐다보는 답답함과 외로움은 말로 형언할 수 없었다.

한 번은 서서 가는데 내 앞에 자리가 났다. 두 명씩 앉는 자리였는데, 그 옆 그리고 앞뒤로는 모두 나와 비슷한 또래의 장난꾸러기 남자 아이들이 자리를 떼거리로 차지하고 있었다.

아이들의 짓궂은 눈빛 때문에 조금 망설여졌지만 피곤했기 때문에 그냥 털푸덕 앉았다. 그러자 그 아이들은 곧 기다렸다는 듯이 자기들끼리 킬킬거리며 귓속말을 하기 시작했다.

"원숭이 고기 먹는대."

"원숭이만 먹냐? 개도 먹고 뱀도 먹는다는데."

"으윽. 근데 모기 같은 것도 먹을까?"

"아마 먹겠지? 그래서 그런지, 중국 사람들 정말 이상하게 생기지 않았냐?"

"앗, 우릴 쳐다보려고 한다."

귀가 간지럽다 했는데, 그 '원숭이 먹는 민족의 아이'는 나를 가리킨다는 것을 알아차리는 데는 그리 오랜 시간이 걸리지 않았다. 몸도 마음도 지쳐있는 하교 길 버스 안에서 나는 어떻게 해야 할지 몰라서 속만 부글부글 끓어올랐다. 그 때.

"아얏."

이젠 제법 길어져서 질끈 묶어놓은 내 머리카락을 뒤에서 누군가가 잡아당겼다. 크큭 하는 웃음보가 내 주위에서 폭죽처럼 터졌다. 너무 뜻밖이고 모욕적이어서 설움이 북받쳐 올랐다. 코끝이 시큰해 왔다. 뒤쪽에 서있는 동생이 보았다면 마음 아파했을 텐데 하는 생각에 더 서러웠다. 눈에 눈물이 맺힐 듯 말 듯 했다.

'너희가 뭔데, 손바닥만한 섬나라에서 자기들이 최고인 줄 알면서 사는 주제에, 엄청 촌스러운 사투리가 멋있다고 착각하는 주제에, 인터넷도 굼벵이 속도에, 핸드폰도 무전기만한 구석기 시대에 사는 주제에……'

하지만 나는 그 짧은 순간 동안 혀끝까지 올라온 온갖 나쁜 말들을 그냥 꿀꺽 삼켰다. 대신 최대한 덤덤한 표정을 하고 뒤를 돌아보았다. 뒤에 있는 아이와 눈이 정면으로 마주쳤다. 주황색 머리가 덥수룩한 이 소년이 움찔하는 순간, 나는 지나가는 듯한 말투, 그러나 뼈가 들어있어 오독오독 씹히는 말투로 말했다.

"Could you please not do that(좀 그러지 말아 줄래)?"

그러자 갑자기 주변이 조용해졌다. 마치 다른 세계에 존재하는 사람처럼 영영 아무 반응도 안 보일 것 같던 동양 소녀가 입을 뗀 것이다. 서투른 영어였지만 너무도 당돌하게 말하자 그 아이는 물론 주변에 있던 모든 사람들은 충격을 받은 표정이었다.

내가 눈도 깜빡 않고 계속 눈을 응시하고 있자 그 아이는 무안한지 주위를 둘러보며 친구들의 도움을 구했다.

"지금 이 여자애가 나한테 하는 말인가?"

"그래, 너 말이야. 귀 먹었니?"

나는 입가에 작은 미소까지 띄우며 최대한 차갑게 대꾸했다. 너무 화가 나서인지, 웬일로 영어가 내 말처럼 척척 튀어나왔다. 버스 엔진 소리만 들리는 살벌한 분위기 속에 어디에선가 헛기침 소리가 들려왔다. 이 아이는 자기가 잘못한 것을 아는 듯 당황하고 미안한 표정이었지만, 끝까지 발뺌을 하려고 했다.

"뭘 하지 말라는 거야?"

"Chicken(겁쟁이)! 내 머리 만지지 마. 기분 나쁘니까."

이젠 주변에 있던 친구들이 킥킥거리며 이 아이를 비웃기 시작했다. 버스 안의 시선이 자신에게로 집중된 것을 느낀 아이는 얼굴이 빨개져서 한참 두리번거리며 어쩔 줄 몰라 했다. 그러더니 다 기어 들어가는 목소리로 대답했다.

"오카이. 써뤠이. 미안해."

조금 불쌍하다는 생각이 들었지만 다른 인종차별 주의자들에게 충분한 경고가 되었기를 바라면서 내가 생각해도 얄미운 말투로 덧붙였다.

"That's alright(괜찮아)."

나는 아무 일도 없었다는 듯이 고개를 돌려 다시 앞을 응시했다. 고요하던 버스 안은 잠시 후 다시 시끌벅적해 졌다. 그러나 버스가 우리 마을에 도착할 때까지 그 주황머리 아이는 조용했다. 그 친구들도 다시 나에 대한 얘기로 속닥거리지 않았다.

버스에서 내려 집으로 걸어가는 길에 동생이 물었다.

"언니, 괜찮아?"

난 활짝 웃으며 말했다.

"응! 당연하지. 그런 애들은 정말 본 때를 보여줘야 하는데."

"아까 걔 표정 정말 웃기더라."

"영국 촌뜨기 같으니. 영국 사람들도 그런 애들은 싫어할 거야."

나는 동생과 함께 실컷 그 아이들 흉을 보며 그 통쾌함과 고소함을 마음껏 즐겼다. 이렇게 한참을 떠들어서라도 스트레스를 풀어야 할 것 같았다.

하지만 가슴 깊숙이 맺힌 응어리는 쉽게 사라지지 않았다. 한국에 계속 있었더라면 이런 바보 같은 아이들과 상대해야 할 필요조차 없었을 거라는 생각이 들자 기분이 더 우울해졌다.

'그래, 여긴 우리 집이 아니다. 우리나라가 아니야. 내가 있을 곳이 아닐지도 몰라.'

내 볼을 스치고 지나가는 바람이 왠지 더 쌀쌀하게 느껴졌다.

조개도 이렇게 아팠을까

대부분의 영국 친구들은 다른 문화를 존중할 줄 아는 멋진 아이들이었지만, 가끔씩 이렇게 인종차별 하는 아이들을 맞닥뜨렸을 때 나는 순간적으로 콩알만큼 작아지는 느낌이었다. 비록 철부지 아이들이 장난친 것에 불과했지만, 그리고 이번에는 그 대가를 치르게 만들었지만 그 불쾌하고 우울한 기분은 오래 갔다.

학교 친구들도 잘해주긴 했지만 이런저런 이유에서 나를 진짜 친구로 받아주지 않는 듯한 느낌을, 감수성이 예민한 나이의 소녀는 하나도 빠짐없이 다 느꼈다. 말이 통하지 않는 답답함, 속을 털어놓을 친구가 없는 쓸쓸함, 간단한 숙제 하나를 하는 데도 몇 시간이 걸릴 때의 좌절감, 거기에다가 인종차별까지 겹치는 날은 정말 최악이었다. 빨리 이 곳을 벗어나지 않으면 내가 어떻게 될 것만 같았다. 꼭 죄는 옷을 입었을 때처럼 숨이 턱턱 막혀왔다. 내가 참아내기에는 너무 힘든 고통 같았다.

누구에게든 성장통이라는 게 있다고 한다. 어린 시절, 갑자기 팔 다리 관절이 콕콕 쑤셔올 때 엄마는, "팔이 길어지려고 하나 보다.", "롱다리가 되려나 보다." 하는 말로 나를 괜히 설레게 했다. 롱다리가 되는 것에 실패할 것이 거의 확실시 되어가는 지금, 나는 은근히 옛날의 '콕콕' 하던 그 아픔이 그립다.

영국에서의 시간은 이런 성장통의 연속이 아니었나 싶다. 물론 '콕콕' 하는 정도가 아니라 아예 마음이 으스러지는 것 같은 때도 많았지만 말이다. 그곳에서 내가 아무리 노력한다 한들 다른 사람들을 바뀌게 만들 수는 없었다. 인종 차별하는 아이들은 여전히 인종차별 주의자였고, 프랑스어 꼴찌반은 여전히 꼴찌반이었다. 내 친구들의 얼굴은 나를 볼 때마다 짓는 뽀뽀뽀 미소로 아예 굳어질 것 같았다.

하지만 나 자신을 바꾸는 것은 내가 열심히 노력하면 가능할 것 같았다. 그래서 나는 힘들더라도 밝은 쪽에만 생각을 집중시키기로 했다. 언젠가 한국에 돌아갈 날을 기다리며 아픔을 삭이고 눈물을 훔쳤다.

모래알을 품고 아파하는 진주조개처럼, 나는 내 마음을 찌르는 모든 것들을 보듬어 감싸고, 또 감싸서 영롱하게 빛나는 진주로 만들어야만 했다.

'아픔이 없으면 자라남도 없다고 했어.'

I'm defeated again and again,
but there is something within me that's never
defeated.
I'm full of new beginnings!
−anonymous

나는 거듭거듭 패배하지만,
결코 패배하지 않는 무언가가 내 속에 있다.
나는 새로운 시작들로 가득하다!
−작자 미상

Ⅲ. 나도 그 그림의 일부가 되겠어

배 위의 기대에 찬 선원에게

안개 속의 섬이 서서히 모습을 드러내듯

나의 꿈, 나의 목표도 그렇게 나타났다

어렴풋이 보이는 그림을

나는 마치 실제인 양 꼭 붙들었다

8. 공부보다 먼저 하는 공부

징밀 소중한 것들 중에는 돈으로도 살 수 없는 것들이 있답니다.
–경제 박사 코니의 어린이 경제 교실(www.connie.co.kr)

공포의 살인물가

"영국 물가는 살인적이에요."

우리 가족에게 영국을 추천해 주었던 분의 걱정어린 충고였다. 좀 과격한 표현이 아닌가 생각했지만, 런던 히드로 공항에 도착해서 한국에 전화를 걸 때부터 그 말이 절대 과장이 아니라는 것을 알게 되었다.

"네, 할머니, 다들 무사히 도착했고요."

여차여차 하는 사이 순식간에 만 원이 날아가는 것을 보며 우리는 입을 다물지 못했다. 잠시 후 목이 말라서 물병 하나를 샀더니 4천 원이라고 했다. 공항에서 한 시간이 안 걸리는 뉴볼드 대학으로 가는 택시비는 우리 돈으로 십만 원이 넘었다. 학교에 다니기 시작하자 동생과 나의 하루 차비가 총 만 원이었다.

아빠 월급의 3분의 2는 숙소 비용으로 들어가는 판에, 나머지 3분의 1을 가지고 '살인 물가' 영국에서 생활하기란 거의 불가능에 가까웠다. 영국에 처음 갔을 때는 수중에 현금도 별로 없어서 자동차조차 없이 불편하게 지냈다. 가장 힘들 때는 장보러 갈 때였다.

영국의 큰 슈퍼마켓 체인 중 가장 대표적인 것은 세인즈베리 (Sainsbury's)와 세이프웨이(Safeway)이다. 우리가 사는 뉴볼드 대학 근처에는 그런 큰 매장은 들어와 있지도 않았고, 제대로 시장을 보기 위해서는 브라크넬(Bracknell)이라고 하는 좀 더 큰 이웃 마을로 나가 야 했다.

자동차가 없으니 자전거를 타거나 걸어서 갈 수밖에 없었다. 처음 몇 번은 온 가족이 나들이 겸 배낭을 메고 시장을 보러 갔다. 나는 조금만 가면 되겠거니 했는데 아니 웬걸, 그게 아니었다.

"도대체 얼만큼을 더 걸어야 돼요?"

"거의 다 왔어. 조금만 더 가면 돼."

이 똑같은 대화가 여러 번 더 반복되었고, 결국 세인즈베리에 도착하 기까지는 자그마치 50분이 걸렸다. 한국에서 같았으면 버스를 타고 편 하게 빨리 갔겠지만, 영국에서 네 가족이 그렇게 왔다 갔다 했다간 몇 만 원은 그냥 날아간다는 생각에 어쩔 수 없었다.

세인즈베리는 첫눈에 보기에 적어도 우리 한국 중학교 운동장 크기는 될 것 같았다. 가게 안에 쫙 늘어선 진열대는 끝이 없어 보였다. 한국 가게에서는 눈을 부릅뜨고 찾아도 그냥 지나치기 일쑤였던 치즈 코너 만 해도 길이가 몇 미터가 되었다.

하지만 우리를 놀라게 한 건 규모뿐이 아니었다.

"아니, 지금 환율을 잘못 계산했나?"

상품마다 깔끔하게 붙어 있는 가격표들을 보면서 우리는 경악을 금치 못했다. 대부분의 물건은 우리나라보다 최소한 두 배 이상 비싸 보였 고, 특히 과일과 야채는 정말이지 큰 마음을 먹지 않으면 눈길조차 주 기 어려울 정도였다.

이때 마치 구세주처럼 우리의 시선을 끈 것이 바로 이코노미

(Economy) 상표였다. 세인즈베리 자체에서 내놓는 상표였는데, 가격이 일반 제품과는 비교할 수 없이 쌌다. 감자 한 포대에 우리 돈으로 2천 원이 되지 않았고, 식빵 한 봉지에 400원 등, 더러는 한국보다 훨씬 싼 제품도 있었다.

음식으로부터 생활 용품에 이르기까지 이코노미 제품의 범위는 매우 다양했다. 우리처럼 형편이 넉넉하지 못한 유학생이나 이민자들이 많기 때문인지 슈퍼마켓마다 다른 이름으로 이런 경제형 상표를 내놓았다. 가격을 최대한 낮추다 보니 겉보기에는 굉장히 촌스러웠지만, 제품 자체에는 별 하자가 없었다.

유학 초창기에 이코노미 상표가 없었더라면 우리 가족은 아마 끼니를 건너뛰어야 했을지도 모른다. 한동안 우리 가족은 이코노미 식빵, 이코노미 시리얼, 이코노미 스파게티 등만 먹는 이코노미 인생이었다. 하지만 나는 이코노미 상표를 애용하는 것이 부끄럽다고 생각하지 않았다.

'젊어서 고생은 사서도 한다는데, 유학 와서 이런 것에 투정할 게 아니지.'

알록달록 예쁜 포장이 되어있는 과자 코너를 지나칠 때면 왠지 배가 꼬르륵거리는 듯 하기도 하고, '아, 맛있겠다.' 하며 나도 모르게 입맛을 다시기도 했지만, 이내 마음을 바꾸었다.

'건강에 별로 좋지도 않을 텐데 뭘.'

나를 유혹하는 과자 봉지를 외면한 채, 나는 이코노미 빵 한 봉지를 쇼핑 카트에 담고 콧노래를 부르며 유유히 지나갔다.

'이코노미도 맛있기만 하구만!'

후라이팬으로 고비를 넘다

어려운 재정 형편 속에서 네 식구의 먹을 거리를 책임져야 하는 엄마의 고충은 아주 큰 것 같았다. 엄마는 쇼핑을 가면 이것저것 면밀히 살펴본 다음 1펜스(20원)라도 싼 것을 구입했다. 그리고 모든 영수증을 다 첨부하여 꼼꼼히 가계부를 썼다.

영국에서 가장 먼저 구입한 것 중 하나는 후라이팬 세트였다. 영국 물가로 치면 가격도 저렴했으려니와, 박스 겉면의 다음과 같은 빨간 글씨가 엄마의 눈길을 끌었다.

"Won't stick! 들러붙지 않아요!"

엄마는 정말 굉장히 큰맘을 먹고 그 후라이팬 세트를 구입했다. 가계부에 기록하고 영수증을 붙여놓은 것은 물론이다.

그런데 엄마의 크나큰 기대와는 달리, 몇 번 사용하지도 않았는데 하나같이 음식이 눌어붙고 코팅이 벗겨졌다. 그 실망은 엄청났지만, 낯선 이국땅에서 영어도 제대로 못하는 처지에 어떻게 해볼 수도 없는 일이었다.

그런데 학교를 다닌 지 얼마 되지 않아 생활비가 바닥이 났다. 나와 동생은 몰랐지만, 다음날 우리가 학교에 갈 버스비조차 없었다고 한다.

'학교까지 그 위험한 길을 걸어가라고 할 수도 없고, 이를 어쩐담?'

이 궁리 저 궁리하던 엄마에게 갑자기 떠오른 것은 바로 천덕꾸러기가 되어버린 후라이팬 세트였다. 구석에 처박아 두었다가 버리려고 했었지만 지금은 사정이 달라졌다.

엄마는 즉시 가계부를 뒤지기 시작했고, 곧 그 후라이팬 영수증을 찾아냈다. 손짓발짓으로 실갱이를 벌여서라도 환불을 받으리라는 비장한 각오를 하고, 한 손에는 영수증을, 한 손에는 후라이팬 세트를 든 채 집을 나선 것이다.

'뜻대로 안 풀리고 무안이나 당하면 어떻게 하지?'

떨리는 가슴으로 상점에 들어간 엄마는 조용히 후라이팬 하나를 꺼냈다. 영문을 몰라하는 여점원 앞에서 아무 말 없이 손잡이를 거꾸로 들고, 벗겨진 밑바닥을 위로 쳐들어서 들이밀었다.

"Oh, my(아니, 세상에)!"

그제서야 이해한 점원은 눈이 왕방울만해져서 소리를 질렀다.

"정말 죄송합니다. 새것으로 바꾸어 드릴까요, 아니면 환불을 해드릴까요?"

엄마 눈에 지금 새 후라이팬 세트가 보일 리 만무했다. 엄마는 즉시 35파운드, 한국 돈으로 약 7만 원 정도를 그 자리에서 환불받았다. 걱정과 달리 너무도 쉽게 목표를 달성한 엄마는 누더기 후라이팬 대신 금싸라기 같은 돈을 들고, 하늘을 나는 듯한 기분으로 집에 돌아왔다.

엄마에게, 아니 우리 가족에게 이렇게 귀중한 돈은 전무후무했을 것이다. 후라이팬을 바꿔서 버스비로 쓴 일은 영국의 살인 물가가 우리에게 선물한 잊지 못할 에피소드였다.

어떻게 보면 넉넉하지 못한 우리 처지가 불쌍하다고 눈물 흘리며 속상해할 수도 있는 상황이었다. 하지만 이런 작은 일에 낙담하는 대신 웃음을 터뜨리는 것으로 이국 생활의 고충을 조금이나마 덜 수 있었다.

'이젠 어떤 상황에서도 웃을 수 있어!'

생활비가 바닥난 적이 있었다

Oh my!

내 자신에게 그렇게 다짐했다. 앞으로 울 일도 많겠지만, 웃음이 사라지는 일은 절대 없을 거라고 말이다.

이국땅에서의 첫 생일

'To. 보고 싶은 혜민이.
그 동안 잘 있었어? 정말 보고 싶다……'

편지를 쓰던 펜을 잠시 내려놓고 창밖을 내다보았다. 5시밖에 안되었는데 벌써 어두컴컴한 하늘은 부슬비를 뿌리고 있었다. 횡횡 거리는 바람 소리는 울음소리처럼 소름끼치게 들려왔다. 암울한 배경에 나뭇가지가 앙상한 나무들이 시커먼 모습을 드러내고 서 있었다.

'오늘 밤도 달빛 없는 스산한 밤이 될 것 같아.'

이제 겨우 2월 초, 영국에 온 지 한 달도 안 되었지만 이런 편지를 쓰는 게 벌써 네 번째였다. 아니, 학교에서 공책에 끄적거린 것까지 합치면 열 손가락으로도 다 셀 수 없었다.

"정말 보고 싶다……"

혼자 중얼거려 보았다. 눈에 뭐가 들어갔는지 간질간질했다.

"언니, 왜 눈이 빨개?"

어디서 튀어나왔는지 동생이 물었다.

"어? 아니, 그냥. 별거 아냐."

나는 얼른 편지를 손으로 가리고 딴청을 부렸다.

'보고 싶다……. 나 잊은 건 아니지?'

얼마 안 있으면 2월 7일, 내 생일이었다. 한국에 있을 때는 매번 봄방학이었기 때문에 성대한 생일 파티를 해본 적은 없었지만, 그래도 친한 친구들과 함께 보내는 날이었다.

'정말 쓸쓸한 생일이 될 것 같아.'

기다려져야 할 생일이 오히려 두렵게 느껴졌다.

'영국 친구들에게 내 생일이라고 말하기도 좀 그래. 생일 파티를 할 형편도 안 되는데…….'

이국땅에서 가장 서러울 때가 아플 때 그리고 생일날이라더니 맞는 말 같았다. 돈이 없고, 편안한 생활을 할 수 없고, 말도 잘 못 알아듣고, 버스 안에서 스트레스를 받는 것, 모두 밝은 쪽으로 생각하려고 노력하고 있었지만 생일이 가까워 올수록 가라앉는 마음을 추스리기가 힘들었다.

영국에서 처음 맞아보는 생일, 아무도 모르게 조용히 보내는 수밖에 없다는 것을 잘 알고 있었다. 그 사실을 슬픈 마음 없이 기분 좋게 받아들이기로 여러 차례 다짐했었다.

하지만 내 관심사는 온 세상 사람의 축하를 받는다거나 산더미 같은 선물을 받는 그런 것이 아니었다. 그냥 내 친구라고 할 수 있는 몇 명만 내가 태어난 날을 기억해주고, 함께 기뻐해줄 수 있으면 마냥 좋을 것 같았다. 지금 상황에선 그것도 너무 큰 욕심이었지만.

생일 중에서 열네 번째 생일은 그다지 특별한 게 아니다. 하지만 고맙게도 엄마, 아빠, 미리암은 기억해 주었다.

그 날은 일요일이었다. 생일날 아침, 쌀밥에 미역국이 차려진 식탁을 보면서 나는 감동했다. 한국에서 싸들고 온 한국 음식 재료들이 거의 다 떨어져가고 있을 때였다.

"엄마, 이거 아껴먹어야 되는데……."

"아니야, 오늘 같이 특별한 날 먹어야 제 맛이지."

엄마는 많이 먹으라며 밥을 자꾸 더 얹어 주었다. 밥이 너무 많다고 투정을 부리면서도 너무 행복했다.

아까부터 아빠가 뭔가 감추는 게 있다 생각하고 있는데, 이내 흰 봉투를 하나 주었다.

"에스더야, 이거 용돈이다. 절약해서 유용하게 써라. 선물 대신으로 주는 건데, 많이 주지 못해서 아빠가 미안해."

우리 학교 차비만으로도 빠듯한 살림에 용돈이라니.

"우리 에스더 정말 사랑하고, 생일 축하해."

눈물이 나려고 했다. 미안한 마음에 가슴부터 아파오는 것이었다. 영국에서 처음 받아보는 용돈 봉투를 나는 마치 보물 다루듯 조심스럽게 받아들었다.

'이 돈, 못 쓰고 계속 간직할 것 같아.'

"언니, 난 돈이 없어서 선물은 못 샀는데……."

"아냐, 괜찮아. 마음만이라도 고마워."

진심이었다. 영국에서 함께 마음고생을 하며 동생과 나는 전과 비교할 수 없을 만큼 가까워졌다. 눈빛만 봐도 안다는 말, 선물보다는 마음이 중요하다는 말, 모두 지금을 두고 하는 말이었다.

"……대신에 언니 한 번 허그(hug: 안아주기) 해줄게. 생일 기념 특별 허그."

한국에서 동생에게 쌀쌀맞게 대한 것이 모두 생각나며 가슴이 아려왔지만, 세상에서 제일 사랑하는 동생의 특별 허그를 받자 다 괜찮아진 것 같았다. 마음이 꽉 찬 느낌이었다.

'이렇게 든든한 가족이 있는데 뭘 걱정해 온 건지…….'

나는 마음을 굳게 먹었다. 앞으로 어떤 일이 있어도 사랑하는 가족들을 생각하며 이겨내겠다고.

다음 날, 학교에서의 또 한 주가 시작되었다. 나는 한 살을 더 먹었건만, 역시 세상은 전과 다를 바 없이 무심하게 돌아가고 있었다. 조회 시작을 알리는 종이 울리고, 교실로 들어가고, 샘웨이즈 선생님이 출석을 부르고, 앉아서 이야기를 하고, 정말 전혀 변한 것이 없었다.

어제 받은 생일 축하로 따뜻해져 있던 마음이 조금씩 가라앉으려 했다. 지난 금요일이 친구 엘리의 생일이었는데, 왜 그렇게 행복해 보였던지. 선물과 카드 세례를 받으며 싱글벙글하던 모습이 자꾸 눈앞에 어른거렸다.

"에스따, 유 오카아이(괜찮아)?"

멍하니 생각에 잠긴 나를 보고 케이티가 물었다.

"Of course(당연하지)."

나는 일부러 활짝 웃으며 대꾸했다.

그런데 그 때였다. 잡담을 하던 친구들이 일제히 몸을 굽히고는 가방을 뒤적뒤적하기 시작했다. 곧 여기저기서 부스럭거리는 소리가 나더니, 아이들이 한 목소리로 외쳤다.

"Happy birthday, 에스따!"

너무 뜻밖이어서 방금까지 머금고 있던 미소가 사라졌다.

"뭘 좋아하는지 몰라서 그냥 샀는데, 맘에 들었으면 좋겠다. 생일 축하해!"

"네가 아기자기한 거 좋아하는 것 같아서……."

"초콜렛 싫어하는 사람은 지금까지 본 적이 없거든."

친구들은 각자 이런저런 설명을 덧붙이며 알록달록 포장이 된 선물과 카드를 내밀었다. 너무 감격해서 눈물이 핑 돌았다. 내 생일인 줄 어떻게 알았냐고 묻고 싶었지만 입이 떨어지지 않았다. 이런 상황에서 한국

말과 영어를 오가며 생각할 수가 없었나 보다.

포장을 다 뜯어본 후에야 아까부터 하고 싶던 질문을 할 수 있었다.

"내 생일인 줄 어떻게 알았어?"

"네 알림장에 적혀 있더라구."

스텔라의 대답에 나는 감동하고 말았다.

'조그마한 글씨로 'My birthday' 하고 낙서처럼 끄적끄적해 놓은 것, 아무도 못 볼 줄 알았는데, 또 혹시 봤다 해도 만난지 얼마 되지도 않는 외국인 친구의 생일 따위는 그냥 못 본 척 잊고 넘어갈 수도 있었을 텐데……'

이날 그들의 작은 배려가 내게 얼마나 큰 힘이 되었는지 모른다.

'우리 얼마나 알았다고 이렇게 잘해주는 거니. 정말이지 너무 고맙다, 친구들아.'

쓸쓸할 줄만 알았던 내 열네 번째 생일은 오히려 내 주변의 사람들과 더 가까워지는 계기가 되었다. 환경이 생소하다는 핑계로 지금까지 무의식 중에 내 스스로 마음을 닫고 있었던 것인지도 몰랐다. 겉모습은 나와 달랐지만, 영국 친구들과도 우정을 쌓아가는 것이 이제는 정말 가능해 보였다.

나는 이 친구들과 함께 쉬는 시간과 점심시간마다 모여서 추위를 견뎌내고 도시락을 까먹었다. 우리끼리만 이해할 수 있는 재미있는 에피소드가 하나하나 늘어갈 때마다 나는 '친구'라는 것에 새로운 고마움을 느꼈다. 이 친구들이 아니었다면 고달픈 유학 생활을 견뎌내기가 훨씬 더 힘들었을 것이다. 조금씩 문화와 사고방식의 차이에 적응해 나가면서 나는 피부색, 머리 색깔이 모두 다른 친구들에게 정들어가고 있었다.

"에스따, 좀 먹을래(Would you like some)?"

스텔라가 가방에서 감자칩 한 봉지를 꺼내서 뜯더니 내 앞에 들이밀었다. 침이 꼴깍 넘어갔다. 아직 점심시간까지는 한 시간이 남았지만 배에서 꼬르륵 소리가 났다.

"땡큐, 스텔라."

"You are welcome(천만에)."

영국에서 가장 인기 있는 'salt and vinegar(소금과 식초)' 맛 감자칩이었다. 시큼하고 고소한 냄새가 코를 간지럽혔다. 나는 한 조각을 꺼내어 오물오물 먹기 시작했다. 바삭바삭한 촉감에 시큼한 식초 맛, 짭짤한 소금 맛이 환상적이었다.

'음~ 예술이야! 먹어도 먹어도 질리지 않아.'

"더 먹을래?"

스텔라가 친절한 미소를 띠고 물었다. "응!" 하고 대답하고 싶은 마음을 억누르고 나는 고개를 가로저었다.

"No, thank you(아니, 괜찮아)."

'웬 내숭?' 하고 생각할지 모르지만, 영국 아이들은 친구 과자를 한 조각 이상 뺏어먹는 법이 없었다. 정말 못 참는 상황이 아니라면, 두 번째로 먹으라고 권했을 때 "No, thank you,"라고 거절하는 것이었다.

'좀 치사한 거 아닌가?'

누가 과자 한 봉지를 사면 각자 한웅큼씩 뺏어가던 한국과 비교하니 속이 좁아 보이기도 했다.

점심시간에 친구들이 점심을 먹는 모습을 보면 무슨 고급 레스토랑에라도 온 것 같았다. 처음에는 다들 공주병에 걸렸거나, 내숭쟁이일 거라고 생각했다. 샌드위치를 콩알만큼 베어 물고 소리나지 않게 오물오물 먹는 것이었다.

바삭바삭한 감자칩을 먹을 때도 '아그작!' 소리가 나면 미안한 표정을 지었고, 주스도 후르륵 소리가 나게 마시는 법이 없었다. 맛있는 반찬을 놓고 불똥 튀는 접전을 벌였던 한국 점심시간과는 천지차이였다.

'신사 숙녀의 나라!'

영국에 간다는 말을 처음 들었을 때 가장 먼저 떠오른 말 중 하나다. 영국에 온 지 몇 주밖에 지나지 않은 시점에서 봤을 때도 그 말에는 진실이 담겨 있었다.

선생님들이 학생을 부를 때에도 '신사 숙녀 정신'이 엿보였다. 미국 베리언 스프링스 중학교에서는 편하게 "Guys(얘들아)!" 하나면 통했는데, 영국에서는 달랐다.

영국 선생님들은 여학생들을 과연 어떻게 불렀을까?

"Ladies(숙녀 여러분)!"

심지어는 떠들다 주의를 받는 여학생들까지도 '숙녀'라는 호칭으로 불려졌다. 모든 남학생들이 "Gentlemen(신사 여러분)!"으로 불린 것은 물론이다.

처음에는 중학생들에게 너무 버거운 명칭이 아닌가 생각했는데, 대부분의 영국 아이들은 신사 숙녀라고 불릴 만한 충분한 자격이 있어 보였다.

영국 친구들은 "Thank you(감사합니다)", "I'm sorry(미안합니다)", "Excuse me(실례합니다)"를 입에 달고 살았다. 미국 사회에서는 자기 잘못이 아니면 절대 '미안하다'는 말을 하지 않는다는 얘기를 언젠가 읽은 적이 있었는데, 그렇게 따지면 영국에서는 그 말을 남발한다고 해도 과언이 아니었다.

남의 잘못이었다 해도 서로 미안하다고 하고, 지나가다 살짝 스쳐도 "실례합니다." 하고 양해를 구하고, 조그마한 일에도 "땡큐." 하고 감사를 표하는 것이 영국 친구들이었다.

그들은 "pleasant(유쾌한, 기분 좋은)"이라는 말을 참 좋아했다. 눈이 마주치면 무조건 웃고, 기분 안 좋은 일이 있어도 가능한 한 불평 없이 참고, 상대방의 기분이 상하지 않도록 작은 부분까지 세심하게 배려했다. 참 기분 좋고 멋있는 풍토였다.

문을 열고 들어갈 때는 항상 자기 뒤로 따라 들어오는 사람이 있는지 확인했고, 뒷사람이 들어오기 쉽도록 문을 잡고 기다렸다. 다른 사람이 저 멀리에서 오는 것이 보이면 문을 연 채로 한참을 기다리기도 했다. 앞 사람이 문을 잡고 기다리는 것이 미안해서 종종걸음으로 달려간 적도 많았다.

영국 남학생들의 신사도는 특히 인상적이었다. 얼마 전 한국에 와서 '케이트 앤 리오포드(Kate and Leopold)'라는 영화를 본 적이 있는데, 과거에 살던 영국 남자 리오포드가 현재의 미국으로 오게 되는 이야기였다. 완벽한 기사도 정신의 리오포드에게 우리는 완전히 반했다.

"영국 남자들 너무 멋있다!"

감동을 먹은 얼굴로 감탄사를 연발하던 한국 친구들이 나에게 질문을 던졌다.

"정말 영국 남자애들 저렇게 신사 같니?"

대답하기에 앞서 나의 영국 체험을 떠올려 보았다. 내 얼굴엔 이내 웃음이 떠올랐다. 여자가 식탁에서 일어날 때마다 같이 일어나는 영화 속의 리오포드에까지는 미치지 못했지만, 그렇다고 리오포드와 크게 다르다고 할 수도 없었다.

하루는 샘웨이즈 선생님 반에서 조회가 끝나고 교실을 빠져나갈 때였다. 아무 생각 없이 걸어 나가고 있었는데, 어쩌다 보니 제임스라는 남학생과 동시에 문 앞에 당도했다. 제임스는 웬만한 여학생들보다 키가 작아서 초등학생 같아 보였고, 장난도 매우 심한 친구였다.

그런데 내가 문 앞에서 멈칫하는 순간 제임스는 "Please." 라는 정중한 말과 함께 손으로 먼저 나가라는 제스처를 취했다. 그리고 내가 먼저 나갈 때까지 그 자리에서 움직이지 않고 기다리는 것이었다. 항상 애송이 같아 보이던 제임스가 이 때는 왜 갑자기 멋있어 보이던지.

'영국 신사의 매력이라는 게 이런 거구나……'

영국 생활 사투리

세인트 크리스핀 학교에 다닌 지 어언 한 달 째. 친구들은 아직도 나에게 말을 건넬 때 '뽀뽀뽀 스마일'을 지으며 최대한 또박또박, 천천히 말했고, 덕분에 어느 정도까지는 알아들을 수 있었다. 하지만 저희들 사이에서 오고가는 대화들은 여전히 수수께끼였다. 그렇게 답답하게 보낸 몇 주 동안은 마치 벙어리에 귀머거리가 된 기분이었다.

'이래서는 안 되겠어. 얼른 이 문제를 해결하지 못하면 적응하기는 틀렸어.'

이렇게 마음을 먹은 나는 안간힘을 다해 영국 발음을 분석했다. 그 결과는 다음과 같았다.

1. 우선 첫날부터 알게 된 것은 'pass'를 '패아쓰'가 아닌 '퍼아아쓰', 'thank'를 '땡크'가 아닌 '땅크'로 발음한다는 점이었다. 미국에서는 'ㅐ'로 발음할 것들을 'ㅏ'로 하는 것이었다.

Did he pass the exam?

2. 영국 발음의 또 한 가지 특징은 'r' 발음이 음절의 끝에 오는 경우, 그러니까 받침으로 오는 경우에는 발음하지 않는다는 점이었다. 그래서 내 이름을 부를 때 '에스떨' 하고 뒤에 혀를 돌돌 마는 것이 아니라 그냥 '에스따' 하고 끝났던 것이다.

Esther, are there any scissors here?

3. 또한 'talk'에서와 같은 '어어' 발음을 '오오'로 하는 경우가 많았다. '터어크'가 아닌 '토오크'였다.

I need a walky-talky.

4. '어아'는 짧은 '오'로 발음한다. 'sorry'는 '써아뤼'가 아니라 '쏘뤼', 'of'는 '어아v'가 아니라 '오v'였다.

My mom bought me some socks.

우리가 살던 지방은 중산층이 많이 사는 영국의 남부 지역이었다. 그 중에서도 우리 학교가 위치한 워킹햄(Wokingham)과 뉴볼드 대학이 위치한 브라크넬(Bracknell)은 영국 전체에서 생활 수준이 두 번째로 높다고 하는 부유한 동네들이었다.

그래서 우리 학교는 공립이었어도 영국 수상 토니 블레어와 같이 깨끗하고 멋있는 영국 표준 발음을 구사하는 아이들이 꽤 많았다. 처음엔 미국 발음에 비해 좀 옛날풍이라는 느낌이 들었지만 시간이 갈수록 매력적이고 고급스러운 발음이었다.

토끼 눈을 가진 레이첼이 한 예였다.

"에스따, 디쥬 토옥투 요오 씨스따(Esther, did you talk to your sister, 네 동생에게 말했니)?"

레이첼의 예쁜 발음은 위와 같은 차이점을 알면 그래도 어렵지 않게 귀에 들어왔다.

하지만 산 넘어 산이었다. 우리 반의 두 케이티는 내게 있어서 '발음 문제아'들이었다. 아무리 귀를 곤두세우고 들어도, '스쉐스쉐' 하는 바람 소리 같기도 하고, 가끔씩 딸꾹질 하는 것 같기도 하고, 좀처럼 감을 잡을 수가 없었다. 다른 아이들은 다 알아듣는데 나 혼자 못 알아듣고 있으려니 정말 외톨이가 된 기분이었다.

그래서 이번에는 더 큰 각오를 하고 '발음 문제아'들의 발음을 분석해 보았다. 며칠 동안 실험과 시행착오를 거친 이후에야 다음의 말 정도는 알아들을 수 있었다.

"싸아이, 어야 하페이(So, are you happy)?"

"웨오우, 아다나이(Well, I don't know)."

생각할 수록 이상한 발음이었다. 몇 번이고 '설마 이 말이 그 말이겠어?' 하며 머리를 의심했지만, '싸아이'는 'So', '하페이'는 'Happy', '아다나이'는 'I don't know'인 것이 확실했다.

이렇게 황당무계한 발음이 이 세상에 존재하리라고는 상상도 못 했다. 브라크넬 사투리(Bracknell accent)라고 하는 이 발음은 미국 사람들도 알아듣지 못할 정도로 심했다. 이 사투리는 알아 가면 알아갈수록 촌스러웠기 때문에 동생과 나는 매일 실컷 웃었다.

하루는 동생이 또 배가 아프도록 웃으면서 그날 들은 생활 사투리를

이야기해 주었다. 어떤 남학생이 동생이 수업을 받고 있는 교실에 와서
는 이렇게 말했다고 한다.

"Give us free chairs."

'무슨 말이지? Free chairs? 공짜 의자를 달라고?'

미리암이 속으로 의아해 하고 있는데 그 학생이 의자 세 개를 가져가
더란다. 'Give us three chairs(의자 세 개를 달라)' 라는 말이었다. 숫자
3을 말하는데 'three(쓰리)' 의 'th' 발음이 아니라 'free(프리)' 의 'f' 로
발음한 것이었다.

그런데 브라크넬 사투리에는 이 모든 것을 합친 것보다 더 황당한, 상
상을 초월하는 발음이 있었다. 바로 단어 중간에 오는 't' 발음이었다.

Butter, water, matter와 같이 't' 앞뒤에 모음이 있으면, 그 't' 는
발음되지 않고 대신 딸꾹질을 할 때처럼 소리가 끊겨 버렸다. 미국에서
mountain을 '마운!~은' 이라고 발음할 때처럼 말이다. 그래서 butter
는 '버!~어', water는 '오!~어', matter는 '마!~어' 가 되었다.

'A bottle of water' 를 미국 발음, 영국 표준 발음, 그리고 브라크넬
사투리로 구분해 보면 다음과 같다.

	A	bottle	of	water
(미국)	어	바아를	어아v	우어럴
(영국 표준)	어	보틀	오v	오오터
(브라크넬)	어	보!~오우	오v	오!~어

우리 사이에서는 '브라크넬 사투리' 라고 부르긴 했지만, 이 억양은
사실 브라크넬에만 한정된 것이 아니고 영국 남쪽에 사는 서민들 사이

에 널리 퍼진 발음이라고 했다.

열심히 듣고 분석한 지 몇 주가 지났을 무렵, 케이티가 급한 사정이 생겨서 독일에 가게 되었다. 아이들이 재잘거리며 대화를 나누는데 그 때 놀라운 것을 발견했다. '발음 문제아' 친구들의 속사포 같은 말이 하나하나 다 들리는 것이었다.

우선 다음은 그 대화를 한글로 '소리나는 대로' 적어 본 것이다.

"싸아이~ 오 쥬 핑키비 로이킨 쮀에메네이 벤(ven)?"

"아다나아이, 메이베잇 다잔 마!~아 왜 유어어. 포볼리 드싸이임."

"웨오, 아뤠켄 이써로! 우에에쓰 데에에."

"뭬엘레이?"

"오! 에바아. 다나아이, 단! 캬아."

"다인 싸아이 다아~, 암 쇼오 요을베 오캬아이."

"이자!~알레이. 데에즈 노핀(fin) 투 오오뤼어바이."

"팡ㅋ스(fanks). 아이 하입싸아이."

이 대화를 영어로 번역(?)하면 다음과 같다.

"So, what do you think it'd be like in Germany then(그래, 독일은 어떨 것 같아)?"

"I don't know, maybe it doesn't matter where you are. Probably the same(모르겠어. 어쩌면 어디에 있는지는 중요하지 않을 수도 있잖아. 아마 똑같을 거야)."

"Well, I reckon it's a lot worse there(글쎄, 내 생각엔 거기가 훨씬 더 안 좋을 것 같은데)."

"Really(정말)?"

"Whatever. Don't know, don't care(될 대로 되라. 몰라, 상관 안 해)."

"Don't say that. I'm sure you'll be okay(그런 말 마. 넌 분명히 괜찮을 거야)."

"Exactly. There's nothing to worry about(바로 그거야. 걱정할 거 하나도 없어)."

"Thanks. I hope so(고마워. 그랬음 좋겠다)."

이쯤에서는 거의 암호 해독 수준이라고 볼 수 있었다. 케이티를 비롯한 많은 친구들은 이 촌스럽기 그지없는 발음을 멋있다고 생각하는 모양이었다. 우리나라로 치면 노는 아이들이 쓰는, 이를테면 '막 나가는' 발음이었다.

"레이첼, 네 발음은 너무 '포쉬(posh)' 해!"

브라크넬 사투리를 쓰는 아이들은 레이첼과 같은 표준 발음이 '우아하다' 며, 잘난척한다고 장난스럽게 놀리기도 했다. 나는 어이가 없었다.

'너희가 쓰는 사투리가 지금 내 귀에는 어떻게 들리는지 알기나 하니……?'

친구들의 말을 이해한다는 것은 꿈에도 그리던 굉장한 발전이었지만, 브라크넬 사투리의 촌스러움이 피부로 느껴질 때마다 이 나라를 떠나고 싶을 정도였다. '다잔 마!~아(Doesn't matter)' 는 또 뭐고, '아이 하입싸아이(I hope so)' 라니…….

"너네 발음! 너무! 너무! 촌스러워!"

목청껏 소리질러 주고 싶었지만, '로마에서는 로마 법을 따르라' 는 말처럼 나는 그냥 그 사투리 속에 파묻히기로 했다. 한 동안은 학교에 있을 때만 영국 발음을, 그것도 표준 발음만을 썼지만, 원하건 원치 않건 브라크넬 사투리는 내 속으로 스며들고 있었다.

공부보다 먼저 한 공부

어느 날 학교 전체에 포스터가 붙었다. 머프티 데이(Mufti day)가 다음 주 금요일에 열린다는 것이었다. 그게 무엇이냐고 친구들에게 물어보았더니, 1파운드 (약 2천원)를 내면 사복을 입고 올 수 있는 날이라고 했다. 나는 잘 이해가 가지 않았다.

'왜 하필 돈을 내야 하고, 왜 꼭 사복을 입는 거지?'

알고 보니 머프티 데이에서 거두어진 돈은 선택된 자선 단체에 기부된다고 했다. 사복을 입음으로 재미있게 기분 전환도 하고 자선 사업에도 보탬이 되는 좋은 행사였다.

드디어 머프티 데이가 열린 날에 나는 한국에서 입던 힙합 바지를 입고 기대에 부푼 마음으로 학교에 도착했다. 그런데 영국 아이들은 생각보다 훨씬 촌스러운 차림이었다.

'뜨아아…… 몸뻬바지에 발목까지 오는 쭈글쭈글한 체육복 바지까지! 한국 친구들이 보면 기겁을 하겠다!'

신기한 눈으로 지나가는 아이들을 구경하고 있는데, 저 한 쪽에서는 혼자 교복을 입고 와서 불쌍하게 놀림을 당하는 아이도 있었다.

특별히 그 날은 선생님들이 재미있는 의상을 입고 오는 날이었다. 한 사람이 펑크족 복장에 눈썹고리를 하고 지나가는데, 무슨 날라리 같았다.

'누구지?'

그 사람이 항상 점잖은 양복 차림이었던 음악 선생님일 줄은 꿈에도 몰랐다.

머프티 이외에도 영국에는 자선 사업을 위한 재미있는 행사들이 많았다. 자기보다 불행한 처지에 있는 사람들을 도와주는 것을 어릴 때부터 생활화 하는 것이었다.

여러 자선 협회에서 주최하는 하루 굶기, 하루 동안 말 안하기, 머리 밀기, 다리 털 밀기, 마라톤 등의 행사에 참여하는 아이들은 주변 사람들에게 자신을 스폰서 해달라고 한다. 우리는 보통 한 명 당 1파운드 내외의 스폰서 금액을 약속했는데, 약속한 행사를 성공적으로 마치면 그 금액을 받아서 자선 협회에 기증했다.

학교에서 주최하는 '건징(gunging)' 이라는 행사는 특히 인기가 많았다. 학생들은 돈을 내고 원하는 선생님들에게 투표할 수 있는데, 점잖은 선생님들, 특히 교장 선생님은 뽑힐 '위험'이 높았다. 투표 마감 날이 가까워 오면 아이들은 자기가 '지지'하는 선생님에게 한 표라도 더 던지기 위해 점심시간에 길게 줄을 서는 것도 마다하지 않았다.

하지만 '건징'은 인기투표가 아니었다. 표를 가장 많이 받은 선생님은 학생들이 구경하는 앞에서 계란과 물감 세례를 받는 것이었다. 교장 선생님이 양복 차림에 끈적끈적한 물감을 뒤집어 쓴 모습을 보며 아이들은 일제히 환호성을 질렀다.

"우와! Go, Mr. Biddle(교장 선생님 화이팅)!"

"Go!
Mr. Biddle!"

비록 내가 표를 던진 선생님은 뽑히지 않아서 건재했지만, 엉망진창이 되어 있는 교장 선생님을 보니 괜히 통쾌했다.

물론 '건징'은 재미로만 하는 행사는 아니었다. 이렇게 모금된 금액은 모두 자선 단체로 가서 유용하게 쓰였다. 하지만 아무리 그래도 선생님들이 아이들 앞에서 무참하게 망신당하는 행사에 기꺼이 참여한다는 것은 신기할 따름이었다.

영국 학교에서 또 한 가지 바람직해 보인 점이 있다면 바로 학생들의 건의 사항이 굉장히 존중된다는 점이었다.

내가 처음 세인트 크리스핀 학교에 다니기 시작했을 때 여학생들의 교복은 치마였고, 바지는 입을 수 없었다. 그런데 언제부터인가 몇몇 학생들이 서명운동을 벌이기 시작했다.

"남녀평등을 위해, 또 합리적이고 편안한 교복을 위해!"

나는 처음엔 참여하지 않으려고 했다. 서명운동은 문제 일으키기 좋아하는 아이들이 벌이는 것인 줄 알았고, 성공한 경우도 본 적이 없었기 때문이다.

하지만 알고 보니 그렇지 않았다. 여자 아이들은 물론이고 남학생들도 적극적으로 서명 운동에 참여했고, 몇몇 학부모는 교장 선생님에게 장문의 편지를 띄우기도 했다. 이런 열심에 나도 결국은 감명을 받았고, 내 서명을 남기게 되었다.

충분한 서명을 얻은 후에 탄원서를 써서 제출하자, 학교 측에서는 학생들의 건의를 심각하게 받아들였다. 여러 차례 회의를 통한 심사숙고 끝에, 결국 바지 입기 서명운동은 성공으로 끝났다.

여학생들도 바지를 입을 수 있도록 허락한다는 가정 통신문이 나가자 서명운동을 주도한 친구들뿐 아니라, 나를 포함하여 서명에 참여한 모

든 학생들은 성취감에 부풀었다.

"우리 힘으로 해낸 거야!"

나이가 어린 학생들의 의견이었지만 존중을 받았고, 그 의견이 학교라는 단체에 변화를 불러일으켰다는 것은 굉장한 일이었다. 문제가 있을 때 감정적으로 대처하는 대신 합리적이고 이치에 맞는 방법으로 일을 해결한 것은 달리 배울 수 없는 소중한 경험이었다.

일년에 세 번, 학교 강당에서는 음악회가 열렸다. 봄 맞이 음악회, 여름 방학 전 음악회, 그리고 크리스마스 음악회였다. 그 밖에도 음악 GCSE나 A 레벨을 공부하는 학생들이 여는 작은 음악회들이 있다.

우리가 제일 처음 가본 음악회는 1999년 봄 음악회였다. 그런데 우리는 놀라고 말았다. 뭔가 굉장한 게 있어서가 아니었다.

'이렇게 초라한 것도 음악회라고 하나?'

무대 조명이나 음향 시설 같은 것은 찾아볼 수 없었다. 일주일에 한 번 아침 조회할 때와 별다른 차이가 없는 분위기였다. 학부모들도 모두 집에서 저녁 식사하다 말고 나온 것 같은 평범한 복장이었다. 오케스트라와 합창단은 무대에 섰고, 독주를 하는 학생들은 앞줄에 앉아 있다가 순서가 되면 나가서 연주했다. 더욱 놀랍게도, 모든 학생들은 교복을 입은 채로 연주했다.

연주 수준은 들쭉날쭉 이었는데, 잘하는 아이들보다는 못하는 아이들이 많았다. 한국 학교에서 음악회를 한다고 하면 아마 음악을 전공할 아이들의 멋진 연주를 기대했을 것이다.

'왜 이렇게 못하는 아이들만 연주하지? 왜 오케스트라를 좀 더 연습시키지 않았지? 심하게 삐걱거리는 부분만이라도 고쳐서 연주해야 하는 거 아닌가?'

하지만 계속 앉아서 연주회를 감상하면서 우리 가족은 점점 감동을 받았다.

'일등하는 학생들의 연주만이 들을 가치가 있는 것이 아니라, 각자 자신의 능력에 따라 열심히 최선을 다해 연주하면 모두 똑같이 박수를 받는구나.'

오케스트라와 합창단에서도 완벽이 목표가 아니라 즐기는 것이 우선 이었다. 함께 연습하면서 웃을 수 있고 마음이 풍요로워질 수 있다면, 또 부담 없이 청중과 즐길 수 있다면 그것은 실수가 하나도 없는 음악 회보다 어쩌면 더 큰 가치를 지녔을지 모른다.

최고만을 축하하지 않고, 각 개개인의 의견과 노력을 존중하며 인품 을 중요시 여기는 교육 풍토는 이렇게 또 한번의 신선한 충격을 안겨 주었다.

처음에는 절대 정이 안 들 것 같은 나라였지만, 나는 조금씩 마음을 열고 있었다. 그래서인지 비싼 물가에 치이고, 브라크넬 사투리에 치이 고, 간혹 인종차별에까지 치이는 유학 생활이었어도 항상 고달픈 건 아 니었다. 이코노미 상표에서 절약하는 법을 배우고, 친구들의 배려에서 우정을 느끼고, 선생님의 작은 칭찬 가운데서 희망을 발견하고, 버스를 기다리며 인내를 배우고, 음치에게도 아낌없는 박수를 보내는 여유로 움을 배우고……

이 기간에 나는 브라크넬 사투리뿐만이 아니라, 달리 얻을 수 없는 값진 인생의 교훈들을 배우고 있었다. 생소하고 낯선 환경 속에서 힘들고 아파 하는 과정이 없었다면 '공부보다 더 중요한 공부'를 할 수 없었을 것이다.

9. 꿈꾸기 시작한 소녀

Don't be afraid of the space between your dreams and reality.
If you can dream it, you can make it so. −Belva Davis

네 꿈과 현실 사이의 간격을 두려워하지 말라.
꿈꿀 수 있다면 해낼 수 있다. −벨바 데이비스

수학 최고반으로!

일주일의 마지막 수업, 금요일 5교시는 수학이었다. 드디어 주말이구
나 하고 들뜬 마음으로 교실을 빠져나가려 하는데 펜 선생님이 나를 불
렀다. 할 말이 있다고 했다. 아이들이 다 나가기를 기다린 후 선생님이
물었다.

"Would it be better for you if you were in the top set?"

그 당시에는 선생님 말을 완벽하게 알아듣지 못했지만 'top set'이라
는 말이 나오는 걸로 봐서 나를 수학 최고반으로 넣어주겠다는 얘기 같
았다. 가슴이 두근거렸다.

그 다음 주, 나는 떨리는 가슴으로 수학 최고반 교실 문을 열고 들어
갔다. 곱슬곱슬한 긴 금발의 예쁜 여자 선생님이 나를 맞았다.

"Hi, I'm Miss Hobbs. Welcome to our class(안녕, 난 홉스 선생님
이라고 해요. 우리 반에 온 걸 환영해요)."

교실을 둘러보았다. 여태껏 다른 과목 수업에서도 만나본 적이 없는

아이들이 많았다. 다들 내게 별로 눈길도 주지 않았다. 별 볼일 없는 외국인 학생이 어쩌다가 굴러들어왔다고 생각하는 것 같아서 약간 주눅이 들었다.

다행히도 맨 뒷줄에서 낯익은 친구가 손짓했다.

"에스따, here(여기야)!"

복스러운 얼굴의 스텔라였다. 나는 얼른 스텔라 옆의 빈 자리에 가서 앉았다. 지금까지 스텔라와 함께 듣는 수업은 없었는데 이렇게 짝이 되서 너무 반가웠다.

최고반 수업은 역시 분위기가 훨씬 더 차분했다.

'드디어 나도 제대로 공부를 해보는구나!'

뿌듯함이 가슴을 가득 채웠다. 선생님이 언성을 높이는 일은 거의 없었고, 아이들도 확실히 자신감에 차보였다. 전처럼 한국말을 가르쳐 달라고 조르는 아이들도 없을 뿐더러, 가끔씩 내 쪽을 향하는 눈빛들에는 호기심뿐만 아니라 약간의 우월감도 섞여 있는 듯했다.

나는 조용히 교과서와 공책을 펼치고 선생님이 내준 과제를 풀기 시작했다. 그런데 예상과 달리 수준에 있어서는 예전과 별반 다를 것이 없었다.

'두 번째 반보다는 어렵지만, 이것도 그다지 어렵지는 않은 것 같은데?'

칠판에 써있는 과제를 끝내고 보니 다른 아이들은 아직도 펜을 분주히 놀리고 있었다. 멍하니 주위를 두리번거리는 나에게 홉스 선생님이 물었다.

"에스따? 뭘 도와줄까요?"

"다 했는데요."

무심코 그렇게 대답했는데, 홉스 선생님은 깜짝 놀라는 눈치였다. 은근히 미안한 마음이 생겼다.

"벌써? 음…… 그럼 다음 부분을 읽어보고 할 수 있으면 문제도 풀어보세요."

나는 고개를 숙이고 교과서를 읽기 시작했다. 앞에 앉은 아이가 호기심을 감춘 무표정한 얼굴로 뒤돌아보더니 슬쩍 웃음을 흘렸다. 나도 웃음으로 대꾸해 주었다.

이런 일은 이후로 거의 매 시간 벌어졌다. 다른 아이들은 어려워하는 기색이 역력할 때에도 나는 아직도 한국에서 익힌 쥐꼬리만한 '기본 실력' 덕분에 그다지 어렵다는 생각이 들지 않았다.

얼떨결에 수학에서 우등생이 되고 나니, 갑자기 이런 분에 넘치는 생각까지 들었다.

'이젠 다른 과목에서도 잘 하고 싶은데…….'

하지만 그건 마음뿐이었다. 한국에서 워낙 공부를 안 해왔기 때문에 수학 이외의 과목에서 잘하는 건 가망이 없어 보였다.

'난 이미 늦었나? 이젠 하고 싶어도 안 되는 건 아닐까?'

슬그머니 낙담이 고개를 들려고 할 때, 나는 고개를 세차게 가로저었다. 실망하기엔 아직 일렀다. 나는 부모님의 격려와 선생님의 칭찬, 그리고 어렸을 때 태권도 하는 친구로부터 흘려들은 말을 곱씹었다.

'나도 할 수 있다! 하면 된다!'

나도 할 수 있어!

"다음 시간에는 단원 테스트를 볼 테니까 공부 좀 해와요."

"또?"

생물 선생님의 말에 아이들은 한숨을 푹푹 내쉬며 투덜거렸다. 동글동글하고 작달막한 저썸 선생님은 적어도 2주에 한 번은 시험을 보게 했다. 나도 상을 찌푸리고 알림장에다 적었다.

'Biology : revise for test next lesson.'

하지만 사실 생물 시험 본다는 이야기가 그렇게까지 부담스럽지는 않았다. 미국 베리언 스프링스 중학교 때처럼 준비해서 시험에 임하면 좋은 결과를 받을 수 있었기 때문이다. 성적에 반영되는 것도 아니었고 시험을 못 보았다고 혼나는 것도 아니었지만, 한 번, 두 번 시험을 치르고 나니 어느새 1점이라도 더 받겠다는 목표가 가슴 속에 자리 잡았다.

영국에 온 지 얼마 안 되어 아직 어리버리할 때 본 맨 처음 생물 단원 시험에서 나는 25점 만점에서 16점을 받았다.

'3분의 1도 넘게 틀렸어.'

다른 친구들에게는 쉬운 시험이었는지 대부분 20점 이상이었고, 나보다 못한 친구는 없는 듯했다. 아무리 영어를 못한다고 해도 조금 창피했다. 어정쩡한 표정을 짓고 있는 그때, 케이티가 내 점수에 놀랐다는 표정으로 "Well done!" 하고 축하해 주었다. 그런데 케이티의 시험지를 흘끔 보니 '15'라고 써 있는 게 아닌가!

'나보다 못 보는 애도 있을 수 있구나!'

겨우 1점 차이였지만, 나에게는 큰 위안이었다. 그 이후로 나는 시험이 있을 때마다 열심히 준비해서 임하였다. 매번의 시험이 나의 잠재력을 나타내 보일 수 있는, 놓쳐서는 안 될 하나의 기회처럼 느껴졌다.

생물 단원 시험에서 꾸준히 괜찮은 점수를 받았기 때문에 친구들과 선생님은 내가 적어도 바보는 아니라고 생각하는 것 같았다. 하지만 나는 말이 서툴렀기 때문에 수업 시간에 조용했고 질문도 별로 하지 않았다. 수학 외의 과목에서는 그저 조용히 뒤에서 따라오는 학생일 뿐이었다.

생물 선생님이 하루는 'GCSE'라는 이야기를 꺼냈다. 10학년이 가까워 올수록 자꾸 'GCSE'라는 말이 나돌아서 궁금하던 차에, 스텔라에게 그게 뭐냐고 물어보았다.

"아, 그건 10학년에서 11학년까지의 교육 과정이야. 11학년 말에 시험을 쳐서 GCSE 자격증을 따거든."

'Certificate'이 뭔지 전자사전에서 찾아봤더니 증서 혹은 자격증이라고 했다. GCSE란 General Certificate of Secondary Education, 중등학교 교육 과정을 마쳤다는 자격증과 같은 것이었다.

전과목을 함께 보는 우리나라 학력고사와는 달리 GCSE는 과목 별로 따로 획득하도록 되어 있다. 과학에서는 두 개의 GCSE 자격증을 받는 것이 보통이라고 했다.

그런데 저썸 선생님은, 과학 상위권 아이들에게는 두 개가 아니라 세 개의 과학 자격증을 위해 공부하는 선택권이 주어진다고 했다. 세퍼레트 사이언스(separate sciences), 곧 화학, 생물, 물리, 이 세 과목에서 각각 GCSE를 따는 것이었다.

공부 잘하는 아이들이나 한다는 세퍼레트 사이언스를 할 만한 능력이 내게 과연 있을지 의문이었지만 어쨌든 해보고 싶었다. 하지만 내가 케이티를 따라 들어간 반은 우리 학년에서 여섯 개의 과학 반 중 네 번째였다. 이 반에 그대로 남는다면 세퍼레트 사이언스를 못하게 될 것이 분명했다.

'남들이 보기엔 무리일지 몰라도, 우선 노력부터 해보는 거야. 지금부터 내 목표는 10학년 때부터 세퍼레트 사이언스를 공부하는 세 번째 반에 들어가는 거다!'

그 같은 목표를 이루기 위해서는 우선 선생님의 인정을 받아야 했기 때문에 매 단원 시험이 정말 중요할 것 같았다.

그런데 하루는 저썸 선생님이 내가 전혀 보도 듣도 못한 범위에 관해 시험을 보겠다고 했다. 나는 손을 들고 말했다.

"저는 그 부분을 배운 적이 없는데요."

그러자 선생님은 상냥한 뽀뽀뽀 미소를 띄고 대답했다.

"작년에 배운 내용이라 너는 모르겠구나. 괜찮아요. 성적이 나쁘게 나와도 이해할게요. 아니면 아예 시험을 보지 않아도 좋아요."

선생님은 나에게 큰 호의를 베푼다는 듯한 표정이었다. 글쎄, 이렇게 되면 문제가 해결된 건가?

하지만 이 생각은 생물 수업이 끝나고도 내 머리 속을 떠나지 않았다. 저썸 선생님은 그저 대충 수업을 따라가는 것이 내 목표라고 생각한 모양이었다.

'그렇다면 분명 내년에 나를 진급시킬 의도는 없으시겠지?'

금요일이라서 다들 주말을 재미있게 보낼 궁리를 하고 있었지만, 온 종일 나는 이 생각에 시달렸다. 결국 나는 하루 수업이 다 끝나고 다시 생물 부서를 찾아갔다.

"에스따, 무슨 일로 찾아왔지?"

저썸 선생님이 친절하게 나를 맞았다. 나는 서툰 영어로 힘겹게 내 사정을 설명했다. 내년에 꼭 세퍼레트 사이언스를 하고 싶고, 그러기 위해서 이번 단원 시험도 잘 보고 싶다고, 그러니 준비할 수 있게 공부할 자료를 좀 달라고.

"오, 그래?"

나의 더듬거리는 설명을 들은 선생님은 아주 의외라는 표정을 지었다. 아마 시험을 면제해 줘도 싫다는 학생은 처음이었을 것이다. 감동한 선생님은 자료실로 들어가서 뒤적뒤적 하더니 교과서를 하나 가져왔다. 지금까지 보지 못했던 좀 두꺼운 책이었다.

"여기에서 여기까지 공부하면 될 거예요. 행운을 빌어요!"

나는 감사하다는 말을 한 후 교실을 빠져나왔다.

그 일요일에 나는 혼자 앉아서 엉덩이가 배기도록 공부를 했다. 우선 모르는 단어를 사전에서 찾으면서 뜻을 해석했다. 선생님과 함께 공부한 적이 없는 부분이라서 더더욱 어려웠다. 한 문단씩 넘어가는 것이 너무 느리고 지겹기까지 했다.

깨알 같은 꼬부랑글씨를 겨우 해석한 다음, 나는 그 부분에 나온 그림을 하나하나 다 그려보면서 표시된 부위의 이름을 모조리 외우기로 했다. 이제는 졸음이 마구 쏟아졌다. 회화도 잘 못하는 내게, 영국 학생들도 헛갈려하는 생물 용어들을 외우는 것은 에베레스트 산 등반과 같이 느껴졌다.

하지만 나는 포기하고 싶은 마음을 누르고 이를 악물었다.

'꼭 해야 돼. 선생님께 공부하겠다고 특별히 말씀까지 드렸는데, 정말 잘 해볼 거야.'

조금만 더, 조금만 더, 하다가 나는 늦겨울의 까만 밤을 하얗게 지새우고 말았다. 이른 새벽녘에 깜빡 졸다가 눈을 떠보니 학교에 갈 시간이었다.

자꾸만 늘어지려고 하는 몸을 이끌고 비몽사몽으로 학교에 도착했는데, 온통 생물 시험 생각뿐이었다.

'이렇게 고생했는데 혹시 시험을 안 보게 되면 억울해서 어쩌지?'

다행히(?) 저썸 선생님은 약속한 시험을 잊지 않았다.

"자, 지난번에 시험 준비하라고 얘기했죠? 시험 볼 준비해주세요."

시험 보겠다는 말이 이렇게 반갑게 느껴지기는 난생 처음이었다. 나는 애써 덤덤한 표정을 하고 시험 책자를 받아서 이름을 써내려갔다. 경주를 앞둔 달리기 선수처럼 긴장이 되기 시작했다.

"이제 시작해도 좋아요."

그 말과 동시에 나는 시험 책자를 열고 정신없이 문제를 풀기 시작했다. 이런 자질구레한 시험에 목숨을 거는 내가 신기하기도 했지만, 이것은 나에게 단순히 하나의 단원 시험이 아니었다. 남들은 쉽게 할 수 있는 하찮은 일을 성취하기 위해 내가 흘린 땀의 대가를 받는 시간이었다.

정확히 30분 후, 저썸 선생님이 큰 소리로 말했다.

"자, 이제 펜을 내려놓으세요."

최선을 다하긴 했지만 시험 시작 전보다 지금이 오히려 더 걱정되었다. 옆에 앉은 레이첼과 시험지를 바꿔서 채점하는데, 답이 읽혀질 때마다 가슴이 떨렸다.

'생각보다 많이 틀렸을 것 같아……'

"에스따! 23점이야!"

레이첼의 들뜬 목소리에 나는 깜짝 놀라고 말았다. 25점 만점에 23점, 내가 지금까지 생물 시험에서 받아본 최고 점수였다. 순간 전날 밤의 고생과 피로가 눈 녹듯 사라지는 것 같았다. 저썸 선생님이 놀란 표정으로 나에게 와서 말했다.

"에스따, 축하해요! 정말 열심히 노력했나 보군요."

나는 고개를 끄덕였다. 하지만 그 끄덕임 하나만으로는 절대 내가 들인 시간과 노력 그리고 그 뒤에 숨은 의지를 다 보여줄 수 없었다. 그것은 앞으로 계속 노력하여 보여주는 수밖에 없었다. 영국 아이들이 한 시간의 노력을 들인다면, 한국 아이인 나는 그 열 배, 스무 배의 노력을 들여서라도 언젠가는 더 잘하고 말겠다고 다짐했다.

미션 임파서블?

한국에서의 청개구리와는 다른 모습으로 생활한지도 벌써 세 달이 다 되어갔다. 지금까지의 노력이 몇몇 과목에서 빛을 발하고 있는 나에게 희망을 주는 일이었다. 그러나 생각만 해도 괴로워지는 과목이 하나 있었으니, 바로 프랑스어였다.

'나에겐 정말 불가능한 일일까?'

한숨이 나왔다. 꼴찌반 수업 시간은 나를 절망하게 만들었다. 아무리 집중을 하고 싶어도, 한 시간에 한 번은 꼭 사건이 터지는 상황에서 머리에 남는 것은 거의 없었다. 가끔씩 집중한다 해도 알아듣는 게 거의 없으니, 세 달 동안 프랑스어에서 아무런 진전도 이루지 못한 것은 당연한 일이었다. 나는 거의 포기 상태에 이르렀다.

어느덧 4월의 봄방학이 다가왔다. 비록 두 주 뿐이었지만, 학교생활에 지쳐 피곤한 학생들에겐 구세주와 같았다. 나는 신이 나서 마음껏 놀 계획을 세우기 시작했다. 그런데 그저 놀면서 보내려고 했던 이 한 주가 나를 절망에서 구원하는 기간이 될 줄이야.

방학을 며칠 앞둔 어느 날, 한국에서 소포가 도착했다. 촌스럽도록 새파란 책 두 권이었다. 펼쳐보니 한 권은 처음부터 끝까지 프랑스어로만 나와 있는 프랑스어 교본이었고, 다행히 나머지 한 권은 한글 번역본이었다. 내가 프랑스어 꼴찌반에서 헤매고 있는 것을 안 아빠가 한국의 동료에게 프랑스어 교재를 보내 달라고 부탁했다.

"어때? 맘에 들어? 이걸로 공부할 수 있을 것 같니?"

나는 그 책을 처음부터 끝까지 훑어보았다.

'전혀 마음에 안 드는데.'

깨알 같은 글씨에 전체가 흑백인 것이 굉장히 옛날 책 같았다. 딱 5분만 보면 잠이 바로 올 것 같았다. 하지만 한글 번역본이 있다는 사실 때문에 천군만마를 얻은 심정이었다. 나는 방학에 놀려고 했던 모든 계획을 당장 취소했다.

'이번 방학에 프랑스어 기초를 닦아서 빨리 꼴찌반에서 벗어나겠어!'

솔직히 "봉주르" 외에 아는 것이 없는 학생으로서 굉장히 야심만만한 계획이었다. 하지만 무식한 자가 용감하다는 말처럼, 나는 겁 없이 도전에 들어갔다.

방학이 시작되는 일요일, 나는 마음을 독하게 먹고 책상 앞에 앉아서 그 파란 책을 폈다. 그런데 '책 표지로 책을 판단하지 말라'는 말이 있듯, 공부를 하면 할수록 그 책이 굉장히 잘 되어 있다는 것을 발견했다. 차근차근 읽어 보니 걱정했던 만큼은 어렵지 않았다.

부모님은 내가 한 자리에 앉아서 공부하는 것이 기특한 모양이었다. 나는 바깥이 어둑어둑해질 즈음 그 날 공부한 증거물을 들고 부모님이 앉아있는 식탁으로 쪼르르 달려갔다.

"엄마! 아빠! 잘했죠?"

부모님에게는 외계어나 다름없는 프랑스어였지만 나는 아랑곳하지 않고 내가 공부한 내용을 처음부터 끝까지 설명했다.

"이 단어는 무슨 뜻이고, 이건 왜 이런 것이고, 저건 이래서 이런 뜻이에요."

쉴 새 없이 조잘거리는 나를 쳐다보는 부모님의 입가엔 기분 좋은 웃음이 떠올랐다.

그 다음 날도, 또 그 다음 날도, 나는 프랑스어 공부에 완전히 몰입되었다. 동사의 유형들을 배우고 난 후에는 이젠 사전만 있으면 간단한 프랑스어 작문을 할 수 있게 되었다. 그러다가 문득 학교에서 배우던 프랑스어 교과서를 들춰보니, 방학 전까지만 해도 수수께끼 같던 내용들이 사실 아주 간단한 문장이었다는 것을 알 수 있었다.

남은 방학 동안 나는 신이 나서 프랑스어로 일기도 쓰고 친한 친구들에게 편지도 썼다.

Salut mon amie! Comment çava? Moi, je vais très très bien. Qu'est-ce que tu vas faire aujourd' hui? Moi j' aime beaucoup le temps, donc je voudrais aller dehors maintenant. A bientôt, ton amie Esther.

(친구야 안녕! 잘 지내지? 난 아주 잘 지내고 있어. 오늘 뭐 할 거야? 난 오늘 날씨가 정말 좋아서 이제 밖에 나가고 싶어. 또 보자. 너의 친구 에스더).

스텔라, 하나, 케이티 두 명, 레이첼, 크리스티나 그리고 케리에게 열을 내며 편지를 쓰고 색연필로 꾸미고 하는 것이 그렇게 재미있을 수가 없었다. 무엇보다도 다음 프랑스어 시간이 너무 기다려져서 빨리 학교에 가고 싶었다.

'전보다 더 많이 알아들을 수 있을까? 선생님은 뭐라고 하실까?'

드디어 방학이 끝나고 기다리고 기다리던 프랑스어 수업 시간이 돌아왔다. 여전히 게리는 말썽을 피웠고 지넌과 에이미는 잠을 잤다. 그러나 나는 새 사람이었다. 수업 내용을 이해하는 정도는 물론 수업에 임하는 태도까지 전과는 딴판인 것을 스스로 느낄 수 있었다.

주위에서 일어나는 야단법석에도 아랑곳 하지 않고 선생님이 내준 문제를 공책에다 풀어 보는데 갑자기 모든 문제가 어처구니 없을 정도

숙제를 잘해오거나 칭찬할 일이 있으면 credit 이라는 상점을 받는다.

Credit × 5 →

Commendation

credit가 다섯개 모이면 commendation을 받게 되고, 학년말에 누적된 개수는 기록에 남는다.

Warning × 5 →

말썽을 부리거나 숙제를 안해오면 warning을 받는다.

Detention

warning이 다섯개 모이면 detention을 받게 되고, 이 개수 역시 학년말에 기록에 남는다.

로 기초적이라는 것을 깨달았다.

'이렇게 간단한 걸 지금까지 몰랐단 말야?'

이런 나를 본 머뤼 선생님은 적잖이 놀라는 눈치였다.

"에스따! This is fantastic(환상적이야)!"

머뤼 선생님은 특유의 상냥한 목소리로 찬사를 쏟아 부었다.

영국에서는 숙제를 잘 해오거나 칭찬할 일이 있으면 크레디트(credit)라고 불리는 상점(賞點)을 주는 제도가 있었다. 크레디트가 다섯 개 모이면 코멘데이션(commendation)이라는 조그마한 증서를 받게 되고, 학년 말에 누적된 코멘데이션 개수는 기록에 남는다고 했다.

머뤼 선생님은 공책 검사를 할 때마다 나에게 크레디트를 하나씩 주었다. 높은 반에서라면 이 정도로는 칭찬 받기 힘들겠지만, 꼴찌반에서 나는 크레디트를 거의 매 시간 받는 모범생이나 다름없었다.

반면에 수업 시간에 말썽을 부리거나 숙제를 하지 않는 등 안 좋은 일을 하면 워닝(warning)을 받게 되고, 다섯 개가 모이면 디텐션(detention)이라고 하는 벌을 받았다. 학교 끝난 후 아니면 점심 시간에 선생님 감시 아래 공부를 하거나 교실 주변을 정리해야 하는데, 이 개수 역시 기록에 남았다.

재미있게도 프랑스어 수업 시간에 나는 크레디트가 늘어나고, 다른 학생들은 워닝이 늘어가는 흥미로운 현상이 일어났다. 그리고 꼴찌반의 다른 친구들에게는 미안한 일이지만, 이로 인해 좀 더 열심히 프랑스어를 공부해야겠다는 욕심이 생겼다. 나에게 가장 커다란 장애물 중 하나인 프랑스어 꼴찌반도 이제는 더 이상 미션 임파서블로 생각되지 않았다.

셰익스피어와 사랑에 빠지다

수학에서 최고반으로 올라간 이후, 다른 과목에서도 더 잘하겠다는 나의 다짐은 조금씩 현실로 다가오고 있었다. 하지만 영어에서는 아무래도 무리일 것 같았다.

'영어에서 진급하는 건 아예 꿈도 꾸지 말아야겠지?'

존스 선생님의 반은 세 번째 반이었다. 영어는 전체가 여섯 개의 반으로 나누어져 있었기 때문에, 내년에도 이 반에만 남는다면 영어뿐만 아니라 영문학까지 공부하는 10학년 '상위권' 반에 속할 수 있었다.

'9학년 동안 교과 내용을 어느 정도 잘 따라가서 어떻게든 이 반에 남아야 해. 그래서 내년에 영문학을 공부하고야 말겠어.'

그것을 내 목표로 삼기로 했다.

브라크넬 사투리를 대충 알아듣게 될 무렵에는 영어 시간에도 많은 진전이 있었다. 다른 친구들은 『로미오와 줄리엣』 얘기만 나오면 의례껏 하품을 했지만 나는 이상하게도 갈수록 흥미를 느꼈다.

『로미오와 줄리엣』을 공부하면서 내 영어 실력이 부쩍 는 것 같다. 셰익스피어는 고어로 쓰여진데다가 비유법을 아주 많이 사용했다. 그래서 단어를 많이 아는 것도 중요하지만 상상력을 동원하는 것이 더 필요했다.

다음은 2막 2장에서 로미오가 줄리엣을 먼 발치에서 보며 하는 말이다.

[Romeo]

Two of the fairest stars in all the heaven,

Having some business, do entreat her eyes

To twinkle in their spheres till they return.

What if her eyes were there, they in her head?

The brightness of her cheek would shame those stars,
As daylight doth a lamp; her eyes in heaven
Would through the airy region stream so bright
That birds would sing and think it were not night.

그저 '그녀의 눈이 별보다도 밝다.' 라고 하면 될 것을 주절주절 길게 풀어서 표현한 것이었다. 이것은 내가 흔히 알고 있던 '무엇무엇은 마치 무엇무엇과 같다.' 하는 수준의 비유법이 아니었다. 장장 여덟 행에 달하는 구절에서 '줄리엣의 두 눈'과 '하늘에서 가장 아름다운 별 두 개'를 계속 비교해 나가면서 이 구절 고유의 '작은 이야기'들을 만들어 나간 것이다.

작은 이야기 1. 하늘에서 가장 아름다운 별들이 줄리엣의 눈에게 부탁하기를, 자기들이 할 일이 생겼으니 자기 자리에서 빛을 발해달라고 한다.

작은 이야기 2. 그 별들과 줄리엣의 두 눈이 자리를 바꾼다면? 마치 대낮의 빛이 램프를 부끄럽게 하듯 줄리엣의 밝은 뺨이 그 별들을 부끄럽게 할 것이다. 하늘에 있는 그 눈들은 너무 밝게 비춰서 새들이 아침인 줄 알고 노래할 것이다.

이렇듯 '줄리엣의 눈= 별'이라는 한 가지 비유에 이미 흠뻑 젖어있는 '작은 이야기' 속에서도 또 다른 비유가 터져 나왔다. 그런데 이런 표현 기교는 어쩌다가 한 번 나오는 게 아니었다. 『로미오와 줄리엣』 전체가 그런 식이라고 해도 과언이 아니었다. 다음은 위의 인용구에서 몇 줄만 내려가면 나오는 부분이다.

[Romeo]

Thou art

As glorious to this night, being o'er my head

As is a winged messenger of heaven

Unto the white-upturned wondering eyes

Of mortals that fall back to gaze on him

When he bestrides the lazy-pacing clouds

And sails upon the bosom of the air.

직역하여 '내 머리 위의 그대[줄리엣]는 이 밤에게 영광이다' 는 구절이 이미 처음 두 행에 나와 있지만, 다음 다섯 행을 사용하여 줄리엣을 사람의 눈에 비친 천사에 또 비유했다.

셰익스피어는 간단하게 말할 수 있는 것이라도 항상 무엇인가를 더 붙여서 시적으로 만들었다. 천사를 'an angel'이라고 해도 되지만, 'a winged messenger of heaven', 그러니까 '날개가 달린 하늘의 사자(使者)'라고 하고, 놀란 사람들의 눈을 'the white-upturned wondering eyes(흰자가 보이도록 뒤집힌 놀란 눈들)'로 표현하는 것이었다. 거기에다가 그 천사와 사람들이 각각 취하는 태도까지 장황하면서도 아름답게 묘사했다.

'셰익스피어의 표현들은 정말 무궁무진하구나.'

그의 상상력은 절대 지치는 법이 없었다. 그의 상상력을 따라가며 머리 속으로 그림을 그려가노라면, 그냥 말뜻을 이해해 나가는 것만도 흥미진진했다.

'아, 이 부분이 이것을 이렇게 묘사하고 있구나!'

상상하고 추리해 가는 것에 맛을 들이고 나니 나는 셰익스피어와 사랑에 빠진 것 같았다. 『로미오와 줄리엣』 이야기 자체도 사랑 이야기라서 그런지, 더욱 낭만적으로 다가오는 매력이 있었다.

불가능이란 없다

영국 영어 수업의 궁극적인 목적 중 하나는 에세이를 쓰는 것이었다. 그래서 『로미오와 줄리엣』을 공부하는 동안 수시로 여러 주제에 관한 짧은 에세이들을 써야 했다. 하지만 에세이를 쓸 때면 나는 다른 학생들에 비해 단어와 표현력이 많이 모자랐고, 어색한 문장들을 쓰기 일쑤였다.

다행히도 에세이, 특히 『로미오와 줄리엣』과 같은 문학작품에 관해 쓰는 영문학 에세이에서는 완벽한 영문법이나 매끄러운 표현만을 요구하는 것이 아니었다.

"좋은 영문학 에세이를 쓰기 위해서는 작품을 독창적인 눈으로 이해하고, 나름대로의 의견이 형성되어 있어야 해요."

타당한 예를 들어가며 나의 의견을 조리 있게 구성하는 것이 더 중요하다는 것이었다.

어느 날 존스 선생님은 드디어 정식 에세이 숙제를 내주었다. 처음으로 쓰는 긴 에세이였다.

'『로미오와 줄리엣』의 3막 5장에서 줄리엣은 어떠한 변화를 겪는가?'

3막 5장은 첫날밤을 보낸 로미오와 줄리엣이 작별 인사를 하는 것으로 시작해서, 줄리엣의 아버지가 줄리엣에게 파리스와의 결혼을 강요하는 부분으로 이어졌다.

내용을 어느 정도 이해하고 있으니까 잘할 수도 있을 것 같았다. 하지만 케이티, 레이첼, 크리스티나와 같은 영국 친구들에 비해 몇 배의 시간이 걸릴 게 분명했다.

'내게 필요한 건 시간이야.'

에세이 숙제를 받은 바로 그 날, 나는 집에 도착하기가 무섭게 사전을 갖다 놓고 3막 5장을 여러 번 다시 읽었다. 밤늦도록 읽고, 또 읽다 보니 나중에는 외워버릴 정도였다.

곧 에세이 구상에 들어갔는데, 머리 속이 얽히고 설켜서 무슨 말을 하고 싶은지 잘 정리되지 않았다.

'도대체 어떤 주장을 해야 하지?'

나는 흰 종이에 낙서를 하듯 생각나는 것을 다 적어보았다. 몇 시간 동안 머리를 싸매고 끙끙거렸다.

생각에 생각을 거듭했더니 희끄무레하게 윤곽이 보이기 시작했다. 어느 순간, 나는 갑자기 떠오르는 생각에 무릎을 탁 쳤다.

'줄리엣이 소녀에서 어엿한 여인으로 탈바꿈한다는 내용으로 써야겠다!'

곧 그 하나의 생각이 새끼를 낳듯, 다른 아이디어들이 튀어나오기 시작했다.

'짧은 시간 동안 그런 큰 변화를 겪을 수 있었던 것은 크나큰 시련 때문이고, 이러쿵 저러쿵……'

그로부터 며칠 간, 나는 에세이의 뼈대를 세우고, 책을 다시 읽으면서 살을 붙이고, 다듬어서 다시 쓰고, 고치고 또 고치기를 반복했다. 지루하기도 했지만 전체적인 흐름을 매끄럽게 하기 위해 부단히 노력했다. 에세이가 조금씩 완성되어 가는 것을 보며 피곤한 줄도 몰랐다.

드디어 에세이를 제출하기 전날, 나는 내 노력의 산물을 깨끗하게 공책에 옮겨 적었다.

'그래, 이만하면 제출해도 괜찮겠다!'

너무 흐뭇한 나머지 한 열 번은 읽어보고서야 잠자리에 들 수 있었다.

다음 날 영어 시간이 될 때까지 나는 온통 에세이에만 정신이 쏠려 있었다.

"Could I have a look?"

에세이를 제출하기 전 옆에 앉은 케이티가 내 것을 좀 보자고 했다. 그 김에 나도 케이티의 에세이를 대충 훑어보았다.

"Oh, very good(어, 참 잘했다)."

케이티의 뽀뽀뽀 웃음으로 보아 그 칭찬은 진심인 것 같진 않았다.

'그래도 내가 케이티보다는 잘 쓰지 않았나?'

케이티의 글씨를 잘 알아보지 못한 까닭도 있지만, 케이티는 그다지 많은 신경을 쓰지 않은 것 같았다.

'그래도 설마 영국 아이인 케이티가 영문학 에세이를 나보다 못 쓰겠어?'

일주일 후 선생님은 우리의 에세이 숙제를 들고 교실에 나타났다. 존스 선생님 특유의 못마땅한 얼굴로 공책들을 교탁에 쌓아놓고 우선 설교를 했다.

"전체적으로 뭐가 잘못됐고, 뭐는 고쳐야 하고, 뭐는 봐줄 만 하고, 누구누구는 숙제를 안 냈으니 나머지 공부를 할 것이며, 누구누구는 너무 성의 없이 했으니 다시 해야 하고……."

도저히 끝날 줄을 모르는 연설에 하품이 절로 나왔다.

"여러분 특히 반성해야 해요."

'또 어떤 꾸중을 하시려고 하나?'

"에세이를 쓰는데 외국인 학생보다 못쓰다니."

'우리 반에 외국인 학생이 있다고?'

"너희들은 한국말로 쓰면 그렇게 잘 쓸 수 있을 것 같니?"

'혹시 지금 내 얘기를 하시는 건가?'

졸음이 확 달아났다. 선생님 쪽으로 눈을 돌리다가 눈이 마주쳤다. 존스 선생님은 보기 힘든 웃음을 지으며 말했다.

"에스따 쏘온, 잘했어요. 이 반 학생들 중 가장 잘 쓴 에세이였어요. 축하합니다."

존스 선생님은 내 공책을 제일 먼저 돌려주었다. 주위에 있는 친구들이 부러운 눈으로 쳐다보았다. 케이티가 어색한 웃음을 띄고 "Well done!" 하고 축하해 주었다.

나는 바들바들 떨리는 손으로 공책을 펼쳐보았다. 존스 선생님이 몇 마디 적어 놓은 것이 보였다.

'정말 열심히 한 노력이 보입니다. 통찰력 있는 주장을 조리 있게 펼쳤습니다. 이 반에서 가장 마음에 드는 에세이였습니다. Well done.'

내가 영국 아이들보다 에세이를 잘 썼다니, 말도 안 된다는 생각이 먼저 들었다. 하지만 내가 얼마나 많은 노력으로 이 숙제를 했는지를 생각하면 어쩌면 마땅한 결과였다. 내가 들인 노력은 영국 친구들이 들인 노력과는 비교되지 않았다.

'엄마 아빠가 얼마나 좋아하실까?'

내가 밤늦게까지 이 에세이 하나를 붙잡고 씨름하는 것을 쭉 지켜본 부모님이 기뻐할 것을 생각하니, 어서 빨리 보여주고 싶었다.

이것은 내가 지금까지 거둔 작은 성취들 중에서 가장 보람찬 것이었다. 노력하는 자의 사전에 불가능이라는 건 없다는 것을 확실하게 보여주었기 때문에.

제겐 어렵다고 하셨나요?

9학년이 끝나갈 무렵, 학교의 분위기에 미묘한 변화가 나타나기 시작했다. 평소에는 별로 공부에 관심이 없던 아이들이 갑자기 숙제를 꼬박꼬박 해오는가 하면, 선생님 말에도 열심히 귀를 기울이는 것이었다.

알고 보니 곧 '패어런츠 이브닝(Parents' Evening)'이 열릴 거라고 했다. 각 학년 별로 매년 한두 번씩 있는 이 행사는 학부모들이 학교로 찾아와 담당 선생님들과 면담을 하는 시간이다. 이 때 최근 시험 성적이나 수업 태도 등의 발달 사항을 모두 부모님에게 보고하기 때문에 갑자기 아이들의 태도가 달라진 것이었다.

패어런츠 이브닝이 열리는 날, 선생님들은 학교 강당, 휴게실, 식당, 도서실 등에 테이블을 놓고 앉아 학부모들을 기다렸다. 부모님들은 미리 자녀들이 짜준 시간표에 따라 테이블을 돌며 선생님들과 5분 정도씩 대화를 나누었다.

딱딱하고 형식적인 분위기가 아니라 화기애애하고 농담도 오고 갈 수 있는 친근한 분위기 속에서, 선생님들은 아이들의 가능성과 해결해야 할 문제들, 앞으로의 목표 등을 친절하고 자세하게 알려주고, 학생들을 긍정적으로 격려해 주었다.

학부모들에게 이 시간은 자녀들의 학교생활에 대한 정확한 안목을 기르고 궁금증을 푸는 기회였다. 특히 9학년 말에는 10학년부터 시작하게 될 GCSE 과정에 관한 상담을 하는 날이기 때문에 패어런츠 이브닝의 의미가 더욱 깊었다.

GCSE에서부터는 학생들 스스로 자신이 공부할 과목을 선택해야 했다. 초봄부터 각 과목 수업 시간에 프린트물을 나누어주고 하더니 벌써 4월 경에는 GCSE 과목들을 소개한 책자를 한 권씩 나누어 주었다.

나는 조금씩 가슴이 설레기 시작했다. 지금까지는 수업 내용 자체보다는 그 내용을 통해 영어를 배우는 것에 더 비중을 두었지만, GCSE 과정은 조금 다를 것이다.

'이젠 정말 제대로 된 공부를 할 수 있겠다.'

그게 갑자기 왜 그렇게 멋있게 느껴졌는지 모르겠지만, 새로운 무언가가 시작된다는 짜릿한 느낌이었다.

GCSE 안내 책자를 들고 집에 돌아온 나는 전자 사전을 들고 그 책자를 독파하기 시작했다. 교장 선생님의 인사말부터 마지막 페이지까지 낱낱이 여러 번 훑었다. 내가 공부하고 싶은 과목들이 대충 추려졌다.

가장 먼저 눈에 띈 과목은 현대 세계사였다. 그 과목을 소개하는 페이지에는 다음과 같이 써있었다.

'It is one of the most *challenging* and *academic* GCSE courses offered.'

사전을 찾아보니 학구적이고, 어렵고, 도전적이라는 뜻이었다.

'그래, 한 번 도전해 보자!'

그것이 나의 유일한 이유였다.

사실 9학년 말에 본 내 역사 시험 성적은 별로 신통치 않았다. 반 평균을 조금 넘을 정도였다. 하지만 시험 내용의 절반 이상이 내가 영국에 오기 전에 다룬 내용이었기 때문에 크게 실망하지는 않았다. 막상 부딪혀 보면 어떻게 되겠지, 하는 조금은 막연한 생각으로 현대사 페이지에 커다랗게 별표를 해 놓았다.

GCSE에서 영어, 수학, 과학은 누구든 다 배우는 필수과목이었다. 영어 상위권 학생들은 그 위에 영문학을 더 공부하게 되고, 과학 상위권 학생들은 두 개가 아닌 세 개의 GCSE를 따게 될 것이다. 이렇게 따져 갈수록 마구 욕심이 생겼다.

'가능한 많은 GCSE를 따고 싶어.'

영어와 과학 상위권 반에서 영문학과 세 개의 과학 과목을 공부하게 된다면 프랑스어, 기술, 종교 등을 비롯하여 취득할 수 있는 GCSE 과목 개수는 모두 11개였다.

사실을 말하자면, 나는 안내 책자에 소개된 모든 과목이 다 매력적으로 느껴졌다. 웬만한 과목들은 다 하고 싶었다. 아직은 학교생활에도 완벽하게 적응했다고 할 수 없었지만 내가 노력했을 때 이룬 작은 성과들을 떠올리면 용기가 생겼다.

나는 조금씩 공부라는 것에 재미를 붙여가고 있었다. 조그만 일이라도 노력해서 달성하면 칭찬을 받고, 거기에서 용기를 받아 더 열심히 하고 좀 더 많은 성과를 거두는 과정이 계속 반복되었다. 그러다가 문득 이런 의문이 생겼다.

'내가 얼마만큼 해낼 수 있을까?'

그것은 곧 내 한계에 도전해보고 싶다는 뜻이 아니었나 싶다. 굳이

'학구적' 이라는 과목들에 더 관심이 간 이유도 바로 그것이었다. 가장 어려운 것에 도전하여 가장 많은 것을 성취하고 싶었다. 도전하기만 하면 어떻게든 할 수 있을 것 같다는 희망찬 기대가 나를 부추겼다.

그러나 9학년 말 패어런츠 이브닝 때까지는 내가 그다지 가능성 있는 학생으로 생각되지 않았다. 물론 모든 선생님들은 지금까지의 노력을 크게 칭찬해 주는 것으로 상담을 시작했다. 하지만 현실은 현실이었다. 아직 이 학교에 다닌 지 반 년도 채 되지 않았을 때였으니, 영어도 잘 하지 못하는 학생에게 선생님들이 큰 기대를 걸기는 힘들었을 것이다.

이과 계열 과목의 선생님들은 그래도 희망적인 평가를 내렸다.

"열심히 노력하면 만족할 만한 성적을 거둘 수 있을 것 같습니다."

하지만 문과 계열에서 내가 받은 평가는 그렇게 낙관적이지 못했다. 그날 우리 부모님은 존스 선생님에게 내 목표를 말했다.

"에스더는 GCSE때 영문학을 공부하는 상위권 반에 남고 싶어합니다."

그러자 선생님은 고개를 갸우뚱했다.

"영문학을 공부하는 건 본토인에게도 굉장히 어려운데……."

선생님은 영어 서적도 많이 읽고 그것을 문학적으로 해석하는 것은 영어가 완벽하지 못한 외국인에게는 무리한 도전일 수 있다고 조심스럽게 말했다.

"너무 큰 기대는 걸지 않는 편이 좋을 것 같습니다."

존스 선생님뿐이 아니었다. 할머니 역사 선생님도 내가 역사를 GCSE 과목으로 선택한 것에 대해 놀라는 눈치였다. 영어를 못하기 때문에, 역사를 지겨워하는 대부분의 반 친구들처럼 역사를 가능한 빠른 시일 내에 그만두고 싶어하리라고 생각한 것 같았다.

"에세이도 많이 쓰고 책도 많이 읽어야 할 거예요."

선생님은 미덥지 않다는 투로 은근히 겁을 주었다.

외국어에서도 나는 욕심이 많았다. 프랑스어와 독일어를 모두 공부하고 싶었던 것이다. 그러나 학교 측에서는 내 능력에 부칠 거라며 독일어는 아예 허락을 해주지 않았다.

하지만 나에 대한 그런 부정적인 견해에 나는 스스로도 상상하지 못했던 반응을 보였다.

'내가 도전해보고자 하는 것이 그렇게 어려운 것이라니!'

도리어 오기가 생기고, 기대가 되는 것이었다.

'섭섭하게 생각할 필요는 전혀 없어. 내가 아직 영어를 잘 못하는 건 사실이니까. 그리고 아직 내 능력과 의지를 완전히 파악하지 못하셨잖아?'

중요한 것은, 내 스스로 지금의 내 상태에 만족하거나 이대로 주저앉을 마음이 전혀 없었다는 것이다. 내 앞의 장애물이 높다는 이야기를 듣자 나의 의욕은 하늘로 치솟았고, 만용에 가까운 기분 좋은 오기가 생겨버렸다.

'조금만 기다리세요! 이 한국 소녀가 뭔가를 보여드리겠어요!'

턱없이 높은(?) 꿈의 시작

7월 말에 시작된 여름 방학은 9월까지 계속됐다. 그동안 학교에 다니느라 지쳤던 몸과 마음을 푹 쉬게 할 수 있는 기회였다.

어느 맑은 여름 날, 명문 런던 대학교의 로얄 할로웨이 칼리지에서 영어학 석사 공부를 하는 한국인 부부와 점심을 같이 하게 되었다. 그러다가 대화는 미리암과 나의 학교생활로 넘어갔는데, 아저씨가 부럽다는 듯이 말했다.

"너희들은 정말 좋겠다. 어렸을 때 왔으니 영어도 엄청 잘하겠네."

"아니에요, 온 지 겨우 반 년 됐는걸요. 잘 못해요."

"아니야, 이제 조금만 있으면 완전 영국 사람처럼 할 거야."

그러자 미리암은 정색을 하고 말했다.

"여기 애들은 '씨 유 레이터'를 '쓰우 레이!~아'라고 해요! 그렇게 되는 건 진짜 싫은데."

미리암의 완벽한 브라크넬 발음에 모두 웃음을 터뜨렸다.

"그렇긴 하지만, 여기서 고등학교까지 마치고 나면 영국 대학으로 가겠네?"

이번에는 아빠가 장난기 섞인 웃음을 지으며 대답했다.

"에이, 조금 있다가 한국으로 돌아갈 건데 뭘."

"무슨 말씀이세요, 얘네는 똑똑해서 할 수 있어요. 내가 정말 너희 나이에만 유학을 왔어도 케임브리지나 옥스퍼드에 원서를 넣어 볼 텐데."

케임브리지? 옥스퍼드? 어디선가 들어본 적이 있는 이름들이었다. 언젠가 서울의 한강에서 세계 명문 대학들끼리 조정 경기를 했다는 신문 기사를 언뜻 본 적이 있는데, 그때 그런 학교 이름이 나왔던 것 같았다.

"사실 학부생으로 런던 킹스 칼리지에만 가도 엄청나게 잘한 거죠. 워릭이나 UCL이나 요크, 노팅햄 같은 대학은 굉장한 명문이고요. 런던 정경대나 임페리얼은 진~짜 정말 좋은 곳이지요. 케임브리지와 옥스퍼드에 가장 근접한 수준이라고 할 수 있으니까, 히야~, 뭐 임페리얼에 간다면 그야말로 용 난거죠."

모두 내가 전혀 들어보지도 못한 대학이었다. 하지만 아저씨의 약장수 같은 말투는 금세 내 흥미를 끌었다.

'정말 나 같은 아이도 영국 대학을 목표로 할 수 있을까?'

나는 귀를 쫑긋 세우고 아저씨의 말을 경청했다.

"하지만 뭐니뭐니 해도 케임브리지나 옥스퍼드는 역사가 칠, 팔백년이나 되는, 그야말로 명문 중의 명문이에요. 세계 최고 중 하나죠. 대학원이나 박사 학위 과정으로 가는 한국 사람들은 좀 있지만, 학부 과정으로 들어가는 일은 아주 드물어요."

눈 앞에 지금까지 몰랐던 신비의 세계가 펼쳐지는 듯했다. 아저씨의 얼굴은 이제 미리암과 나를 향했다. 목소리에는 비장함까지 담겨 있었다.

"학부로 어느 대학에 가느냐가 제일 중요한 거야. 학부로 가는 게 제일 힘들고. 그 이후의 공부를 어느 대학에서 하든지 간에 너희가 학부 과정을 공부하는 대학이 평생 너희 모교가 되는 셈이니까."

"케임브리지가 더 나은가, 옥스퍼드가 더 나은가?"

아빠가 재미삼아 질문했다.

"옥스퍼드가 조금 더 오래되긴 했는데, 요즘은 케임브리지가 추월을 했죠. 대학 순위를 보면 맨날 케임브리지가 일등이에요. 이과 쪽으로 투자를 많이 해서 그렇다는 얘기가 있어요. 잘 아시는 뉴턴이나 다윈, 스티븐 호킹 같은 과학자들도 모두 케임브리지 출신이고요. 아무튼 상상을 초월하는 어마어마한 곳이에요."

뉴턴과 다윈이라면 무식한 나도 들어본 적이 있었다. 스티븐 호킹 박사는 어떻게 생겼는지도 대충 알고 있었다. 그들의 발자취가 담긴 곳이라.

'케임브리지 라고 했지…….'

아저씨는 우리 쪽을 향해 열변을 토했다.

"너희는 그런 대학을 꿈꿔볼 수 있단 말이야. 그러니까 뭔가 해내야지! 희망을 가지고 큰일을 한번 내봐라."

이 말에 우리는 모두 소탈하게 웃고 식사를 계속했다. 다 스쳐 지나가는 얘기였다.

하지만 그 이후로 나는 종종 나의 장래를 생각하며 아저씨가 한 말들을 떠올렸다. 내 마음은 내게 불가능해 보이는 무엇인가를 바라고 있었다. 한 번, 두 번 생각할 때마다 마음속의 꿈은 더 뚜렷한 윤곽을 드러냈다.

케임브리지라는, 세계 최고 수준의 대학을 내 목표라고 선언하기엔 분에 넘친다는 것을 알았다. 그러나 모르고 있었으면 몰라도 이미 알게 된 이상 시도도 해보지 않고 포기하는 것은 내 자존심이 허락하지 않았다. 조그만 목표들을 세우고 이루어내는 것을 되풀이하다 보니 어느 새 간덩이가 산처럼 부풀어 오른 것이었다.

이전까지 그냥 막연하게 '최대한의 최선'에 만족하겠다던 내 마음에 이제 확실한 이정표가 생긴 느낌이었다. 그 목표가 아무리 허무맹랑하더라 해도 최고를 동경하는 것은 결코 나쁘지 않다고 생각했다. 꿈은 클수록 좋다고 하지 않았던가.

사립학교에의 유혹

그러던 어느 일요일, 우리 가족은 우연히 신문을 사보게 되었다. 자주 있는 일이 아니었기 때문에 모두 거실에 뺑 둘러앉아서 한 명은 왼쪽 면을, 한 명은 오른쪽 면을, 다른 두 명은 옆에서 아니면 거꾸로 신문을 탐색했다. 그러다가 눈에 띄는 기사가 나오면 다 몰려들어서 각자의 해석을 늘어놓았다.

"아마 이건 이런 뜻 같아."

"아냐, 내 생각엔 그게 아니고……."

그 날 신문에는 부록으로 '리그 테이블(League Table)'이라는 것이 끼워져 있었다. 하지만 그 날 더 재미있는 뉴스거리가 많았기 때문에 우린 다른 기사로 넘어갔다.

그런데 저녁에 엄마와 둘이 거실에 앉아서 그 '리그 테이블'이라는 것을 다시 한 번 보게 되었다. 뜻밖에도 그것은 영국에 있는 중고등학교 순위를 매긴 것이었다. 성적뿐만 아니라 학생과 교사의 비율, 학교 시설, 과외 활동 등을 조합하여 매긴 순위였다.

"엄마, 상위권에 있는 학교들은 다 사립인가 봐요."

자세히 보니 최상위권에서는 가톨릭이나 영국 성공회에 속한 귀족 종교 학교들, 특히 남녀 공학이 아닌 학교들이 대부분이었다.

우리는 그 해 10등 안에 들었다는 학교들에 관한 설명을 다 찾아서 읽어 보았다. 기가 죽을 정도였다. 내가 다니는 세인트 크리스핀 학교가 공립으로서는 좋은 학교였어도, 이런 명문 사립학교들과는 비교가 안 되었다.

시설 면에서, 가르치는 양과 방식에서, 아이들의 수준 면에서, 그 학교들은 엄청났다. 어떤 학교들은 전체 학생의 몇 십 퍼센트를 케임브리지나 옥스퍼드로 보낸다고까지 했다. 그 말에 눈이 번쩍 뜨였다.

'정말 공부를 하려면 그런 곳에서 해야겠구나.'

그 후 며칠간 부모님과 나는 학교 문제에 관해 진지하게 의논했다.

"GCSE 과정을 시작하는 10학년부터 학교를 옮기는 게 어떨까요?"

우리가 사는 곳에서 다들 멀리 떨어진 학교들이었지만, 최고의 목표를 이루기 위해 매일 지하철을 타는 것 정도는 감수할 수 있었다. 음악도 수준급으로 가르치는 학교들이라고 했기 때문에 더욱더 가고 싶었다. 나는 상상의 나래를 펼치고 꿈을 꾸기 시작했다.

'새벽 5시에 일어나서 부리나케 준비한 후, 새벽의 찬 공기를 가르고 기차역에 가면, 런던 행 기차가 기적을 울리며 도착하겠지. 런던까지 가는 한 시간 동안은 그날 배울 과목들을 예습하고……'

정말 행복한 상상이었다. 하지만 당장의 현실은 그 상상을 가로막았다. 생활비도 빠듯한 실정에 이런 비싼 교육은 나에게 너무나도 비현실적이었다.

'내가 잘만 한다면 학교는 중요하지 않아.'

내 자신에게 그렇게 거듭 말하며 마음속의 열망을 잠재우려 했지만, 학교가 중요하지 않은 건 결코 아니었다.

교회에서 만난 알리샤라는 친구는 자기가 시험을 봐서 새로 들어간 그래머 스쿨(grammar school) 에 대해 입에 침이 마르도록 칭찬을 늘어놓았다. 공부를 잘하는 학생들만 모아놓은 학교라고 했다.

알리샤의 학교는 오후 5시까지 수업이 있다고 했다. 반면에 오후 3시 10분이면 종례벨이 울리는 게 세인트 크리스핀이었다.

"이 학교 선생님들은 더 많이, 더 자세히, 또 더 열심히 가르치시는 것 같아. 친구들도 모두 엄청 똑똑하고. 전보다 힘들지만 그래머 스쿨로 옮기길 잘한 것 같아."

나중에 옥스퍼드 대학에 지원하겠다며 활짝 웃는 알리샤를 보자 내 처지가 안타깝게 느껴졌다. 내가 좀 더 좋은 환경에서 더 많은 것을 배울 수 있다면 뭔가 해낼 수 있을 것 같다는 생각이 들었기 때문이었다.

그러나 곧 나는 내 자신을 호되게 꾸짖었다.

'무슨 생각을 하는 거야? 나에게 주어지지 않은 것을 탐낼 게 아니라, 지금 주어진 기회를 최대한 활용해야지!'

이만큼 가지고 있는 것도 감사하게 여겨야 한다는 것을 너무도 잘 아는 내가, 잠시나마 그런 생각을 했다는 것이 부끄러웠다. 이 먼 이국땅까지 와서 내 환경을 탓하며 목표를 낮추는 바보 같은 일은 절대 없을 것이라고 내 자신과 굳게 약속했다.

'내가 있는 바로 이곳, 세인트 크리스핀 학교에서 나의 최선을 이루어내겠어.'

나는 그렇게 사립 학교에 관한 짧은 꿈을 접었다. 조금 아쉬웠지만 곧 마음이 편안해졌다. 내 마음에 품은 꿈이 아직 살아 있다는 것을 알았기 때문에.

Instead of thinking about where you are,
think about where you want to be.
—Vince Lombardi

네가 지금 어디에 있는지 생각하는 대신,
어디에 있고 싶은지 생각하라.
—빈스 롬바디

10. 스승의 은혜로

A teacher affects eternity: he can never tell where his influence stops.
−Henry Adams

교사는 영원토록 영향을 미친다. 그는 자신의 영향이 어디서 멈출지 결코 말할 수 없다.
−헨리 아담스

007 선생님

영국에서도 방학은 여전히 너무 빨리 지나가 버렸고, 개학은 그렇게 어느 날 갑자기 찾아왔다. 드디어 대망의 GCSE가 시작된 것이다.

10학년 첫 날 아침, 새로 짜여진 시간표를 훑어보던 나는 여러 번 깜짝 놀라고 말았다.

'거의 모든 과목에서 진급이 됐잖아!'

과학에서의 진급은 내가 원하던 GCSE 세퍼레트 사이언스를 할 수 있다는 것을 의미했다. 그런데 네 번째 반에서 세 번째 반으로 올라간 게 아니었다. 스텔라와 하나가 내 시간표를 보더니 외쳤다.

"어, 에스따, 우리랑 과학에서 같은 반이네?"

'스텔라와 하나와 같은 반이라면, 최고반?'

아무리 생각해도 이해할 수 없었다. 9학년 말에 본 과학 시험 성적은 상위권이었지만 특출한 것은 아니었다.

'저썸 선생님이 내 노력을 가상히 여겨 주셨나 보다……'

GCSE 생물과 화학은 지난 반년동안 친숙해진 저썸 선생님과 크랩추리 선생님이 맡게 되었다. 그런데 물리 선생님은 새로 왔다고 했다.

첫 수업, 나는 스텔라, 하나와 함께 맨 뒤의 테이블에 앉아 있었다.

"어떤 선생님이실까?"

"글쎄, 물리 선생님이라면…… 아무래도 지루할 가능성이 높겠지?"

이윽고 새 물리 선생님이 교실에 들어섰다. 그런데 자기소개를 할 때부터 심상치 않았다.

"본드, 제임스 본드."

헝클어진 금발에 배가 볼록 튀어나온 중년의 아저씨가 007영화에 나오는 그 표정에 그 목소리로 말하는데, 우리는 모두 웃음을 터뜨리고 말았다. 스텔라가 의외라는 표정으로 속삭였다.

"생각보다 재미있는 선생님일 거 같은데?"

그 예상은 틀리지 않았다. 본드 선생님은 지루한 물리 수업도 최대한 흥미진진하게 만들기 위해 부단히 노력했다.

처음에 정전기에 관해 배울 때였다. 선생님은 풍선 두 개가 어떻게 하면 서로 끌어당기고 밀어내는지를 보여주었다. 그런데 그게 끝이 아니었다. 본드 선생님은 모두 양성이 되어버린 풍선 둘을 머리 양쪽에 비빈 후에 말했다.

"머리카락에 있던 전자들이 양성이 되어버린 풍선에게로 갔기 때문에 머리카락은 모두 양성이 되어버렸습니다. 그래서 서로 밀어내는 것이지요."

아이들은 머리카락이 사방으로 쭈삣쭈삣 뻗친 선생님을 보고 킥킥거렸지만, 선생님은 진지한 표정을 고수했다.

본드 선생님은 아이들을 가르치기 위해 자신이 망가지는 것을 전혀 서슴지 않았다. 중력에 관해 배울 때는 교탁에 올라가서 펄쩍 뛰어내리기까지 했다. 보통 영국 신사들은 꿈도 꾸지 못할 일이었다. 우리는 감탄을 금치 못했다.

"정말 특이하시네."

"힘이 넘쳐나시는가 봐."

학생들 자체를 '실험도구'로 이용해 교과 내용을 설명하는 것도 본드 선생님의 주특기 중 하나였다. 날씨가 맑은 날이면 우리 반은 잔디가 파랗게 깔린 운동장으로 자주 나갔다. 한 번은 파동에 관해 공부하고 있었다.

"자, 모두 밖으로 나갑시다!"

선생님의 신바람 나는 목소리에 우리는 마지못해 일어났다. 하나가 체념하듯 말했다.

"또 실험도구 신세가 되겠구나."

운동장에 나가자 선생님이 외쳤다.

"여러분, 한 줄로 나란히 서 보겠어요?"

다른 반에서 수업하던 아이들은 또 본드 선생님 반에서 구경거리가 났다고 창문으로 몰려와 구경하였다. 본드 선생님이 한쪽 끝에 서서 외쳤다.

"여러분 각자가 파동의 매체라고 생각하고 움직여 보세요. 자, 이쪽 끝에서부터 종파(longitudinal wave)가 지나갑니다!"

선생님이 옆에 있던 프란세스에게 돌진하더니 옆으로 살짝 밀었다. 프란세스는 마지못해 옆에 있는 하나를 밀고, 또 하나는 스텔라를 밀고, 하면서 종파의 패턴이 반대편 끝까지 전달되었다. 다른 반 아이들이 우리의 우스꽝스러운 모습을 손가락으로 가리키며 낄낄거리는 게 보였다.

"잘했어요. 그런데 횡파(transverse wave)에서는 파동의 진행 방향의 90도 방향으로 매체가 움직인다고 했죠?"

선생님의 얼굴에 장난기가 떠올랐다. 스텔라와 나는 얼굴을 마주보며 걱정스러운 표정을 지었다.

"uh-oh. 예감이 안 좋아."

"여러분, 우리 앞뒤로 움직일까요, 위 아래로 움직일까요?"

"앞뒤요!"

모두들 한 목소리로 외쳤다. 더 큰 수모를 당하는 것을 막아야 했다.

"좋아요, 위 아래로 움직이겠습니다. 자, 횡파가 지나갑니다!"

우리의 야유 소리에 아랑곳하지 않고 본드 선생님은 먼저 펄쩍 공중으로 뛰어올랐고, 펄쩍거리는 물결이 서서히 다가옴에 따라 우리는 마지못해 최대한 낮게 점프했다. 움직이는 사인파 모양이 반 전체를 휩쓸고 지나갔다.

본드 선생님은 거기에 그치지 않고 몇 초 간격으로 계속 횡파를 보내왔고, 우리는 거의 일분 동안 제자리에서 펄쩍거리기를 반복했다.

"아, 이제 그만하셔도 되는데……."

"이제 횡파가 뭔지 확실히 알 것 같은데……."

다른 반 아이들은 우리 반의 쇼를 보고 웃느라 난리가 났다. 그리고 쉬는 시간이 되자 우리의 특이한 수업이 또 화제로 떠올랐다.

"너희 반 또 봤어. 이번엔 더 재밌던데?"

"솔직히 단체로 점프하는 걸 즐기고 있었던 거 아니야?"

"하나, 너는 거의 안 뛰더라? 그래도 되는 거야?"

다른 반에서 과학 수업을 한 레이첼과 케리, 케이티가 장난스런 목소리로 우릴 놀렸다. 그러나 우리가 부인할 수 없는 것이 있다면, 이렇게 다른 사람들의 이목을 끌며 몸으로 배운 내용은 더 확실하게 이해가 간다는 것이었다.

본드 선생님의 수업을 한 단어로 표현한다면 'interactive', 즉 쌍방향식, 대화식이었다. 칠판에 필기를 하는 중간중간에도 학생들에게 돌아가면서 질문을 했다. 지금까지의 내용을 반 전체가 이해하는지 꼭 확인한 후에야 다음 진도를 나갔고, 우리가 모르는 것을 질문할 때면 선생님의 눈에서 빛이 났다.

본드 선생님은 또 아이들을 격려하기를 좋아했다. 조금이라도 칭찬할 만한 면이 있으면 칭찬을 아끼지 않았다. 항상 비관적인 말만 하는 폴이라는 남학생은 수업 시간마다 푸념을 늘어놓기 일쑤였다.

"난 너무 멍청해서 분명히 GCSE는 낙제할 거야."

하지만 본드 선생님은 지겨워하는 내색도 없이 매번 진심이 우러난 말투로 폴에게 용기를 북돋워 주었다.

"그건 사실이 아니야. 넌 굉장한 가능성을 가지고 있어. 절대 잊지 마."

본드 선생님은 매사에 에너지가 넘치는 굉장한 선생님이었다. 그리고 그 에너지는 학생인 우리에게 그대로 전달되었다.

역사는 정답이 없다

10학년이 되어 처음 만난 선생님 중 에너지가 넘쳐나는 분이 또 한 분 있었다. 역사를 가르치는 체임벌린 선생님이었다. 곱슬곱슬한 까만 머리에 동그란 까만 눈, 비록 작은 체구의 여자 선생님이었지만 체임벌린 선생님은 첫 수업부터 우리를 완전히 휘어잡아 버렸다.

첫 수업에서는 선생님 소개, 과목 소개, GCSE 과정 소개 등을 하면서 시간이 반 이상 지나가는 게 일반적이었다. 그런데 체임벌린 선생님은 교과서와 새 공책을 받고 재잘거리는 우리에게 우렁찬 목소리로 자기소개를 한 후 곧바로 칠판에 수업 제목을 썼다.

'사라예보의 총성.'

거기에서부터 수업은 일사천리로 진행되었다. 그 날 우리는 옛 오스트리아의 황자가 사라예보에서 살해당하는 장면을 역할 연기로 재미있게 재연한 후, 제1차 세계대전이 발발한 배경과 원인들에 대해 배우고 토론까지 했다. 체임벌린 선생님은 열정으로 똘똘 뭉친 신세대였다.

"대단한 선생님 같지 않아?"

수업이 끝나자 케이티가 물어 왔다.

"응. 예상 외로 수업이 전혀 지루하지 않았어. 벌써 선생님이 마음에 드는데?"

본드 선생님과 마찬가지로 체임벌린 선생님은 일방적으로 지식을 주입시키는 경우가 절대 없었다. 쌍방향의 커뮤니케이션이 항상 이루어져야 했다.

"여러분, 다 이해가 가나요? 이해 안 가는 사람은 언제든지 말하세요."

반 전원이 선생님의 설명을 이해했는지 계속 확인하면서, 또 이해하지 못한 경우에는 더 쉽고 구체적으로 설명해서 완전히 납득시키면서 수업을 진행해 나갔다. 궁금한 것을 질문하면 엉뚱하더라도 무시하지 않았다. 마치 역사를 꿰뚫어 보고 있는 듯한 선생님의 답변을 듣고 있노라면 아무리 복잡한 문제도 명쾌하고 쉽게 설명되는 것이었다.

하지만 우리가 선생님을 좋아했던 가장 큰 이유는 선생님의 친근함이었다.

"체임벌린 선생님을 싫어하는 학생은 아무도 없을 거야."

"선생님이 강압적으로 통제하지 않으셔도 모두 선생님의 말을 잘 듣는 것 같아."

선생님은 모두와 친구처럼 지냈고, 수업 시간 내내 선생님과 주고받는 농담과 웃음이 끊이지 않았다.

한국 중학교에서 역사를 배울 때 나는 교과서에 나온 내용이 전부 사실인 줄 알았다. 그런데 영국에서는 역사가 한 자리에 고정되어 있는 정적인 과목이 아니라는 것을 매우 강조했다. 교과서에서는 어떤 문제에 대해 완성된 해답을 주는 것이 아니라고 체임벌린 선생님은 여러 번 말했다. 대신 다양한 시각을 보여주면서 학생 자신이 여러 가지 자료들을 종합하여 타당한 결론에 이르도록 유도하는 것이었다.

"여러분 나름대로의 해답에 도달해야 합니다."

이 때 필수적인 것은 역사 자료들을 '평가'하는 기술이었다. 한국에서는 전혀 배워본 적이 없었지만 GCSE 역사에서 이것은 가장 중요한 부분 중 하나였다.

한 번은 1차대전 때 전투에 참여한 병사들의 최전방 생활에 관한 자료들을 접하게 되었다.

자료A: 최고 사령관이 작전을 지휘하던 당시에 쓴 보고서. 병사들이 비교적 견딜 만한 환경 속에서 용맹스럽게 잘 싸우고 있다는 내용.

자료B: 직접 최전방에서 싸웠던 병사가 집에 돌아와서 한 이야기를 글로 옮긴 것. 썩어가는 진흙탕 속에서 처절하게 생활하던 병사가 총상을 입고 죽어가다 겨우 목숨을 건지는 이야기.

"자료 A가 얼마나 신빙성이 있다고 생각하나요?"

"별로 없는 것 같아요."

아이들이 하나같이 외쳤다. 이유인즉 편안한 작전 지휘실에서 생활하던 사령관은 최전방에서의 상황을 잘 알지 못했을 것이고, 또 상부에 올려야 하는 보고서였기 때문에 더 좋은 측면만 부각시켰을 가능성이 높다는 것이었다.

"그럼 자료 B는 믿을 수 있나요?"

"네."

이번에도 이구동성이었다. 하지만 체임벌린 선생님은 뭔가 모자란다는 듯한 표정을 지으며 되물었다.

"확실한가요?"

이번에는 대답하는 아이들이 별로 없었다. 한 명이 손을 들고 말했다.

"세부적인 내용은 정확하지 않을 수도 있을 것 같아요. 잊어버리거나 헷갈렸을 수도 있으니까요."

"좋았어요. 하지만 그것만 감안하면 이 자료는 무조건 믿어도 된다고 생각하나요?"

모두들 골똘히 생각에 잠겼다.

'자료 B는 분명히 최전방에서의 상황을 직접 경험한 사람의 말인데……?'

나는 공부 잘하는 프란세스와 '퍼실퍼실 금발' 케이티 쪽을 쳐다보았다. 둘 다 모르겠다는 표정으로 어깨를 으쓱했다. 우리가 한참 말이 없자 선생님은 조심스럽게 힌트를 주었다.

"만약 여러분이 어떤 엄청난 일을 겪었다면, 친구들과 가족들에게 이야기해줄 때 백 퍼센트 사실만 그대로 말하나요?"

'아하!'

그제서야 선생님의 생각을 알 수 있었다. 자료 B는 말하자면 그 병사의 무용담이었다. 그리고 모든 무용담이 그러하듯 백 퍼센트 사실만을 이야기했을 리 만무했다. 여기저기에 과장을 섞어서 좀 더 극적으로 만들었을 가능성이 높았다. 그래서 자료 B도 나름대로의 결점이 있는 것이었다.

"역사 자료를 대할 때 비판적인 시각을 가지는 것은 역사 공부에서 가장 기본 되는 자세 중 하나입니다."

자료가 만들어진 시기, 만든 이의 배경과 의도, 직접 혹은 간접 경험의 여부 등을 고려하고, 또한 그 자료의 내용을 역사적 사실에 비추어 판단해 보아야지만 그 자료의 신빙성을 제대로 평가할 수 있다는 말이었다.

그런 과정들을 반복하다 보니, 우리는 피치 못할 결론에 도달할 수밖에 없었다. 프란세스가 질문했다.

"그럼, 모든 자료에는 결점이 있고, 완벽한 자료는 없는 건가요?"

"그렇다고 볼 수 있겠죠. 심지어는 저명한 역사학자들이 쓴 것들도 그 주장이 천차만별인 걸 알게 됐을 거예요.”

“결국 다 한낱 의견에 불과한 거네요?”

이것은 커다란 깨달음이었다. 수많은 의견들 중에서 나 스스로 진실을 찾아가는 것이 역사 과목의 묘미라는 것을 알게 된 것이다.

수업을 그럭저럭 재미있게 따라가는 나 자신을 보며, 나는 희망을 조금 더 가지게 되었다. 그냥 이렇게 재미를 느끼며 공부해 나간다면, 역사라는 것도 어쩌면 넘기 불가능한 산은 아닐 것 같았다.

미션 임파서블을 넘어서

10학년이 되어서 나는 프랑스어 최고반으로 진급이 되었다. 하지만 그것은 절대 노력 없이 저절로 이루어진 성과가 아니었다.

꼴찌반에서 절망하던 중, 9학년 봄방학 동안 혼자 문법책을 공부한 것은 나의 프랑스어 공부에 좋은 발판이 되었다. 그렇게 프랑스어의 기초가 조금 잡히기 시작하자, 거북이처럼 느릿느릿 진도가 나가는 꼴찌반에서 벗어나고 싶은 마음이 커졌다.

‘더 높은 반에 올라가서, 좀 더 정상적인 분위기에서 공부해 보았으면…….’

마침 내가 사는 뉴볼드 대학 캠퍼스에는 영어를 배우러 온 프랑스 사람들이 몇 있었다. 나는 부모님에게 조르기 시작했다.

“엄마 아빠, 나 프랑스 사람과 공부하게 해주세요!”

나의 열성을 기특하게 본 아빠는 며칠을 수소문하여 동생과 나를 가르쳐 줄 선생님을 구해 주었다. 까만 머리에 착하게 생긴 프랑스인 여대생이었다.

“Ello…….”

자기 이름이 레이첼이라고 하더니, 조금 있다가 이렇게 덧붙였다.

"프랑스 발음으로 하면 하쉘이에요."

사실 그 동안 혼자서 책으로 공부해서 문법은 어느 정도 알고, 책을 펴면 더듬더듬 읽을 수는 있었지만, 지금까지 내게 프랑스어라는 언어는 라틴어처럼 글자로만 존재하는 죽은 언어였다. 책에 영어 발음 기호가 나와 있긴 했어도 감이 잡히지 않았다.

그래서 하쉘 선생님이 말하는 단어들은 내가 이미 공부한 단어들임에도 불구하고 생소했다. 내가 상상했던 것과 너무 달랐다. 특히 목에서 뭔가 끓어오르는 듯한 프랑스식 'r' 발음은 처음 들었을 때 '엥?' 하고 되물을 정도로 신기하고 충격적이었다. 그렇게 첫 번째 수업은 정신이 하나도 없었다.

'하쉘 선생님이 다녀간 다음에 오히려 더 혼란스러워진 것 같아!'

그래도 어쩌랴. 프랑스어 과외 시간이 가져다주는 신선한 배움이 너무 좋았으니 말이다.

사실 과외라고는 하지만 그저 일주일에 한 번씩, 30분 동안 만나서 프랑스어로 대화를 나누고, 책을 함께 읽고, 모르는 단어는 프랑스어로 설명해 주는 것이 전부였다. 또 '과외비'라고 해봤자 한 시간에 우리 돈으로 만 원이었으니 과외비 축에도 못 끼었다. 하지만 원어민 선생님과 매주 만나서 발음을 듣고 따라 하고 교정받는 것은 기대 이상으로 효과가 컸다.

하쉘 선생님과 친해지면서 우리의 공부 시간은 점점 더 재미있어졌다. 프랑스어로 이야기도 나누고, 프랑스 만화책과 잡지도 보고, 인터넷에서 뽑은 프랑스 시도 공부하고, 라라 파비앙 같은 프랑스 가수의 샹송을 따라 부르기도 했다.

"Il existe un endroit au bout de la terre~ (이 땅 끝에는 한 장소가 있어요~)"

하쉘 선생님과 목청껏 샹송을 부르다 보면 문득문득 내 프랑스어가 부쩍 는 것 같다는 느낌이 들었다.

'내 발음도 CD에서 나오는 발음과 꽤 비슷한 것 같은데?'

얼마 지나지 않아 프랑스어로 약간의 의사 소통이 가능해졌다. 뉴볼드 대학 내에 있는 프랑스 사람들과 친해져서 이메일도 주고 받고, 서로 마주칠 때면 몇 마디 대화도 나누면서 내가 배운 프랑스어를 활용할 수 있었다.

결국 나는 꾸준한 노력 끝에 9학년이 끝나기 전에 프랑스어 꼴찌반을 탈출하여 중간반에 배정되었다. '시원섭섭'이라는 말도 있지만, 내 기분은 백 퍼센트 '시원'이었다.

'이제는 소리 지르는 선생님도 없고, 선생님과 싸우는 학생들도 없고, 차분한 분위기에서 정말 배우고 싶은 프랑스어를 배울 수 있겠다!'

물론 새로 들어간 반이 나의 엄청난 기대에 완벽하게 부응하지는 못했지만, 꼴찌반과 비교했을 때 그저 감사할 따름이었다. 그렇게 난장판인 반에서 공부한 것은 전무후무한 일이었기에, 프랑스어 꼴찌반은 결코 잊지 못할 경험이었다. 어떻게 보면 꼴찌반에 있었던 것이 자극이 되어 오히려 도움이 된 것 같았다.

9학년을 마치고 맞은 한달 반 간의 여름 방학 동안 꾸준히 공부를 한 과목이 바로 프랑스어였고, 새 학년이 되자 드디어 감격스럽게도 최고반으로 올라간 것이다.

10학년 GCSE 프랑스어 최고반 선생님은 새로 온 윌리암스 선생님이었다. 작달막한 키에 주황색 머리, 주근깨가 많고 두꺼운 안경을 쓴 젊은 여자 선생님이었다. 목소리도 나긋나긋했고, 더없이 선량하고 소심해 보이는 미소를 지닌 분이었다. 인상은 풋내기 선생님 같았지만, 가르치는 것은 그렇지 않았다.

첫 시간에 선생님은 우리 실력을 알아보고 싶다면서 칠판에다가 프랑스어 문장을 하나 썼다.

"이게 무슨 뜻인지 아세요?"

나는 대충 알 것 같았다. 하지만 다른 친구들은 모르는 건지 쑥스러운 건지 모두 조용했다. 스텔라 쪽을 힐끔 쳐다보았다. 스텔라와 케이티가 마주보고 어깨를 으쓱하며 "저걸 우리가 어떻게 알아?" 하고 소곤거리는 것이 보였다.

아무도 대답이 없자 선생님은 의외라는 표정을 짓고는, 이번엔 좀 더 쉬운 문장을 썼다. 하지만 역시 모두들 모르겠다는 표정이었다. 나는 이번에는 선생님만 볼 수 있게 고개를 끄덕였다.

선생님은 잠시 생각을 하더니 말했다.

"모두 공책에다 자기소개를 써보세요."

그 말이 떨어지기가 무섭게 나는 내가 아는 프랑스어를 총동원하여 쓰기 시작했다. 선생님은 교실을 돌아다니며 아이들이 쓰는 것을 봐주다가 내 공책에 이르렀다. 찬찬히 살피던 선생님이 다짜고짜 프랑스어로 질문을 했다.

"Tu étudies le français depuis quand (언제부터 프랑스어를 공부했니)?"

하셸 선생님과 매주 대화를 나누어 온 터라 그다지 어렵게 느껴지지 않는 질문이었다.

"Je l'étudie depuis presque sept mois (거의 일곱 달 정도 되었어요)."

선생님의 얼굴에 놀라움의 빛이 번졌다.

"Seulement sept mois? C'est super (겨우 일곱 달? 대단하다)!"

더 놀란 것은 친구들이었다.

"에스따! 너랑 선생님이랑 무슨 말 하는지 하나도 모르겠더라."

"얼마 전에 꼴찌반에 있지 않았어?"

그런데 윌리암스 선생님이 뜻밖의 제안을 했다.

"혹시 수업이 너무 쉬우면, 내가 내주는 과제를 다 하지 말고 혼자 앞부분 진도를 나가도 좋아요."

의지에 불타는 내가 그 제안을 받아들였음은 물론이다. 그 후로부터 선생님은 다른 아이들에게 과제를 내준 다음 나에게 별도로 찾아와서 다음에 무엇을 할 것인지 가르쳐 주었다. 그리하여 나는 7학년 때부터 프랑스어를 배워온 영국 친구들을 훨씬 앞질러서 공부하게 되었다. 믿기지 않는 행운이었다.

"에스따, 열심히 잘 하고 있어요. 계속 분발하면 정말 좋은 결과가 있을 거예요."

윌리암스 선생님은 내 발전이 마치 선생님 자신의 발전인 양 많은 신경을 쏟아주었다. 선생님이 의무적으로 해주어야 할 일이 아니었는데도 불구하고 일부러 자신의 시간과 노력을 들여 도와주다니, 생각할수록 감사했다.

선생님 덕분에 나는 주어진 시간동안 다른 아이들보다 굉장히 많은 것을 배우게 되었다. 미션 임파서블로 보였던 일을 가능으로 이끌어가는 그 과정은 신이 날 정도로 재미있었다. 그리고 얼마 후 '가장 좋아하는 과목'에 관해 짧은 글을 쓰라는 과제가 주어졌을 때, 나는 망설이지 않고 첫 문장을 써내려갈 수 있었다.

"Ma matiere préférée, c'est le français (내가 가장 좋아하는 과목은 프랑스어입니다)."

나의 첫 번째 대형 프로젝트라고 할 수 있었던 프랑스어 꼴찌반 탈출은 성공, 아니 그 이상이었다. 하쉘 선생님의 정성어린 가르침 그리고 내 가능성을 믿어준 윌리암스 선생님 덕택에 나는 다른 선생님들이 예전의 나에게 걸었던 기대 이상의 것을 이룰 수 있었다,

창작의 고통

첫날 시간표를 받았을 때 나를 가장 놀라게 한 것은 바로 더 이상 케이티와 함께 영어 수업을 듣지 않을 거라는 점이었다.

'이젠 누구 옆에 앉지?'

친구들 시간표를 들여다보니 하나와 같은 반에 배정된 것을 발견했다. 하나는 두 번째 반에 있었다. 그렇다면 내가 진급을 받은 것이었다.

케이티는 "정말 잘됐다." 하고 축하해 주었지만, 조금 자존심이 상한 듯했다. 자기를 따라 처음으로 존스 선생님 반에 간 게 겨우 반년 전이었으니까.

다른 과목들은 몰라도 영어에서 진급을 받았다니, 정말 믿어지지가 않았다. 존스 선생님이 패어런츠 이브닝에서 부모님에게 했던 조심스러운 말들이 생각났다. 나에겐 너무 어려울 것이라고 말해 놓고 나를 진급시킨 것은 아마도 내가 영어 수업을 얼마나 진지하게 듣고 에세이를 얼마나 열심히 써왔는지를 기특하게 생각한 까닭이라고 생각했다.

10학년 두 번째 반 영어 선생님은 덩치가 샘웨이즈 선생님만한 여자 선생님이었다.

"Hi, I'm Mrs. Kennedy. GCSE는 절대 쉽지 않습니다. 최선을 다하길 바랍니다."

케네디 선생님은 호락호락하지 않아 보였지만, 넉살이 좋고 유머가 많았기 때문에 우리는 곧 선생님을 좋아하게 되었다.

GCSE 영어는 에세이가 관건이었다. 성적의 3분의 2 이상이 11학년 말에 보는 시험 두 개로 결정되는데, 시험 문제는 모두 에세이 문제들이었다. 또한 나중에는 2년 동안 쓴 에세이들을 추려서 개인 과제인 '코스워크(coursework)'로 제출하는데, 그 점수도 GCSE 최종 성적에 반영이 되었다.

    다른 과목들에도 코스워크라는 이름의 개인 과제들이 한두 개 씩 있었지만, 영어에서는 학기 내내 계속 코스워크 파일을 만들어가야 했기 때문에 한 달에 중요한 에세이 한두 개는 기본이었다.

    "아악, 또 에세이 숙제야!"

    몇 달이 지나고 나자 우리반은 에세이 소리만 들어도 알레르기 반응을 보였다.

    10학년이 시작하고 나서 가장 처음 쓴 에세이는 단편 소설이었다. 이 때만 해도 에세이를 써본 경험이 많지 않았기 때문에 지겨움보다는 왠지 두근거리는 기대감마저 있었다.

    "쓰고 싶은 주제를 자기 맘대로 정해서 단편소설을 쓰세요."

    그런데 '아무 주제나' 고르는 것만큼 어려운 일도 없었다. 며칠간 머리를 긁적이며 고심한 끝에, 나는 '비(The Rain)' 라는 제목의 이야기를 쓰기 시작했다. 어렸을 때 비 오는 날 교통사고로 엄마를 잃은 소녀를 주인공으로 설정하고 구상을 했다.

케네디 선생님은 500자 이상을 쓰라고 했는데, 이제 막 GCSE를 시작한 우리에겐 그것이 엄청난 길이로 느껴졌다. 나는 영어 최고반에 있는 스텔라에게 푸념을 늘어놓았다.

"500자면 도대체 얼마 동안 써야 될까? 생각만 해도 골치 아프다."

"그래? 우리는 최소 600자라고 하던데. 너희 반이 부럽다!"

"아, 그, 그래?"

스텔라와 비교하면 불평할 처지가 아니었지만, 컴퓨터로 조금씩 써나가면서 수시로 단어 개수를 세어보았는데 글자 수가 어찌나 천천히 늘어 가는지.

이번이 첫 에세이였기 때문에, 에세이를 내 준 때부터 제출 기한까지 케네디 선생님은 수업 시간에 우리의 진척 상황을 계속 점검했다. 그런데 대부분의 친구들은 나 정도의 노력을 쏟지는 않는 것 같았다. 계속 잡담만 하고, 선생님이 볼 때만 대충 끄적거리다가 수업이 끝나면 쓰던 것을 멈추고 별 진전 없이 다음 수업에 들어오는 것이었다.

물론 나도 글을 척척 써 내려가지는 못했다. 하지만 그건 영국 아이들과는 좀 다른 이유에서였다. 머리 속에선 영어로 잘 생각하지 못했기 때문에 한 문장 한 문장을 한국말로 생각해내고 영어로 옮겼기 때문에 시간이 걸렸다.

"하루는⋯⋯ One day⋯⋯ 내가 다섯 살 때⋯⋯ When I was five⋯⋯ 엄마 아빠와 함께⋯⋯ with⋯⋯ 아니지 아니지, 자동차로 어디에 가고 있었다⋯⋯ I was driving⋯⋯ 어디에⋯⋯ somewhere⋯⋯ 엄마 아빠와⋯⋯ with my parents."

'One day when I was five, I was driving somewhere with my

parents.'

한 문장을 써도 적어도 내가 보기에 괜찮다 싶을 때까지 다듬다 보니 굼벵이 속도였다. 게다가 모든 창작이 그렇듯 한번 막히기 시작하면 더 이상 아이디어가 떠오르지 않았다. 제출 기한이 바싹 다가왔는데도 끝은 보이지 않았다.

'또 밤을 새야 하는 건가?'

잠이 많은 나에게 밤을 새는 것은 결코 달가운 일이 아니었지만, 나는 결국 밤을 두 번이나 지새우고 말았다. 피곤한 눈을 부릅뜨고 에세이를 읽고 또 읽으면서 맘에 들지 않는 부분들을 조금씩 고쳤고, 좀 더 작품처럼 보이게 하기 위해 한밤중에 수채 색연필을 찾아서 예쁘게 표지까지 만들었다.

그렇게 우여곡절 끝에 완성된 나의 이야기는 500자가 아니라 1,500자가 넘어갔다. 물론 표현력이 부족해서 충분히 내용을 전개하거나 묘사하지 못했기 때문에 꽤나 엉성했고, 이야기 자체도 그리 참신하지 않은 단순한 내용이었다. 그렇지만 내 눈에는 이 에세이가 마치 하나의 명작처럼 보였다.

'셰익스피어만큼은 못해도, 그만한 노력은 들였잖아?'

쓰기를 다 마친 후에도 나는 몇 십분 동안 그 자리에 앉아서 내 작품을 감상하며 착각에 빠졌다. 그도 그럴 것이, 내가 지금까지 써본 몇 안 되는 에세이 중에서는 가장 잘 쓴 에세이였던 것이다. 새벽 4시가 다 되어 겨우 잠자리에 누웠는데도 내가 두 주 동안 고생하며 쥐어짜낸 문장들이 눈앞에 어른거렸다.

그런데 나의 처녀작을 다른 사람에게 읽힌다는 것은 왠지 망설여지는 일이었다. 잘 못 쓴 것 자체는 그다지 부끄럽지 않았지만, 내가 오랫동안 몰래 키워온 비밀을 보여주는 것 같은 느낌이었다.

'선생님이 읽고 너무 이상하다고 하시면 어쩌지?'

　채점이 된 에세이를 돌려받은 것은 그로부터 일주일 후였다. 케네디 선생님이 에세이를 돌려주기에 앞서 말했다.

　"일부러 엄격하게 채점했으니까 실망하지 않길 바랍니다. GCSE에서 요구하는 수준이 어떤 건지 보여주기 위해 그랬어요. 반 전체에서 A는 한 명도 없고, B도 거의 나오지 않았어요. 9학년 때와 같은 기준으로 했다면 아마 지금보다 점수가 한 단계 정도 올라갔을 거예요. 또 이건 제일 처음 쓴 에세이니까 앞으론 이것보다 훨씬 잘 쓰길 기대하겠어요."

　'도대체 어떤 성적을 받았길래 미리 마음의 준비를 시키는 걸까?'

　아니나 다를까, 에세이를 돌려받은 친구들은 하나같이 울상이었다. 뒤에 앉은 친구 둘은 모두 D를 받았다며 사상 최악의 성적이라고 떠들어댔다.

　옆에 앉은 하나도 나보다 먼저 에세이를 받아서 맨 뒷장에 있는 선생님의 평가를 읽어 내려갔다. 파란 눈에 점점 실망의 빛이 끼어갔다.

"점수를 받을 수준도 아니라고 하네. 다시 쓰래."

내가 쳐다보는 걸 의식한 하나가 어깨를 으쓱하며 말했다. 하나가 별로 노력하지 않고 대충 쓴 건 알고 있었지만, 괜히 미안한 마음이 들어 가슴이 쓰렸다. 그리고 한편으론 내 자신이 걱정되었다. 성적이 못 나왔다고 해도 나만 그런 건 아니니까 조금 위로를 받겠지만, 혹시 하나처럼 아예 점수조차 받지 못한다면 실망이 클 것 같았다.

"에스따."

케네디 선생님이 친절한 웃음을 지으며 내 에세이를 건넸다. 가슴이 조마조마했다. 하나를 비롯하여 내 주위에 있는 아이들이 모두 나를 주시했다. 영어 못하는 외국인 소녀는 과연 어떤 성적을 받았을까? 아니, 성적을 받긴 받았을까?

조심스럽게 에세이를 펼쳐서 내 성적을 곁눈질했다.

'앗!'

그러고는 다시 에세이를 덮었다. 내가 생각했던 성적이 아니었다. 하나가 궁금한 눈으로 쳐다보았다. 귓속말로 살짝 말해주었더니 하나의 눈이 더 커졌다.

"아니, 정말이야? 에스따가 B를 받았다고?"

아이들이 수군거리는 소리를 들은 케네디 선생님이 내 쪽을 보고 웃음을 지었다. 선생님이 쓴 평을 읽는 동안 머리 속에서 기쁨 호르몬이 마구 분출되었다.

'정말 감동적인 이야기에요. 읽다가 눈물이 날 뻔했어요. 시제가 잘못된 부분이 몇 군데 있었지만 쉽게 고칠 수 있을 거예요. 앞으로도 계속 분발하세요. B. 크레디트.'

부러움 섞인 시선으로 나를 바라보는 친구들에게 미안하기도 했지만 정말 기분이 좋았다. 어떻게 보면 영어는 나에게 가장 큰 관문이라고 할 수 있었다. 다른 과목들은 영국 아이들보다도 잘할 자신이 있었지만 영어는 그렇지 못했다. 그런데 존스 선생님이 어렵다고 주의까지 주었던 GCSE 영어에서, 그것도 첫 에세이에서 B를 받게 되다니. 나로서는 감격할 일이었다.

하지만 선생님도, 친구들도 내가 어떻게 B라는 과분한 성적을 받게 되었는지 알지 못했을 것이다. 내 영어 실력이 저절로 쑥쑥 늘어버린 게 아니었다. 다른 아이들이 잠자는 사이 나는 쏟아지는 졸음을 떨쳐내며, 될 때까지, 마음에 들 때까지 에세이를 손에서 놓지 않았다. 그런 끈질긴 노력을 통해 힘들게 따낸 금 같은 성적이었다. 영국 친구들이 수업 시간마다 조금씩 끄적거려서 C를 받는다면, 나는 몇 주일 밤을 새서라도 B를 받겠다는 것이 나의 각오였다.

도전을 통한 성장

한 번은 영어 시간에 에세이가 아닌 다른 과제가 주어졌다.

"자신이 주장하고 싶은 바를 정해서 5분 정도의 프레젠테이션을 하세요."

GCSE 영어에서는 말하기와 듣기 영역도 평가되는데, 발표와 토론 등에서의 성적으로 이루어졌다. 이번 프레젠테이션은 최종 성적에 반영될 수 있었기 때문에 중요했다.

영국에 처음 왔을 때 조금 놀란 점이 있었다면 영국 아이들이 발표하는 것을 그리 좋아하지 않는다는 것이었다. 베리언 스프링스 중학교에서 만났던 미국 아이들은 대부분 사람들 앞에서 말하는 것을 두려워하지 않았다. 반면에 문화적인 차이인지, 영국 친구들은 화장실 갈 때도 무리 지어 가고, 혼자 있는 것을 굉장히 싫어하고, 수업 시간에 발표하는 것도 부끄러워하는 경우가 많았다.

이번에도 프레젠테이션 과제를 받자마자 하나가 얼굴을 찡그리며 투덜댔다.

"앞에 나가서 말하는 거 정말 싫어."

나도 걱정이 되었다. 글 쓰는 것은 내가 얼마든지 혼자 다듬어서 완성할 수 있었지만 말하는 건 달랐으니까.

'이제 겨우 회화가 되어가는 마당에 프레젠테이션이라니!'

생각만 해도 심장이 벌렁거렸다. 하지만 내 머리에 떠오르는 생각이 있었다.

'어려움에 직면한 때는 바로 성장할 수 있는 기회라고 했어.'

그로부터 두 주가 흘렀다. 아이들의 얼굴에는 긴장감이 돌았다.

"출석부 순서대로 한 명씩 나가서 발표를 하겠어요."

내 이름은 출석부 거의 끝 쪽이었다.

'빨리 종이 쳐서 내 순서가 다음 수업으로 넘어갔으면……'

하지만 시간은 너무 느리게 갔다.

아이들은 예상 외로 별 준비 없이 대충 발표에 임하는 것 같았다. 성의 있게 준비한 내용을 떨지 않고 조리 있게 발표하는 아이들은 두세 명밖에 없었다. 발표를 유난히 싫어하는 내 짝 하나는 얼굴이 빨개져서 개미만한 목소리로 말했다. 준비를 하나도 해오지 않고 즉석에서 아무 얘기나 하다가 대충 얼버무리는 아이까지 있었다.

보아하니 전체적으로 '대충' 하는 분위기, 마지못해서 하고 넘어가는 분위기였다. 한 편으로는 내가 망쳐도 부담이 없을 거라는 생각에 안심이 되기도 했다. 하지만 걱정되기도 했다.

'열심히 준비했는데, 나도 이런 엉성한 분위기를 타서 이상하게 해버

리면 어쩌지?'

이제 내 차례가 점점 가까워 왔다. 시간이 흘러서 앞으로 10분 남짓 남겨놓고 있었다. 내 앞에 아직 서너 명이 남아있었기 때문에 마음을 좀 놓았다.

'어쩌면 난 이번 시간에 안해도 될지 몰라.'

그런데 이게 무슨 운명의 장난인지. 내 앞에 발표할 학생 중 두 명이 준비를 안 했다며 발뺌을 했다. 나는 절망적인 눈빛으로 하나를 쳐다보았다. 하나는 자기 잘못인양 미안한 표정을 지었다. 내 심장은 꽤나 충격을 받은 모양이었다. 내 바로 전 학생의 발표를 듣는데 심장이 쿵쿵 뛰는 소리가 귀에 또렷하게 들려왔다.

'결국 오늘 결판을 내야 할 운명이구나.'

그렇게 내 차례가 되었다. 하나가 "Good luck!" 하고 속삭였다. 앞을 향해 걸어가는 내 다리가 후들거렸다. 정 중앙에 서서 목소리를 가다듬고 심호흡을 한 후 떨리는 입을 간신히 열었다.

"우선 질문을 하겠습니다. 여러분 중 집에 컴퓨터가 있는 분 손들어 보시겠습니까? 감사합니다. 이번에는 인터넷을 일주일에 한 번 이상 하는 분 손들어 보시겠습니까? Okay, 이번엔 이메일을 사용하시는 분 손들어 보십시오. 감사합니다."

심장이 미친 듯이 뛰는 와중에 집중하기란 쉽지 않았지만, 고맙게도 많은 친구들이 손을 들어 주어 용기가 생겼다. 눈이 마주치자 하나는 엄지 손가락을 올리며 웃어주었다.

"지금 본 것처럼, 여러분들에게도 컴퓨터, 특히 인터넷은 중요한 자리를 차지하고 있는 것 같습니다……."

내 주제는 컴퓨터의 유익한 점과 해로운 점을 깨닫고 올바르게 사용하자는 것이었다. 이 발표를 위해 나는 인터넷에서 수십 장에 달하는 자료를 뽑아서 사회적, 경제적, 정신적, 신체적 측면 등을 고려하여 원고를 썼다. 그리고 아직 약간씩 미국 티가 나는 어설픈 내 영국 발음을 교정하기 위해 바로 전날 밤에는 늦게까지 발음 연습을 했다.

하지만 아무리 열심히 준비했어도 시종일관 원고를 들고 있는 손이 파르르 떨리는 것은 어쩔 수 없었다.

'내가 지금 어디를 하고 있지?'

원고를 쳐다볼 때마다 눈으로 내가 말하는 부분을 필사적으로 찾으며, 7분 가까이 되는 비교적 긴 발표를 마쳤다. 다들 자는 줄만 알았는데, 의외로 큰 박수 소리가 나왔다.

자리로 돌아오자 하나가 "너 정말 잘했어!" 하며 엄지를 추켜세웠다. 부들부들 떨리는 손을 책상 위에 올려놓고 숨을 고르는데 그제서야 끝나는 종이 울렸다.

"하나, 에스따, 발표 어떻게 됐어?"

복도에서 만난 케이티의 질문에 하나는 고개를 설래설래 저었다.

"완전 망했어. 준비를 안 해서 그렇지 뭐. 그래도 에스따는 나보다 훨씬 잘한 것 같아."

"아냐, 나도 떨려서 혼났어. 목소리도 잘 안나오더라."

"글쎄, 둘 다 잘했을 거야."

스텔라가 웃으며 한 말이 맞았는지, 다음 영어 시간에 선생님이 불러준 내 점수는 B+, 나로서는 입이 찢어질 만한 점수였다.

'이상하다. 내 발표가 그리 잘한 것 같진 않았는데.'

케네디 선생님이 나의 노력을 감안하여 후하게 점수를 준 것인지도 몰랐다. 그러나 그 경유야 어찌됐건, 이 'B+' 한 개가 내게 얼마나 큰 자신감과 용기를 불어넣어 주었는지 케네디 선생님은 알았을까? 큰 어려움에 직면했을 때가 가장 많이 성장할 수 있는 기회라는 말을 체험하게 해준 선생님에게 감사했다.

영국의 겨울 명절

　10월 말의 할로윈은 명절로 가득한 겨울의 시작을 알렸다. 할로윈 행사가 미국처럼 엄청나지는 않지만 그 주간에는 밤마다 불꽃놀이 소리를 들을 수 있었다.

　내 동생은 괴물 분장을 하고 집집을 돌면서 '트릭 오어 트릿(trick-or-treat)'을 하며 사탕을 받아오고 싶어했지만, 주변에는 아무도 하겠다는 아이들이 없었다. 그러자 미리암은 개의치 않고 혼자 무섭게 화장도 하고 까만 옷을 입은 채 집을 나서는 것이었다.

　"나 혼자라도 하지 뭐!"

그런데 돌아올 때는 예상 외로 많은 사탕과 초콜릿을 바구니 가득 채워 왔다.

"그런데 그 중 한 집은 자기들은 그런 걸 안 한다고 가라고 하더라고."

"그래서 어떻게 했어?"

"어떻게 하긴……."

동생의 장난꾸러기 미소가 피어올랐다.

"나중에 몰래 다시 가서 준비해간 계란을 모조리 던지고 왔지!"

바로 다음 주에는 영국의 할로윈이라고 할 수 있는 '가이 폭스의 밤 (Guy Fawkes' Night)'이 있었다.

1605년 이 날은 가이 폭스와 연루자들이 제임스 6세를 비롯한 고위 관리들이 모인 국회 의사당을 폭파시키기로 계획한 날이었다. 그러나 그 전날 밤 음모가 드러나고 말았고, 후에 정부에서는 이 날을 휴일로 정하여 지금까지 내려오고 있었다.

이 밤은 '화톳불의 밤(Bonfire Night)'이라고도 불렸다. 곳곳에서 큰 화톳불을 지피고(가이 폭스가 화형을 당하지는 않았지만) 이 날 인형을 만들어 그 인형을 '가이(Guy)'라고 하며 태우는 풍습도 있었다.

이 밤은 영국 전역에서 불꽃놀이가 끊이지 않는 밤이었다. 마치 전쟁이 난 것같이 시끄러운 소리 때문에 전국의 강아지들이 가장 두려워하는 밤이기도 했다.

하지만 모든 불꽃놀이가 다 대형 이벤트는 아니었다. 안전사고 때문에 말이 많기도 했지만, 손에 들고 있으면 '파지직' 하면서 예쁘게 타들어 가는 막대기처럼 작은 불꽃놀이로부터, 각 가정이 뒷뜰에서 하는 좀 더 큰 불꽃놀이까지, 남녀노소가 모두 불꽃놀이를 즐겼다.

영국에서도 가장 인기 있는 명절은 단연 크리스마스였다. 영국 아이들은 아는 친구들에게는 거의 다 크리스마스 카드를 돌렸다. 대신 한국처럼 정성스럽게 몇 자라도 적는 것이 아니라, 카드에 받을 사람 이름과 자기 이름만 사인해서 건네주었다.

하지만 팬시 왕국인 대한민국 태생의 나마저 그렇게 성의 없게 할 수는 없었다. 나는 밤을 꼬박 새서 예쁘게 그림도 그리고 짤막한 편지도 써서 카드를 준비했다. 봉투에는 한국에서 많이 접었던 입체 별을 붙여서 장식했다. 카드를 받은 아이들의 반응은 하나같았다.

"우와! 이 별 접는 법 가르쳐 줘!"

그리고는 카드에 가득 적힌 정성스런 문구를 보고는 "오, 에스따, 땡큐!" 하며 감동하는 것이었다. 한국의 이미지를 높인 기회라고 할 수 있었다.

크리스마스 쇼핑은 11월 말부터 일찌감치 시작되었다. 친척, 친구들, 이웃 사람들 등 웬만한 사람들에게는 다 선물을 주는 것이 예의이기 때문에 일찍부터 선물 사기를 시작해야 하는 것이다. 모든 가게들은 크리스마스 특별 세일을 시작하고, 온 나라가 돈 쓰기에 바빠졌다.

선물 외에도 집 안팎을 장식하는 데 많은 돈을 소비했는데, 크리스마스가 가까워지면 온 마을의 창틀과 정원에 색색의 불빛이 반짝이는 것이 참 아름다웠다. 크리스마스 트리 아래에는 학교에서 받은 선물, 직장에서 받은 선물, 가족들로부터 받은 선물들이 차곡차곡 쌓였다.

유치원과 초등학교에서는 '예수님 탄생극(Nativity play)'이 공연되었다. 모두들 어른이 돼서도 그때 무슨 역할을 했는지 기억할 정도로 이것은 중요하고 또한 역사가 깊은 전통이었다.

크리스마스를 앞둔 주말에는 교회마다 예수님의 탄생을 주제로 음악

회가 열렸다. 성경에 나오는 사건 순서에 따라 성경절을 낭독하기도 하고, 이야기를 읽기도 하고, 합창단, 독주자, 앙상블, 때로는 온 청중이 노래하고 음악을 연주했다. 런던에 있는 큰 연주회장들에서는 유명한 합창단들이 헨델의 '메시아'와 같은 성곡을 부르는 연주회들이 끊이지 않았다.

크리스마스 이브에는 온 가족이 모여 칠면조를 포함한 성대한 만찬을 함께 했다. 영국에서는 '크래커(cracker)'라고 불리는 원통형의 선물이 있는데, 테이블에 앉아서 두 명이 크래커 양 옆을 붙들고 잡아당기면 폭죽 소리가 나면서 크래커가 열렸다. 그 속에는 색연필, 거울, 사탕, 반짇고리 세트와 같은 아기자기한 선물들이 들어 있었다.

물론 전세계 아이들이 산타에게 받은 선물을 확인하는 시간은 다음날인 크리스마스 아침이었다. 영국에서는 대체로 크리스마스를 집에서 가족과 보냈다. 텔레비전에서는 매년 하던 영화를 또 해주고, 사람들은 불평 없이 매년 보던 영화를 또 보며 느긋한 하루를 보내는 것이었다.

1999년 12월 31일은 다른 때보다 좀 더 특별한 새해 이브였다. 전세계 인들의 괜한 우려 속에서 날짜는 1999에서 2000으로 무사히 바뀌었고, 새해에 들어선 나라들은 엄청난 불꽃 놀이와 함께 축제 분위기에 휩싸였다.

그 날 우리 가족은 거실에 앉아서 TV로 런던 트라팔가 광장(Trafalgar Square)에서 울려 퍼지는 카운트 다운에 함께 했다. 드디어 2000년도에 들어선 우리는 먼저 가족 예배를 드리고, 지금까지 우리를 인도한 하나님에게 감사의 기도를 드렸다.

그런 후에는 한밤중이었지만 음악을 크게 틀고, 근사한 탄산음료를 따라 건배했다. 나는 조용히 새해 소원을 빌었다.

'올해는 가슴 아픈 일이 없게 해주세요. 아니, 만일 있다면 견딜 수 있게 힘과 용기와 희망을 넘치도록 부어주세요.'

밖에는 곳곳에서 크고 작은 불꽃놀이가 한창이었고, 우리는 차로 동네를 한바퀴 돌며 새해 분위기를 감상했다. 새해가 되었다고 달라진 것은 하나도 없었지만, 영국에서의 첫 겨울은 그렇게 불꽃놀이로 수놓인 채 기억 속에 새겨졌다.

감사합니다, 선생님!

겨울 방학이 끝나고, 다른 때와 마찬가지로 영어 수업에 들어가서 하나 옆에 앉으려고 하는데 케네디 선생님이 대뜸 물었다.

"옆 반에서 공부하고 싶니?"

'옆 반이라면 영어 최고반을 말씀하시는 건가?'

내가 잘못 들었나 싶어 눈을 동그랗게 뜨고 한참동안 대답을 못하고 있었다.

"지금까지 착실하게 공부하는 모습을 지켜봤어요. 최고반은 지금보다 훨씬 힘들 거예요. 하지만 지금보다 더 열심히 노력할 거라고 믿기 때문에 이렇게 제안하는 거예요. 어서 가 봐요. 이미 얘기해 놨으니까."

얼떨떨한 얼굴로 반 친구들의 작별 인사를 받으며 교실 밖으로 나왔는데, 이게 꿈인지 생시인지 분간이 되지 않았다. 옆 반 문을 똑똑 두드리고 들어가자 마치 영국의 가수 로비 윌리엄스가 늙어 버린 것처럼 보이는 선생님이 어서 오라고 손짓했다. 다크 선생님이었다.

맨 앞줄에 앉은 스텔라가 반갑게 손을 흔들었다. 그뿐 아니라 퍼실퍼실한 금발 머리의 케이티와 방방 뛰기를 좋아하는 프란세스도 이 반에 있었다. 다른 친구들도 수학과 과학 최고반에서 함께 공부해온 친구들이 대부분이었다.

'이런 아이들과 함께 내가 영어 최고반에서 공부하게 되다니……'

내가 정말 이런 곳에 있어도 되는 건지 조금은 의심스러웠다.

다크 선생님은 영어 선생님으로는 드물게 발음이 완전 브라크넬 사투리였다. 가끔은 동네 아저씨가 와서 가르치고 있는 듯한 착각마저 들었다. 하지만 다크 선생님의 실력은 부인할 수 없었다. 아이들이 똑똑해서 그런지 수업 분위기도 케네디 선생님 반보다 확실히 좋았다. 모두 진지한 태도로 수업에 임했고, 질문과 발표도 끊임없었다.

환경이 사람을 만든다는 말도 있는데, 이런 환경에서 영어를 공부하게 된 것 자체가 나에게는 커다란 성취였다. 영어를 정말 잘하는 친구들과 같은 교실에 앉아있는 것만으로도 충분한 자극이 되었다.

케네디 선생님의 말이 맞았다. 영어 최고반에서 나는 이를 악물고 숙제도 더 열심히 하고 수업에도 더 적극적으로 임해야만 겨우 따라갈 수 있을까 말까 했다. 하지만 그러했기 때문에 나는 전보다 다부진 각오를 품을 수밖에 없었다.

'언젠가는 너희들과 비슷한 수준이 되고 말 거야.'

내가 바라던 것, 목표하던 것 중 가장 불가능해 보이던 것을 이룰 수 있는 발판이 이제 나에게 주어졌다. 2000년 새해를 맞는 나에게, 케네디 선생님의 이런 통찰력 있는 배려는 희망을 안겨주었다.

비단 케네디 선생님뿐만이 아니었다. 여러 선생님들의 아낌없는 칭찬과 격려는 나에게 계속 희망을 준 고마운 힘이었다. 완벽하게 하지 못해도 나의 노력이 헛되었다는 생각은 들지 않았다. 최고가 아닌, 그저 최선의 노력을 가상히 여겨 준 선생님들 덕분이었다.

숙제를 잘 못해오거나 시험 문제를 틀리는 것은 영국 학교에서는 절대 혼날 일이 아니었다. 영국 학생들의 목표는 백점이 아니기 때문이었다. 능력에 따라 어떤 아이는 A, 어떤 아이는 C, 어떤 아이는 E, 하는 식으로 구체적인 목표가 제시되었고, 각자 자신의 목표를 달성하기만 하면 칭찬을 받았다. 자기 수준에서 성적이 오른 학생들은 학년 말에 모두가 지켜보는 앞에서 '노력상'이라는 대가를 받았다.

최선을 다하지 않거나 태도가 불량한 것은 용납되지 않으면서도, 결과에 상관없이 열심히 도전하는 것을 무엇보다도 높게 평가해 주는 시스템 덕택에 나는 실수하고 넘어져도 괜찮다는 것을 배웠다. 그리고 칭찬할 거리가 조금이라도 있으면 주저하지 않고 칭찬하는 선생님들 덕택에 내 꿈은 가망 없는 꿈이 아니라는 용기를 얻게 되었다.

9학년이 끝난 후 여러 선생님들이 나를 진급시키기로 결정한 것은 일종의 모험일 수 있었다. 내 실력이 좋지 못한 것이 사실이었기 때문에 나를 그냥 9학년 때 있던 반에 남게 하는 것이 어쩌면 더 이치에 맞았을지 모른다.

하지만 나의 노력 그리고 조그만 가능성을 보고 나를 믿어 준 선생님들 덕분에 나는 더 노력했고, 계속해서 좀 더 큰 노력으로 보답할 수 있었다. 한 명의 학생, 그것도 외국인 학생에게 별 신경을 써주지 않아도 선생님들에게는 별 상관이 없었을 것이다. 어쩌면 아무런 상관도 없었을 지도 모른다. 그러나 그 한 명에게는 대단히 중요한 문제였다. 그것은 나에게 인생을 바꿔놓을 만큼 큰 영향을 끼쳤다.

11. 아이 엠 코리안

아 – 우리 대한 민국 아– 우리 조국, 아 – 영원토록 사랑하리라
–〈아! 대한민국〉, 박건호 작사, 김재일 작곡, 정수라 노래

그래도 이방인

영국에 온 지 어언 일년이라는 시간이 흘렀다. 고생하고 땀 흘리는 일들을 겪으면서 나는 꾀부리기 좋아하던 청개구리 중학생의 모습에서 많이 멀어져 있었다. 단지 공부에 대한 자세만 변한 것이 아니었다. 영국의 문화와 사고방식의 좋은 점들을 체험하는 것은 원래 기대했던 영어 연수를 훨씬 뛰어넘는 배움이었다. 이 정도면 영국 생활에 적응한 것 같기도 했다.

하지만 나는 한국이 무척 그리웠다. 잘 지내다가도 한국 중학교 시절을 떠올리면 주체할 수 없는 그리움이 밀려왔다.

'가고 싶다……'

이럴 땐 가슴 한 켠이 휑하니 비어있는 느낌에 한참을 생각에 잠겨있는 나 자신을 발견했다. 나에게 마음을 열어준 영국 친구들 때문에 이젠 여기도 내 집 같다는 생각이 들기도 했지만, 영국이라는 나라는 때때로 어린 나의 마음을 너무 매몰차게 다루었다.

하루는 동생과 함께 동네 가게에 가는 중이었다. 가랑비가 내리는 쌀쌀한 2월 아침이었다.

"동네 슈퍼에 가는 것도 정말 오랜만이다."

"웅! 언니, 우리 맛있는 거 많이 사오자. 오늘 하루만 다이어트 포기하지 뭐."

우리는 웃음을 터뜨리며 빗물이 흥건히 고여 있는 길을 걸어갔다. 그런데 갑자기 심장이 멈출 듯한 소리가 들려왔다.

"빵빠~앙!"

샛노란 트럭이 귀가 찢어질 듯한 경적 소리를 울리며 다가왔다. 안에는 머리를 빡빡 깎은 두 명이 타고 있었다. 놀라서 쳐다보는 우리에게 그들은 고함을 질러댔다.

"너네 나라에 가버려!"

"중국 놈들! 하하하!"

요란한 소리와 함께 트럭은 지나가 버렸다. 주변은 다시 조용해졌다. 빗소리 이외에는 들리지 않았다.

하지만 우리는 그 자리에 서서 한동안 말이 없었다. 금방 눈물이 쏟아질 것 같았다.

'저 사람들은 아무 생각 없이 재미로 한 거겠지.'

우리 마음은 장난삼아 던진 돌에 맞아 피를 흘리는 개구리 같았다. 그들이 별 생각 없이 한 말을 나는 며칠동안 곱씹었다. 회의감이 밀려왔다.

'내가 여기서 왜 이러고 있나.'

어떤 때는 길거리에서 마주치는 사람들마저 위선자로 보이기도 했다. 서로 눈이 마주치면 빙긋 웃지만 그 웃음 끝에는 꼬리가 달려 있는 것 같았다.

'여기 동양 아이가 지나가네.'

그 꼬리로 나를 쌀쌀맞게 치고 지나가는 느낌이었다.

십대라는 나이는 소속감에 특히 굶주린 나이인 것 같다. 하지만 영국에서 나는 십대들이 원하는 그런 완전한 소속감을 느끼지 못했다. 영국은 나를 완전히 받아주지 않았다. 엉거주춤하게, 소극적으로만 받아들여주었다.

나는 잠시 묵었다 떠나는 손님과 같았다. 겉으로는 환대하지만 조금만 깊이 들어가 보면 불편해 하고, '어서 떠났으면.' 하고 은근히 바라게 되는, 그런 겉치레 손님.

'나는 아직 이방인이야. 그리고 앞으로도 계속 그럴 거야.'

이런 생각이 나를 억죄어 올 때면 가슴이 너무너무 답답해서 어디로
든 떠나고 싶었다. 영국 겨울의 흐린 날씨는 내 마음을 더 울적하게 만
들었다.

학교 친구들과 웃고 떠들고 있을 때에도 모래알을 삼킨 조개처럼 내
마음에는 불편함, 껄끄러움, 그리고 아픔이 담겨 있었다. 아무리 영어
에 익숙해지고 문화에 익숙해진다 해도, '영국'이라는 나라는 나를 끝
내 받아주지 않을 것 같았다.

영어 최고반에 들어가서 이제 뭔가 되어간다고 좋아하는 나였지만,
객관적으로 보았을 때 그건 아무런 대단한 일도 아니었다.

'내가 아무리 노력해도, 그냥 혼자 아둥바둥하는 별 볼일 없는 외국
아이 이상으로 보지 않겠지.'

그것은 매우 처절하게 가슴 아픈 생각이었다. 한번 가라앉기 시작한
기분은 먹구름이 가득한 하늘 아래 자꾸 더 가라앉기만 했다.

'빨리 집에 가고 싶어. 나의 진짜 고향으로 지금 돌아가고 싶어.'

그래도 우리는 한국인

새해가 시작되고, 봄 학기가 시작되었나 싶더니 벌써 봄방학이 다가
오고 있었다. 영국의 봄방학은 부활절(Easter)을 전후로 있었는데, 아
이들은 벌써부터 달걀 모양의 초콜릿을 주고받으며 부활절을 기념하고
있었다.

어느 날 베를린에서 아빠의 친구로부터 편지가 왔다. 편지와 함께 비
행기 표 두 장이 들어있었다.

"너희를 집으로 20일간 초대하신다는구나."

그 때까지 우리 가족은 유럽 여행을 하기에 아주 좋은 조건에 살면서

도 한 번도 영국 바깥에 나간 적이 없었다.

'기분이 울적한 지금, 여행이 필요한 건지도 몰라.'

나와 동생은 부모님의 허락이 떨어지기가 무섭게 독일 여행 준비를 시작했다.

"우리 또래 남자애들이 두 명 있대."

"어떤 애들일까? 한국말은 잘 할까? 궁금한데……."

부활절 방학은 아직 시작하지 않았지만 우리는 학교를 며칠 빠지기로 하고, 세 시간 남짓한 비행기 여행 끝에 독일에 도착했다. 짐을 푼 후에 우리는 그 집 두 아들 세은이, 세민이와 함께 이것저것 대화를 나눴다. 독일에서 6년을 살았다는데, 한국말을 얼마나 잘 할지가 가장 궁금했다.

"너네는 한국말이 더 편해, 독일말이 더 편해?"

"독일말."

세은이와 세민이가 이구동성으로 답했다. 생각했던 대로였다.

"한국이 더 좋아, 독일이 더 좋아?"

이 질문에도 둘은 망설임 없이 말했다.

"한국."

약간 뜻밖이었다.

'영어를 잘 못하는 내가 한국이 더 좋은 건 당연할지 모르겠지만, 독일어가 더 편한 너희도 한국이 더 좋다고?'

지금쯤 완전 독일 사람이 되어버렸을 법도 한데, 예상 외로 둘은 매우 한국적인 면이 있었다. 우리가 모르는 한국 유행어를 줄줄이 꿰고 있었고, 우리에게 가르쳐주기까지 했다. 비록 초면이라 어색하긴 했지만, 내 또래의 한국 친구들이라서 무척 반가웠다.

"피곤하지 않으면 내일 우리 학교에 와볼래?"

세은이와 세민이가 제의했다. 미국 베리언 스프링스에서처럼 새롭고 좋은 경험이 될 것 같았다. 동생과 나는 기꺼이 초대에 응했다.

세은이의 학교, '김나지움'은 교복이 없었다. 매우 자유분방한 분위기였다. 음악 수업은 특히 색달랐다. 영국에서의 음악 시간은 키보드를 가지고 작곡을 하거나 음악 감상을 하는 시간이었는데, 여기에선 마돈나의 '어메리칸 파이'를 틀어놓고 춤추고 따라 불렀다.

그런데 하루 종일 세은이를 따라다니면서 나는 깊은 인상을 받았다. 독일어를 완벽하게 하는 것은 물론, 자신감 있고, 운동 잘하고, 인기 많은 세은이는 그곳 독일 친구들 사이에서 매우 특별한 아이인 것 같았다. 반면 한국은 그가 몇 년에 한 번씩 잠깐 방문하는, 조금은 낯선 나라였다. 그런데도 한국이 더 좋다고 하는 것이 신기했다.

'정말 한국은 다른 나라와 다른, 뭔가 특별한 게 있는 건가?'

외국 생활에 적응을 못해서가 아니라, 완벽하게 적응한 후에도 한국을 잊지 않으려 하고 자랑스러워하는 모습은 보면 볼수록 멋있었다.

GERMANY

'나도 내가 있는 곳에서 정말 뛰어난 사람이 되어 언젠가는 인정을 받고 말겠어.'

착실하고 믿음직한 두 친구는 당시 주변에 한국 친구가 하나도 없었던 우리에겐 정말 귀중한 선물이었다. 자기가 있는 곳에서 한국에 대한 좋은 이미지를 심어주고 있는 세은이와 세민이는 한국 대사 노릇을 톡톡히 해내고 있었다. 문득 내 자신에게도 묻게 되었다.

'나는 한국을 얼마나 잘 대표하고 있지?'

나의 아리랑

독일에서 돌아온 바로 다음날이 개학이었다. 영어 시간이 되자 선생님은 또 하나의 에세이 과제를 내주었다.

"이번에는 논픽션, 수필을 써오세요. 주제는 마음대로입니다."

'한동안 주제 정하느라 고생 좀 하겠는 걸.'

과자 한 봉지를 살 때도 10분 동안 고심하며 고르는 나에게 '무(無)주제'는 조금 더 부담스러운 감이 있었다.

'그래도 내가 쓰고 싶은 것에 관해 쓸 수 있으니까 다행이다.'

그런데 아무리 머리를 굴려 봐도 딱히 신통한 아이디어가 떠오르지 않았다. 가족? 친구? 음식? 특별한 경험?

'독일 여행에 관해서나 써볼까?'

이 생각, 저 생각을 하며 음악 수업에 들어갔는데 독일 학교에서의 음악 시간이 눈에 어른거렸다.

'지금 마돈나의 노래를 틀어놓고 춤춘다면 어울리지 않겠지?'

웃음이 나왔다.

"여러분, 이제 다음 작곡 과제를 내주겠어요."

오스틴 선생님이 우리를 주목시켰다. 키가 크고 삐쩍 마른, 장난기가 넘치는 남자 선생님이었다.

"이번 주제는 자유입니다. 지금까지 작곡 연습을 하면서 배운 것을 토대로, 마음껏 자유롭게 표현해 보세요."

나는 오선지와 필통을 들고 음악실과 연결된 학교 강당으로 들어갔다. 오래된 고물 그랜드 피아노가 나를 기다리고 있었다.

'주제는 자유라고 하셨지. 영어 선생님도 그러시고, 음악 선생님도 그러시고.'

나는 무작정 건반을 눌러보았다.

'도. 레. 도. 레.'

순간 어렴풋이 멜로디가 들려오는 것 같았다.

'이게 뭐지?'

나는 머리 속에서 들려오는 소리에 따라 손가락이 가는 대로 내버려두었다.

'파. 솔. 파. 솔.'

귀에 익은 선율이 떠올랐다.

"에스따, 생각해 둔 거라도 있나요?"

오스틴 선생님이 어느새 강당 안에 들어와 있었다.

"아, 제가 아는 멜로디로 변주곡을 만들어볼까 생각해 봤어요."

"어떤 멜로디죠?"

나는 잠자코 '아리랑'을 연주하기 시작했다. 아리랑을 치고 있노라니 '엄마야 누나야', '오빠 생각', '아빠하고 나하고' 등 다른 노래들이 떠올랐다. 내가 메들리로 한국 동요를 여러 곡 치는 동안 선생님은 가만히 듣고 있었다.

"지금 연주한 것이 뭐죠?"

"한국 동요들이에요. 어렸을 때부터 많이 듣고, 불러왔거든요."

"정말 아름다운 선율이네요. 깨끗하고 순수한 것 같군요."

나는 미소를 지었다.

"그런데 어린이들이 부르는 노래치고는 왠지 모르게 슬픈 느낌도 드네요."

"네. 영국 동요를 들어보면 그냥 행복하고 기분 좋다는 느낌인데, 한국 동요는 좀 다른 것 같아요."

"왜 그렇지요?"

"글쎄요. 설명하자면 좀 길지만, 한국 역사 때문이기도 한 것 같아요. 일본, 중국, 러시아와 같은 주변의 강대국들에게 괴롭힘을 당한 적이 많거든요."

"그렇군요."

"한국에서는 '한이 맺혔다' 는 표현을 쓰는데, 영어로는 표현하기 힘든 미묘한 감정이에요."

순간 하고 싶은 말이 머리 속에서 홍수를 이루었지만 원하는 만큼 표현할 수 없었다. 갑자기 흥분한 나머지 혀가 꼬이려 했다. '한이 맺혔다' 뿐 아니라, '고요한 아침의 나라', '백의민족' 과 같은 말들을 어떻게 설명해야 할지 난감했다.

"어쨌든 이번 과제는 잘 될 것 같군요. 열심히 해보세요."

오스틴 선생님의 뒷모습을 보며 나는 불현듯 애국심에 사로잡혔다. 남의 식민지가 되어본 적이 없는 나라의 국민인 오스틴 선생님이 그런 미묘한 감정을 이해할 수 있을지 궁금했다.

순간 나는 이번 영어 에세이의 제목이 무엇이 될지 알았다.

'My culture, 나의 한국 문화에 대해서 쓰는 거야. 읽는 이가 우리나라를 더 잘 이해할 수 있도록, 영국에 사는 한국인으로서 내가 지금까지 느껴왔던 모든 감정들을 다 실어서 쓰는 거야.'

My culture

＊영국 스펠링 때문에 생소해 보이는 단어도 있을 것이다. (예: mum-mom, realise-realize)

I grew up in South Korea. Until the age of nine I was looked after by my granny most of the time, as my mum worked in a hospital. My granny is a very "traditional" Korean woman, which means she grew up in a society where a woman was supposed to become a self-denying mother and an obedient wife.

I don't remember how many times I've heard her life story. It's been repeated so many times that it just stays somewhere deep down in me.

Her story consists of a lot of difficult times, I can tell. She married a prosperous businessman at the age of nineteen, but when the business failed and they had to sell up all their property, her unbelievably harsh life began. Every time she tells the story to me or anyone else, I see her eyes glittering with tears, and it's hard not to shed a few tears myself.

In a way there is a striking similarity between her life and Korean history, in that they both make people cry. It's interesting how so many Korean traditional stories and songs are rather tragic. I realise it better now that I live in

나의 문화

나는 대한민국에서 자라났다. 엄마가 병원에서 간호사로 일하셨기 때문에 아홉 살 때까지는 대부분 할머니가 나를 돌보셨다. 할머니는 대단히 "전통적"인 한국 여성이다. 즉, 여성은 희생하는 어머니와 순종하는 아내가 되어야 했던 사회 속에서 자라나셨다.

나는 할머니가 자신이 살아온 삶의 이야기를 몇 번이나 들려주셨는지 기억할 수가 없다. 너무 되풀이된 나머지 나의 의식 깊숙한 어디엔가 자리잡고 있다.

할머니의 이야기는 수많은 어려운 시절에 대한 이야기로 구성되어 있다. 할머니는 열아홉 살 때 부유한 한 사업가와 결혼하셨지만, 사업이 실패하자 모든 가산을 팔아야 했고, 그렇게 해서 믿기지 않을 만큼 험난한 생활이 시작되었다. 나나 다른 사람들에게 이 이야기를 하실 때마다 할머니의 눈이 그렁그렁한 눈물로 가득 차서 반짝이는 것을 볼 수 있다. 그러면 나 또한 몇 방울의 눈물을 흘리지 않기란 어렵다.

어떤 면에서 할머니의 삶과 한국 역사는 너무도 닮았다. 둘 다 사람들을 울게 만든다는 점에서 말이다. 한국의 수많은 전래 이야기들과 노래들이 다소 비극적인 것은 자못 흥미롭다. 나는 외국에 살면서 제 삼자의 입장에서 바라보고 있는 지금 그것을 더 잘 깨닫는다. 그

a foreign country and look at them in a third-person perspective. The majority of them involve tragic death or good-byes, and I remember quite a few times when I cried reading those stories.

Once I asked Mum, "Do they really have to always so heartbreaking?" and she answered, "Considering they're old Korean stories, maybe yes."

** **

Sometimes we Koreans describe our traditional culture as 'Han-met-hee-da.' I would say it is a rather doleful term. 'Han' is a noun that is quite inexplicable in Western language: sorrow, resentment, sadness, tragedy, heartburnings – it's something that means all of these and much more. 'Met-hee-da' is a beautiful verb, meaning something similar to the transitive form of 'to bear' or 'to fructify.' Yes, Korean culture bears that inexpressible sorrow behind what seems to be a pure delight.

The geography of the country has a lot to do with this 'Han met-hee-da.' Being a peninsula linking all the major Far Eastern countries made it a perfect 'scaffold' for powerful countries like Japan, China and Russia as they expanded their territories. Sometimes I cannot believe what I am told about the brutality of those that have invaded this tranquil 'Land of the Morning Calm.' But even when

것들 중 대다수는 비극적 죽음 혹은 이별 이야기를 담고 있으며, 이런 이야기들을 읽으면서 여러 번 울었던 것을 지금도 기억한다.

언제인가 엄마에게 이렇게 물은 적이 있다. "이 이야기들이 항상 이렇게 가슴을 아리게 해야만 하나요?" 그러면 엄마는 "이것들이 옛날 한국 이야기들인 것을 생각해보면 아마도 그럴 수 있지 않겠니." 라고 대답하셨다.

** **

이따금 한국 사람들은 우리의 전통적 문화를 '한 맺히다' 라고 기술한다. 이것은 다소 슬픈 표현이라고 할 수 있다. '한(恨)' 은 서구의 언어로는 설명하기가 대단히 어려운 명사이다. 슬픔, 적개심, 비애, 비극, 원한 – 이 모든 것 그리고 그 이상을 포괄하는 어떤 것이다. '맺히다' 는 매우 아름다운 동사로서, 영어의 '열매를 맺다(to bear)' 혹은 '결실을 맺다(to fructify)' 의 타동사와 유사한 단어이다. 그렇다. 한국 문화는 순수한 기쁨처럼 보이는 것 이면에 표현할 수 없는 슬픔을 맺는다.

한국의 지정학적 위치가 이 '한 맺히다' 와 큰 관계가 있다. 극동지역의 모든 주요 나라들과 연결되어 있는 반도이기 때문에 영토를 넓히던 일본, 중국, 그리고 러시아와 같은 강대국들의 완벽한 '발판 노릇' 을 하게 되었다. 이따금 나는 이 평온하고 "조용한 아침의 나라"를 침략했던 나라들의 야만성에 관하여 듣고 믿을 수가 없었다. 하지만 꼭 잔인한 취급을 받지 않을 때에라도 한국 사람들은 아주 분명하게 자유를 선호했다.

they were not cruelly treated, the Koreans most definitely preferred freedom.

Thanks to my granny who was born during the Japanese occupation era, I have access to a first-hand experience of a recent example. She still remembers being taught Japanese at school, even though it was more than half a century ago.

She also remembers our first Independence Day vividly: how people jumped frantically for joy, how everyone shouted "*Dae-han-dok-lip-man-sae!* Long Live Korean Independent," how they all waved the national flag hysterically with tears in their eyes, and how the joy of their first day of true freedom permeated throughout their whole beings.

＊＊ ＊＊

I find it quite disheartening that Korea stays divided. I find it very disgraceful that Korea divided itself into North and South in the first place, and took sides in a terrible war. The thought of war carnage is most horrifying; imagine that both sides are the same people who not only share the samelanguage and culture but have stayed together as one country for five thousand years.

I think that civil war is one of the worst things that ever occur on the face of the Earth. How could a human being be forced to butcher his or her own brothers and sisters? How could such a tragedy happen to a nation once

일본이 한국을 강점하던 시기에 태어나신 할머니 덕분에 나는 그런 어려운 시절에 대한 직접적인 경험을 접할 수 있다. 할머니는 반세기 이상이 흘렀는데도 학교에서 일본어를 배우던 때를 여전히 기억하고 계신다.

할머니는 또한 우리의 첫 독립 기념일을 생생하게 기억하신다. 사람들이 기쁨에 겨워 얼마나 껑충껑충 뛰었는지, 어떻게 모든 사람들이 "대한독립만세"를 외쳤는지, 어떻게 그들 모두 눈물을 흘리면서 열광적으로 국기를 흔들었는지, 어떻게 그들이 그들의 존재 전체를 흠뻑 적신 참 자유의 첫째 날을 만끽했는지를 기억하고 계신다.

* *　*　*

나는 한국이 분단국가로 남아있는 것이 매우 안타깝다. 무엇보다도 한국이 남과 북으로 나뉘고, 끔찍한 전쟁에서 서로 편을 갈라 싸웠다는 것을 매우 슬프게 생각한다. 전쟁의 살육은 생각만 해도 아주 끔찍하다. 그런데 양측이 같은 언어와 문화를 공유할 뿐 아니라 지난 5천년 동안 단일 국가였다는 것까지 생각해보라.

나는 내란이라는 것이 이 지구상에서 벌어지는 전쟁 가운데 최악의 부류의 하나라고 생각한다. 어떻게 인간이 자신의 형제자매를 도륙할 수 있단 말인가? 순수함과 부패하지 않음을 상징하는 흰 옷을 입는 것으로 유명했던 백의 민족 국가에서 어떻게 이런 비극이

renowned for wearing white clothes – symbolising their pure and incorrupt mind?

Even to ordinary civilians who did not fight in the battlefield, this war brought endless suffering and tragedy. As my Granny recalls, living in the newly divided state caused more emotional trouble than physical. The thought of never being able to see their hometown again – or to quite a few of them, their friends and family – was the biggest grief, I can imagine.

This explosive fury of broken-heartedness is expressed in many Korean songs, where the lyrics express the heart-burning longing for re-uniting the two countries together.

* * * *

However, what makes Korean culture Korean is the fact that they do not explode, but rather sublimate their anger internally. Our tradition values endurance, sacrifice, perseverance, and respect for our elders.

In the past, young married women were expected to endure severe treatment from their mother-in-laws. There is even a saying in Korea which says: "Dumb for three years, blind for three years, and deaf for three years." What I understand about this saying is that those women had to be absolutely obedient and enduring toward their mother-in-laws.

일어날 수 있었을까?

전장에서 직접 싸우지 않은 일반 시민들에게도 이 전쟁은 끝없이 이어지는 고통과 비극을 초래했다. 할머니께서 상기하시는 것처럼, 분열된 상태에서 살아가는 것은 신체적인 면보다는 정신적인 면에 더 큰 어려움을 일으켰다. 그들의 고향 – 상당수의 사람들에게 있어서는 친구들과 가족들 – 을 다시 볼 수 없다는 생각은 가장 큰 슬픔이었다고 나는 생각한다.

이같이 폭발적으로 터져 나오는 비탄과 비통의 정서가 많은 한국 가곡 가운데 표현되어 있다. 그 가사들은 두 나라가 다시 통일되어 합쳐지기를 간절히 바라는 마음을 표현한다.

* *　* *

하지만, 한국 문화를 한국적으로 만드는 것은 그들이 분노를 표출하기보다는 내면적으로 승화시켜 버린다는 사실이다. 우리의 전통은 인내, 희생, 견일불발 그리고 웃어른에 대한 존경을 가치 있게 여긴다.

과거에 젊은 기혼 여성들은 시어머니로부터 아무리 심한 구박을 받아도 참아야 했다. 한국에는 이런 격언까지 있다. "벙어리 삼년, 장님 삼년, 귀머거리 삼년." 이 격언에 대하여 내가 이해하고 있는 바는, 그 여성들은 시어머니에게 절대적으로 순종하고 참아야 했다는 것이다.

Also, mothers in particular made unbelievable sacrifices in their lives for their children, and this is quite true to this day. Many Korean mothers give up their own personal ambitions to make their children's dreams come true.

Perseverance, or the ability to restrain oneself, was a key issue in judging whether a person was virtuous. To be able to control the mind and body according to the benefit of mankind was the main object of those who sought righteousness. A particular social group was called "Sun-bi," which means they only did what was virtuous and honourable. The "sun-bi" spirit is still seen as an ideal.

＊＊　＊＊

If my observation is correct, Koreans belong to the group of people who get attached to others the fastest. They love people. Their sense of community is so strong that from time to time I feel the lack of individualism. I know about the traditional Korean village where people were so close together that it was like one huge family. I feel that it is a beautiful tradition of sharing.

Another interesting thing is that Koreans do not use the word 'my' as often as they do in English-speaking countries. Rather, we say 'our' – like 'our' mum. It surely sounds strange in English, but in Korean, it would sound as awkward if we were to say "my" mum. I know that the sharing and caring spirit of our ancestors is alive in the

또한 특히 어머니들은 자녀들을 위해서 믿을 수 없을 만큼 자신들의 삶을 희생했으며, 이것은 오늘날에도 사실이다. 많은 한국의 어머니들이 자녀들의 꿈을 실현시키기 위해 그들 개인의 꿈도 접는다.

견인불발, 혹은 자신을 제어하는 능력은 어떤 사람이 덕이 있는지의 여부를 가리는 데 핵심적인 문제였다. 인류의 유익에 일치되게 심신을 통제할 수 있게 되는 것이 올바름을 추구한 사람들의 주요 목표였다. 한 특정 사회 계층은 덕있고 명예스런 일만을 한다는 뜻에서 '*선비*'로 불렸는데, 이 '*선비*' 정신은 아직도 여전히 이상으로 간주된다.

* * * *

나의 관찰이 옳다면, 한국 사람들은 가장 빨리 친해질 수 있는 부류의 사람들에 속한다. 그들은 사람들을 사랑한다. 그들의 공동체 의식은 너무 강해서 이따금 나는 개인주의의 결여를 느낄 정도이다. 나는 사람들이 함께 너무 가깝게 지내서 마치 대가족과 같았던 전통적 한국 마을에 관하여 알고 있다. 참으로 아름다운 나눔의 전통이라고 느낀다.

또 다른 흥미로운 것은 한국 사람들은 영어권에서처럼 "나의"라는 단어를 자주 사용하지 않는다는 것이다. 우리는 그 대신 "우리(의)"라는 단어를 사용한다. "우리" 엄마라고 할 때처럼 말이다. 영어로는 분명 이상하게 들리지만, 한국어로 "나의" 엄마라고 말한다면 그만큼 어색하게 들린다. 나는 우리 조상들의 나눔과 돌봄의 정신이 나의 문화, 아니 "우리" 문화의 독특한 말과 표현들 가운데 살아있다고 본다.

words and expressions distinctive to my culture; or, should I say "our" culture.

** **

Of course, this is not all there is to Korean culture. I admit that there are some downsides, too. However, I can't help liking my culture. I can't help loving the serene spirit, full of sorrow and love for mankind.

As a Korean I am proud to be able to appreciate what wonderful things I have inherited. However, some Koreans I know do not seem to recognise the value of their tradition. they are so swallowed up by their obsessive fascination with Western culture that they just shut out their native culture.

Frankly, sometimes I get quite worried about the future of my country. It's not because we are having some economic problems at the moment (I'm sure my nation can join hands together to work things out for the better!). It's because — well, it's purely my own opinion — many kids today seem to have forgotten about their inherent potential. Now they try to adapt their ways of thinking into Western mode.

I didn't realise the true value of my own tradition and culture until I came to a foreign country and appreciated a different culture first. For that reason, I know I am truly blessed to have such a marvellous opportunity to experience different cultures. Rather than de-Koreanising me, my

＊＊　＊＊

　물론 이것이 한국 문화의 전부는 아니다. 부정적 측면들도 있다는 것을 인정한다. 그러나 나는 나의 문화를 좋아하지 않을 수 없다. 인류에 대한 슬픔과 사랑이 가득 찬 평온한 정신을 나는 사랑할 수밖에 없다.

　한국인으로서 내가 얼마나 놀라운 것들을 유산으로 받았는지 이해할 수 있게 된 것에 긍지를 느낀다. 하지만 내가 아는 몇몇 한국인들은 그들의 전통의 가치를 인식하지 못하는 듯이 보인다. 그들은 서구 문화에 완전히 빠진 나머지 자신들의 전통적인 문화를 배척해 버린다.

　솔직히 말해서, 이따금 나는 우리나라의 미래가 걱정된다. 현재 경제적 문제들을 안고 있기 때문이 아니다. (확신하건대 우리나라는 협동하여 나은 쪽으로 일들을 이루어낼 수 있다.) 순전히 내 견해지만, 오늘날 많은 아이들이 자신들의 타고난 잠재력에 관하여 잊은 듯이 보여서이다. 이제 그들은 그들의 사고방식을 서구적 방식에 적응시키려 한다.

　나는 외국에 와서 먼저 다른 문화를 이해하기 전까지는 내 자신의 전통과 문화의 참된 가치를 깨닫지 못했다. 그런 연유로, 나는 다른 문화들을 경험할 수 있는 놀라운 기회를 갖게 되어 복을 받았다는 것을 안다. 영국에서의 내 경험은 나를 비한국적으로 만드는 것이 아니라, 오히려 요즘 아이들이 흔히 겪는 전형적인 정체성 위

experience in Britain is helping me overcome the typical identity crisis that kids nowadays so often go through.

True, sometimes I do find myself drenched more and more in British culture. But why is it that when I sit by the window looking at the rainy field, stand still in serene nature, or enjoy a quiet walk on a Sunday afternoon – why do I feel the acute pang of "*Han*," filling my whole heart so definitely?

Who would have thought that behind the smiling *taal* (a traditional mask for a particular type of dance) would be eyes bedwed with tears? Who would have thought that after the splendid *boo–chae–choom* (a traditional fan dance) would come a broken hearted sob? Who would think that no matter how many years I live in Britain, I could still carry that doleful, noble spirit alive within my bloodstream, of which I am forever proud?

기를 극복하는데 도움을 주고 있는 것이다.

때때로 나도 더욱 더 영국 문화에 흠뻑 젖어가는 내 자신을 발견하는 것이 사실이다. 그러나 창문 곁에 앉아 비가 오고 있는 들판을 바라보거나, 평온한 자연계 가운데 조용히 서있거나, 혹은 일요일 오후에 조용한 산책을 즐길 때, "*한*"의 아픔이 나의 가슴 전체를 너무도 분명하게 가득 채우고 있다고 느끼는 것은 왜일까?

웃음 띤 "*탈*" 뒤에 눈물로 적셔진 얼굴들이 있으리라고 누가 생각인들 했을까? 찬란한 "*부채춤*"이 끝난 후 가슴이 미어지듯이 아픈 훌쩍거림이 이르러 오리라고 누가 생각인들 했을까? 영국에서 아무리 오래 산다 해도 내가 영원히 자랑스럽게 생각하는, 내 혈관 속에 살아 있는 저 슬프고 고귀한 정신을 여전히 지니고 있으리라고 누가 생각할 수 있을까?

12. 터널 끝에 보이는 빛

I have had dreams, and I have had nightmares.
I overcame the nightmares because of my dreams. —Jonas Salk
나에겐 꿈도 있었고, 악몽도 있었다.
나는 내 꿈 때문에 내 악몽들을 극복할 수 있었다. —조나스 사크

자식이 뭐길래

10학년이 끝나고 여름방학이 시작되는가 싶더니, 어느새 11학년이었다. 그런데 새학년이 시작한 지 겨우 두 달이 되어 'mock' GCSE 시험이 있다고 했다. 2001년 여름에 있을 진짜 GCSE 시험에 대비하여 학교 자체로 2주에 걸쳐 모의고사를 보는 것이었다.

"모의고사이지만 최선을 다해주세요. 성적이 안 좋은 과목은 내년 여름에 더 낮은 단계의 시험을 보게 됩니다."

하지만 나는 열 과목 시험을 보면서도 큰 준비를 하지 못했다. 이 시간은 우리 가족에게 최대의 고민이 생긴 시간이었기 때문이다.

처음에 계획했던 2년이라는 유학 기간이 끝마쳐가는 시점에서 우리는 딜레마에 빠졌다. 아빠는 무조건 유학을 중단하고 회사로 다시 돌아가야 했지만, 문제는 나와 미리암이었다.

"이제 와서 한국 고등학교에 들어가자니 적응하기가 쉽지 않을 것 같은데……"

더군다나 나는 한국에서 곧 고3일 터였다. 고생길이 훤했다.

그러나 한국으로 돌아가지 않는다면 더더욱 험난한 길이 펼쳐질 것이었다. 보호자 없이 영국 공립학교에 다닐 수 없기 때문에, 우리가 영국에서 계속 공부를 하려면 아빠는 한국에, 엄마는 영국에 있어야 했다. 가족이 떨어져 있어야 하는 것이다.

"그건 정말 안 돼."

부부가 떨어져 살지 않는다는 것은 부모님의 철칙이었다. 수 년 전에 아빠가 미국 유학을 할 기회가 주어진 적이 있었지만, 그 때는 가족과 떨어져 있어야 한다는 조건 때문에 그 제안을 거절한 적이 있었다고 했다. 지금이라고 해서 다르게 결정할 이유가 없었다. 우리는 그냥 다 같이 한국으로 돌아가자는 쪽으로 마음을 굳히고 있었다.

그런데 모의고사가 끝난 지 두세 주 후에 발표된 시험 결과는 생각보다 좋았다.

'하지만 솔직히 이게 무슨 소용이 있어?'

아직 국가에서 인정해주는 정식 시험을 본 것도 아니고, 어차피 곧 한국에 가면 그냥 지금까지 열심히 해왔다는 것밖에 다른 의미가 없을 것이다.

하지만 그 성적을 본 부모님이 생각을 조금씩 달리 하기 시작했다. 영국에서 계속 공부하는 것이 어쩌면 더 나을지 모르겠다는 생각을 한 것이다.

"한국 고등학교에 적응하는데 시간이 걸리고, 대학 진학문제도 있고, 좀 더 신중하게 생각해 봐야겠어."

정말 자식 이기는 부모 없다더니, 결국 부모님은 비장한 각오로 가족 역사상 가장 엄청난 결정을 내렸다. 이번 겨울에 다같이 한국에 나갔다가, 아빠만 그곳에 남고 엄마, 동생 그리고 나는 영국에 다시 돌아오기로 말이다. 내가 영국 중고등학교 과정을 마치려면 아직도 2년 반이라는 긴 시간이 남은 상태였다.

'이 결정이 옳은 것이도록 해주세요.'

그렇게 기도하면서 우리는 겨울을 맞았다.

한국 방문

2000년 말에 우리는 드디어 영국에 온 지 2년 만에 처음으로 한국을 방문했다. 미치도록 그립던 한국이었지만, 오랜 시간 비행기를 타고 김포 공항에 발을 디디자마자 덤덤하리만큼 편안한 기분이었다. 한국에서 가장 먼저 한 것은 단골집에 만두국을 먹으러 간 것이었다. 2년 전과 똑같은 맛이었다.

'드디어 내 나라에 왔다.'

그 해의 마지막 날 밤, 단짝이었던 혜민이와 제야의 종소리를 들으러 갔다. 사람들이 그렇게 많이 모인 곳은 처음이었다. 사방에서 밀고 밀치기 시작하는데 마치 늪에 빠진 것처럼 옴짝달싹 할 수 없었다. 인파속에 파묻힌 채로 우리는 카운트 다운을 함께 외쳤다.

"10, 9, 8, 7, 6, 5, 4, 3! 2! 1!"

"와아아!"

환호성 속에 밤공기를 가르고 울려 퍼지는 21세기 첫 종소리에 모두들 축제 분위기에 휩싸였다. 검은 밤을 배경으로 알록달록 색색의 불꽃이 솟아올랐다. 너무 아름다워서 현실이 아닌 것처럼 아득하게 느껴졌다.

인파가 빠져나가기 시작하자 민속 악단들은 흥겨운 곡을 연주하기 시작했고, 우리는 생전 처음 보는 사람들의 어깨를 잡고 기차를 만들어 한참을 신나게 뛰어다녔다. 이런 경험은 처음이었다. 모두 '한국인'이라는 이유로 하나가 된 자부심에 가슴이 벅차올랐다.

　며칠 후, 나의 나라 한국을 다시 떠나는 기분은 아쉬움을 넘어선 슬픔이었다. 다시 찾은 뿌리를 두고 떠나야 하는 것도 아쉬웠지만, 나를 더더욱 슬프게 한 것은 이제 아빠와 떨어져 생활해야 한다는 사실이었다. 아빠는 한국에 남아서 할머니와 단둘이 살아야 했다.

　공항에서 마지막으로 인사를 나누는 우리의 마음은 착잡했다. 우리 앞에 무엇이 놓여있을지 모르는 불확실성이 마음을 무겁게 짓눌렀다. 부모님의 마음은 오죽했을까.

　출국장으로 들어가는 문가에서 아빠와 할머니는 오랫동안 서서 손을 흔들었다. 눈물이 나오기 전에 얼른 안으로 쏙 들어갔다가 다시 뒷걸음질하여 내다보았다. 순간 목이 메어오며 참고 있던 눈물이 주체할 수 없이 흘러내렸다.

'아빠…… 우리 아빠…….'

졸지에 기러기 아빠가 되어버린 우리 아빠는 아직도 그 자리에서 무언가를 찾는 듯한 눈빛으로 서 있었다. 오랫동안 돌아오지 않을 그 무언가를. 그 허전한 눈빛이 내 심장을 도려내는 것 같이 아팠다.

'우리 아빠 쓸쓸해서 어떡해…… 불쌍해서 어떡해…….'

그 자리에 주저앉아 아기처럼 엉엉 울고 싶었다. 그러면 아빠가 듣고 금방이라도 달려올 것 같았다. 하지만 나는 손으로 입을 막고 한참을 흑흑대며 서 있었다. 엄마와 미리암의 빨개진 눈에서도 눈물이 하염없이 흘렀다. 마침내 눈물을 삼키고 등을 돌렸을 때, 나는 눈앞이 캄캄해지는 것을 느꼈다.

'아빠…… 아빠 없이 우리 어떻게 살지? 난 못 살 것 같아. 아빠 너무 사랑하는데…….'

아빠 생각

절대 견뎌내지 못할 것 같았지만, 고맙게도 시간은 변함없이 흘러가 주었다.

"아뇨, 아빠, 더 안 보내셔도 되요!"

나는 국제 전화로 아빠와 통화 중이었다. 아빠가 또 과자를 한 박스 부치겠다고 했다. 지리적으로 떨어져 있는 것에 대한 보상이라도 하듯 아빠는 한국 음식을 계속 배편으로 부쳐주었고, 좁은 곳으로 이사한터라 안 그래도 좁은 데 아빠가 보낸 박스가 하나 둘씩 쌓이더니 주체할 수 없을 정도가 되었다.

처자식을 이국땅에 떼어놓고 살아가는 기러기 아빠로서 하루하루가 마음 편할 리 없었다. 어떻게든 조금이라도 더 해주고 싶고, 조금이라도 더 가까이 있고 싶은 것이 아빠의 마음이었다.

"아침밥으로 뭘 먹었어요?"

"오늘 영국 날씨는 어때?"

엄마 아빠는 10분이 멀다하고 전화통화를 했다. 이런 자질구레한 일들까지 다 이야기하니, 한국에 있는 아빠의 책장에는 한 장에 만 원 하는 국제 전화카드가 무더기로 쌓여갔다. 생일이나 기념일이면 꼬박꼬박 선물과 편지가 오고갔다. 몸은 떨어져있지만 아빠의 마음은 아직도 멀지 않은 곳에 있었다.

자칫하면 흔들릴 수 있는 시기에 엄마는 훌륭한 본보기가 되었다. 아빠가 영국에 함께 있을 때부터 뉴볼드 대학에서 영어공부를 시작한 엄마는 아빠가 한국으로 돌아간 후에 오히려 더 열심히 공부했다. 엄마는 곧 뉴볼드 대학에서 영어 코스를 마치고 일반 학과인 회계학 수업을 들을 수 있었다.

엄마 나이에 공부를 시작하기로 마음먹은 것도 대단했지만, 엄마는 그렇게 시작한 공부를 또 굉장히 잘했다. 미리암과 내가 빈둥거리는 시간에도 엄마는 항상 책상 앞에 앉아 있었다. 철저하게, 밤을 새워가며 우리가 비교당할 정도로 공부를 열심히 했다.

그 뿐이 아니었다. 아빠가 극구 말리는데도 불구하고, 엄마는 일주일에 세 번, 밤에 여학생 기숙사를 관리하는 나이트 포터(Night porter) 아르바이트를 했다. 일이 있는 날은 밤을 꼬박 새우고 나서 아침부터 수업을 다 듣고, 오후에 다시 숙제까지 모두 마친 후에야 잠을 청하는 것이었다.

반에서 시험이 있을 때면 집으로 자꾸 엄마를 찾는 전화가 왔다. 다른 학생들이 엄마에게 시험공부를 도와달라고 하는 것이었다. 도서관에서, 그리고 밤에는 기숙사 사감실에서, 엄마는 선생님마냥 외국 학생들에게 어려운 부분을 가르쳐주었다. 마흔이 넘어서야 제대로 영어 공부를 시작한 엄마였지만 결국 모든 과목에서 A를 받았고 반에서 늘 일등을 놓치지 않았다.

이런 엄마의 성실함은 우리에게 엄청난 영향을 끼쳤다.

"공부 좀 하지 않을래?"

"오늘은 숙제 많니?"

절대 강압적이지 않았지만 이런 조용한 질문들 속에는 우리가 부인할 수 없는 힘이 실려 있었다. 우리보다 열 배는 더 바쁜 엄마가 이렇게 공부하는데, 우리에게는 핑계거리가 없었다. '행동으로 가르치라.'는 말을 엄마는 몸소 실천했다.

아빠와 떨어져 사는 것은 정말 힘들었다. 전에 힘들다고 생각했던 것은 지금에 비하면 아무것도 아니었다. 이제부터가 본격적인 고생의 시작이었다.

우선 현실적으로, 당장 차가 없는 것이 가장 큰 문제 중 하나였다. 늦잠을 자서 버스를 놓쳤을 때 우리를 학교에 데려다 줄 사람이 아무도 없다는 것은 단순한 불편함을 넘어선 아픔이었다. 고물차를 사고 뿌듯해하던 아빠의 얼굴이 자꾸 떠올랐다.

"어때, 마음에 들어?"

나와 동생은 실망을 감추고 좋아라했었다. 얼마 후 자동차의 '마후라'가 터진 후로는 가는 곳마다 세상이 떠나가라 털털거리는 대포 소리가 났지만 우리 가족은 개의치 않았다. 길거리에서 차가 갑자기 고장이 나서 서면 아빠는 이상하다는 듯이 말했다.

"이 차가 왜 이러는지 몰라."

그러면 나는 동생과 함께 터져나오는 웃음을 참으며 대답했다.

"아빠가 백년 묵은 차를 샀으니까 그렇죠!"

우리가 어딘가에 가고 싶다고 하면 아빠는 밤중에도 고물차로 드라이브를 시켜주었다. 우리 동네 빈필드(Binfield)에는 숲과 공원들이 많아서 한가롭게 산책하기에 아주 좋았지만, 시간이 날 때면 우리 가족은 좀 더 멀리 있는 공원에도 자주 갔다.

버지니아 워터(Virginia Water)는 자동차로 약 20분 거리에 있었는데, 끝없이 펼쳐진 푸른 언덕과 숲이 인상적인 공원이었다. 그곳에는 커다란 호수가 있었는데, 미리암과 나는 갈 때마다 식빵을 한 봉지씩 들고 가서 그곳에 사는 오리와 백조들에게 먹이를 주곤 했다. 놀랍게도 그곳의 새들은 도망가지 않고 오히려 쫓아왔다.

"이것 봐, 빵 조각이 움직이는 대로 오리도 움직인다!"

우리 손을 따라 이리저리 움직이는 오리 떼를 보며 우리는 한참 웃었다. 이 공원은 너무 커서 한바퀴를 다 돌아본 적이 없다. 매번 갈 때마다 새로운 장소를 찾아서 프리스비를 던지며 놀고 음식을 싸 가서 피크닉을 하곤 했다.

우리 가족이 자주 갔던 곳 중 또 하나는 윈저(Windsor)였다. 그곳에는 여왕의 공식 주거지인 윈저 성이 있었다. 이 성은 관광객들에게 개방되어 있었고 안에는 영국 왕실과 윈저 성의 역사에 관한 전시물이 가득 차 있었다.

하지만 우리가 윈저성보다 더 좋아한 것은 그 근처의 템즈 강변(The River Thames)이었다. 그 유명한 템즈 강은 상류라서 그런지 생각보다 크지 않았다. 하지만 강변에는 보트 여행을 나온 사람들의 보트가 매여 있었고, 나무 그늘 아래서 쉴 수 있는 풀밭도 있었다. 근처에는 아기자기한 기념품 가게들과 음식점들이 줄을 이어서 활기가 넘쳤다.

우리가 특히 좋아했던 것은 일요일 새벽 일찍 템즈 강변에 오는 것이었다. 이른 아침의 템즈 강변은 사람이 붐비는 때와는 또 다른 멋이 있었다. 우리는 오리 밥을 주고, 윌리엄 왕자가 다녔다는 이튼 스쿨(Eton school)까지 걸어가서, 다이아나 왕세자비가 운동회 때 다른 학부모들과 함께 뛰었다는 운동장도 구경하며 즐거운 추억을 만들었다.

일요일 새벽에 집을 나서게 되면 꼭 들르는 곳이 또 있었다.
"아빠, 오늘은 카부츠 안 가요?"
봄이 되면 비가 오지 않는 일요일에는 곳곳의 널찍한 공터에서 '카부츠 세일(Car boot sale)'이라고 하는 벼룩 시장이 열렸다.
카부츠는 영국 말로 차 트렁크를 뜻하는데, 집안 대청소를 하거나 필요 없는 물건을 처분하고 싶은 사람들이 차에 물건을 가득 싣고 와서 파는 장터이다.

영국 사람들은 무엇이든 쉽게 버리는 일이 없었다. 갓난아기 옷이나 장난감마저도 다 모아서 깨끗이 세탁하고 씻은 후 카부츠 장터에서 팔았다.

카부츠는 이득을 목적으로 서는 장터가 아니기 때문에 좋은 물건들도 헐값에 팔린다. 아빠는 특히 카부츠를 애용했는데, 바로 책 때문이었다. 온갖 진귀한 책들이 1,000원, 2,000원, 비싸다고 해도 거의 만 원을 넘기지 않는 가격으로 팔리는데 책을 좋아하는 아빠에게는 매우 반가운 일이었다. 미리암과 나는 값을 깎는 재미에 필요하지도 않은 자질구레한 집안 장식품들을 사는 것을 좋아했다.

'정말 마음속에 오래 남아서 행복을 주는 것은 사랑하는 사람들과의 추억이야.'

황혼녘의 호수를 옆에 두고 가족이 함께 한가로이 산책하던 기억, 백조에게 먹이를 주던 기억, 때가 꼬질꼬질한 골동품을 사서 아빠에게 자랑하던 기억이 가슴을 미어지게 했다.

또 하나의 잊을 수 없는 기억은 영국에서의 첫 여름에 갔던 스코틀랜드 여행이었다. 쓰레기장 옆에 자리를 펴고 점심을 먹기도 하고, 하루살이 같아 보이는 독한 모기에게 뜯기면서 고생을 실컷 했지만, 잉글랜드와 달리 시원시원한 경치가 마음을 편하게 했다. 널찍한 들판과 아기자기한 언덕에서는 몽실몽실한 양들이 풀을 뜯고 있었다.

스코틀랜드의 수도인 에딘버러에 가서는 높이 솟은 에딘버러 성을 구경하기도 했다. "영국 여왕은 스코틀랜드 여왕까지 될 자격이 없어요!" 하며 우리를 스코틀랜드 식으로 교육시키려 했던 아저씨도 여기에서 만났다.

그런데 괴물이 나온다는 네스 호 근처에서 기어이 큰일이 나고 말았다. 지금까지 잘 버텨주었던 고물차가 고장나버린 것이다.

"어? 기어가 **빠져버렸잖아?**"

무슨 소리인가 해서 뒷좌석에서 머리를 내밀고 보았더니, 아예 케이스에서 **빠져 버린** 기어봉을 아빠가 손에 들고 있었다. 난생 처음 보는 진귀한 광경에 우리 가족은 모두 할말을 잃고 서로를 쳐다보았다.

'도대체 얼마나 오래된 차이길래……'

너무 황당했다. 다행히 구조 차량이 금방 와서 괜찮았지만 정말 어처구니가 없는 사건이었다. 뒤돌아보면 너무 웃겨서 한참을 배꼽 잡을 수밖에 없었다.

'덕분에 고물차와 정이 들어버렸는데.'

어려운 상황 속에서도 우리 가족은 서로 많이 가까워져 있었다. 너무 많은 추억들은 곧 너무 큰 그리움이 되었다.

우리 삶에 찾아온 천사들

일주일에 한 번 장보는 것도 커다란 스트레스가 되어버린 이 때, 우리는 어떻게 보면 우리보다 힘든 처지에 있는 분의 도움을 받게 되었다. 교회에서 만난 키드(Keith) 할아버지는 나이가 90이 다 되어 가는 노인이었다. 아내가 세상을 떠난 이후 거의 30년 동안 재혼도 하지 않는, 영국인의 관점에서는 좀 특이한 분이었다.

"우리 아내랑 똑같이 생기고, 똑같이 말하고, 똑같이 살아온 사람 데려오면 재혼하지."

한평생 일편단심 민들레인 키드 할아버지는 미국에 잘 사는 자식들이 여러 명 있었다. 하지만 거동도 편치 못한 키드 할아버지는 노인 주택에서 혼자 살았다. 그 쓸쓸함 때문일까? 키드 할아버지에게 한 번 붙잡히면 말이 끝이 없었다.

"항상 최선을 다하고 하나님께 모든 것을 맡겨요. 내가 열 살 때 버마에 살았는데, 그 학교에 어떤 학생이……."

똑같은 이야기를 열두 번도 더 반복하는 바람에, 우리 가족은 할아버지 이야기보따리 속에 무엇이 들었는지 줄줄이 꿰게 되었다. 끝까지 할아버지 말에 귀를 기울였기 때문인지 키드 할아버지는 우리 가족을 유난히 좋아했고, 적적할 때면 난데없이 불쑥 찾아와 전형적인 영국 신사의 깨끗한 발음으로 또 이야기보따리를 풀어놓곤 했다.

그런데 그렇게 정이 들어버린 키드 할아버지는 우리가 힘든 상황에 놓이자 큰 도움을 주었다. 우리의 사정을 안 키드 할아버지는 일주일에 한 번씩 브라크넬 시내에 있는 큰 슈퍼마켓에 데려다 주겠다고 했다. 할아버지의 친절 덕분에 장보는 문제는 깨끗이 해결되었다. 키드 할아버지는 하나님이 우리에게 보내준 천사였다.

뉴볼드 대학의 슐런트 교수님 내외분도 우리 가족에게는 매우 고마운 분들이었다. 다른 나라 학생들에게도 친절을 많이 베풀었지만, 특히 한국인 유학생들에게는 각별한 애정을 쏟았다. 한 달에 한 번 정도는 한국 학생들을 집으로 초대해서 저녁을 접대하고, 어려운 일이 있다고 하면 앞장서서 도와주었다.

엄마가 뉴볼드 대학 정규 수업을 들으면서부터 이분들과의 관계는 더욱 돈독해졌다. 엄마는 슐런트 교수님의 수업을 여러 개 선택했는데, 영어도 잘 못하는 엄마가 밤샘 아르바이트를 하면서도 일등을 놓치지 않는 것을 본 교수님은 매우 감동했다.

"당신네 한국인들의 열정과 의지를 존경합니다."

아빠 없이 고생하는 우리 처지를 딱히 여긴 교수님은 우리를 차로 태워다주고, 자주 식사에 초대해주고, 심지어는 한국에 다녀오라고 비행기 표까지 선물하였다. 그 따뜻한 사랑에 우리는 감동할 수밖에 없었

다. 영어로는 '정(情)'을 표현할 단어가 없다지만, 그렇다고 정이 없는 것은 아니었다. 이분들처럼 따뜻하고 정이 많은 분들은 앞으로도 만나기 힘들 것 같다.

하지만 슐런트 교수님 부부 내외가 이해 못하는 점이 하나 있었다.

"아이들을 위해 부부가 떨어져 사는 것은 우리로서는 이해하기 힘드네요."

정말이지 한국 부모님들이 자식들을 위해 치르는 희생은 슐런트 교수님 부부뿐 아니라, 한국인이 아닌 사람들로서는 상상조차 할 수 없는 것들이었다.

나와 동생 때문에 부모님이 걸어간 고생의 길을 과연 미래의 나도 선택할 수 있을까? 글쎄, 아마 키드 할아버지와 슐런트 교수님 부부와 같은 천사들이 앞으로의 내 삶에도 보장된다면, 두렵더라도 그 길을 걸어갈 수 있을 것 같다.

마음의 눈으로 견뎌내다

아빠의 빈자리가 커다란 구멍을 남긴 이 상황에서 가장 무거운 짐을 지게 된 사람은 당연히 엄마였다. 의지할 곳 없는 땅에서 공부와 살림을 도맡아야 하는 스트레스가 이미 상상을 초월했기 때문에, 우리가 조금만 말을 듣지 않아도 전보다 열 배로 힘들어 했다.

처음 반년 동안은 유학을 도중에 그만둘까 하는 이야기를 여러 번 진지하게 하기도 했다. 동생과 나도 마음으로 많이 방황하는 시기였기 때문에 힘든 일이 있으면 뜻하지 않게 서로에게 상처를 주기도 했고, 엄마 속을 지독하게 썩였다.

'엄마가 꼭 이렇게 고생하면서까지 우리를 위해 영국에 남아 있으실 필요가 있을까?'

가끔은 내 자신이 너무 이기적으로 느껴져서 그 질문에 자신 있게 'yes' 하고 대답할 수 없었다.

상황이 계속 힘들어지다 보니, 어느 순간 다 포기할 뻔한, 생각하고 싶지 않은 아픈 기억이 있다. 동생과 나는 그래도 영국에 남고 싶다고 고집을 부렸지만, 엄마는 단호하게 말했다.

"너희 태도로 보아 더 이상 영국에 남아야 할 이유가 없는 것 같다."

우리가 아무리 간청을 해도 부모님은 최종 결정을 내린 듯했다. 그 때 내가 엄마에게 매달리듯 간청하며 한 말이 있다.

"나 정말 열심히 해서 케임브리지 가고 싶단 말이에요!"

엄마 귀에 현실성 있게 들리라고 한 말은 아니었다. 내가 조용히 품고 있던 꿈을 말해버린 이유는, 영국에 남아서 무엇인가 이루어 내리라는 나의 굳은 신념을 어떻게든 알리고 싶어서였다.

'기다려라, 케임브리지……'

케임브리지는 이 시기에 나에게 목표와 희망을 제시했다. 비록 한 번

본 적도, 가본 적도 없었지만 마음속으로 부르고 또 불러본 케임브리지는 이미 내게 친숙한 이름이었다.

비록 나 같은 아이와는 전혀 상관없는, 동화 속에나 나올 법한 멋진 곳이겠지만, 현실적이고 비현실적이고 하는 것은 그다지 중요하지 않았다. 무엇인가 나를 집중하게 만들고, 자극해주어야 했다. 비현실적으로 보이는 꿈이라도 현실로 만들겠다고 다짐하며 참고 견뎌야 했다. 이 긴 터널 끝에 빛이 보이지 않았지만, 언젠가는 환한 태양이 나타날 것이라는 것을 마음의 눈으로 보고 믿었다. 또 믿어야만 했다.

내 마음의 열정, 음악

음악은 나의 변함없는 안식처가 되어주었다. 한국에서도 피아노를 많이 좋아하긴 했지만, 영국에 있으면서 진정 음악을 '사랑'하게 되었다고 생각한다.

영국에서는 피아노를 집에 들여놓을 형편이 되지 않았지만, 불행은 곧 다행으로 변했다. 뉴볼드 대학에 있는 피아노실에서 언제든지 마음껏 연습할 수 있었던 것이다.

무엇보다도 영국에서 세카 선생님을 만난 것은 내게 가장 큰 행운 중 하나였다. 예후디 메뉴힌(Yehudi Menuhin) 음악 학교에서 교수로 와 달라는 섭외가 들어올 정도로 실력이 있었지만, 작은 뉴볼드 학교에서 아이들을 가르치는 것을 낙으로 여기는 넉넉한 분이었다. 이런 세카 선생님과 내가 나눈 것은 음악적인 가치를 훨씬 뛰어넘는 것들이었다.

우리의 첫 만남은 1999년 봄이었던 것으로 기억한다. 가랑비가 촉촉히 내리는 길을 걸어서 나는 아빠와 함께 선생님 스튜디오의 문을 두드렸다. 짧은 금발 머리에 점잖게 보이는 아주머니가 환한 웃음으로 우리를 맞았다.

내가 선생님 앞에서 처음으로 친 곡은 리스트의 콘서트 연습곡 중 하나였다. 다 치고 나서 선생님의 평을 기다리고 있는데 선생님은 대신 나에게 질문을 했다.

"방금 연주한 것에 대해 어떻게 생각하지요?"

피아노 레슨을 하면서 그런 질문을 받은 적은 처음이었다. 당황한 나는 잘 모르겠다고 어깨를 으쓱했다. 그러자 선생님은 미소를 띤 얼굴로 자신의 귀를 가리키며 이렇게 말했다.

"연주할 때는 항상 귀를 기울여 들으면서 해야 합니다."

그 말은 내가 세카 선생님 아래에서 앞으로 배울 많은 것들을 함축하고 있었다. 한 시간씩 레슨 받을 재정적인 여유가 없어서 한번에 2만 원가량의 레슨비를 내고 일주일에 30분씩 만난 것이 고작이었지만, 매 순간 정말 소중한 교훈들을 배웠다.

선생님은 나에게 많은 기교를 가르쳐주지 않았다. 선생님이 가르치고자 한 것은 바로 음악적인 귀로 듣는 능력, 아름다운 소리를 사랑하는 능력, 작곡자의 의도와 나의 이해를 표현하는 능력이었다.

선생님은 나의 연주를 우선 들은 후 그에 관한 나의 견해를 듣고 나서야 선생님의 견해를 말해 주었다. 음악적 표현 등에 있어서 제안을 할 때도 항상 내가 원하지 않으면 받아들이지 않아도 된다는 점을 분명히 해주었다. 나는 한 주 동안 연습을 하며 선생님의 제안들을 신중하게 시도해 보고, 내 의견, 선생님의 의견 혹은 그 중간을 선택하여 내 나름대로의 해석을 이루어 나가야 했다.

선생님의 지도로 나는 영국 왕립 음악 재단(Associated Board of the Royal Schools of Music)에서 관장하는 음악 자격증을 여러 개 획득할 수 있었다. 2000년 여름에는 정식 피아노 교사 자격이 주어진다는 피아노 그레이드 8자격증을 우등으로 획득했고, 그 해 겨울에는 음대 1학년을 마친 수준이라는 왕립 음악 재단 디플로마(DipABRSM)를 획득했다.

2001년 봄 나는 레딩 시향(Reading Symphony Orchestra)에서 주최하는 올해의 음악 청소년 대회에 참가하기로 했다. 레딩은 내가 살던 버크셔 주(州)의 수도이고, 이 대회는 레딩 시를 중심으로 반경 40마일 안에 살거나 학교에 다니는 18세 이하의 청소년들에게 열려있는 대회였다. 올해의 음악 청소년으로 뽑히는 학생은 레딩 시향과 협연할 수 있는 기회가 주어진다고 했다

이 대회를 앞두고 피아노 연습에 집중하고 있을 때는 하루 동안에 쌓인 스트레스가 다 풀리는 기분이었다. 하지만 밤늦게 뉴볼드 대학 피아노실에 앉아있노라면 아빠 생각이 나는 것은 어쩔 수 없었다.

'밤에 연습할 때면 항상 아빠가 데리러 오셨었는데⋯⋯.'

음악에 별로 관심이 없었지만 내가 연주하는 것만은 몇 번이고 들어줬던 아빠. 한 번은 한국에서 전화를 하고는 다짜고짜 "들어봐!" 라고

했다. 리스트의 '라 캄파넬라'가 들려왔다. 누가 치는 거냐고 물어봤더니 아빠는 소리를 죽여 속삭였다.

"지금 피아니스트 랑랑의 독주회에 왔거든."

곡이 끝나자 우레와 같은 박수 소리가 들려왔다. 내가 좋아하는 곡을 앙코르로 연주하자 음악회장 안에서 몰래 소곤거리며 국제 전화를 한 거였다.

아빠가 정말 보고 싶었다. 한국으로 돌아간 이후로는 내가 피아노 치는 것이 그리워서 음악에 취미를 붙이기 시작했다고 했다.

'아빠를 위해서라도 이번 대회에서 정말 잘하고 싶어.'

드디어 대회 날이었다.

'나는 끝에서 두 번째로구나.'

열 명 남짓한 참가자들 중에는 피아노, 바이올린, 트럼펫, 기타, 첼로, 플룻, 성악 등이 있었다. 모두들 보통 수준이 아니었다. 처음에는 청중석에 앉아서 들었지만, 시간이 지날수록 나는 가슴이 떨려서 도저히 앉아 있을 수가 없었다.

내 차례가 되어 무대에 나갔을 때, 나는 심장이 덜컹거리는 소리를 들을 수 있었다. 애써 태연한 표정을 지으며 한 손을 피아노에 얹고 청중과 심사위원들에게 인사를 했다. 피아노 의자를 조절하고 자리에 앉은 나는 심호흡을 여러 번 하고 다시 한 번 짧게 기도를 했다.

'엄마 아빠 얼굴에 웃음을 안겨드릴 수 있게 도와주세요.'

심사 결과를 기다리는 이삼십 분 동안 엄마는 태연한 모습으로 나를 격려해 주었다. 하지만 속으로는 내가 연주하기 전부터 계속 엄청나게 초조해 했다는 걸 난 알고 있었다. 욕심을 버려야겠다고 다짐했지만 한편으로는 노력한 만큼 좋은 결과가 나오지 못하면 실망할 거라는 생각에 많이 떨고 있었다.

얼마 후 곧 심사위원들이 나와서 수고했다는 말과 함께 심사평과 결과 발표를 시작했다.

"……모두들 열심히 했지만, 특히 에스따 쏘온 양은 음악적인 성숙함을 보여주었습니다. 오늘 연주한 쇼팽 에튜드와 라벨 모두 가장 자연스럽고 음악적이었습니다. 축하합니다."

갑자기 모두 박수를 치기 시작하자 나는 이게 무슨 뜻인지 반신반의 했다. 세카 선생님이 빨리 앞에 나가서 트로피를 받으라고 할 때에야 나는 내 기도가 응답되었다는 것을 알았다.

에스따 쏘온——

세계 제일의 콩쿨은 아니지만 내가 목표로 삼고 노력해 온 것을 이루었다는 것에 기분이 그렇게 좋을 수가 없었다. 혼자 살림하는 엄마와 쓸쓸한 기러기 아빠의 주름살이 하나라도 펴지지 않을까 하는 생각이 나를 더 행복하게 했다. 빨리 아빠에게 전화를 하고 싶었다. 이 반가운 소식에 얼마나 기뻐할까.

'엄마 아빠 얼굴에 꼭 웃음만 피게 할 거예요. 약속해요.'

해가 서산에 걸려 있었지만 나에겐 온 세상이 밝아 보이는 저녁이었다.

코스워크 공포증

GCSE 시험이 이제 불과 몇 달 앞으로 다가왔다. 선생님들은 수업 시간마다 이번 시험의 중요성을 강조했다.

그런데 어쩌면 시험보다 더 괴로운 것이 있었다. 코스워크(coursework)였다. 학기 중에 해야 하는 개인 과제였기 때문에, 어떤 면에서 코스워크는 영국형 내신이라고 볼 수도 있었다.

코스워크는 학교 선생님이 채점한 것을 외부 시험관들이 다시 검사하여 학교별 채점 수준에 차이가 없도록 하였다. 최종 GCSE 성적은 코스워크 점수와 시험 점수가 합산되어 매겨졌는데, 코스워크의 비중이 큰 과목은 최종 성적의 50% 이상이 코스워크 점수였다.

한 편의 코스워크를 완성하는 데는 많은 노력과 시간이 들어갔다. 적어도 한 달 이상이 걸리는 게 보통이었다. 문과 과목의 코스워크는 과목에 따라 논문과 같은 에세이를 한 편 혹은 그 이상 써야 했다. 과학 코스워크는 실험 보고서 형식이었는데, 세퍼레트 사이언스를 공부하는 상위권 반 학생들은 생물, 화학, 물리에서 각각 두 개의 코스워크를 완성해야 했다.

2001년 2월경부터는 수학, 생물, 화학, 물리, 역사, 종교, 그래픽, 음악 등 거의 모든 과목의 코스워크가 한꺼번에 밀려왔다. 한 개를 끝낼 즈음이면 다른 두 과목에서 코스워크가 생겨버려 곧 우리는 코스워크에 파묻혀 허우적대기 시작했다. 잠시만 한눈을 팔면 산더미같이 쌓여버려서 손을 댈 엄두조차 못 내게 되었다.

'한국에서 수능을 준비하는 고등학생들이 스트레스를 받는다는 건 알았는데, 영국에서도 이럴 줄이야…….'

여러 아이들이 압박을 이기지 못하고 이 시점에서 공부와 영영 작별하고 말았다. 샘웨이즈 선생님 반에 함께 있었던 나탈리의 경우는 특히 안타까웠다. GCSE가 마쳐가는 시점에서 나탈리의 변한 모습은 누가 봐도 분명했다.

"요새 나탈리가 정말 걱정돼."

"계속 나쁜 친구들이랑 어울리는 것 같고……."

나탈리는 나와 별로 친하지 않아서 그다지 관심을 갖지 않은 친구였다. 들어보니 머리도 좋았고 어렸을 적부터 회계사의 꿈을 키워왔다고 했다. 그런데 코스워크가 점점 밀려가기 시작하더니 이 중요한 때에 이젠 학교 일은 안중에도 없이 놀기만 하였다.

"나탈리, 조금만 더 힘내. 거의 다 끝났는데 뭐."

우리가 볼 때마다 좋은 말로 얘기해 보았지만 나탈리는 아예 다른 사람이 되어버린 것 같았다. 코스워크를 제대로 하지 못하면 시험을 아무리 잘 봐도 좋은 성적을 받기 힘들었기 때문에 최대한 잘하는 것이 상책인데, 몇 달 동안 집중력을 유지하는 것은 쉽지 않았다.

지금까지는 해야 할 일이 있을 때만 그때그때 열심히 해도 충분했지만 이제는 쉴 틈이 없이 학교 숙제와 코스워크를 해야 했다. 그런데다가 봄방학에 잠시 여행을 갔다 오고 나니 정말 공부가 손에 잡히지 않았다. 별로 내키지 않는 코스워크를 하려고 앉으면 머리 속이 산만해져서 진행이 잘 되지 않았다.

정말 잘하고 싶다는 생각은 예전과 변함이 없었지만 몸과 마음이 지치고, 한편으론 들뜬 기분이 겹쳐서 정신 상태가 많이 해이해져 있었다. 내가 깨닫지 못하는 사이 나의 표준은 조금 내려가 있었다. 전에는 밤을 새서라도 내가 할 수 있는 최선의 '작품'이 나오도록 노력했었는데, 이제는 별로 그렇게 하고 싶지도 않았고, 할 자신도 없었다. 코스워크가 쌓여 있는 것을 생각만 해도 까마득했다. 제출 기간이 가까워 올수록 드는 생각은 하나뿐이었다.

'빨리 끝내버리자!'

내가 가장 부담스러워 했던 것은 그래픽 코스워크였다. 나는 음악 교실을 디자인하기로 했다. 작품을 디자인하고 직접 모형을 만들어야 했기 때문에 몇 달에 걸쳐 계속해야 했다. 하지만 나는 그래픽에 그리 흥미가 없었을 뿐더러 그다지 잘해야겠다는 필요성도 느끼지 못했다.

'나의 목표는 오로지 낙제하지 않는 거야.'

그나마 영어와 영문학 코스워크는 학기 내내 써온 에세이들을 모은 것이었기 때문에 다른 과목에 비해 부담이 적었다.

"지금까지 쓴 에세이 중 맘에 들지 않는 것을 다시 써오면 재채점을 해줄게요."

선생님은 내 에세이 중 맨 처음 썼던 'The Rain'을 고쳐보라고 조언했다. 하지만 매일 밤을 다른 코스워크로 지새우는 나는 그럴 기운도 시간도 없었다.

생물과 화학 코스워크는 다행히 모두 잘 마쳤지만, 물리 코스워크 한 편은 그만 밀리고 말았다. 다른 과목들에 치여 손도 대지 못하다가 결국은 제출 날짜 바로 전날 밤을 새워 엉성하게 완성했다. 그 코스워크를 제출하는 나의 심정은 자포자기에 가까웠다.

'망했다.'

그런데 생각지도 못했던 코스워크가 하나 늘었다.

"수학 최고반 학생 중 원하는 사람은 조금만 더 공부해서 GCSE 통계학 시험을 볼 수 있습니다."

나는 당연히 하겠다고 했다. 그런데 날벼락 같은 소리가 들려왔다.

"통계학에서도 코스워크가 하나 있어요."

직접 자료를 모으고 분석해야 하는 커다란 코스워크였다. 엎친 데 덮친 격으로 나는 그 과제에 대해 설명 해주는 수업에 참여하지 못했다. 결국 코스워크를 제출한 후에야 내가 아주 중요한 부분을 통째로 빼먹었다는 것을 알게 되었다.

불행 중 다행으로, 통계학 코스워크는 나의 마지막 GCSE 코스워크였다.

'체중이 확 내려가는 기분이다.'

이쯤에는 코스워크나 에세이라는 말만 나와도 다들 진저리를 쳤다. 코스워크에 찌들어 정신없이 보낸 지난 몇 달이 꿈만 같았다.

하지만 시원하기만 한 것은 아니었다.

'좀 더 집중하고 좀 더 열심히, 좀 더 빨리 했더라면 훨씬 더 좋은 결과를 얻었을 텐데……'

그러나 사실 걱정하고 후회할 시간도 없었다. 이제 시험이 정말 코앞으로 다가왔다.

GCSE 성적

GCSE 성적은 나중에 대학에 지원할 때 A 레벨 성적과 함께 제출하기 때문에 중요했다. 학점은 A*, A, B, C, D, E, F, G 이렇게 여덟 등급으로 나뉘었다. (A*는 A플러스와는 다르고, A보다 한 등급 높은 학점이다.)

내가 한 달간의 '지옥 생활'을 겪었던 2001년 GCSE 시험에서 영국 전체의 평균성적을 보면, 어느 한 과목에서 A 스타를 받은 비율은 5%, A 이상을 받은 비율은 16%, 그리고 C 이상을 받은 비율은 57%였다. 세인트 크리스핀의 평균도 이와 비슷했다.

C 이상의 학점은 'high pass(높은 합격)'이라고 불렸는데, GCSE 다음 단계인 A 레벨을 공부하려면 GCSE에서 적어도 다섯 개의 C 이상 학점(높은 합격)이 있어야 하는 것이 보통이다. 2001년에 영국 전체에서 C 이상의 학점을 다섯 개 이상 받은 학생은 50%였고, 세인트 크리스핀에서는 57%였다.

먹컵 데이

5월 초순부터는 학교에 가지 않고 각자 공부하는 '스터디 리브(study leave)' 기간이 있었다. 6월에 있을 시험을 준비하는 기간이었다. 스터디 리브가 시작되면 이제 시험 볼 때를 제외하고는 더 이상 학교에 나오지 않는다고 했다. 코스워크에, 시험 준비에 지쳐있는 나에게는 이 기간이 공부보다는 조금 쉴 수 있는 기간으로 느껴졌다.

영국에서는 11학년까지만이 필수 교육이기 때문에 많은 친구들에게 11학년은 학교생활의 마지막 해였다. 그런데 졸업식이 없다고 했다.

"대신 마지막 정식 수업일에 '먹컵 데이(muck-up day)' 라는 행사가 있어."

"그게 뭐야?"

스텔라의 얼굴에 장난기가 비쳤다.

"예전에 본 적 있을 텐데……?"

이 날은 말 그대로 엉망진창 '망가지는' 날이었다.

"우선 교복을 망치는 것부터 시작해. 넥타이는 갈기갈기 찢고, 스타킹은 망사를 신거나 구멍을 숭숭 내고, 아니면 알록달록한 양말을 신고."

레이첼이 흥분하며 끼어들었다.

"가장 중요한 것은 바로 흰색 와이셔츠야. 매직을 들고 다니면서 서로 와이셔츠에 작별 메시지와 사인을 주고받거든."

"색깔 있는 스프레이와 반짝이를 들고 다니면서 서로 온몸에 뿌리고, 머리도 삐삐머리 같이 파격적인 스타일로 하기도 하고."

"정말? 우와, 재미있겠는 걸?"

머컵 데이가 정식 수업일이라고는 했지만, 정작 그 날이 되자 우리는 거의 수업에 가지 않고 돌아다니면서 선생님과 친구들에게 작별 인사를 했다. 첫 수업이 끝날 무렵에는 모두들 셔츠가 낙서투성이가 되었다.

'Bye, Esti! Good luck(안녕, 에스더! 행운을 빌어).'

'The best Asian girl eva(최고의 아시아 소녀)!'

옷이 너덜너덜하고 울긋불긋한 11학년생들이 요란을 떨며 사방으로 몰려다니는 광경은 가히 해괴망측했다.

학교가 끝날 쯤에는 영국 아이들의 가장 엽기적인 모습을 볼 수 있었

다. 계란과 밀가루를 챙겨 와서 서로 던지고 뿌리며 정말 망가질 대로 망가졌다. 최근에 들어서는 이 계란과 밀가루 전통에 구체적인 시간과 장소가 정해지는 등 좀 더 강력하게 통제되고 있는데, 11학년생들이 맘에 안 드는 저학년생들에게 시도 때도 없이 계란을 던져서 울리는 일이 빈번했기 때문이다.

우리는 운동장 너머의 풀밭으로 떼를 지어 몰려갔다.

"와아아아!"

"받아랏!"

"너한테 쌓인 게 많았어!"

밀가루가 흩날리고, 계란이 날아가서 퍽퍽 깨졌다. 난장판이었다. 계란이 깨져서 흘러내리는 것이 좀 찝찝했지만, 상대를 가리지 않고 무차별 공격을 했다.

한참 난리법석을 피운 후 스텔라와 나는 전쟁터에서 잠시 빠져나와 햇볕이 쨍한 풀밭에 앉아서 숨을 골랐다.

"코가 근질근질해."

재채기를 하는 스텔라를 보고 나는 웃음을 터뜨렸다. 아직도 멀리서는 허연 밀가루 구름 속에서 아이들이 비명을 지르며 계란 싸움을 계속하고 있었다.

"에스따 네가 영국에 온 게 9학년 때였는데 벌써 11학년이 끝나다니 믿어지지 않아."

"아직도 다 기억나는데. 넌 내가 전학 온 첫날 학교에 안 왔었잖아. 케이티라는 이름이 너무 많아서 엄청 헷갈렸고……. 바로 어제 일 같다."

연수로 따진다면 2년 반밖에 안 되었지만 옛날 옛적 얘기를 하는 것처럼 까마득하게 느껴졌다. 그동안 너무 많은 변화가 있었기 때문일까.

"그 때 애들이 미국 억양을 가진 한국 여자애가 전학 왔다고 해서 정말 궁금했었는데."

"히힛, 지금은 완벽한 영국 억양이지? 그치?"

이젠 완연한 여름 날씨였다. 우린 벌렁 드러누워서 하늘을 쳐다봤다. 살랑바람이 스치고 지나가는 느낌이 너무 좋았다. 마음이 편안해져 왔다.

'지금 이 순간은 아무런 걱정도, 염려도 없어.'

멀리서 꺅꺅 하는 비명 소리가 들려왔다. 쿡 하고 웃음이 터졌다.

"우리도 다시 한 번 해볼까?"

우린 누가 먼저랄 것 없이 일어나서 밀가루 구름 떼를 향해 뛰어갔다. 완벽한 행복의 순간이 있다면 지금이 그중 하나였다. 친구는 영원한 것이기에. 영국에서 얻은 가장 큰 재산 중 하나가 바로 그들이었기에.

프롬의 추억

먹컵 데이 다음 날부터는 학교에 가지 않았지만, 곧 좀 더 문화인적인 작별 파티인 '프롬(prom)'이 있었다. 아침부터 나는 목욕재계하고, 화장하고, 빨간 드레스에 긴 생머리를 하고 엄청나게 굽이 높은 샌들을 신은 채로 떠났다. 몇 달 전부터 기다려 온 날이었다.

친구들 여덟 명이 함께 리무진을 타고 프롬 장소로 가는 것이 그 날의 하이라이트였다. 기다랗고 하얀 리무진이 거리를 누비고 다니자 지나가는 모든 사람들의 눈은 우리를 향했고, 심지어는 인사까지 했다.

"우리가 연예인인 줄 아나봐!"

흥분한 우리는 유명인사인 것처럼 창문을 내리고 손을 흔들어주었다.

"어머, 이거 누르니까 조명이 바뀐다!"

"냉장고도 있네."

"어, 음료수도 들어있다. 이거 마시면 돈 내야하나?"

이것저것 열어보고, 버튼을 눌러보고 하면서 시끌벅적하게 시내를 드

라이브한 후 우리가 내린 곳은 유람선을 타는 곳이었다. 프롬은 템즈 강 위의 아담한 보트에서 저녁 8시부터 자정까지 열렸다. 배에 오르자마자 우리는 여러 친구들과 어울려 사진을 찍었다.

"치-즈! 스마-일!"

친구들과 선생님들에게 인사를 한 후, 우리는 템즈 강의 풍경을 배경으로 음료수를 마시며 이런 저런 이야기들을 나누었다. 지금까지 별로 친하게 지내지 못했던 친구들과도 이야기하는 기회였다. 의외로 마음이 통하는 친구들이 많았다.

'좀 더 시간이 주어졌더라면 이 친구들과도 친해졌을 텐데…….'

아쉬움이 있었지만, 지금이라도 대화를 나누게 된 것이 다행이었다. 한 번이라도 스쳐간 사람은 아예 모르는 사람보다는 깊은 인연이니까.

밤이 깊어오자 DJ는 음악을 크게 틀어놓았다. 갑판에서 춤을 추고 장기자랑을 하며 프롬의 밤은 깊어갔다. 자정이 되어 다시 육지로 왔을 때는 모두들 아쉬운 표정이 역력했다.

"2차 파티에 갈래?"

미성년자이면서 술을 마셔 휘청거리는 케이티가 혀가 꼬인 목소리로 물었다.

"아니, 괜찮아. 난 그냥 집에 갈게."

집에서 쓸쓸하게 있을 동생을 생각하며 나는 리무진에 올랐다. 집으로 돌아가는 길, 거리는 조용했다. 하지만 차 안은 떠드는 소리, 고래고래 소리를 지르며 노래 부르는 소리로 떠나갈 듯 했다.

'다시 이런 시간은 없을지 몰라…….'

대부분의 친구들은 그 날 작별 인사 후 제대로 만나보지 못할 것이었다. 그래서 프롬은 더욱 특별한 추억이었다.

지옥의 한 달 시험

'이젠 정말 시험 준비하는 일밖에 안 남았네.'

영국의 시험 기간은 한국에서보다 훨씬 길었다. GCSE 시험은 과목당 한 번 이상 치러졌고, 각 시험이 모두 다른 날짜와 시간에 있었기 때문에 학생에 따라 전체 시험 기간이 한 달을 넘기는 경우도 있었다. 나는 대략 17개 정도의 시험을 4주에 걸쳐서 볼 것이라는 사실을 알았을 때 머리가 정말 아찔했다.

'난 이제 죽은 목숨이야!'

한국에서는 중간고사니 기말고사니 하는 시험들이 한 달이 멀다 하고 있었지만, 영국 친구들은 이 나이가 되도록 시험 문화에 익숙하지 않았다. 9학년 말에 보았던 시험과 얼마 전에 본 GCSE 모의고사가 전부였다. 영국 아이들과 달리 난 한국에서 하룻밤 벼락치기를 해본 경험이라도 있었지만, 이런 장기간에 걸친 중요한 시험은 처음이었다.

아직도 공부할 건 태산 같은데, 몇 주간의 스터디 리브 기간이 왜 그렇게 짧게 느껴지는지 속이 바싹바싹 타들어갔다. 온몸이 결리고 쑤신 것은 둘째 치고, 스트레스 때문에 나중에는 아예 집중을 할 수가 없었다.

'다른 친구들은 공부가 잘 되어가고 있나?'

나는 머리가 터지기 직전의 기분으로 스텔라에게 전화를 걸었다.

"시험 준비는 잘 되가?"

"말도 마. 며칠동안 책상에만 앉아있었더니 폭발하려고 해."

"나도 힘들어 죽을 것만 같아."

시험의 스트레스는 아무리 마음을 비우려 해도 사라지지 않고 오히려 더 무거워지기만 했다.

이것은 어쩌면 내 일생일대의 기회였다. 한번 가면 다시는 오지 않을 기회, 흘려버리면 분명히 후회할 기회였다. 이것을 위해 엄마가 밤을 새가며 일을 했고, 아빠는 기러기 아빠가 되기를 자청하지 않았는가. 지금은 그야말로 촌각을 다투어야 하는 시간이었다.

'1분 1초라도 소홀히 하면 우리 가족이 지난 2년 반 동안 흘려온 모든 땀이 헛수고가 될 거야.'

게다가 나 혼자 소중히 품어왔던 꿈이 자꾸 머리를 때렸다.

'케임브리지!'

지금 최선을 다하지 못하면 내가 마음속으로 해왔던 꿈꾸기는 그야말로 덧없는 꿈으로 굳어버릴 것을 알았다. 그렇게 되기를 원하는가?

'절대 아니야!'

하루에도 몇 번씩 이런 생각이 들면 정신이 번쩍 들며 마음이 더욱 다급해졌다.

'그럴 순 없어. 조금만 더, 마지막 힘을 내자!'

마라톤 주자가 결승점을 앞두고 스퍼트를 하듯, 시험이 있는 6월 한 달 동안 나는 전에 보지 못했던 열심을 가지고 공부했다. 매일 새벽까지 공부했고, 다음 날 시험이 있으면 잠을 거의 안 자다시피 했다. 시험을 보고 집에 돌아오면 우선 잠부터 조금 잔 후, 저녁에 일어나서 밥을 먹고 다시 본격적으로 공부를 시작하는 비정상적인 스케줄이 근 한 달 동안 나의 일과가 되어버렸다.

GCSE 시험 기간은 정신력과 체력을 시험하는 기간이었다. 피곤한 몸으로 학교에 가서 시험을 보는 몇 시간 동안은 젖 먹던 힘까지 다 짜내어 정신을 최대한 바짝 차리고 있어야 했다. 시험에서 에세이를 너무 많이 쓴 탓에 나중에는 볼펜을 잡은 곳은 군살이 박혔고, 손이 종이와 닿는 부분은 반질반질해졌다. 그렇게 겨우 시험을 보고 난 후 집에 오면 머리가 터질 것 같았다.

'이젠 내일 시험 볼 내용을 공부해야 하는데……'

여러 개의 시험이 밀집된 경우에는 며칠 밤을 내리 새느라 더더욱 힘들었다.

　그런데 엎친 데 덮친 격으로, 시험 기간 중에 엄마가 갑작스럽게 한국에 갈 일이 생겼다. 당분간 밥, 빨래, 청소를 비롯한 모든 집안일을 동생과 내가 해야 했다.

　"정말 잘 하고 있을 수 있니?"

　"네, 엄마. 걱정 마시라니까요."

　엄마 앞에선 큰 소리를 땅땅 쳤지만, 막상 엄마가 떠나고 나니 정말 앞이 캄캄했다. 매일 아침 밥 챙겨먹는 것조차 엄청난 스트레스가 되어 버렸다. 그래서 밥을 안 먹고 아침 시험을 보러 가는 날에는 머리 속이 웅웅거리는 통에 시험지가 보였다, 안 보였다 했다. 간신히 펜을 놀릴 힘을 쥐어짜고 두 시간을 버티고 나면 시험장을 빠져나갈 힘도 없었다. 어질어질한 정신으로 집에 가서 또 공부할 생각을 하면 눈물이 날 것만 같았다.

시험 한달째 …

'엄마, 나 좀 도와주지…….'

드디어 마지막 시험을 치르고 시험장을 빠져나오는 순간, 나는 기쁨의 탄성을 지를 정신적인 여유도 없었다. 머리 속이 그냥 멍했다.

'빨리 학교를 빠져나가야 해……. 어서 집에 가서 자야 해.'

방학 내내 무엇을 할지 아무 계획도 세워놓지 않았다. 이젠 더 이상 불안하고 초조해하지 않아도 된다는 막연한 안도감이 나를 그 자리에 쓰러져서 자고 싶게 만들었다.

항상 내일 일, 모레 일, 다음 주의 일을 앞서 걱정해야 했던 무거운 마음이 드디어 족쇄에서 해방되었는데도 불구하고, 한 달간의 지옥 같던 나날이 머리 속을 뱅뱅 맴돌며 어지럽게 했다. 그래서 다리가 금방이라도 풀릴 것같이 후들거렸지만, 나는 뒤도 한 번 돌아보지 않고 햇빛이 찬란한 교정을 떠났다.

운명의 날

시간이 흐르고 흘러 때는 2001년 8월 23일 목요일, 드디어 GCSE 성적이 발표되는 날이었다. 걱정 반 기대 반이었다. 모의고사 성적으로 미뤄볼 때 기대할 수 있는 최상의 결과는 A 스타 두 개, A 대여섯 개, B와 C 서너 개였다.

'그 정도의 성적을 받는다면 대만족일 텐데. 그보다 못 나온다 해도, 적어도 A 레벨을 공부할 자격 정도는 되겠지?'

아침 10시 버스를 타고 학교에 가니 서무실 앞에는 벌써 성적표를 받기 위해 아이들이 잔뜩 상기된 표정으로 줄을 서 있었다. 그 줄이 왜 그리 길어 보이던지. 한 명씩 성적표를 받아 들고는 웃기도 하고 울상이 되기도 했다.

"성적이 너무 잘 나왔어."

꺽다리 프란세스가 감격해서 눈물을 터뜨리는 것이 보였다. 반면 우리 반 몇몇 아이들은 실망의 눈물을 머금고 있었다.

간신히 내 차례가 되어 창구 앞에 섰는데 안에 있던 선생님이 내 성적표를 건네주며 말했다.

"에스더 시험 잘 봤던데!"

"정말요?"

나는 두근거리는 심장 소리를 들으며 성적표를 살펴보았다. 첫 페이지는 다음과 같았다.

English Literature (영문학)	A*
Science: Biology (생물)	A*
Science: Chemistry (화학)	A*
English (영어)	A
Science: Physics (물리)	A
Statistics (통계학)	A
Graphic Products (그래픽)	C

A 스타 세 개와 A 세 개, 그리고 C 하나 였다. 물리와 통계학에서 A 스타를 받지 못한 것이 못내 아쉬웠다. 둘 다 코스워크를 제대로 하지 못한 과목이라는 것이 생각났다.

'하지만 영어는 A, 영문학은 A 스타를 받았잖아!'

나로서는 믿지 못할 일이었다. 2년 전 존스 선생님은 불가능할거라고 말하지 않았던가. 게다가 그래픽 디자인마저도 낙제하지 않고 C를 받은 건 정말 천만 다행이었다.

그동안 하도 마음을 졸이면서 최악의 경우를 생각해 왔기 때문에 기분이 마냥 좋기만 했다. C 이상의 성적을 받은 과목이 다섯 개가 넘었기 때문에 A 레벨을 공부할 수 있을지는 이제 걱정하지 않아도 되는 것이다.

그런데 성적표의 두 번째 페이지로 넘어간 나는 그 자리에 얼어붙고 말았다. 그 페이지에는 나머지 다섯 과목의 성적이 나와 있었다.

French (프랑스어)	A*
History (역사)	A*
Mathematics (수학)	A*
Music (음악)	A*
Religious Education (종교)	A*

'내가 뭔가를 잘못 보고 있는 거야.'

"에스따, 잘 나왔어?"

어느새 내 곁에 스텔라가 다가와서 물었다. 나는 어떻게 대답해야 할지 몰랐다.

"으응. 생각보다 잘 나왔네."

"뭐 받았는데?"

"저기…… A 스타 여덟 개, A 세 개, 그리고 C 하나."

"저, 정말?!"

"응."

"우와아. 에스따, 축하해!"

나는 어정쩡한 웃음을 지었다. 하지만 머리 속에선 아직 이 모든 것이 현실로 다가오지 않고 있었다.

'나 같은 아이는 절대 받을 수 없는 성적인데……'

그 때 생물 선생님이 내 쪽을 가리키며 지역 신문 기자들을 향해 말했다.

"저기 있네요. 우리 학교에서 가장 높은 성적을 받은 학생이에요."

'우리 학교에서 가장…… 높은 성적?!'

나는 내 귀를 의심했다. 그건 정말이지 절대 말이 안 되는 소리였다. 결코 가능하지 않은 일이었다. 기자들은 넋이 나간 듯 서있는 나와 스텔라 쪽으로 급히 달려와서는 우리 사진을 찍고 짧은 인터뷰를 하기 시작했다.

"어떤 과목들을 공부했죠?"

"성적이 어떻게 나왔죠?"

얼떨결에 묻는 대로 대답을 하기는 했는데, 아무래도 긴장을 많이 해서 잘못 대답한 것 같았다. 정신이 오락가락했다.

성적표를 받고 집에 돌아오는 버스 안에서, 나는 멍하니 앉아 창밖을 바라보기만 했다. 성적이 내가 기대했던 것보다 얼마나 잘 나온 것인지 머리 속으로 서서히 인식되어가기 시작했다. 영국에 와서 나름대로 열심히 노력한 것은 사실이지만, 그 결과가 이렇게 좋을 줄은 정말 꿈에도 상상하지 못했다.

집에 오자마자 동생이 대뜸 물었다.

"잘 나왔어?"

울상을 지으며 아닌 척 해보았지만, 그런 어설픈 연기에 넘어갈 동생이 아니었다.

"어디 줘봐! 얼마나 잘했나."

내 성적표를 보던 동생의 눈이 휘둥그레졌다.

"왜 이렇게 못 했어? 언니 다시 봤다!"

웃음이 터져 나왔다. 바로 수화기를 들고 한국에 있는 부모님에게 전화를 걸었다.

"엄마……?"

"응! 에스더, 성적 잘 나왔니?"

"저기, 엄마……."

내가 머뭇거리자 엄마는 밝은 목소리로 보호 그물망을 쳤다.

"왜 그래? 실망했어? 에이, 그런 걸로 실망하지 마. 최선을 다하면 된 거지."

"그냥. A 세 개랑, C 한 개랑."

"어머, 잘 봤네! 정말 잘했다. 장하다, 우리 에스더! 정말 자랑스럽다!"

내가 실망했을까봐 엄마는 내 말이 다 끝나기도 전에 큰 소리로 칭찬을 했다. 나는 풀이 죽은 목소리로 말을 이어갔다.

"고마워, 엄마…… 근데……."

"응, 에스더. 말해 봐."

"나…… 있잖아…… 'A 스타'도 여덟 개 받았어……."

엄마는 갑자기 말이 없었다.

"엄마?"

아무 소리도 들리지 않았다. 나는 수화기에 귀를 바짝 갖다 댔다.

"……엄마?"

"에스더."

"응?"

"……정말 축하해. 정말 축하해."

수화기 너머로 엄마의 작은 흐느낌이 들려왔다. 순간 지금까지 겪은 모든 아픔들이 다시 내 가슴을 파고들었다.

내가 얼마나 아팠는지, 얼마나 피땀을 흘렸는지 엄마는 알고 있었다. 못난 딸이 밀려오는 졸음을 애써 참으며 밤을 새는 것을 보고 얼마나 안쓰러웠을까. 버스를 놓치고 처량한 모습으로 집에 다시 들어올 때 얼마나 가슴이 찢어졌을까. 맛있는 과자를 바로 옆에 두고, 매번 촌스러운 이코노미 과자를 집어들고 씩 웃는 나를 보고 얼마나 미안했을까. 아빠가 보고 싶어서 몰래 흐느끼는 나를 보고 얼마나 마음이 아팠을까.

'하지만 엄마 아빠 때문에 나 하나도 안 힘들었어요. 엄마 아빠는 더 힘들었잖아요…….'

지금 엄마의 눈물 속에는 지금까지의 우리 가족의 모든 고생이 녹아 있었다. 나의 크고 작은 성공에 엄마 아빠의 모든 수고는 눈 녹듯 사라진다는 게 너무 감사해서, 그리고 너무 미안해서, 나는 수화기를 붙잡고 지구 반대편에 있는 엄마와 함께 울었다. 이것이 우리의 마지막 눈물이 되기를 바라며.

하늘에서 날아온 소포

다음날 지역 신문에 난 GCSE 특집 기사에는 내 사진과 이야기도 실려 있었다. 신문에 난 다른 아이들과 비교해 보았는데, 아무리 봐도 이상했다. 워킹햄과 브라크넬에 있는 십여 개 학교에서 나보다 좋은 성적을 받은 아이는 한 명도 없었다. 문득 이런 생각이 들었다.

'이 정도 성적이면 나중에 케임브리지에 원서를 넣어볼 수 있는 것 아냐?'

하지만 마음속으로는 많이 상상해 보았어도, 솔직히 케임브리지는 내게 전혀 현실감이 없이 아득하게 느껴지는 곳이었다.

사실, 케임브리지라는 대학이 영국에서 가장 좋다는 것 외에는 아는 바가 없었다. 나에게도 가능성이 있다는 것을 이젠 더 큰 확신을 가지고 믿었지만, 세계 최고의 대학 중 하나에 내가 발을 디딜 수 있을지 모른다는 생각은 대단한 상상력을 필요로 했다.

그러던 어느 더운 여름날이었다. 내 앞으로 소포가 하나 배달되었는데, 겉봉투에 적힌 발신인 이름을 본 나는 깜짝 놀라고 말았다.

'University of Cambridge.'

바로 그 케임브리지 대학이라는 곳에서 보낸 소포였다. 받을 사람 이름은 분명히 내 이름이었다.

'아니, 내가 속으로 너무 많이 상상해서 현실이 되어버린 건가?'

이렇게 내 두 눈으로 직접 케임브리지 대학의 정식 마크를 본 것은 처음이었다. 너무 흥분한 나머지 봉투를 확 찢어서 열었다. 안에는 케임브리지 대학 안내서와 지원서가 달랑 들어 있었다.

나는 그 날 이후로 며칠 동안 그 안내서를 샅샅이 읽었다. 케임브리지에 대한 궁금증들이 하나하나 풀려가기 시작했다.

케임브리지 대학

1326년에 첫 칼리지가 세워진 케임브리지 대학보다는 옥스퍼드 대학이 조금 더 역사가 깊고, 또한 한국에서는 옥스퍼드 대학이 더 유명한 것이 사실이다. 하지만 최근 들어 케임브리지가 영국 최고의 대학이라는 것은 의심할 여지가 없었다. 대학 순위를 매겨놓은 여러 '리그 테이블' 중 어느 것을 보아도 1위는 단연 케임브리지였다.

설립 이래로 케임브리지와 옥스퍼드는 영국 최고의 교육 중심지로 자리 잡았다. 이 두 대학을 통틀어 부르는 '옥스브리지(Oxbridge)' 라는 이름에는 명예, 전통, 탁월함, 그리고 조금의 우월감이 내포되어 있었다.

특히 이 두 대학은 독특한 칼리지 제도를 운영하는 것으로 유명하다고 했다. 도시 전역에 케임브리지 문양이 붙어 있는 대학 소유 건물이 흩어져 있는 대신, 우리나라에서는 유명 대학의 상징으로 간주되는 중앙 캠퍼스가 없다는 것이다.

사실 두 대학은 '칼리지'의 연합체라고 할 수 있었다. 케임브리지에는 29개의 학부 칼리지가 있는데, 각 칼리지는 거의 모든 과목에서 학생들을 받아들이며 자체적인 독특한 특성과 전통을 가지고 있는, 하나의 완전한 개체라고 했다.

케임브리지 대학에 지원한다는 것은 곧 그 산하의 어느 한 칼리지에 지원한다는 뜻이었다. 입학 허가 과정은 각 칼리지에서 독립적으로 수행되고,

만일 그 칼리지에서 입학을 허가하면 케임브리지 대학에 입학하게 되는 것이다. 다들 '케임브리지 학생' 이지만, 각자 자기 칼리지의 기숙사에 살고, 칼리지 구내식당에서 먹고, 칼리지에서 주로 친구를 사귄다고 했다.

하지만 서로 다른 칼리지에 소속된 학생이라 할지라도 그들이 받는 교육의 질은 동일하다. 예컨대 케임브리지 각 칼리지의 모든 수학 전공생들(mathmos)은 같은 강의를 듣고, 같은 숙제와 과제를 하고, 같은 시험을 본다. 칼리지에 상관없이 다 같은 수학 부서에 소속되어 있으며, 그 부서에서 이들의 공부의 틀을 제공하는 것이다. 건축, 영문학, 철학, 법학, 의학, 자연 과학 등 모든 전공 분야에서도 마찬가지이다.

강의와 세미나 외에도 '슈퍼비전(supervision)' 이라는 제도가 옥스브리지(케임브리지와 옥스퍼드)에서는 중요한 비중을 차지한다. 각 과목당 한 주에 한 번 정도 있는데, 두세 명의 학생이 그 분야 전문가들과 질문을 주고받으며 밀접한 접촉을 갖는 시간이다.

이 기회를 통해 강의실에서 배우는 이론적인 지식을 더 확실하게 굳힐뿐 아니라, 최고의 전문가들로부터 아주 실질적이고 구체적인 도움과 조언을 받을 수 있는 것이다. 이것이 옥스브리지 교육의 핵심이라고 할 수 있으며, 그것을 활성화시키기 위해 영국 정부는 매년 수십억 원 상당의 돈을 지원한다.

풍월에 따르면 옥스퍼드는 인문 계열에서, 케임브리지는 과학 분야에서 더 강세를 나타낸다고 한다. 케임브리지 출신의 노벨상 수상자는 80명으로 세계 대학 중 가장 많은데, 극소수를 제외하면 모두 과학자, 수학자, 경제학자들이다. 아이작 뉴턴, 찰스 다윈, DNA 구조를 발견한 왓슨과 크릭, 그리고 입자 산란 실험을 한 러더포드에 이르기까지, 케임브리지가 배출한 위대한 과학자들은 수없이 많다. 그 유명한 스티븐 호킹은 현재 '루카시언(Lucasian)' 석좌 교수로 재직하고 있다.

케임브리지 대학 안내서를 읽으면서 나는 어떤 학과를 전공할 것인지, 어느 칼리지를 택할 것인지 때 이른 고민을 하며 행복한 망상에 빠졌다. 나중에는 너무 많이 읽어서 부분부분 외워버린 곳도 있었다.

그런데 한 가지 수수께끼가 풀리지 않았다.

'케임브리지에서 도대체 어떻게 내 이름과 주소를 알고 이런 자료를 보내 준 거지?'

학교에서 내가 케임브리지에 가고 싶어 한다는 것을 알고 나 대신 자료를 신청해주었을 리 만무했다. 엄마 역시 모르는 사실이라고 했다.

'하나님이 나를 케임브리지에 보내려고 작정하신 건가?'

이 미스테리의 사건은 내 꿈에 날개를 달아주었다. 케임브리지는 더 이상 꿈속에서나 기웃거릴 수 있는 미지의 땅이 아니었다. 구체적으로 어떤 성적을 받아야 하고, 언제, 어떻게 원서를 써야 하는지를 알게 되었고, 사진과 설명을 통해서나마 그곳이 어떤 곳인지 대충 머리 속에 그림이 그려졌다.

'나도 그 그림의 일부가 되고 싶다…….'

케임브리지는 내게 그렇게 한 발짝 더 가까이 다가왔다.

〈에스더의 엄청난 도전이 **2권**에 계속됩니다〉

부록1 영어 공부는 공부도 아니다

영어를 꼭 **공부**라고

생각해야 하나요?

영어 공부는 공부도 아니다 1
〈말하기 · 듣기〉

A. 발음 공부: "편견을 버려~"

한국에 돌아오자, 주변에서 "영어가 제일 힘들었지?" 하고 묻는 분들이 많았다. 어디선가 언뜻 들은 말로는 열두 살 넘어서는 언어 습득 능력이 크게 떨어져서 그 전에 비해 노력한 만큼 성과가 나타나지 않는다고 했다. 내가 영국으로 떠난 건 열네 번째 생일을 한 달 앞두고였다. 떠날 때 가장 큰 걱정 중 하나도 영어였다.

'The bus came late' 와 같은 간단한 표현조차도 한참 고민을 해야 겨우 떠올릴 수 있었고, 심지어는 내 이름을 말할 때조차도 가슴이 조마조마했던 것을 보면, 역시 영어는 커뮤니케이션 수단이라기보다는 걸림돌로 다가왔던 것이 사실이다. 하지만 내가 그래도 비교적 빠른 시간 안에 브라크넬 사투리에 익숙해진 데는 무엇보다도 '귀' 가 큰 역할을 했다.

Page166~167에서 내가 들은 영어 발음을 한글로 표기한 것을 보고, '아무리 사투리라도 영어는 영어인데 설마 이렇게 까지야……' 하고 생각할 분이 있을지도 모르겠다. 하지만 미국 표준 발음이라 해도 들리는 그대로 한글로 표기한다면 기상천외하게 보일 수 있다. 좀 더 가까이에서 찾아보면, 심지어는 우리나라 말도 들리는 대로 쓰면 이상해 보이는 경우가 많다.

Ex1. 그렇다면 있는 그대로, 들리는 대로 듣는다는 것은 무슨 뜻일까요? 초등학교 때 한 번쯤은 풀어봤을 문제를 생각해 봅시다. 다음을 소리 나는 대로 써 보세요.

(1) 무럭무럭   [   ]
(2) 꽃에는   [   ]
(3) 끝났다   [   ]

이런 식으로 소리가 어떻게 나는지 맞히려면 다른 복잡한 것은 다 필요 없다. 그저 소리 그 자체를 [무렁무럭], [꼬체는], [끈나따], 하고 있는 그대로 들어야 한다. 당연한 이야기 같지만 사실은 꽤 많은 사람들이 이것을 어려워한다. 한 가지 극복해야 할 것이 있기 때문이다. 그것은 바로 '고정 관념'이다.

트레이시 슈발리에의 베스트셀러 소설 『Girl with a pearl Earring(진주 귀걸이를 한 소녀)』에는 17세기 네덜란드의 화가 베르메르가 그림을 그리는 과정이 묘사된 부분이 있다. 그런데 그것을 지켜보는 주인공 하녀의 눈에는 베르메르가 처음에 '잘못된' 색깔만 사용하는 것으로 보인다. 파란색 치마가 있을 곳에는 검은색, 은색의 주전자와 물동이가 있을 곳에는 빨간색, 흰색 벽이 있을 곳에는 회색을 칠해 놓고 그림을 그리기 시작하는 것이다.

315

이해하지 못하는 주인공에게 베르메르는 창 밖의 구름이 무슨 색이냐고 묻는다. 누구나 생각하는 것처럼 흰색 혹은 회색이라고 대답하자, 베르메르는 다시 한 번 보라고 말한다. 그제서야 '보이는 그대로' 보기 시작한 주인공은 파랑, 노랑, 초록 등 전에는 보지 못했던 색깔을 발견하고는 흥분한다.

자, 우리도 하늘을 한 번 올려다 보자. 구름이 정말 흰색인가? 흰색으로만 그린 구름은 진짜 구름처럼 보이기 힘들 수 있다. 정말 살아 있는, 우리가 매일 보는 구름처럼 그리려면 고정 관념 속에 박혀 있는 흰색 구름이어서는 안 된다. 내 눈에 '보이는 그대로' 세밀하게 관찰한다면 그 흰색 속에 있는 스펙트럼이 조금씩 보이기 시작한다. 있는 그대로 말이다.

나는 색깔에 있어서는 벌써 고정관념이 어느 정도 굳어진 것 같다. '절대색감' 이 없다고 해야 할까? 흰 구름의 얼룩덜룩한 부분을 쳐다보면서 과연 저게 무슨 색일까 하고 한참을 골똘히 생각해 보아도 잘 모르는 경우가 많다. 뚫어지게 '보고는' 있어도 '못 보는' 것이다. 나의 고정 관념을 뛰어넘는, 파란색, 노란색, 초록색과 같은 색깔들이 내게 는 그냥 흰색으로만 보이기 십상이다. 하지만 나도 기를 쓰고 노력하면 어느 순간부터 그런 색깔들이 조금씩 보이기 시작한다.

소리, 나아가 영어 발음도 마찬가지이다.

Ex2. 여러분은 Have라는 단어를 어떻게 발음하십니까?

많은 사람들에게 Have는 [해브]일 뿐이다. 아무리 원어민이 그와 다르게 발음해도 [해브] 이상으로 들리지 않는다. 그래서 발음을 할 때도 '들리는' 대로, [해브]라고 한다.

이런 고정 관념을 뛰어 넘으려면 음악을 하는 사람처럼 귀를 많이 훈련시켜야 한다고 생각한다. '귀'를 훈련시킨다고 했지만 실상은 '뇌'를 훈련시키는 것이다. 흰 구름이 내게는 마냥 하얗게만 보였던 것처럼, 처음에는 have가 아무리 들어도 [해브]로만 들릴지 모른다. 하지만 좀 더 귀를 기울여서 소리를 있는 그대로, 들리는 그대로 들어보라.

미국식 발음으로 하자면 have는 [해아아v]에 가깝게 발음된다. 하지만 [해아아v]라고 말로 해준 다음 따라해 보라고 하면 어김없이 그냥 [해애브]라고 발음하는 사람들이 대부분이다. 아무리 [해아아v]라고 들려주어도 머리 속에서는 이 단어에서는 [아아] 소리가 나서는 안 된다는, 무의식 중의 고정 관념이 박혀 있는지도 모르겠다. 그래서 [아아] 소리를 들어도 인식하지 못하게 된다. 들어도 '듣지' 못하는 것이다.

반면, 아무리 영어 발음이 좋지 않은 사람이라도 내가 한글로 직접 '해아아브'라고 써주면 그것을 있는 그대로 읽음으로써 원어민에 못지 않은 발음을 하는 것을 볼 수 있었다. 그러면서 좀 어색하다는 듯 미심

쩍은 표정을 짓는다. 그것이야말로 완벽에 가까운 발음이었는데도 말이다.

Ex3. 이번에 보여드릴 예는 많은 한국 사람들에게 조금 충격적으로 다가왔다고 합니다. 소리 내어 다음 문장을 발음해 보세요.

This is Miss Blitt.

'디씨즈 미스 블리트'라고 읽었다면 아무리 'th'발음과 [z]발음을 잘했다고 해도 원어민이 아닌 티를 확 내 버린 것이 된다. 적어도 한국에서 선호하는 미국 표준 발음으로라면 짧은 'i' 발음, 그러니까 [i] 발음은 우리 말의 [이]가 아니다. [i]는 오히려 [으]나 [어], 혹은 [에]에 가깝다. (영국 표준 발음에서도 마찬가지이다.) 그래서 제대로 발음한다면 위의 문장은 다음과 비슷하게 된다.

드쓰즈 므쓰 블르트.

이 발음이 너무 생소하게 느껴진다면 빨리 그 고정 관념을 깨야 한다. 이것이 훨씬 더 정확한 발음이기 때문이다. 나도 처음에 내가 'i'를 [이]가 아닌 [으]/[어]/[에]로 발음하고 있는 것을 깨달았을 때 적잖이 놀랐다. 'i'는 [이]라는 고정 관념에 대해 알고 있었기 때문이다. 하지만 고정 관념 없이 있는 그대로 들었을 때는 정말 이렇게 들린다. 그리고 작은 차이 같지만 이런 모음의 차이가 원어민 발음과 그렇지 않은 발음을 구분해 버린다.

Ex4. 다음의 두 가지 연습은 모두 앞서 언급한 고정 관념들을 버리고 듣는 연습입니다. 아래의 단어들 옆에는 '고정관념' 상의 발음이 적혀있습니다. 원어민의 발음으로 다음 단어들을 들으면 서 고정 관념 없이 분석해보세요. 그리고 가장 가까운 한국 발음 으로 써보세요.

(1) in(인), lid(리드), sick(씨크), mix(믹스), give(기브), with (위드), English(잉글리쉬), physics(피직스)

(2) as(애즈), and(앤드), man(맨), that(댓), back(백), past(패스트), class(클래스), expanse(익스팬스)

(1)은 [i] 발음이 사실 [이]가 아니라는 것을 '듣는' 연습입니다. 'This is Miss Blitt.' 라는 문장이 실제로 '드쓰즈 므쓰 블르트' 에 더 가깝다는 것을 기억하십니까?

우리는 'in' 이라고 하면 당연히 [인] 이라고 읽는다는 고정 관 념이 있는 것 같습니다. 하지만 'in' 은 [은]이나 [엔]처럼 들립니 다. (1)에 나오는 다른 단어들도 마찬가지입니다. 지금까지 한 번 이라도 'in' 은 [인]이 아니라는 생각을 해보지 못한 분들도 계시 겠지만, 이제부터는 그 점을 한 번 염두에 두고 들어보세요.

(2)는 'have' 를 [해아이v]라고 하는 것처럼, [æ]발음을 제대로 듣는 연습입니다. 'as' 는 우리가 흔히 [애즈]라고 읽는 짧은 단어 이지만, 자세히 귀를 기울여 보면 그보다 조금 더 복잡합니다. 이 제부터는 [애아즈] 혹은 [애어즈]라고 살짝 꼬아서 발음해보세요. 훨씬 더 자연스러운 발음이 되리라 생각합니다.

한국말에 해당하는 발음이 없어서 발음이 어려운 경우도 있지만, 이처럼 고정 관념 때문에 좋은 발음을 하지 못하는 경우도 정말 많다. 조금만 짚어주면 '깨달음'이 오지만, 이것을 누가 일일이 지적해주기는 힘들다. 여기에서 언급한 발음은 [i] 그리고 [æ], 두 가지뿐이지만, 이외에도 고정 관념 때문에 '듣지' 못하는 발음이 많을 것이다.

좋은 발음을 원한다면 자기 스스로 '분석하면서 듣는' 훈련을 해야 한다. 내 귀에 들리는 소리와 내 입에서 나오는 소리를 최대한 꼼꼼하게 비판하여 가능한 한 원어민의 발음과 가장 흡사하게 해야 한다. 따라서 녹음기에 자신의 발음을 녹음해 놓고 들어 보는 것도 아주 효과적이다.

발음을 연습할 때 단어들을 통째로 읽는 연습을 하는 것도 좋지만, 자음과 모음을 조각조각 분해하는 것도 필요하다고 생각한다. 예를 들어서 [i:], [z], [r] 발음 등을 원래의 단어들에서 분리해 생각하는 것이다. 특정 발음을 집중하여 듣고, 분석하고, 따라서 완전히 '들을' 수 있게 된다면 그 발음이 어떤 단어에 나오든지 익힌 것을 활용할 수 있을 것이다.

나는 발음에 있어서 절대로 '이 정도면 비슷하니까 됐다.' 하고 만족해하지 않았다. 끊임없이 발음을 개선하기 위해 노력하고 영어가 들려올 때마다 내가 지금까지 발음했던 것과 비교하다 보니 귀가 예민해졌다. 발음이 조금만 달라도 '뭔가 이상하다.'는 느낌이 왔고, 구체적으로 어떤 차이점이 있는지 정확하게 포착할 정도였다.

이것은 내가 생각해낸 '발음 공부 방법' 이라기보다는 원래 몸에 배어 있던 습관이다. 초등학교 시절 영어 시간에 'Wash your hands.'를 친구들은 '워시 유얼 해앤즈' 라고 읽는 것을 나는 이상하게 생각했었다. 원어민 선생님은 분명히 '우어아쉬 요오올 헤에안즈' 라고 말했는데 말이다.

하지만 그것은 내가 다른 아이들에게는 불가능한 무엇인가를 할 수 있어서가 아니었다. 그것은 발음을 있는 그대로 듣고 분석하는 과정이 머리 속에서 자동적으로 일어났기 때문이다. 내가 구름에 있는 다른 '색깔' 들을 보게 된 것처럼, 이 능력도 분명 후천적으로 익힐 수 있다고 생각한다. 발음을 있는 그대로 들을 수 있게 되면 영어뿐 아니라 그 어떤 언어도 좋은 발음으로 구사할 수 있다.

아래에는 두 가지 '발음 연구' 소재가 준비되어 있다. 첫번째는 [æ]와 [e]의 차이점, 두 번째는 [i]와 [iː]의 차이점에 관한 내용이다. 시간과 여력이 있다면 원어민과 함께, 혹은 텔레비전이나 라디오 방송을 활용하여 연구해볼 만하다고 생각한다.

Ex5. 두 개씩 짝지어진 단어들을 원어민 발음으로 들어보고 [æ]와 [e] 발음의 차이를 생각해 보세요. 첫 번째 단어에는 [æ] 모음이, 두 번째 단어에는 [e] 모음이 들어있습니다.

1. [æ]와 [e]는 각각 한국어의 어떤 발음에 해당합니까?
2. 그 한국어 발음과 완벽하게 일치합니까? 다른 점은 없습니까?
3. 입모양이나 혀는 어떻게 움직입니까?

(1) (앤드/엔드) and ; end

(2) (팬/펜) pan ; pen

(3) (배크/베크) back ; beck

(4) (매스/메스) mass ; mess

(5) (패스트/페스트) past ; pest

(6) (탠드/텐드) tanned ; tend

(7) (스태프/스테프) staff ; Steph

(8) (익스팬스/익스펜스) expanse ; expense

두 발음의 차이를 알아내셨습니까? [æ]는 앞서 말한 대로 길게, 약간 꼬아서 발음합니다. 한글의 [애아아] 혹은 [애어어]에 해당하지요. 반면 [e]는 있는 그대로, 짧게 발음하는 [에] 입니다.

이것을 적용하여 위의 단어들을 한번 읽어보세요.

Ex6. 이번에는 짧은 [i]와 긴 [iː] 발음을 분석하는 연구입니다. 고정 관념을 버리는 데 한 가지 힌트를 드리자면, [i]와 [iː]는 둘 다 한국말의 [이]와는 좀 다르다는 점입니다.

1. [i]와 [iː]는 각각 한국어의 어떤 발음에 해당합니까?

2. 그 한국어 발음과 완벽하게 일치합니까? 다른 점은 없습니까?

3. 입모양이나 혀는 어떻게 움직입니까?

(1) (빈) bin ; bean

(2) (필) fill ; feel

(3) (히트) hit ; heat

(4) (히드) hid ; heed

(5) (리드) lid ; lead

(6) (리브) live ; leave

(7) (킨) kin ; keen

(8) (시크) sick ; seek

(9) (그린) grin ; green

짧은 [i]가 [이] 보다는 [으], [어] 혹은 [에]에 가깝다는 것은 이미 함께 살펴보았습니다. 그렇다면 긴 [i:]는 어떻게 다를까요? 그냥 [이] 하고 발음하는 것이 아니라, 입을 완전히 양 옆으로 찢어지게 벌리고, [이이이] 하고 발음합니다.

어색하게 느껴질지 모르지만, 여기에서 입모양이 꽹장히 중요합니다. 립스틱 바를 때, 혹은 누가 이빨 좀 보자고 할 때 '이이이' 하는 것처럼 입을 쫘악 양 옆으로 벌려줘야 원어민 같은 [i:] 발음이 나옵니다.

＊그렇다면 한국말의 [이]와 같은 발음은 영어에 없는 것일까요? 사실 있습니다. money, happy, happily, naturally, carefully, harmony, 같이 마지막 음절에 나오는 'y' 발음은 한국말의 [이]처럼 발음됩니다.

(하지만 happy의 'y' 가 happily의 'i' 로 바뀌었을 때, 'y' 는 한국말의 [이] 소리였지만 'i' 는 [으]나 [어]와 같은 소리로 바뀝니다. 다음에 한 번 주의 깊게 들으면서 정말 그런지 분석해보세요.)

B. 연음 현상: 바보상자의 도움을 받다

하지만 내가 미묘한 발음의 차이를 조금 익혔다고 해서 말하기, 듣기 문제가 완벽하게 해결된 것은 아니었다. 단어 하나를 그냥 발음하는 것과 그 단어를 문장 속에서 발음하는 것에는 큰 차이가 있기 때문에 이른바 '연음 현상'이 어떻게 일어나는지를 배워야 했다. 단어를 모두 알고 정확하게 발음할 수 있다 해도 하나의 단어에서 다음 단어로 넘어갈 때 생기는 연음은 영어를 들을 때 걸림돌이 될 수 있었다.

Ex7. 한국어를 조금 배운 미국인 학생 제니퍼가 한글 받아쓰기를 한다고 생각해 봅시다.

"바럼는마리철리간다."

앗, 그게 대체 뭐지? 제니퍼는 머리 속으로 당황하기 시작한다. '바럼'이라는 것이 '마리철리'에 간다는 뜻 같은데 도대체 '바럼'이 뭐지? 왜 '바럼은'이 아니라 '바럼는'이라고 하지? '마리철리'는 또 어디고? 바럼는… 바럼는… 알 것도 같지만 뒤죽박죽이 되어 아무리 생각해도 무슨 뜻인지 알 수가 없다.

한글 수업 시간에 '발', '없는', '말이', '간다'와 같은 '제대로 된' 단어들을 아무리 열심히 공부하고 외웠다 해도, 연음 현상을 잘 알지 못하면 낭패를 보기 십상이다. 그 단어들을 문장 안에서 실제 회화 속도로 들었을 때는 상상하던 것과는 또 전혀 다른 소리가 날 수 있기 때문이다.

Ex8. 이제 입장을 바꾸어서, 베리언 스프링스 중학교에 다닌 지 얼마 되지 않은 에스더에게 누군가 다음과 같은 말을 던졌다고 해 봅시다.

"This is such an amazing place!"

영어 공부를 한 사람이라면 이것을 읽고 "여기 정말 굉장한 곳인 데!" 라는 의미를 알 수 있겠지만, 이것을 보통의 대화 속도 혹은 그보다 빠른 속도로 들었을 때 에스더는 과연 상대방의 말뜻을 알 아들을 수 있었을까요?

대답은 '아니오.' 이다. 처음 베리언 스프링스 중학교에 갔을 때는 'Thisissuchanamazingplace' 하고 모든 것이 다닥다닥 붙어서 들렸 다. 한 개의 거대한 덩어리로밖에 인식되지 않았기 때문에 각 단어를 어디서 끊어야 할지 전혀 감이 잡히지 않았다. 단어가 하나하나 들렸다 면 그래도 대충 알아들었겠지만, 당시엔 그 문장이 수수께끼와 같았다.

시간이 조금 지나자 그 정체불명의 덩어리가 조금 구분되어 들리기 시작했다. 'Thisissuchanamazing-Place'와 같이 적어도 'place(장소)'와 같이 구별하기 쉬운 단어는 따로 들려서 '아, 어떤 장소에 관해 이야기하는 것이구나.'라고까지 짐작할 수 있었다.

조금 더 정신을 차려서 듣자 이젠 'Thisissuchana-Mazing-Place'라고 들렸다. '대체 'mazing place'가 뭐지?' 하는 의문은 있었지만 그래도 많이 나아졌다. 그리고 여기에서 조금만 더 발전한 후에는 'This is such an amazing place.'라는 문장을 제대로 인식할 수 있었다.

독자 여러분도 이런 경험을 해보셨는지 모르겠다. 외국인이 뭐라고 말을 해대는데 전부 다닥다닥 붙어서 들린다. 'This', 'mazing', 'place'처럼, 많이 들어본 듯한 단어들이 조금씩 들리는 것 같기도 한데, 각 단어를 어디서 끊어야 할지 확실히 감이 잡히지 않고, 문법이고 뭐고 생각할 겨를도 없이 뒤죽박죽이 되어 뜻을 알 수 없다.

이제 다시 위에 나왔던, 한국어 공부를 열심히 하고 있는 제니퍼에게로 돌아가보자. 만일 제니퍼가 시험 전날 받아쓰기 예상 문제를 봤다면 어땠을까? 실제로 어떻게 '들릴지'는 알지 못하더라도, 정확한 맞춤법을 보기만이라도 했다면 상황이 달라졌을까? 당연히 그랬을 것이다.

'발 없는 말이 천 리 간다.'

이렇게 '제대로 된' 맞춤법을 본 후, 혹은 보는 동시에 발음을 듣는 것에는 두 가지 중요한 이점이 있다. 첫째, 뜻을 알아들을 수 있다. 둘째, 내가 '상상한' 발음과 실제 발음을 비교하면서 연음 현상을 배울 수 있다.

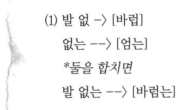

(1) 발 없 -> [바럽]
    없는 --> [엄는]
    *둘을 합치면
    발 없는 --> [바럼는]

(2) 말이 --> [마리]
    천리 --> [철리]

[바럼는마리철리간다]라고 듣기만 하면 절대 알아들을 수 없더라도, 그와 동시에 제대로 된 철자법을 보면 '아, 이런 연음 현상이 있구나.' 하는 깨달음과 함께 뜻을 이해할 수 있다.

나의 경우, 영어의 연음 문제를 해결하는 가장 좋은 방법은 바로 자막 텔레비전이었다. 영국에서는 텔레비전에 자막이 나오도록 선택할 수 있다. 녹화 방송의 경우는 대사와 동시에 실시간으로 자막이 뜨고, 생방송일 때도 약간의 시차를 두고 거의 완벽하게 대사가 자막으로 나온다. 청각 장애인을 위해서이기도 하겠지만, 워낙 외국 유학생이 많은 나라여서 이런 제도가 정착되지 않았나 싶다.

덕분에 나는 자막을 소리에 계속 연결해 들으면서 자연스럽게 연음 현상을 익힐 수 있었다. 그래서 단어 하나하나를 분리하여 듣고 이해할 뿐 아니라 스스로도 그렇게 발음할 수 있는 능력을 키웠다.

들리는 발음	자막에 나온 철자법	내가 생각했던 '고정관념' 발음
어내아쁠	an apple	언 애플
디씨써쳐	This is such a	디쓰 이즈 써취 어
어너메이징 플레이스	an amazing place	언 어메이징 플레이스

1. 내 귀에 텔레비전에서 나오는 발음이 들린다.

2. 자막을 보면 그 뜻을 알게 되고, 동시에 '이런 말은 이런 소리가 날 텐데.' 하는 고정 관념 속의 발음도 생각난다.

3. 실제 발음과 '고정 관념' 발음의 차이점, 즉 연음 현상을 알게 된다.

이런 과정을 반복하자, 일상 생활 중에 [디씨써쳐너메이징플레이스]라고 누군가 말을 하면, 자동적으로 '디쓰 이즈 써취 언 어메이징 플레이스, This is such an amazing place, 여긴 정말 굉장한 곳이네.' 하고 각 단어를 머리 속에서 '받아쓰기' 하듯 끊어서 듣는 것이 습관이 되었다.

사실 우리 가족이 영국에서 자동차보다 먼저 장만한 것이 바로 텔레비전이었다. 물론 영어 공부에 도움이 될 거라는 명분 때문이었다. 그런데 바보상자라고도 불리는 텔레비전을 켜면 아무리 리모컨을 손에 들고 있어도 다시 끄기가 어렵다는 것은 만유인력에 버금가는, 국경을 초월하는 법칙이다. 내가 텔레비전 앞에서 낭비한 시간에 좀 더 생산적인 일을 했다면 어땠을까 하는 후회도 적잖이 있다.

하지만 나는 텔레비전을 볼 때 아무 생각 없이 넋을 놓고 쳐다보기만 하지 않았다. 전자 사전을 옆에 두고 되도록 한 마디라도 더 들으려고 노력했고, 자막을 읽기만 하지 않고 머리 속으로 분석하기 위해 애를 썼다. 딱히 영어 공부를 하기 위해 의도적으로 그랬다기보다는, 무슨 이야기인지 알기 위해서였다.

이렇게 해서 내가 텔레비전을 통해 알게 모르게 얻은 혜택은 일일이 열거하기 힘들 만큼 많다. 연음 현상을 익히는 것은 그 일부분일 뿐이었다. 드라마에서는 회화를 배웠고 뉴스 프로그램을 보면서는 전형적인 영국식 표준 발음과 시사용어 등을 익힐 수 있었다. 또한 휙휙 넘어가는 자막을 읽으면서 자연스럽게 독해 실력도 늘게 되었다. 바보상자가 바보만 만드는 게 아닌가 보다.

Ex9. 다음은 영어 문장을 소리 나는 대로 한국 발음에 가장 가깝게 쓴 것입니다. 그런데 다음과 같은 발음을 들었다면, 무슨 뜻인지 알아들을 수 있었을까요?

(1) 드쓰즌나이쓰.
(2) 아띠앤더더드애이.
(3) 아이로노우왓틱스빽트.

약간 어리둥절해하던 분들도 여기에 해당하는 '고정 관념' 발음과 스펠링을 보자마자, '아하,' 하고 이해하실 수 있을 것입니다.

(1) 디스 이즌트 나이스(This isn't nice).

(2) 앳 디 앤드 오브 더 데이(At the end of the day).

(3) 아이 돈 노우 왓 투 익스펙트(I don't know what to expect).

자막을 보며 듣기 연습을 하면 우리가 익숙해져 있는 '고정 관념' 발음과 실제의 생소한 발음이 머리 속에서 연결될 수 있습니다. 이렇게 배운 연음현상은 그 한 문장을 알아듣는 데 그치지 않고, 다른 경우들에도 적용될 수 있기 때문에 유용합니다.

자막 텔레비전을 볼 때 자막 읽는 데만 급급하거나 혹은 아예 그림만 보는 것이 아니라, 이렇게 분석을 하면서 연음 현상을 익히면 영어 듣기에 정말 큰 도움이 되리라 생각합니다.

C. 말하기: 엽기 소녀의 주절주절 혼잣말

 텔레비전을 열심히 봄으로써 생기는 또 하나의 유익은 바로바로 써먹을 수 있는 유용한 표현들을 수없이 접하게 된다는 점이다. 나는 그것들을 활용하여 괴상한 취미 활동(?)을 하나 시작했다. 바로 '혼잣말'이었다.

 처음에는 드라마나 영화에서 맘에 드는 간단한 대사가 있으면 혼자 연습해서 외워두었다가 일상 생활에서 적절한 상황이 나오면 활용했다.

 Ex10. 드라마를 보는 도중, "You expect me to believe that(나더러 그걸 믿으라고)?" 라는 말이 자주 나와 몇 번씩 혼자서 중얼거리며 외워 두었습니다. 이 말을 언제 활용할 수 있을까요?

이 말은 사실 나에게 굉장히 유용했다. 이제 동생이 갑자기 헛소리를 하거나 학교에서 친구가 말도 안 되는 얘기를 하면, 나는 이제 여러 번 연습을 거친 탓에 아주 자연스럽고 자신 있게 해줄 말이 있었다.

혼잣말로 말하기 연습을 할 때 주의했던 점들이 여러 가지 있는데, 그중 하나가 '콩글리시' 였다. 제대로 된 영어가 몸에 익기를 원했기 때문에 무슨 일이 있어도 문법적으로 또 회화적으로 어색하지 않은 말만 연습했다. 조금 어색한 표현은 아예 연습하지 않았다. 원어민에게도 어색하게 들리지 않는 표현만 연습해 나갔기 때문에 언어에 대한 좀 더 정확한 감각이 생긴 것 같다. 쉽게 말하자면, 어색한 말을 들었을 때 '뭔가 이상하다.' 고 느낌이 오게 된 것이다.

또 한 가지 내가 유의한 점은, 원어민의 발음에 최대한 가까운 발음을 하도록 항상 애썼다는 점이다. 처음에는 발음에 일일이 신경을 쓰려면 시간이 더 걸리기 때문에 그냥 지금 내 입에 익숙한 발음을 하는 것이 더 편하고 쉬웠다. 하지만 정말 좋은 발음을 원한다면 단 한 번이라도 절대 대충 발음해서는 안 된다고 생각한다.

물론 말하기는 듣기에서 나오는 것이므로, 제대로 된 발음을 하려면 우선 제대로 들어야 한다. 앞서 언급했던 것처럼 귀를 최대한 비판적으로 활용하여 발음 하나하나를 분석하면서 연습해야 한다.

사람에 따라 발음이 '입에 붙는' 데 걸리는 시간은 다르지만, 꾸준히 연습하면 누구든 익숙해진다. 느리면 느린 대로 천천히, 제대로 발음해서 익히는 것이 상책이라고 생각한다. 속도 붙는 것은 시간문제이지만, 발음 자체를 망쳐 놓으면 고치기가 정말 힘들다.

'혼잣말' 연습을 할 때 한 가지 표현을 가지고도 최대한 많은 상황을 연출하는 것은 매우 좋은 방법이라고 생각한다. 그렇게 했을 때 매우 빨리 내 표현으로 만들 수 있다.

Ex11. 다음 표현을 여러 가지 상황으로 연기해보려고 합니다. 어떤 상황들이 있을까요?

Are you sure(확실해)?

1. 제게 가장 처음 떠오른 것은 예의상 하는 "진짜야?" 하는 투의 말이었습니다. "이거 먹을래?" 했을 때 안 먹는다고 하면 영국 친구들은 "진짜야?"하고 한 번 묻고는 다시 권하지 않았거든요. 그냥 툭 던지듯이 말하는 데 0.3초도 안 걸리더라구요.

2. 두 번째는 상대방의 말을 못 믿을 때였습니다. '······sure?' 하면서 말꼬리만 올리는 것이 아니라 눈꼬리도 올려가면서요.

3. 세 번째는 놀라운 사실을 들은 후 최종으로 확인하듯이 물어볼 때였습니다. 제 작은 눈을 최대한 커다랗게 뜨고, 한 마디 한 마디 할 때마다 고개까지 까딱여가면서 아주 천천히 말해보았습니다.

시간이 지나면서 내 '혼잣말'이 발전(?)해간 양상을 생각하면 지금도 웃음이 나온다. 나중에는 시도 때도 없이 거울을 보면서 표정 연기까지 함께 하기도 하고, 친구들에게 말하는 것을 상상하며 당황했을 때, 화났을 때, 부끄러울 때, 기분 좋을 때, 배고플 때 등의 상황을 가정하여 나만의 이야기를 엮어나가면서 열연을 펼치기도 했다.

내가 생각해도 좀 엽기적이기는 했지만, 보는 사람이 없으니 부담 없이 연습할 수 있었고, 그렇게 연기를 하면서 중얼거린 영어는 귀에, 입에, 몸에 그대로 익어 버렸다. 나의 말하기 실력은 그렇게 해서 부쩍 늘었다.

Ex12. 다음의 표현들을 혼자 연기하며 연습하고, 실제 상황에서도 연습했던 대로 활용해 보세요. (아래에 나온 활용들은 저의 제안일 뿐입니다. 사람과 상황에 따라 완전히 다르게 쓰일 수 있다는 점을 기억하면서, '나라면 이렇게 하겠다.'라는 생각으로 문장도 조금씩 변형시키고 목소리 톤과 억양도 바꿔가면서 연습해보세요.)

(1) No, thank you(고맙지만 사양할게).
-공손하게: No, thank you.
-새침떼기처럼: No, thanks.
-화가 날 때: NO THANKS!
-부담스러울 때: Uh······ thanks, but no thanks.

(2) What are you doing(뭐해)?
-지나가다 예의 상: Hey, what're you doing?

-뜻하지 않은 장소에서 오랜만에 만난 친구에게: Hey! What are you doing here!

-상대방이 무엇을 하는지 정말 궁금해서: What are you doing?

-상대방이 하는 것이 마음에 안 들 때, 비꼬듯이: So, what ARE you doing?

-화가 나서: What in the WORLD do you think you're doing?!

D. 회화: 흔들어서 활용하기

외운 것만 그대로 활용하면 그 표현이 입에 익을지는 몰라도 영어라는 언어가 '몸'에서 흘러나오기는 어렵다. 정말로 말이 트이는 것을 경험하려면 다른 사람들과의 접촉 속에서 말을 연습해야 한다.

다른 사람과의 대화와 접촉 속에서는 돌발 상황이 자주 발생한다. 아니, 돌발 상황의 연속이라고 보아도 좋다. 지금까지 착실하게 외워서 머리 속에 차곡차곡 정돈되어 있던 표현들만 가지고는 대처할 수 없는 경우들이 생긴다.

Ex13. 에스더는 다음 두 개의 문장을 열심히 연습했습니다.

*비가 올까봐 걱정될 때: I hope it doesn't rain tomorrow(내일 비가 안 왔으면 좋겠다).

*그 남자가 다른 의도로 그렇게 말했을 수도 있다고 조심스럽게 제의할 때 : It could be that he didn't mean it that way(그가 그런 뜻으로 말한 것이 아닐 수도 있잖아).

그런데 소풍을 하루 앞둔 어느 날, 한 친구가 이렇게 묻습니다.

"Everybody thinks it's going to rain tomorrow. What are we going to do(다들 내일 비 올 거라고 생각하네. 우리 어쩜 좋지)?"

순간 머리속에는 앞서 공부한 두 문장만 떠오른다고 했을 때, 에스더는 과연 어떻게 대답할까요?

  물론 "I hope it doesn't rain tomorrow(내일 비가 안 왔으면 좋겠다),"라는 문장을 그냥 말해도 그럭저럭 대화가 이어질 것이다. 하지만 내가 외운 두 표현을 조합해서 더 적절한 표현을 만들 수도 있다는 아이디어가 떠오른다. 있는 힘껏 머리를 굴려서 나는 필요한 부분을 자르고 조합한다.

It could be that(일 수도 있잖아)······.

······it won't rain tomorrow(내일 비가 안 온다).

⇨ "It could be that it won't rain tomorrow(내일 비가 안 올 수도 있잖아)."

외운 것을 그대로 써먹는 것이 아니라 각 단어, 각 표현을 머리 속에 저장된 각자의 위치에서 끄집어내고, 내가 스스로 즉흥적으로 조합하여 상황에 맞는 말을 만들어낼 때 비로소 그 단어와 표현이 내 것이 된다. 이것이 진정한 '활용'이라고 생각한다. 나중에는 '그 단어가 뭐였더라', '그 표현이 어떻게 됐더라' 하고 생각하는 과정이 없어도 상황에 맞는 말이 조합되어 나온다.

그래서 꾸준히 다른 사람과 접촉하여 영어 대화를 연습해 보는 것이 영어 공부의 필수적인 부분 가운데 하나인 것 같다.

배워서 익숙해진 것을 생소한 상황에서 직접 활용해 보기 전까지는 그것을 완전히 내 것으로 만들었다고 하기 힘든 경우가 많다.

물론 대화를 통해서는 말하기만 연습되는 것이 아니라, 듣기에도 큰 도움이 된다. 상대방이 말할 것을 예측할 수 없기 때문에, 들은 것을 해석하려면 내가 공부했던 지식들을 헤집고 다니면서 재빨리 필요한 부분을 찾아서 적용해야 하는 것이다.

차곡차곡 정리되어 있는 지식을 자르고, 뽑아내고, 조합하는 등 뒤집어 흔든 후에 다시 정리하고 나면 그만큼 영어가 몸에 익는 것 같다. 그리고 실제 상황에서 대화를 나누는 것은 이 과정을 반복하는 것이라고 할 수 있다.

영어 공부는 공부도 아니다 2

〈읽기 · 쓰기〉

E. 독해: 무의식 중에 읽기

Ex14. 한 번은 친구가 흥미로운 단체 메일을 보내온 적이 있습니다. 다음 글을 보는 당신의 반응은 어떻습니까?

Apprtaleny, teh brian can udnstraned wdors adn snetenecs taht are mlddued up lkie tihs. Adn you aer pobrblay rdaenig tihs fnie. Taht is bcaesue we raed not by tnhiknig out luod, btu by isntnatly rcgnnizeiog teh shpae of ecah wrod as a wolhe. Recreash sowhs taht we cna mroe or lses usdnanterd a wrod if teh frsit lteter adn teh lsat leettr aer in teihr croecrt pioisotns, no metatr hwo mdluded up teh rset of teh ltertes aer.

(1) 읽고 싶지 않다.

(2) 이게 영어야?

(3) 아, 그렇구나. 재미있는 내용인데?

(4) 아, 그렇구나. 별로 재미없다.

만일 (3)이나 (4)의 반응을 보였다면 아마 영어에 꽤 익숙한 사람일 것이다. 처음 몇 단어를 읽으면서 '어? 스펠링이 잘못됐네?' 하면서 그 단어의 제대로 된 스펠링과 뜻이 머리 속에 떠올랐다면 말이다. 위의 글을 올바른 철자법으로 고쳐 쓰면 다음과 같다.

Apparently, the brain can understand words and sentences that are muddled up like this. And you are probably reading this fine. That is because we read not by thinking out loud, but by instantly recognizing the shape of each word as a whole. Research shows that we can more or less understand a word if the first letter and the last letter are in their correct positions, no matter how muddled up the rest of the letters are.

해석: 우리의 뇌는 이처럼 뒤죽박죽이 된 단어와 문장들을 이해할 수 있다고 한다. 우리가 머리 속으로 '그 단어에서 어떤 소리가 날지' 떠올림으로써 글을 읽는 것이 아니라, 각 단어의 전체적인 '모양'을 순간적으로 알아봄으로써 이해하기 때문에 그런 것이다. 연구에 따르면, 처음과 마지막 글자가 제자리에 붙어 있다면 다른 글자들이 아무리 뒤죽박죽이어도 거의 이해할 수 있다고 한다.

위의 글은 원어민 수준의 사람이 글을 읽을 때 머리 속에서 일어나는 현상을 재치 있게 보여주었다. 스펠링이 뒤죽박죽이지만, 단어를 보자 마자 그 모양 자체를 인식하기 때문에 '이건 아무래도 이 단어일 것 같다' 는 직감을 통해 이 글을 이해할 수 있는 것이다.

잘 아는 친구가 성형 수술을 한 뒤 내 앞에 나타났다고 하자. 모든 것이 완전히 바뀌지 않은 이상 나는 그 친구를 아직도 알아볼 수 있을 것이다. 오랫동안 친분을 쌓으며 익숙해진 얼굴이기 때문에, 조금 달라진다 해도 전체적인 느낌으로 이 사람이 누구인지는 알 수 있는 것이다.

스펠링이 엉망인 Ex14 글을 읽을 수 있었던 사람들도 같은 이유에서 였을 것이다. 오랜 시간에 걸쳐 여러 번 접해온 단어들이기 때문에, 스펠링이 뒤죽박죽이 된 상황에서도 그 단어가 무엇인지 느낌으로 알아볼 수 있다. 독해를 할 때 '귀에 익은' 소리로 'brain은 [브레인]이니까 뇌라는 뜻이구나' 하는 식으로 아예 단어를 기억하는 것이 아니라, 그 글자의 모양 자체가 '눈에 익어서', 그것을 보는 즉시 그 뜻과 소리가 머리에 떠오르는 것은 상당한 독해 실력이라고 할 수 있다.

단어의 모양을 기억하는 것 외에도, 영어 읽기에 익숙해졌을 때 흔히 일어나는 또 한 가지 현상이 있다. 다음에 두 문제는 『뉴 사이언티스트』지에 연재되는 독자 질문과 답 섹션을 모은 책인 『The Last Word』에 나오는 문제들이다.

Ex15. 큰 소리를 내어 다음 문장을 빨리 읽어 보세요.

THE
SILLIEST
MISTAKE IN
IN THE WORLD

한 영국 초등학교 영어 선생님이 이 글을 칠판에 커다랗게 써놓고 아이들을 가르치고 있었다. 그런데 교장 선생님이 들어오더니, 칠판을 보고는 이 글을 큰 소리로 읽었다.

"The silliest mistake in the world(세상에서 가장 바보 같은 실수)!"

그러자 반 아이들은 배꼽을 잡고 웃었다고 한다.

"지금 그런 실수를 하셨잖아요!"

그게 무슨 말인지 모른다면, 당신은 영어를 잘하는 사람일 가능성이 크다. 잘 살펴보면 위의 문장에는 'in' 이라는 단어가 일부러 두 번 들어가 있다. 문법적으로 틀린 문장이다. 그런데 독해 속도가 빠른 사람일수록 이 문장이 틀렸다는 것을 알아차리지 못할 가능성이 높다. 왜 그럴까?

독해 속도가 빨라지면 'in' 과 같은 짧고 흔한 단어들을 더 이상 머리 속으로 해독하지 않는다. 보는 순간 자동적으로 뜻이 입력되어 그냥 뛰어 넘어가게 된다. 그래서 'in' 이라는 단어가 두 번 씩이나 나와도 영어 독해가 빠른 사람일수록 머리에서 경고벨이 울리지 않을 확률이 높고, 이 문장을 '틀리게' 읽고 만다는 것이다.

Ex16. 이번에는 다음 문장 속에 알파벳 F가 몇 개나 있는지 세면서 읽어 보세요(이 문제 역시 『The Last Word』에서 발췌한 것입니다).

FINISHED FILES ARE THE RE-
SULT OF YEARS OF SCIENTIF-
IC STUDY COMBINED WITH THE
EXPERIENCE OF YEARS.

F를 몇 개나 찾았는가? 이 문제를 영국 친구들에게 냈을 때 거의 하나같이 '세 개'라고 대답했다. 하지만 정답은 여섯 개이다.

이 문제 역시 영어에 익숙한 사람일수록 틀리기 쉽다. 그 이유는 아까와 비슷하다. 이번에는 'OF'가 주범이다. 'in'과 마찬가지로 아주 짧은 데다가 매우 흔하기 때문에 글자 모양 자체가 머리 속에 완전히 입력이 되어 버려서 이제는 더 이상 관심을 두어야 할 단어로 인지되지 않는다. 그래서 F의 개수를 셀 때에 'OF'에 나오는 'F'는 간과해 버릴 가능성이 매우 높다.

'간과'라는 말에는 부정적인 뉘앙스가 있지만, 내 의도는 그것이 아니다. 영국에 있을 때 초등학교에 갓 들어간 옆집 아이에게 Ex15의 문장을 읽어보라고 했더니 더듬거리면서 'in'을 두 번 넣어서 '제대로' 읽는 것을 볼 수 있었다. 또 영어를 막 배우기 시작한 한국 아이에게 Ex16의 문제를 내주었더니 'F는 여섯 개'라고 단번에 '정답'을 말했다.

그 아이들은 어떻게 이런 넌센스 같은 문제들을 전혀 어렵지 않게 맞출 수 있었을까? 아직 뇌에서 중요한 단어와 덜 중요한 단어를 구분하여 '사소한 단어는 뛰어넘어가는' 훈련이 되어있지 않아서일 거라고 생각한다. 위의 두 문제는 적어도 영어를 공부하는 사람들에게는 '틀릴수록 좋은 문제'일 수도 있다.

Ex17. ⑴ 사전에서 다음 단어의 뜻을 찾아 외우세요. (간단한 뜻은 괄호 안에 있습니다.) 여러 번 써본다든지 하면서 단어의 모양을 외우도록 노력해 보세요.

field(들판), facade(정면)

아래의 두 단어는 위의 두 단어의 스펠링을 뒤섞어 놓은 것입니다. 하나씩 보면서 1초 안에 원래의 스펠링과 뜻을 기억해낼 수 있습니까?

fdaace, feild

위의 두 단어를 제대로 맞출 수 있었다면, 이제는 다음의 단어들도 사전을 찾아 위에서 사용했던 방법으로 외우세요.

fantasy(환상), flame(불꽃), facial(얼굴의)

이제 지금까지 외운 단어들을 모두 모아 놓았습니다. 원래의 스펠링과 뜻을 맞춰보세요.

fsatany, fcaial, fadcae, felid, fmlae

(2) 이번에도 같은 방식의 문제입니다. 다음 단어를 외우세요.

careful(조심스러운), creamy(크림 같은)

아래의 두 단어는 위의 두 단어의 스펠링을 뒤섞어 놓은 것입니다. 1초 안에 원래의 스펠링과 뜻을 기억해내 보세요.

caremy, crefaul

이제는 다음의 단어들도 사전을 찾아 외우세요.

carrot(당근), cement(시멘트, 굳게 하다), create(창조하다)

아래는 지금까지 외운 다섯 단어의 스펠링을 섞어놓은 것입니다. 하나씩 보면서 1초 안에 단어의 제대로 된 스펠링과 뜻을 기억해 내세요.

crmaey, cruefal, caerte, crarot, cenmet

잘 되지 않는다면 다시 외운 후에 또 해보세요. 이 공부는 지금 억지로 머리 속에 쑤셔 넣었지만, 어쨌든 단기간이나마 이 단어들을 빨리 인식하고 이해하는 데 도움이 되었으리라 생각합니다. 그런데 만일 이런 능력이 자연스럽게 장기간에 걸쳐 완전히 내 것이 된다면 독해 속도가 굉장해지지 않을까요?

이렇게 '사소한 단어는 뛰어넘기', 또한 Ex14에서 본 '글자 모양 단숨에 알아보기'가 몸에 익어 버리면 거의 무의식중에 눈이 가는 대로 읽는 것이 가능해졌을 것이다. 이것은 독해 실력을 키우는 데 매우 중요한 기술이지만, 아쉽게도 책상 앞에 앉아서 '이런 기술을 익혀야지.' 하며 단어를 뚫어지게 쳐다보는 것으로 그 모양을 눈에 익힐 수는 없다. 단어를 보고, 글을 해석하는 과정이 수없이 반복되어 뇌세포들이 이 절차에 무의식적으로 적응하면 저절로 얻어지는 능력이다.

당시에는 깨닫지 못했지만, 지금 생각하니 텔레비전 자막을 열심히 본 것은 이런 면에서도 도움이 되었던 것 같다. 드라마 내용을 이해하기 위해서는 기를 쓰고 자막을 해석해야 했고, 그것은 내 독해 능력을 한계로 밀어 부쳤다. 이제 겨우 한 문장을 이해할 만하면 바로 다음 문장이 올라오고, 그 문장을 해석하고 있으면 또 그 다음 문장이 올라오고, 잠시도 머리가 쉴 틈이 없었다.

만약 귀찮다고 자막은 제쳐두고 그냥 그림만 보기 시작했다면 텔레비전 보는 시간이 휴식 시간은 될 수 있었겠지만 내 영어 실력은 훨씬 더 디게 발전했을 것이다. 텔레비전이 그야말로 바보 상자가 되었을 것이다. 하지만 나는 포기하지 않고 꾸준히 자막을 해석했다.

우리의 뇌는 쓰면 쓸수록 용량도 늘어나고 처리 속도도 빨라지는, 상상을 초월하는 최첨단 인공 지능 컴퓨터이다. 처음에는 자막이 올라오면 내 눈은 글자를 쫓아다니느라 허둥거리기부터 했다. 하지만 얼마 후부터는 눈이 영어에 적응하기 시작했다. 제법 빠른 속도로 자막이 바뀌어도 눈이 더 이상 당황하지 않는다는 것을 느꼈다. 단어들이 눈에 익기 시작한 것이었다.

자막에 나오는 단어를 최대한 빨리 읽고 이해하려고 노력했을 때, 각 단어의 '모양'을 보자마자 곧바로 그 뜻을 연상하는 능력이 급속도로 발달했다. 중요한 단어들에 더 집중하고, 관사, 전치사, be동사와 같이 쉽고 '덜 중요한' 단어들을 뛰어 넘는 버릇도 자연스럽게 '눈에 익었다'. 무의식중에 읽는 것에 한 발 가까워지는 과정이었다.

F. 단어 공부: 생각 언어로 외우기

단어를 많이 아는 것은 언어를 공부하는 데 가장 기본 되는 것 중 하나이다. 아무리 문법에 능통하고 발음이 좋아도 정작 아는 단어가 제한되어 있으면 진짜 실력이 있다고 보기 힘들다.

영어를 공부할 때 단어장을 가지고 따로 단어를 외우는 것도 물론 좋은 방법이지만, 그렇게 해서 단어를 늘리려면 상당한 인내력과 성실성이 필요하다. 나도 영국에 처음 왔을 때 매일 단어를 일정 개수 외우기로 계획을 세운 적이 여러 번 있었지만, 며칠 지나지 않아 흐지부지 되고 말았다.

게다가 단어장을 통해 외운 단어는 머리 속에 저장한 후에 직접 활용하는 과정에서 약간의 문제가 발생할 수 있다. 'apple은 사과' 라고 스무 번 반복해서 쓰고 읽었다고 해서 그 단어를 내 것으로 만들었다고 장담할 수는 없다. 그 단어를 실제로 사용하려 할 때 머리 속에서 '사과' ⇨ 'apple' 이라는 과정을 거쳐야 한다면 아무리 빠르다 하더라도 본토인 수준의 속도에는 도달하기 힘들다.

특히 고등학교나 대학교 이상의 높은 수준의 단어에는 추상적인 개념들이 많은데, 그런 단어들을 영한사전에 설명된 한글로 바꾸어서 외운다면 독해하는 과정에서 걸림돌이 될 수 있다.

Ex18. 'presupposition' 이라는 단어를 사전이나 단어장에 나온 것처럼 '예상, 전제 조건, 가정' 이라고 외운다고 합시다. 얼마 후 어떤 책에서 다음과 같은 문장을 발견했습니다.

Had I realized that he had made a fatal presupposition which would eventually cost him his family, I would have done my best to stop him.

여기에서 'presupposition'이라는 단어가 머리 속에서 어떻게 해석됩니까? '예상, 전제 조건, 가정' 중 가장 알맞은 표현이 순간적으로 떠오릅니까? 문장 속에 나오는 다른 단어들은 또 어떠합니까? 그와 동시에 문장 구조는 파악이 됩니까? 문장이 머리 속에서 막힘없이 해석이 됩니까?

'예상, 전제 조건, 가정, 예상, 전제 조건, 가정' 하면서 주문을 외듯 단어를 외우는 데는 커다란 한계가 있을 수 있다. 위와 같은 문장을 해석하려면 보다시피 머리 속에서 여러 가지 복잡한 과정이 일어나야 한다. '예상, 전제 조건, 가정 중 어떤 것을 골라야 하지?' 하고 생각할 겨를이 없다.

게다가 사전에 나오는 뜻 중 하나에만 독점적으로 해당되지 않는 경우가 많기 때문에, 엉거주춤하게 여러 가지 의미의 한국어 단어를 동시에 덕지덕지 붙이고 나면 필요 이상으로 머리가 복잡해지기도 한다.

Ex18의 문장 해석:

(a) Had I realized (b) that he had made a fatal presupposition (c) which would eventually cost him his family, (d) I would have done my best to stop him.

(a) 내가 깨달았더라면

(b) 치명적인 '예상/전제 (조건)/가정'을 그가 했다는 것을

(c) 결국 그의 가족을 잃어버리게 만들

(d) 나는 그렇게 하지 못하도록 그를 막기 위해 최선을 다했을 텐데

(c) 결국 그의 가족을 잃어버리게 만들 (b) 치명적인 '예상/전제 (조건)/가정'을 그가 했다는 것을 (a) 내가 깨달았더라면 (d) 나는 그렇게 하지 못하도록 그를 막기 위해 최선을 다했을 텐데.

위의 문장을 읽으면서 동시에 뜻을 파악하는 사람과 머리가 복잡해지는 사람의 차이점 가운데 하나가 바로 단어를 어떻게 외웠느냐이다. '생각 언어'로 외운 사람이라면 복잡한 문장을 접해도 금방 의미를 알아차릴 수 있다. 그렇다면 생각 언어란 과연 무엇일까?

미국의 유명한 언어학자인 스티븐 핑커는 그의 저서 『언어 본능(The Language Instinct)』에서 '생각 언어(mentalese)'라는 개념을 소개한다. 생각 언어란, 영어나 중국어보다 더 널리 쓰이는, 바로 모든 사람의 머리 속에서 통용되는 언어이다. 귀로 듣고 눈으로 읽을 수 있는 한국어, 영어, 중국어와 같은 언어가 아니라, 각자의 뇌를 통해 경험하는 '생각' 그 자체를 말하는 것이다.

Ex19. 다음 단어를 보거나 들었을 때, 머리 속에 무엇이 떠 오릅니까?

'딸기'

'딸기' 라고 말했을 때 우리 머리 속에 떠오르는 것이 '딸기' 라는 한 국어 단어에 해당하는 생각 언어이다. 물론 영어권 사람들은 'strawberry', 프랑스 사람들은 'fraise', 일본인들은 '이치고' 라는 단 어를 들어야 같은 생각 언어, 그러니까 딸기에 대한 생각을 할 수 있을 것이다.

Ex20. 다음 단어들을 한 개당 5초씩 보면서 그림을 떠올려 보세요. 같은 그림을 불러일으키는 단어들이 있습니까? 다시 말해, 같은 생각 언어에 해당하는 단어들이 있습니까?

potato, 수건, rabbit, 고구마, 치마, 다람쥐, towel, 도끼, skirt, feet

'수건'과 'towl'은 다른 언어이지만 같은 생각 언어에 해당하기 때문에 같은 그림을 연상시킨다. 그런데 다른 동물들의 뇌와는 달리 인간의 뇌는 굉장히 세분화된 추상적인 느낌까지도 구분할 수 있도록 설계되어 있다. 'rabbit(토끼)'와 '도끼'가 아무리 비슷하다 한들, '도끼'라는 말을 접했을 때 우리 머리에 떠오르는 것은 토끼가 아니다. '아' 다르고 '어' 다르다는 것을 알아차릴 수 있는 능력이 선천적으로 내장되어 있지 않았다면, 지금 우리가 사용하는 복잡한 언어들을 배울 수 없었을 것이다.

우리가 별 생각 없이 하는 말 한 마디 한 마디는 바로 우리의 생각이 한국어로 표현된 것이다. 생각 언어가 한국어로 '자동 번역'되어 나왔다고 할 수 있다. 우리의 생각 언어에 한국어를 연결시키는 과정은 한국 아이들이 어려서 한국말을 배울 때 저절로 일어나는 현상이다. 내 생각과 한국어가 착 달라붙어서 뗄래야 뗄 수 없는 관계가 된 것이다.

이것은 또한 영어를 오래 공부한 사람들이 경험하는 일이기도 하다. 하지만 단어장을 외워서 생각 언어에 인위적으로 접근하기란 결코 쉬운 일이 아니다. 'strawberry는 딸기', 'presupposition은 예상, 전제 조건, 가정'이라고 외웠다고 해서 내가 그 단어들을 자유자재로 쓰고 해석할 수 있다는 보장은 없다. 내 생각 언어에 그 영단어가 찰싹 달라붙었으리라는 보장이 없는 것이다.

Ex21. 다음의 각 단어를 5초씩 보면서 생각해 보세요. 다음 단어들은 당신의 생각 언어에 밀착되어 있습니까? 다시 말해, 보자마자 떠오르는 생각이나 느낌, 그림, 색깔, 경험 등이 있습니까?

(1) 저고리
(2) pen
(3) 낙심
(4) common
(5) 필적
(6) schooner

앞서도 말했듯이 글자를 뚫어지게 쳐다본다고 그 글자가 내 눈에, 나아가 내 '뇌'에 익숙해지지는 않는다. 아는 것을 자주 활용해야 한다. 그렇다면 영어를 내 생각 언어에 연결시키는 데 가장 효과적인 방법은 무엇일까?

G. 원서 읽기: 영어의 필수

어렸을 때 친구네 집에 가면 노는 것보다 더 좋아했던 일이 있다.

"나 이 책 읽어도 돼?"

책장에 빼곡히 꽂혀 있는 책들이 영락없이 내 이름을 부르는 터에, 당장 읽어보지 않으면 큰일 날 것 같았다. 그래서 책을 붙들고 있다가 다른 친구들이 인형놀이를 하자고 하면, "잠깐만, 조금만 더 보고," 하다가 마지못해 책을 내려놓곤 했다. 초등학교에 들어가서 교실 뒤편에 놓여 있는 위인전, 동화책 등을 섭렵하였다.

책을 좋아하는 나의 이런 습관은 중학교 때까지도 이어졌다. 『오디션』, 『니나 잘해』, 『소년 탐정 김전일』, 『짱』, 『열혈 강호』와 같은 만화책도 보긴 했지만, 이외수 씨의 『벽오금학도』, 이문열 씨의 『삼국지』, 김진명 씨의 『무궁화 꽃이 피었습니다』, 빅토르 위고의 『장발장(레 미제라블)』, 샬롯 브론테의 『제인 에어』 등도 이 시기에 읽은 책이었다.

그러나 안타깝게도 영국서는 내가 읽을 수 있는 책이라고는 고작 뉴볼드 대학 도서관 한켠에 따로 모아 놓은 쉬운 이야기책들뿐이었고, 그나마도 사전을 동원해 끙끙거리며 몇 시간에 걸쳐 읽었다. 더러 재미있

는 이야기도 있었지만 대부분 단순한 내용에 지나지 않았고, 얼마 지나지 않아 난 이런 쉬운 책 읽기에 흥미를 잃었다. 그 후 한동안은 따로 시간을 내서 독서에 투자하지 않았다.

내가 다시 책을 읽기 시작한 데는 아빠의 영향이 컸다. 아빠가 가장 즐기는 취미 활동 중 하나는 헌 책방, 그리고 영국의 벼룩시장인 '카부츠 세일'에서 새 책이나 다름없는 헌책들을 사 모으는 것이었다. 말이 헌책이었지, 전 주인이 펼쳐보지도 않은 듯 새 책이나 다름없었다. 아빠는 책장에 이런 책들을 하나하나 꽂으면서, "이렇게 좋은 책들이 많은데 너희는 왜 안 읽는지 모르겠다." 하며 은근히 독서를 권장했다.

9학년을 마친 후 여름 방학이었던 것으로 기억한다. 창문을 뚫고 들어오는 따가운 여름 햇살 아래 하품을 하며 게으름을 피우다가, 뭐라도 할 게 없을까 하며 주위를 두리번거리는데 문득 아빠의 책장이 눈에 들어왔다. 평소에는 시간이 없다는 핑계로 그 근처에도 가지 않았지만 시간이 남아도는 지금, 나는 나도 모르게 그 책장을 향해 다가갔다.

그 날 나는 책장에 꽂힌 수많은 책들 중 마크 트웨인의 『허클베리 핀(Huckleberry Finn)』을 골라 들었다. 묵직한 양장본에다 두께도 상당해 어차피 다 읽을 수 있을 거라고 기대도 하지 않고 첫 페이지를 펼쳤다.

그런데 그 사이 내 영어 실력이 늘었는지 원래 문장이 쉬운 책이었는지 몰라도, 첫 페이지를 대충 이해할 수 있었다. 계속해서 그 다음, 또 그 다음 페이지를 읽었다. 나는 곧 허클베리 핀의 이야기에 빠져들어 어느덧 제1장을 다 읽어 버렸다. 어쩌면 이 어렵고 두꺼운 책을 다 읽는 것도 가능할 것 같아 보였다.

그 날 저녁 나는 엄마 아빠에게 『허클베리 핀』을 읽기 시작했다고 한바탕 자랑을 한 뒤, 며칠 동안 종일 집에 틀어박혀 밥을 먹으면서도 책을 보았다. 그렇게 해서 『허클베리 핀』은 내가 처음으로 독파한 책다운 영어책이 되었다.

얼마 후 나는 더 난이도가 높은 책에 도전하였다. 바로 그 유명한 『레 미제라블』이었다. 카부츠 세일에서 이 책을 발견했을 때, 사실 그렇게 어려울 줄은 미처 몰랐다. 단지 한국에서 『장발장(Jean Valjean)』이라는 제목으로 읽어본 기억 때문에 오히려 더 쉽게 이해하리라고 생각했다.

하지만 그 책을 펼쳐본 나는 흠칫 놀라고 말았다. 『허클베리 핀』보다 훨씬 두꺼웠지만 종이는 더 얇았으며, 글씨는 깨알같이 작고 촘촘했다. 게다가 더 놀랍게도 내가 들고 있던 책은 『레 미제라블』의 상권일 뿐이었고, 그만큼 뚱뚱한 하권이 바로 옆에 자리잡고 있었다. 오기에서였는지 아니면 내용을 이미 안다는 자신감에서였는지, 난 두 권을 모두 샀다. 집에 와서 멋모르고 상권을 펼쳐 들었는데, 난 그만 서문에서부터 좌절하고 말았다.

So long as there shall exist, by reason of law and custom, a social condemnation, which, in the face of civilization, artificially creates hells on earth, and complicates a destiny that is divine, with human fatality (…중략…) in other words, and from a yet more extended point of view, so long as ignorance and misery remain on earth, books like this cannot be useless.

도대체 무슨 말인지 전혀 감이 잡히지 않았다. 한 문장이 콤마로 계속 연결되 어디서 끝나는지 한참을 찾다보니 서문 끝에 와 있었다. 장장 열네 줄에 달하는 문장을 왜 책 제일 처음에다 써서 나같이 연약한 독자를 괴롭히는 것인지!

그런데 그 때 아빠가 그 문장을 풀어서 해석해 주었다. 설명을 듣고 나자 '어려운 영어 문장'이란 바로 이런 것이구나 하는 감이 어렴풋이 잡히기 시작했다.

복잡한 구조의 영어 문장을 한 번에 읽고 이해하려면 한꺼번에 여러 가지 생각을 하는 훈련이 필요하다. 부연 설명이 나오면 머리 한 켠에 잠시 방치해 두었다가, 주된 내용을 해석함과 동시에 조합해서 생각한다. 복잡하게 들리지만, 중요한 것과 덜 중요한 것을 구분하면서 전체적인 내용을 파악할 수 있어야 한다는 말이다.

Ex22. 『레 미제라블』의 서문처럼 복잡한 구조의 문장을 읽고 해석할 때 머리 속에서는 어떤 일이 일어날까요?

'(1)**So long as there shall exist,** (2)by reason of law and custom, (3) **a social condemnation,** (4)*which,* in the face of civilization, *artificially creates hells on earth,* (5)*and complicates a destiny* that is divine, (6)*with human fatality* (···중략···) (7)**in other words,** and from a yet more extended point of view, (8)**so long as ignorance and misery remain on earth,** (9)<u>**books like this cannot be useless.**</u>'

사람마다 다르겠지만, 내 머리 속에서 일어나는 현상은 바로 위의 글에 나타나 있다. 복잡한 구조의 문장을 읽을 때는 내가 느끼는 각 구절의 중요성에 따라 각각 다른 '층' 으로 구분된다. 위에서 글자 모양이 다른 것은 중요성이 다르다는 표시이다.

*진한 글씨 – 주된 내용
*이탤릭체 – 수식하는 부분
*아주 작은 글씨 – 가장 덜 중요하다고 할 수 있는 부연 설명
*밑줄이 쳐진 진한 글씨 – 이 문장의 (문법상의) 요점
(의미상의 요점은 부연 설명 중에 있는 경우도 많다.)

Ex22의 글 해석:

(1) ~ 존재하는 한 -(2)(법과 관습으로 인해) - (3)사회적 정죄가 - (4)(문명에 거슬러) 인위적으로 지상에 지옥을 만들고 (5)(신성한) 운명을 복잡하게 만드는 - (6)인간의 불행으로 (중략) (7)다시 말해서(그리고 좀 더 넓은 관점에서 말하자면) - (8)무지와 고통이 세상에 남아 있는 한 - (9)이와 같은 책들은 쓸모 없을 수 없다.

(괄호 안은 Ex22에 작은 글씨로 나타난 부연 설명 부분이다.) 아래는 제대로 된 순서로 구절들을 배치해 놓은 것이다.

(4) (문명에 거슬러) 인위적으로 지상에 지옥을 만들고
(6) 인간의 불행으로
(5) (신성한) 운명을 복잡하게 만드는
(3) 사회적 정죄가
(2) (법과 관습으로 인해)
(1) 존재하는 한,
(7) 다시 말해서 (그리고 좀 더 넓은 관점에서 말하자면)
(8) 무지와 고통이 세상에 남아있는 한
(9) 이와 같은 책들은 쓸모없을 수 없다.

이런 복잡한 문장을 빨리 이해하려면 첫째, 위와 같은 짧막짧막한 구절 정도는 순간적으로 이해할 수 있는 실력이어야 한다. 둘째, 굳이 한국말로 번역해서 생각하려고 하지 않고, 원문에 나온 구절의 순서 그대로를 융통성 있게 받아들일 수 있어야 한다. 한국말에 맞도록 순서를

바꾸려고 하는 것이 얼마나 복잡한지는 위의 예에서도 느꼈을 것이다.

그런데 이렇게 되기 위해 가장 필요한 것은 꾸준한 연습이라고 생각한다. 나의 경우, 처음에는 한 문장을 몇 번씩 읽어야만 모든 것이 이해되고 정리되었다. 그러다가 점차 익숙해지면서 이 과정이 자동적으로 이루어지기 시작했다.

어려운 영어책을 효과적으로 이해하려면 문장을 한두 번 읽었을 때 이렇게 중요성에 따라 여러 개의 '층'으로 분리시킬 수 있어야 한다. 이러한 정보 처리와 분석 능력이 독서가 가져다주는 두뇌 발달의 원동력이 아닌가 생각한다.

Ex23. 아래의 문장들을 어떻게 '의미상의 층'으로 분리하시겠습니까?

(1) My friend, who has a beautiful voice, wants to become a singer.

(2) The instrument-maker, whose name was James Watt and who, incidentally, was a Dissenter, saw that the cold water was keeping the cylinder at too low a temperature, causing the steam to condense too early(James Burke, *The Day the Universe Changed*).

(3) Nineteenth-century historians, who thought war romantic, glorified these originally horrible people, who had raised heroic valour to a murderous cult and whose religion was a weird blend of fatalism and anthropomorphic fantasy, akin to, but without the grace or humour of, Greek mythology(John Bowle, *A History of Europe*).

Ex23의 예:

(1) My friend, who has a beautiful voice, wants to become a singer.

(2) **The instrument-maker,** *whose name was James Watt* and *who, incidentally, was a Dissenter,* **saw that the cold water was keeping the cylinder at too low a temperature,** *causing the steam to condense too* **early.** (James Burke, *The Day the Universe Changed*).

(3) **Nineteenth-century historians,** *who thought war romantic,* **glorified these originally horrible people, who had raised heroic valour to a murderous cult** and **whose religion was a weird blend of fatalism and anthropomorphic fantasy,** *akin to,* but without the grace or humour of, **Greek mythology.** (John Bowle, *A History of Europe*).

H. 어휘 공부: 추리하고 느끼기

영어 읽기에 조금씩 감이 잡히자 난 사전만 있으면 어떤 책이라도 읽을 자신이 생겼다. 문제는 내가 『레 미제라블』과 같은 고전에 나오는 단어를 다 아는 것이 아니었고, 사전 찾기도 썩 좋아하지 않는다는 점이었다. 비록 전자 사전을 사용하면 책으로 된 사전보다는 훨씬 보기가 수월했지만, 단어를 하나 찾아 보고 문장의 흐름과 전체적인 줄거리를 놓치게 되어 다시 이야기에 몰입하기까지 시간이 걸렸다. 그래서 나는 웬만한 단어는 문맥을 통해서 파악하며 넘어갔다.

그런데 나중에 확인을 해보면 이렇게 추측한 의미는 대부분 실제 의미와 흡사했다. 물론 아무렇게나 찍는 것이었다면 책 내용을 제대로 이해하지 못할 뿐 아니라 어휘를 넓히지도 못했을 것이다. 나중에 똑같은 단어를 다시 접했을 때 또다시 알쏭달쏭해 하는 상황이 벌어질 것이었다. 무작위의 억측을 하느니 차라리 처음부터 사전을 찾는 편이 더 낫다.

단어 추측의 적중률을 높이려면 정말 집중하고 책을 읽어야 한다. 모르는 단어의 의미를 가르쳐 줄 수 있는 여러 가지 실마리들을 잘 활용해야 한다. 우선은 단어 그 자체가 결정적인 단서를 줄 수 있다.

예를 들어, 많이 쓰이는 접두사나 접미사 등에 익숙해져 있다면 그것을 어근의 의미와 결합하여 꽤 정확한 뜻을 얻어낼 수 있다. displease 라는 단어는 설령 처음 접했다 하더라도 'dis'(부정) + 'please'(기쁘게 하다)와 같은 과정을 거쳐 '불쾌하게 하다'라는 뜻을 유추해낼 수 있다.

문장 전체의 구조를 파악했다면 반의어나 유사어의 관계를 통해서 단어의 뜻을 이해할 수도 있다.

Ex24. 아래의 문장에서 밑줄 친 단어의 뜻을 문맥을 통해 파악하세오.

(1) He has an <u>abridged</u> version of the book, but mine is uncut.

(2) Michael doesn't like to <u>procrastinate</u>: he rarely puts off his work.

첫 번째는 반의어 관계를 통해 알 수 있습니다. '그는(이러이러한) 버전의 책을 가지고 있지만, 내 것은 무삭제판이다.' 'but'이 들어가는 역접의 관계로 보았을 때, 'abridged'라는 단어는 '생략된', 혹은 '요약된'이라는 뜻일 것입니다.

두 번째는 유사어 관계입니다. '마이클은(이러이런 것을 하기를) 좋아하지 않는다: 그는 자기 일을 뒤로 미루는 법이 거의 없다.' 콜론(:)이 있는 것으로 보아 뒤의 문장은 앞의 문장의 부연 설명입니다. 그러므로 'procrastinate'는 '꾸물거리다', '지연시키다'와 같은 뜻이라고 추측할 수 있습니다.

그 밖에, 전체적인 줄거리를 그때그때 잘 파악해 놓으면 모르는 단어를 접해도 자연스럽게 이야기의 흐름에 맞는 뜻이 떠오르는 경우도 있다. 이러한 유용한 기술들은 시중의 단어 공부책을 보면 매우 잘 소개되어 있는데, 꼭 공부해두면 두고두고 편리하다.

그런 여러 가지 방법들을 모두 동원해 단어의 의미를 어느 정도 이해한 후에는, 그 단어를 접할 때마다 내가 추측한 것이 정말 맞는지 머리 속으로 다시 한 번 짚고 넘어가며 의미를 수정 또는 보완해 나가는 과정이 필요하다.

혀끝에서 튀어나올 것만 같은데 말이 떠오르지 않을 때가 있다면, 그 것은 아마도 인간에게 주어진 생각 언어가 지구상의 그 어떤 언어보다도 더 풍부하기 때문일 것이다. 영어 어휘를 배울 때 항상 염두에 두어야 할 점이 바로 그것이다. 생각의 언어는 한국어보다도, 영어보다도, 그 어떤 언어보다도 풍부하다. 우리의 뇌로 생각하고 느낄 수 있는 모든 것을 포함하기 때문이다.

그러므로 한국어에는 없는 영어식 표현을 배울 때는, 난 한국 사람이니까 하며 그 표현을 되도록 한국화하여 설명하고 이해하려고 하는 것이 아니라, 그것을 생각의 언어, 즉 '느낌' 으로 바꾸어 기억하려고 노력하는 것이 더 바람직할 것이다. 원어민들이 그 단어를 읽거나 들었을 때 어떤 느낌을 받을지 상상해 보고, 그 표현이 사용되는 상황에 내 자신을 놓아 보는 것이다.

독서하며 스스로 배우는 어휘는 무작정 외워서 배우는 어휘보다 우월한 면이 있다. 책을 읽으면서 모르는 단어를 추측해서 이해했는데, 자신이 생각해낸 의미를 한국어로 명쾌하게 말하기 어려운 경우가 있다. 하나의 단어를 이해하기 위해 집중하여 읽고 또 읽고, 수정하며 보완하는 과정을 통해 그 영단어는 자연스레 생각 언어에 접수되었고, 그 생각 언어에 완벽하게 해당하는 한국말이 없기 때문일 것이다.

분명 이 영단어와 똑같은 뜻을 가진 한국어 단어가 있을 것 같다는 생각이 들면서도 찾을 수 없다면, 아마도 한국어로는 표현될 수 없는 느낌 혹은 '생각 언어' 가 그 영단어에 연결되어 있을 것이다. 한국말을 거치지 않은 채 영어를 영어 그 자체로 외운 것이다.

(개인적으로는 나중에 사전을 통해 정확한 의미를 알아보는 것이 좋다고 생각한다. 한영 또는 영한 통역이나 번역을 하는 데 도움이 되고, 한 단어를 잘못 추측하여 겪을 수 있는 어려움을 피할 수 있기 때문이다.)

교양을 넓히고 마음을 살찌우기 위해 독서는 누구에게나 필요하지만, 영어 공부를 위해서라면 그냥 필요한 정도가 아니라 필수 불가결하다고 생각한다. 책을 읽으면 계속해서 새로운 단어와 표현을 배울 뿐 아니라 이미 알고 있던 것들도 새로운 상황과 문맥에서 자꾸 다시 보게된다. 머리 속에 잘 정돈된 것 위에 또 차곡차곡 정리를 하고, 다시 흔들었다가 재정돈하는 것을 반복하고 나면 정말 무의식적으로 눈이 가는 대로 읽는 수준에 도달한다. 게다가 텔레비전과 마찬가지로, 독서는 재미를 붙이고 나면 공부라고 생각하지 않으면서 공부할 수 있다는 커다란 장점까지 따라온다.

"우리한테 부족한 건 회화야. 중고등학교 때 회화를 너무 안 배우잖아."

이렇게 말하면서 막연히 읽기와 쓰기에는 별 문제가 없다고 생각하는 사람들이 많다. 그런데 정말 그런 생각이 맞을까?

Ex26. 다음을 영작해 보세요.

(1) 이것은 책입니다.
(2) 저 책은 그 의자 위에 있지 않았습니다.
(3) 두 권의 책이 그 의자 위에 있습니다.
(4) 이 개는 누구의 것입니까?
(5) 이것은 누구의 개입니까?
(6) 그 선생님은 어제 학교에 나오셨니?
(7) 누가 학교에 가기를 좋아하니?
(8) 그 선생님은 왜 어제 학교에 나오지 않으셨니?
(9) 저 빌딩의 높이는 35미터입니다.
(10) 우리 엄마의 두 여동생들은 한달에 두 번씩 함께 등산을 갑니다.
(11) 우리 반에는 매일 한 시간을 걸어서 등교하는 소년이 있습니다.

Ex26의 예:

(1) This is a book.
(2) That book was not on the chair.

(3) There are two books on the chair.

(4) Whose is this dog?

(5) Whose dog is this?

(6) Did the teacher come to school yesterday?

(7) Who likes going to school?

(8) Why didn't the teacher come to school yesterday?

(9) That building is 35 meters tall.

(10) My mother's two sisters go hiking together twice every month.

(11) There is a boy in my class who walks for an hour to school everyday.

위의 문제들은 정말 기초적인 것이다. 부정확했거나 조금 버겁다고 느꼈다면 뭔가 문제가 있다. '쓰기', 그러니까 영작이야말로 영어의 완성 단계라고 할 수 있다.

한 가지 언어를 배운다는 것은 내 '생각 언어'에 그 언어를 연결시키는 과정이라고 생각한다. 내가 배운 단어와 표현을 진정 내 것으로 만들기 위해서는 생각 언어로 접수하고 등록해 놓아야 한다. 그것이 몸에 익어서 자연스럽게 흘러나오도록 만드는 것이다. 그 단어를 들었을 때 내 머리 속에 떠오르는 생각과 원어민의 머리 속에 떠오르는 생각이 같도록 훈련해야 한다.

하지만 이렇게 언어를 느낌과 연결하는 과정은 마음만으로 되지 않는다. 영어를 새로운 상황과 문맥에서 의식적으로, 또 무의식적으로 꾸준히 활용해야 한다. 새로운 상황이 닥칠 때마다 나만의 방법으로 활용해 보는 것이다. 구어(口語)의 경우 다른 사람들과 대화하는 것, 그리고 문어(文語)의 경우 글짓기가 여기에 해당한다.

내가 생각하는 것을 직접 글로 옮기고, 말로 해보면서 외국인들과 이야기가 통하는 것을 확인하는 과정은 교실에서 졸면서 배우는 영어와는 차원이 다르다. 그런데 이 때 영어를 재미있게 활용하는 방법을 스스로 찾아내는 것은 매우 중요하다.

나는 영국에서 지루하지 않게, 오히려 너무나도 재미있게 글짓기를 연습하는 방법을 여러 가지 알게 되었다. 그 중 한 가지는 이메일이었다. 학교에서 친구들과 매일 만나서 얘기하긴 했지만, 이메일로 대화를 나누는 것은 색다른 재미가 있었다.

그런데 또 다른 효과적인 글짓기 연습 방법은 획기적인 발상이 아니라, 한국에서도 내가 마음만 있었더라면 얼마든지 할 수 있었던 활동이다. 바로 일기 쓰기이다. 초등학교 시절, 글짓기를 그리 싫어하는 편은 아니었지만, 숙제로 매일매일 써야 하는 일기는 별로 재미가 없었다.

처음 일기장을 구입하고 나면 신이 나서 며칠 동안 색연필과 크레파스를 동원해 가며 꼬박꼬박 일기를 썼지만, 처음부터 끝까지 채운 일기장은 하나도 없었다. 중간에 귀찮아서 혹은 깜빡 잊고 며칠 지나 버리면 어느새 몇 주를 훌쩍 건너뛰게 되고, 그러고 나면 그 일기장을 다시 펴보고 싶은 마음이 없어져 버렸다.

방학 숙제로 일기 쓰기가 있을 때면 개학 이틀 전부터 한 달치가 넘는 일기를 써야 했다. 우연히 어렸을 때 쓴 일기장을 쭉 훑어보니, 내용에 상관없이 매번 '참 재미있었다.' 아니면 '참 보람찬 하루였다.' 로 끝나는 것을 보고 웃었던 적이 있다. 그때까지만 해도 별로 두껍지도 않은 일기장 한 권을 꼬박 다 채워 쓰는 것은 불가능하다고 믿었다.

세인트 크리스핀 학교에 입학하기 전, 나는 영어를 조금이나마 향상시켜야겠다는 생각에 시간이 날 때마다 조그만 수첩에 영어로 끄적끄적 일기 비슷한 것을 쓰기 시작했었다. 하지만 당시에는 아는 영어를 총동원해도 내가 보고 듣고 느낀 것을 정확히 표현하기에는 역부족이었다. 답답하기도 하고 재미도 없어서 금세 일기 쓰기를 까맣게 잊어버렸다.

10학년 봄 방학 기간에 독일에 사는 세은이와 세민이네를 방문했을 때이다. 당시 독일에서는 '디들 마우스(Diddl Maus)'라는 캐릭터가 한창 인기였는데, 영국에선 예쁘고 깜찍한 학용품을 보지 못했던 나와 동생에게는 정말 반가운 일이었다. 우리는 디들 마우스 인형, 일기장, 공책, 지우개, 포스트잇, 다이어리 등등을 잔뜩 사서 영국으로 돌아왔다.

집에 도착해서 자물쇠가 달린 디들 마우스 일기장을 보자, 무엇이든 적고 싶은 생각이 굴뚝 같았다. 두근거리는 마음으로 자물쇠를 열고, 첫 페이지를 써나가기 시작했다. 처음부터 영어 공부를 목적으로 일기를 쓰기 시작한 것은 아니었다. 내 맘 속에서 일어나는 모든 생각들이 그냥 잊혀지는 게 싫어서, 다 그대로 붙잡아서 기록에 남기고 싶었을 뿐이다. 그래서 그날 맨 처음으로 쓴 일기는 중간 중간에 영어가 들어가긴 했지만 주로 우리말이었다.

다음 날 아침 나는 또 내 마음을 글로 담고 싶어 좀이 쑤셨다. 이번에는 영어로 써 보기 시작했는데, 옛날과는 달리 좀 더 자연스러운 표현이 나오는 듯했다. 그렇게 며칠을 쓰고 난 후에는 간단하게 할 수 있는 말도 일부러 좀 더 복잡하게 쓰기 시작했다.

"I bought a new pair of shoes(나는 신발 한 켤레를 샀다)."

⇨ "After hours of window-shopping and painful consideration, I finally decided to buy the shiny red pair of shoes that had caught my eye the last time I went shopping(몇 시간 동안 진열창을 들여다보고 고심하면서 헤아려 본 후, 지난 번 쇼핑 갔을 때 내 눈길을 끌었던 빛나는 빨간 구두 한 켤레를 사기로 결정했다)."

길게 늘인 표현이 꼭 더 문학적이라거나 멋있다는 뜻은 아니다. 하지만 이렇게 긴 문장을 일기에 사용함으로써 교과서에 나올 법한 복잡한 구조의 영어 문장을 어렵지 않게 분석하고 이해하는 훈련이 되었다. 남이 써 놓은 복잡한 문장을 여러 번 해석하는 것보다, 내가 스스로 그런 문장을 만들어보는 것이 독해에 훨씬 도움이 될 수 있다고 생각한다. 왜냐하면 영작은 자신이 그 문장 구조를 정말 속속들이 꿰고 있어야만 할 수 있기 때문이다.

나에게 또 하나의 시급한 문제는 표현력을 키우는 것이었다. 어려서부터 영어를 써왔던 친구들에 비해 나의 묘사력은 많이 떨어질 수밖에 없었다. 그래서 그 당시에는 일부러 장황하게 묘사하려고 노력했던 것이 의미가 있었다고 생각한다. 그저 복잡한 문장 구조를 이해하는 것에 그치지 않고 내가 스스로 그런 구조들을 구성할 수 있는 능력을 키워야 했다.

그런데 나는 일기를 쓴다는 것이 이렇게 재미있는 줄은 정말 몰랐다. 초등학교 때 형식적으로 썼던 것과는 달리 이번에는 내가 하고 싶은 대로 뭐든지 집어넣었다. 아무런 무늬도 없고 줄도 쳐지지 않은 일기장에 그림을 그리기도 하고, 목걸이를 붙이기도 하고, 향수를 뿌리기도 하고, 화가 났을 때는 온갖 재료들을 동원하여 맘껏 나의 예술적 감각을 시험하기도 했다.

이것저것 덕지덕지 붙이기만 했다고 일기장이 친근하게 느껴진 것은 아니었다. 무엇보다도 나는 그 일기장에 거짓말은 하나도 쓰지 않았고 진실은 하나도 숨기지 않았다. 이것은 영어 공부의 차원 혹은 매일 기록한 일지의 차원이 아니라, 손에스더라는 아이가 그 당시 어떤 감정들을 느꼈는지, 어떤 생각들을 하면서 살았는지, 무엇을 추구하며 살았는지, 어떤 성향을 가졌었는지를 종합하여 보여주는 일종의 다큐멘터리와 같았다.

그래서 내 일기장은 나에게 더없이 소중했다. 매일 밤 책상 앞에 앉아 자물쇠를 풀고 일기를 쓸 때면 가슴 속에 왠지 모를 편안함을 느끼곤 했다. 특히 유학 생활로 힘들고 지칠 때 언제든 부담 없이 마음을 털어놓는 곳도 일기장이었다.

내 마음을 좀 더 정확하게 나타내기 위해서 드라마 주인공들이 주고받는 대화, 학교에서 아이들과 나눈 이야기들, 친구들과 주고받은 쪽지와 이메일, 영어 시간에 셰익스피어의 희곡을 읽으면서 감명 받은 부분 등 생활하면서 접한 여러 가지 표현들을 적절한 기회가 나는 대로 일기에 활용했다. 이것이 내 영어 공부의 결산이라고 해도 과언이 아니었다. 내가 흡수한 영어를 사용하여 하나의 창조를 이룬 것이기 때문이다.

신기한 것은, 그냥 지나쳤으면 곧 잊어 버렸을 표현들도 이렇게 일기장에 한 번만 쓰면 절대 잊혀지지 않는다는 점이었다. 오늘 처음 접한 표현이라고 해도 나의 사정과 기분에 맞추어 적절히 활용하고 나면 완전히 내 것이 된 거나 다름없었고, 다음에 또 알맞은 상황이 발생하면 신기하게도 그 표현이 자연스럽게 펜 끝에서, 또 입에서 굴러 나왔다. 내가 따로 시간을 들여 영어 단어를 외울 필요를 느끼지 못한 것도 아마 이런 이유에서였을 거라고 생각한다. 나만의 창작에 한 번 활용한 말들은 생각 언어에 바로 접수되었다.

그렇게 해서 나는 생전 처음으로 넉 달에 걸쳐 일기장 한 권을 가득 채웠다. 마지막 페이지를 장식하며 느낀 것은 나도 할 수 있다는 자신감과 자랑스러움이었다. 그 일기장을 채워가면서 내가 이룬 발전은 지금 읽어 봐도 분명하다. 조금 어색하고 서툰 면이 없지 않았던 나의 영어 일기가 이제는 비교할 수 없을 만큼 매끄럽고 세련되어진 것이다. 재미로 쓰기 시작한 일기가 나의 영어 실력 향상에 그렇게 큰 도움을 주리라고는 상상하지 못했었다.

그 때 이후로 나는 일기 쓰는 것을 좋아하게 되었고, 지금까지 쓴 일기장은 총 6권에 달한다. 모두 각각 특색이 있다. 내가 가장 좋아하는 일기장은 암스테르담에 갔을 때 골동품 가게에서 산 일기장이다. 말린 꽃과 풀을 붙여놓은, 손으로 만든 종이에서는 풀 향기가 배어 나온다. 겉표지는 낡은 삼베로 싸여 있어서, 보고만 있어도 시골에 대한 향수(鄕愁)가 밀려오는 것만 같았다. 그 일기장은 글씨만 써 놓아도 작품처럼 보였다.

이렇게, 꼭 마음에 들어서 자꾸만 펼쳐 보고 싶은 일기장을 마련하는 것도 내가 꾸준히 일기 쓰는 습관을 들이는 데 도움이 되었다고 생각한다. 내게 일기라는 것은 더 이상 지겨운 의무가 아니었다. 나 자신을 개성 있게 표현하는 방법이었다.

영작은 어떻게 보면 영어 공부에서 가장 힘든 부분이다. 왜냐하면 자신의 취약점을 너무도 적나라하게 보여주기 때문이다. 내가 쓰는 내용을 완벽하게 알지 못하면 실수할 수밖에 없다. 하지만 그것이야말로 영작 연습이 필요한 가장 큰 이유이다.

지루하게도 느껴질 수 있는 글쓰기 연습이지만, 그것을 재미있게 하는 방법은 정말 무궁무진하다. 영어 글짓기에 자신의 마음을 담아서 재미있게 연습할 때 의욕이 생길 수 있고, 가장 큰 효과가 나타나는 것 같다.

Ex27. 다음의 문장들을 한국말로 또는 영어로 자유롭게 더 길게 늘여서 표현해 보세요. 단순한 그림을 더 재미있게 만들 수 있는 것처럼, 무미건조한 말도 더 재미있게 표현될 수 있습니다.

예) 배부르다

⇨ 밥을 일곱 그릇이나 먹었더니 배부르다.

⇨ 생일이라고 모처럼 밥을 일곱 그릇이나 먹었더니 배부르다.

⇨ 생일이라고 모처럼 밥을 일곱 그릇이나 먹었더니 배부르지만, 아이스크림이 들어갈 자리는 있다.

(1) I had a fight(나는 싸웠다).

⇨

⇨

⇨

(2) It's raining(비가 온다).

⇨

⇨

⇨

J. 영어의 바다에서 놀자

'앙드레 김 영어라도 하자!'

한 영어 선생님으로부터 들은 말이다. 그게 무슨 소리인가 했더니, 이런 식으로 영어와 한국말을 편한 대로 섞어서 말하더라도 어쨌든 영어를 써보라는 뜻이었다.

"This morning에 저는 beautiful woman을 meeting 했습니다(오늘 아침에 저는 아름다운 여자를 만났습니다)."

우스꽝스럽긴 하지만, 이런 식으로라도 영어를 생활화할 용기가 있다면 영어가 부쩍부쩍 늘게 된다. 영어로만 생각하려고 노력하고, 할 수 있는 한 영어로만 말하기를 몇 개월만 하면 그 효과는 엄청날 것이다.

게다가 이것은 공짜이다. 내 환경이 어떻든 간에 내가 스스로 마음먹고 하기에 달린 것이다. 아무리 영어 과외를 받고 학원에 다닌다 한들,

머리속으로 24시간 영어 세계에 사는 것에 비할 수 없다.

Ex28. 머리에 떠오르는 대로 다음을 최대한 영어로 말하려고 해보세요.

(1) 오랜만에 비가 와서 가뭄에 시달리던 농부들이 기뻐하겠다.
(2) 학원 숙제를 안 해서인지, 오늘 아침은 특히 침대에서 나오기가 싫다.
(3) 아까 아빠가 보고 싶다고 하신 텔레비전 프로그램 이름이 뭐였는지 생각이 잘 안 나네.

물론 한국어 구조에 영어 단어만 끼워 맞추는 '무늬만 영어'를 계속하라는 것은 아니다. 자신이 있는 곳에서 더 높은 단계로 조금씩 올라가야 하는 것은 당연하다.

하지만 그만큼 영어를 피부로 느끼며 살았을 때 거둘 수 있는 발전은 그렇지 않았을 때와 천지차이이다. 꼭 '영어 공부를 해야지.' 하는 생각에 하루에 몇 시간을 직접적으로 투자하지 않더라도, 항상 영어로 생각하고, 말하고, 쓰고, 조금이라도 더 배우려는 자세로 산다면 하루 24시간을 영어에 투자하는 것이나 마찬가지일 것이다.

미국에 5년을 살았는데도 "헬로우" 이상의 영어 한 마디도 제대로 못하는 학생을 만난 적이 있다. 그런데 함께 이야기를 나누어 보니 그 이유는 너무도 분명했다. 한인들 틈에서만 살면서 한국 사람들하고만 놀러 다니고, 한국 사람들하고만 이야기하고, 한국에 새로운 드라마나 영화가 나왔다고 하면 빠짐없이 빌려보고…… 한국에서와 똑같은 생활을 하려면 도대체 왜 비싼 외화를 낭비하며 외국에서 영어 공부를 한다고 하는 것인지, 안타까웠다.

반면에 외국에는 발을 디뎌 본 적도 없는 한국 친구들이 영어를 자유자재로 구사하는 것을 자주 본다. 너무 신기해서 어떻게 그럴 수가 있냐고 물으면, 대개 외국인 친구와 붙어 다니고, 영어 펜팔과 이메일을 주고받고, 영어 일기를 쓰는 등, 생활 속에서 계속 영어를 배우고 활용한다고 이야기했다. 몸은 한국에 있어도 머리는 영어 바다에 푹 빠져 있는 것이다.

영국에서 따로 '영어 공부'를 하지 않았지만 나도 항상 영어 바다에 빠져 있었다. 학교 숙제와 일기로 글쓰기 연습을 매일같이 했고, TV를 볼 때 멍하니 앉아있지 않고 계속 머리를 굴렸으며, 이런저런 책들을 재미있게 읽었고, 시도 때도 없이 혼잣말 연습을 하고, 살아가면서 내가 만나는 모든 새로운 표현들을 흡수하려는 노력을 기울인 것이다.

Ex29. 마지막으로 영어 공부를 하고 계신 분들께 한 가지 중요한 질문을 던지겠습니다.

왜 영어 공부를 하고 계십니까?

한 초등학생에게 "왜 영어를 배우니?" 하고 질문한 적이 있다. 그 대답은 나를 놀라게 했다.

"엄마가 배우래요."

배울 필요나 이유를 느끼지 못한 채로 배운다는 것이 안쓰러웠다. 다른 사람이 시켜서 하는 것은 자신이 직접 필요를 느끼고, 하고 싶어서 하는 것만큼 효과적일 수 없다는 것은 너무도 분명하다. 게다가 재미있어서 하는 사람을 따라갈 수 없다는데, 억지로 하는 것에서 재미를 느낄 리 만무하다.

영어란 좋은 대학, 좋은 직장에 가는 데 필요한 것이기에 앞서 자기 자신을 표현해 내는 방법 중 하나라는 것을 잊지 말아야 한다. 영어를 하지 못했다면 우리나라의 국경선이 나의 활동 반경을 제한하지만, 영어라는 언어를 안다는 이유 하나만으로 내 활동 반경은 상상할 수 없을 만큼 넓어진다. 지금 들이는 노력이 고달프게 느껴지더라도, 그 보상은 정말 굉장하다. 영어 공부를 할 때는 나의 활동 영역을 넓혀서 세계로 뻗어나가겠다는 더 큰 목표를 기억하자.

특히 영어에 거부감을 느끼는 학생들은 영어를 통해 다른 세계의 사람들과 생각을 공유할 때의 뿌듯함을 꼭 한 번 느껴볼 필요가 있다. 외국 친구들과 편지를 주고받고, 함께 대화를 해보고, 게임을 해보았을 때 영어는 죽은 학문이 아니라 살아 있는 통신 수단이라는 것을 깨달을 것이다. 이 때 영어 공부에 새로운 의미가 부여되고, 공부하고 싶은 마음이 생긴다.

영어를 책상 앞에서 공부하는 학문으로 생각하면 공부가 피곤해진다. 영어가 살아 숨쉬고 매일 변화한다는 것을 몸소 체험하는 것이 즐겁고 효율적인 영어 공부의 첫걸음이다. 아니, 영어 공부는 공부도 아니라는 즐거운 마음가짐을 잊지 말아야 한다.

한국의 꼴찌소녀 케임브리지입성기 ❶

초판1쇄 발행 | 2004년 10월 16일
초판20쇄 발행 | 2004년 11월 19일

지은이 | 손에스더
펴낸이 | 박대용
펴낸곳 | 도서출판 징검다리

주소 | 413-834 경기도 파주시 교하읍 산남리 292-8
전화 | 031)957-3890, 3891 팩스 | 031)957-3889
이메일 | zinggumdari@hanmail.net

출판등록 | 제10-1574호
등록일자 | 1998년 4월 3일